實境式

照單全收

照片單字全部收錄

圖解法語單字

Contents
目錄

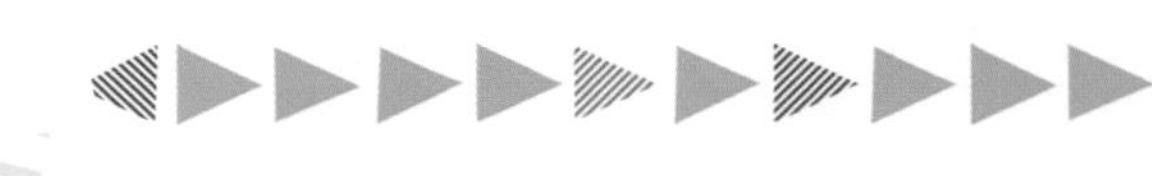

PARTIE 3 到巴黎旅遊

PARTIE 4 教育機構

PARTIE 5 工作場所

PARTIE 6 購物

PARTIE 7 飲食

PARTIE 8 生活保健

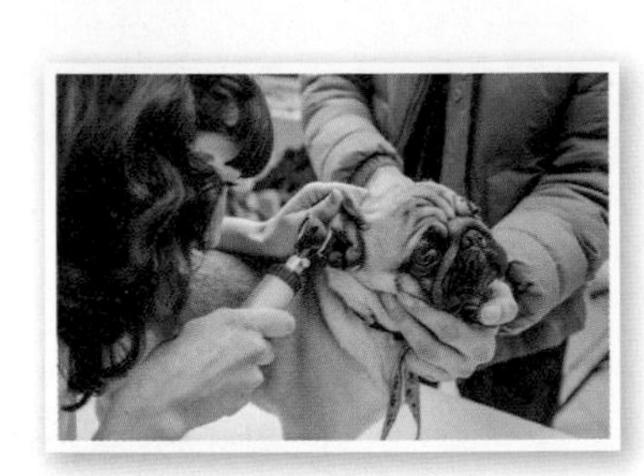

PARTIE 9 休閒娛樂

PARTIE 10 體育活動和競賽

PARTIE 11 特殊場合

User's Guide
使用說明

11 大主題下分不同地點與情境，一次囊括生活中的各個面向！

法籍人士親錄單字MP3，道地法式發音，清楚易學。

◆◆◆ Chapitre1

La salle de séjour 客廳

這些應該怎麼說？

客廳擺飾

實景圖搭配清楚標號，生活中隨處可見的人事時地物，輕鬆開口說！

1. **le plafond** [lə plafɔ̃] n. 天花板
2. **le mur** [lə myr] n. 牆壁
3. **le parquet** [lə parkɛ] n. 木質地板
4. **la fenêtre** [la f(ə)nɛtr] n. 窗戶
5. **la table basse** [la tabl bɑs] n. 茶几；咖啡桌
6. **le canapé** [lə kanape] n. 長沙發椅
7. **l'ottomane** [lɔtɔman] n. 軟墊凳
8. **la cheminée** [la ʃ(ə)mine] n. 壁爐
9. **la peinture** [la pɛ̃tyr] n. 畫

18

所有單字貼心加註音標，看到就能輕鬆唸！

就算中文都一樣（如枕頭），但法文真正的意義卻大不同，詳細解說讓你不再只學皮毛。

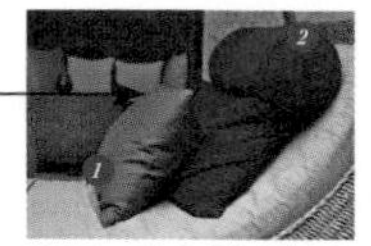

法國人常用的枕頭有兩種，即❶ l'oreiller [lɔrɛje]（枕頭）與❷ le traversin [lə travɛrsɛ̃]（長枕），後者亦可叫做 le polochon [lə pɔlɔʃɔ̃]。**l'oreiller 扁平柔軟，可分正方形與長方形；le traversin 為長圓柱形，與雙人床的寬度同長。**以舒適度來說，l'oreiller 比 le traversin 更助於優質睡眠，因為後者的高度較高，會讓頭頸處於一個比較不自然的姿勢，那為何法國人會在床上同時放 l'oreiller 與 le traversin 呢？因為除了睡覺之外，法國人喜歡在床上看書、使用電腦，甚至吃早餐，而 **le traversin 的高度與硬度可支撐背部**、保持坐姿，也可以拿來墊高腿部，功能比較多元化。

「被子、棉被」的法文字彙有好幾個，但因材質、厚薄度與用法不同而有差別。**la couette** [la kwɛt]、**l'édredon** [ledrədɔ̃]、**la couverture** [la kuvɛrtyr]、**le couvre-lit** [lə kuvrəli] 到底有何差別？ la couette（厚被）與 l'édredon（壓腳被）大多是由棉花、聚酯纖維、蠶絲或羽絨填充而成的，也就是**棉被或羽絨被**。但前者的尺寸基本上會大於床，而後者的尺寸則是指從枕頭以下到床尾的大小。為了不弄髒，兩者都必須裝入 **la housse** [la us]（被套）中，只需定期清洗被套即可。

la couverture（被子，毯子）的材質比較接近**毛料或混紡材質**，使用時會先蓋 le drap [lə dra]（床單）再蓋 la couverture，除了觸感較好的問題之外，平常只須清洗 le drap 即可，比較不費工夫。

至於 **le couvre-lit**（床罩），couvre 來自動詞 couvrir [kuvrir]「覆蓋」，顧名思義就是**覆蓋床的織物**，也就是**床罩**的意思。通常放在棉被的上面，除了可以防止灰塵之外，還有美化、裝飾的功能。它還有兩個非常通用的同義詞 **le dessus de lit** [lə dəsy də li] 或 **le jeté de lit** [lə ʒəte də li]。

夏天天氣熱時，法國人會把厚重的被子或毯子收起來，**只蓋 le drap、la housse de couette 或 le couvre-lit**，質料輕柔又清洗方便。

Il commence à faire froid la nuit, c'est le moment de sortir la grosse couette.
夜晚開始變冷了，是把大棉被拿出來用的時候了。

- ⑩ **l'interrupteur** [lɛ̃tɛryptœr] n. 電燈開關
- ⑪ **la télévision** [la televizjɔ̃] n. 電視
- ⑫ **le tapis** [lə tapi] n. 地毯
- ⑬ **la plante en pot** [la plɑ̃tɑ̃ po] n. 盆栽
- ⑭ **le fauteuil** [lə fotœj] n. 扶手椅
- ⑮ **le coussin** [lə kusɛ̃] n. 靠墊；坐墊
- ⑯ **l'applique** [laplik] n. 壁燈
- ⑰ **le lustre** [lə lystr] n. 吊燈
- ⑱ **le meuble** [lə mœbl] n. 櫃子
- ⑲ **le tiroir** [lə tirwar] n. 抽屜

常見的 3 種窗簾，法文要怎麼說呢？ Part1_01-B

le rideau
[lə rido]
n. 窗簾

le voilage
[lə vwalaʒ]
n. 羅馬簾

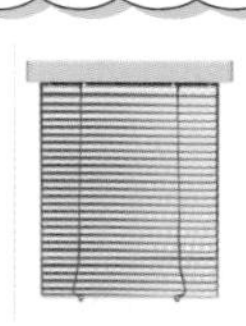

le store
[lə stɔr]
n. 百葉窗

一定要會的補充單字，讓你一目了然、瞬間學會。

Tips

慣用語小常識：地毯篇

se prendre les pieds dans le tapis
弄錯、搞砸

這句慣用語照字面的意思，是「把自己的雙腳纏在地毯裡」，引申的意思是「強調事情進行地不如預想中順利」，尤其指的是一件不容易完成的事情。

Ce matin, je me suis pris les pieds dans le tapis en faisant mon exposé devant toute la classe.
今早，我在全班面前搞砸了我的口頭報告。

除了單字片語，還補充法國人常用的法文慣用語，了解由來才能真正活用！

除了各種情境裡會用到的單字片語，常用句子也幫你準備好。

02 聊天、談正事 bavarder、discuter

會用到的單字與片語

Part1_03

1. **bavarder** [bavarde] v.閒談；聊天
2. **parler de** [parle də] v.談論～；談到～
3. **les salutations** [le salytasjɔ̃] n.問候
4. **le papotage** [lə papɔtaʒ] n.閒聊
5. **papoter** [papɔte] v.聊八卦或小道消息
6. **complimenter** [kɔ̃plimɑ̃te] v.讚美；稱讚
7. **discuter** [diskyte] v.商談；討論
8. **présenter** [prezɑ̃te] v.介紹
9. **la réunion** [la reynjɔ̃] n.開會；會議
10. **négocier** [negɔsje] v.談判；協商
11. **passer aux choses sérieuses** ph.談正事；言歸正傳
12. **dire du mal de quelqu'un** ph.說某人的壞話
13. **parler derrière le dos de quelqu'un** ph.說某人的閒話

Tips

parler、bavarder 和 papoter 有何不同呢？

與人說話、一起聊天的法語同義詞有數十種之多，類別可用於書寫、口語或俚語，為了避免不必要的誤解，使用標準法語並了解這些字的差異，就更能掌握這個語言的運用。

parler [parle] 的意思是與別人說話、交換想法或表達意見。
C'est quelqu'un avec qui on peut parler de tout. 這個人可以讓人無所不聊。

bavarder [bavarde] 泛指一般的聊天，沒有任何主題上的限制，通常使用這個動詞時，也暗喻著說話的人說的內容多，而且也不是太過嚴肅的內容。
Cette femme bavarde du matin au soir. 這個女人整天串門子。

papoter [papɔte] 這個字屬於口語法文（familier），指的是一群人聊著無關緊要的事情，或者聊些八卦。
Ces mamans papotent devant l'école. 這些媽媽們站在學校門口前閒聊著。

24

常說的句子

1. **A la prochaine fois.** 改天再聚聚。
2. **C'était un plaisir de discuter avec toi.** 很高興跟你聊天。
3. **C'est une longue histoire.** 說來話長；一言難盡。
4. **Réfléchis/Réfléchissez bien.** 仔細考慮一下。
5. **Le temps nous le dira.** 時間會證明一切的。
6. **Je ressens ta douleur.** 我能體會你的感受。
7. **Tu as ma parole.** 我保證。
8. **C'est toi le patron.** 聽你的，你說的算。
9. **Je ne plaisante pas.** 我是認真的。
10. **Peu importe ce que tu dis.** 隨便你怎麼說。
11. **Il est difficile de dire.** 這很難說。
12. **Sans aucun doute.** 無庸置疑。
13. **Passons aux choses sérieuses.** 直接談正事吧。

Tips

慣用語小常識：談正事篇

Les affaires sont les affaires.「生意就是生意」？

Les affaires 意味著「生意」或者是「任何跟金錢有關的商業行為」。法國劇作家 Octave Mirbeau 在 1903 年的作品Les affaires sont les affaires 中，將男主角在與他人之間論及與金錢有關的交易時，不顧及人情與道德層面考量的做法，發揮地淋漓盡致，這句源自英國的慣用語與中國俗語「親兄弟明算帳」或「公事公辦」有著異曲同工之妙。

Désolé, je regrette mais les affaires sont les affaires. 我很抱歉，但我只能親兄弟明算帳。

25

就主題單字深入解釋細微差異，了解透徹才能印象深刻！

解釋法文單字微妙的差異，以及使用時要注意之處，完整學習才能有好效果！

le moule 與 la moule 千萬不要搞錯！

法語的名詞有陰陽性之分，大體說來是有一個規則可循，但有些特例是必須靠強大的記憶力，以免使用錯誤造成誤解。le moule [lə mul] 為做蛋糕的模具，但 la moule [la mul] 則是指貽貝，是種海生貝類。因此名詞的陰陽性可以決定名詞的意思，一不小心可能就會鬧出笑話喔！

le moule 做蛋糕的模具

la moule 貽貝

烘焙時會用到的切刀有哪些呢？

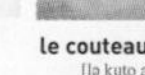

le couteau à beurre [lə kuto a bœr] n.奶油切刀	**le couteau à pain** [lə kuto a pɛ̃] n.麵包刀	**la roulette à pâtisserie** [la rulet a patisri] n.滾輪刀
la spatule [la spatyl] n.抹刀；刮刀	**les formes à biscuits** [le fɔrm a biskɥi] n.餅乾切模器	**le couteau à pizza** [lə kuto a pidza] n.披薩刀

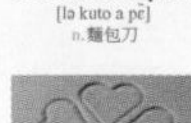

47

就算連中文都不知道，只要看到圖就知道這個單字是什麼意思，學習更輕鬆！

其他補充單字：
1. **l'ouverture** [luvɛrtyr] n. 開館
2. **la fermeture** [la fɛrmətyr] n. 閉館
3. **la sortie** [la sɔrti] n. 出口
4. **l'entrée** [lɑ̃tre] n. 入口

在巴黎市區內會遇到的道路有哪些？

1. **le boulevard** [lə bulvar] n. 大道
2. **l'avenue** [lavny] n. 大街
3. **la rue** [la ry] n. 路
4. **le carrefour** [lə karfur] n. 十字路口
5. **le rond point** [lə rɔ̃ pwɛ̃] n. 圓環
6. **la place** [la plas] n. 廣場
7. **le pont** [lə pɔ̃] n. 橋
8. **la rive** [la riv] n. 河岸

其他各式各樣的道路，法文要怎麼說？

le chemin [lə ʃ(ə)mɛ̃] n. 巷

la ruelle [la rɥɛl] n. 弄

le passage [lə pasaʒ] n. 廊街

l'impasse [lɛ̃pas] n. 死巷

143

以圖解方式整理出在當地可能會遇到的場景。

le composteur [lə kɔ̃pɔstœr] n. 車票打印機

descendre [desɑ̃dr] ph. 下車

l'arrêt de bus [larɛ də bys] n. 站牌

• Tips •

生活小常識：巴士票篇

在法國，大部分城市的公車票、地鐵票及電車票均可通用，票價的計算不以兩地距離為計算單位，所以不管是搭乘兩站或十站，都只需要使用一張票。

車票可分單程票（le ticket à l'unité [lə tikɛ a lynite]）或日票（在巴黎稱 mobilis [mɔbilis]），也有週票 l'abonnement hebdomadaire [labɔnmɑ̃ ɛbdɔmadɛr] 及月票 l'abonnement mensuel [labɔnmɑ̃ mɑ̃sɥɛl]。若是在一天中搭乘次數不多，可以在地鐵站先購買 le carnet [lə karnɛ]（十張車票）；若在公車上跟司機買票，則只能用現金買單張票，價格也會比較貴。若是確定一日內會多次搭乘大眾運輸工具，不妨考慮日票。唯一要注意的是，在巴黎所售的日票，有效期是從打票開始到當日晚上 12 點為止，但在其他城市，例如里昂，日票的有效期為打票那一刻開始計算，24 小時內都能夠使用。

巴黎單程公車票的有效時間為 90 分鐘，但如果在 90 分鐘內必須改搭地鐵或電車，則不能使用同一張票，必須再用另一張車票。在法國各城市的規定並不盡相同，最好跟站務人員或公車司機確定自己的權益。

在法國搭公車時，一上車就必須先打票或跟司機出示車卡，如果只是買了票卻沒有打票會被視為逃票。公車司機沒有查票的職責，但不時會有查票員 les contrôleurs [le kɔ̃trolœr] 查票，一旦被查到未打票會遭到罰款的處分。

Il ne faut pas oublier de valider le titre de transport en montant dans le bus.
上公車時別忘了打票。

107

豐富的法國文化與生活小常識，讓你在去當地之前就能先有一些概念。

★本書中用到了一些縮寫或標記

縮寫或標記	意義說明	縮寫或標記	意義說明
v.	動詞	㊋複	表示該單字為**複數**。
n.	名詞	㊋原	表示後面的文字為某單字的**原始意思**。
adj.	形容詞	㊋舊	表示後面的文字為**舊用法**。
prep.	介系詞	㊋俗	表示後面的文字為**粗俗用法**。
ph.	片語或句子	㊋幼	表示後面的文字為**幼兒的用語**。
㊋衍	表示該單字為**相關的衍生字**。	㊋同	表示後面的文字為**同義詞**。

法國簡介

法國區域地圖

法國本土主要是由哪些大區（région）組成，主要的大城市又有哪些？

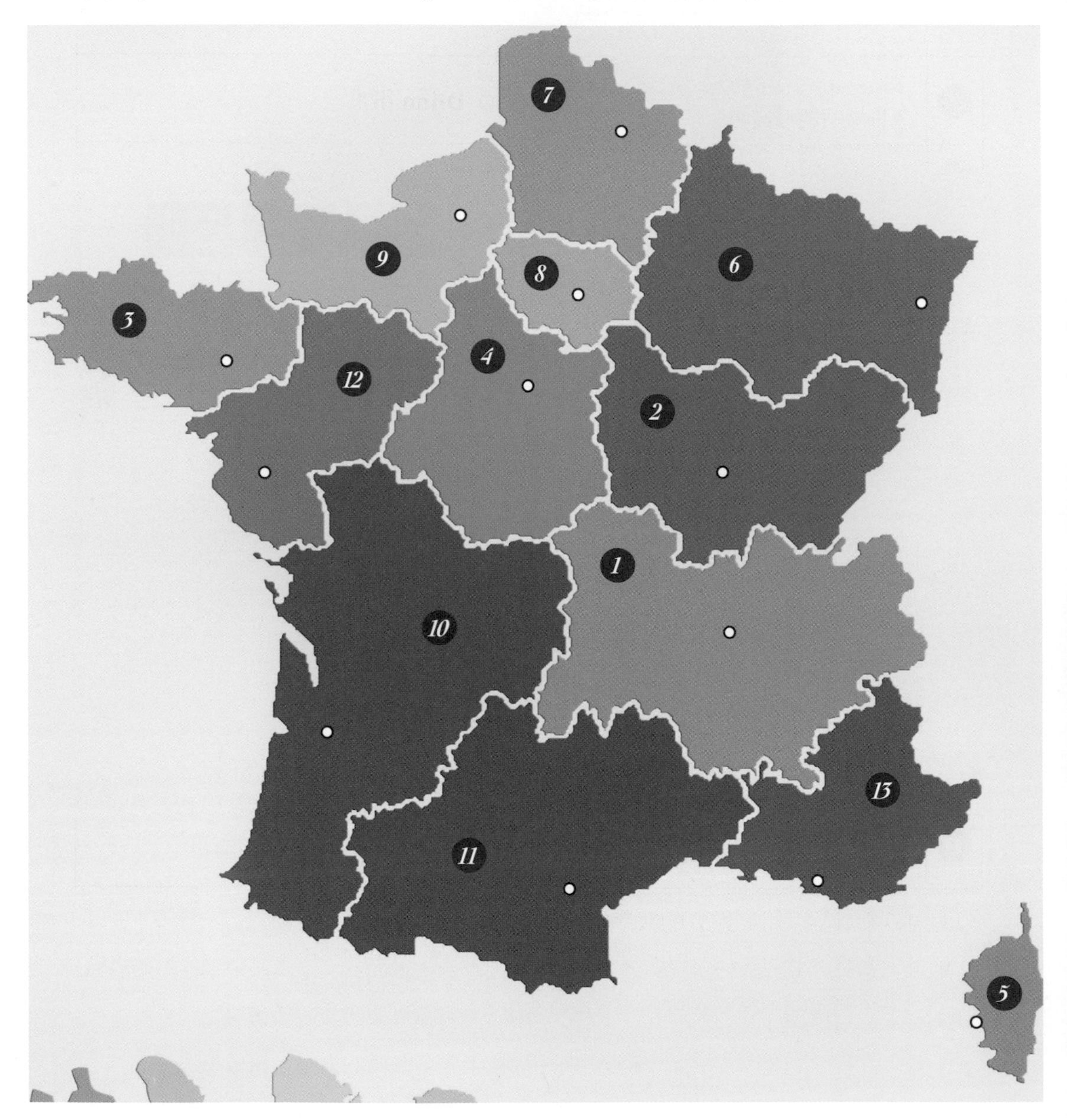

	大區	大城市
1	**Auvergne et Rhône-Alpes** 奧文尼 - 隆 - 阿爾卑斯	O **Lyon** 里昂
2	**Bourgogne et Franche Comté** 勃根地法蘭琪康堤	O **Dijon** 第戎
3	**Bretagne** 布列塔尼	O **Rennes** 雷恩
4	**Centre-Val de Loire** 中央羅亞爾河谷	O **Orléans** 奧爾良
5	**Corse** 科西嘉島	O **Ajaccio** 阿雅克肖
6	**Grand Est** 大東部	O **Strasbourg** 史特拉斯堡
7	**Hauts-de-France** 上法蘭西	O **Lille** 里爾
8	**Ile-de France** 法蘭西島	O **Paris** 巴黎
9	**Normandie** 諾曼地	O **Rouen** 盧昂
10	**Nouvelle-Aquitaine** 新亞奎丹大區	O **Bordeaux** 波爾多
11	**Occitanie** 奧克西塔尼	O **Toulouse** 土魯斯
12	**Pays de la Loire** 羅亞爾河地區	O **Nantes** 南特
13	**Provence-Alpes-Côte d'Azur** 普羅旺斯 阿爾卑斯 蔚藍海岸	O **Marseille** 馬賽

* 以上按照大區名由 A 到 Z 的順序排列。

* 地圖中的 O 表示大城市所在位置。

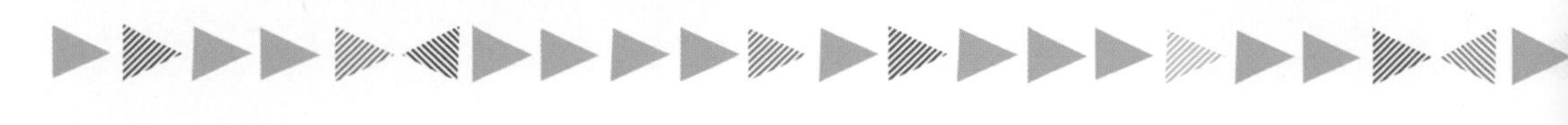

法國葡萄酒分布圖

法國各地區有名的葡萄酒產區在哪裡呢？

	葡萄酒產區	代表性 AOC 葡萄酒	葡萄品種
1	**Alsace** 阿爾薩斯	**Le Riesling**	le riesling 麗絲玲葡萄
2	**Beaujolais** 薄酒萊	**Le Brouilly**	le gamay noir 黑佳美葡萄

3	**Bordelais** 波爾多	**Le Saint-Emillion**	le merlot 梅洛葡萄 le cabernet franc 品麗珠葡萄 le cabernet sauvignon 赤霞珠葡萄
4	**Bourgogne** 勃艮第	**Le Pommard**	le pinot noir 黑皮諾葡萄
5	**Champagne** 香檳區	**Le Champagne**	le chardonnay 夏多內葡萄
6	**Charentes** 夏朗德	**Le Pineau des charentes**	l'ugni 白玉霓葡萄 le colombard 鴿籠白葡萄 le sémillon 賽美蓉葡萄
7	**Corse** 科西嘉島	**Le Calvi**	le grenache 歌海娜葡萄 le nielluccio 涅霞秋葡萄 le sciaccarello 司棋卡雷洛葡萄 le vermentino 維蒙地諾葡萄
8	**Jura** 菊哈省	**Les Côtes du Jura**	le savagnin 莎瓦涅葡萄 le chardonnay 霞多麗葡萄 le trousseau 土梭葡萄 le poulsard 普薩葡萄 le pinot noir 黑皮諾葡萄
9	**Languedoc-Roussillon** 朗格多克 - 胡西永	**Les Coteaux du Languedoc**	le carignan 佳利釀葡萄 le grenache 歌海娜葡萄 le picpoul 匹格普勒葡萄
10	**Provence** 普羅旺斯	**Les Côtes de provence**	le cinsault 仙梭葡萄 le grenache 歌海娜葡萄 le mourvèdre 慕維得爾葡萄
11	**Savoie** 薩瓦	**Le Crépy**	le chasselas 莎斯拉葡萄
12	**Sud-Ouest** 西南產區	**Le Jurançon**	le lauzet 路賽葡萄 le petit manseng 小蒙仙葡萄 le gros manseng 大蒙仙葡萄
13	**Vallée de la Loire** 羅亞爾河谷	**Le Pouilly fumé**	le sauvignon 白蘇維翁葡萄
14	**Vallée du Rhône** 隆河谷地	**Le Gigondas**	le grenache noir 黑歌海娜 la syrah 席哈葡萄 le mourvèdre 慕維得爾葡萄

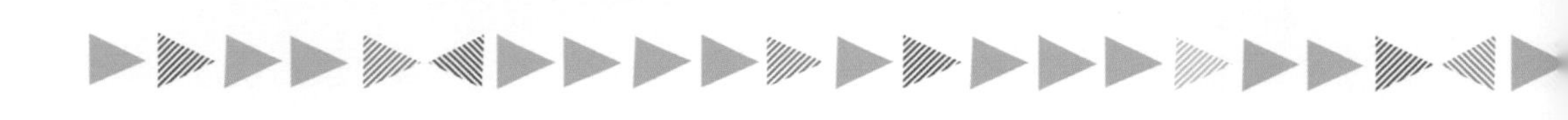

法國乳酪（起士）分布圖

法國各地區有名的乳酪（起士）有哪些？

	乳酪種類		地區或城市	乳源
1		**le brie** 布利乳酪	Ile-de France 法蘭西島	au lait de vache 牛奶
2		**le Roquefort** 洛克福乳酪	Aveyron 阿韋龍省	au lait de brebis 綿羊奶
3		**le comté** 孔德乳酪	Franche-Comté 法蘭琪 - 孔德	au lait de vache 牛奶
4		**le camembert** 卡蒙貝爾乳酪	Normandie 諾曼地	au lait de vache 牛奶
5		**le pélardon** 佩拉冬乳酪	Languedoc-Roussillon 朗格多克 - 胡西永	au lait de chèvre 山羊奶
6		**le bleu d’Auvergne** 奧維涅藍紋乳酪	Auvergne 奧維涅	au lait de vache 牛奶
7		**l’époisses** 艾伯斯乳酪	Bourgogne 勃根地	au lait de vache 牛奶

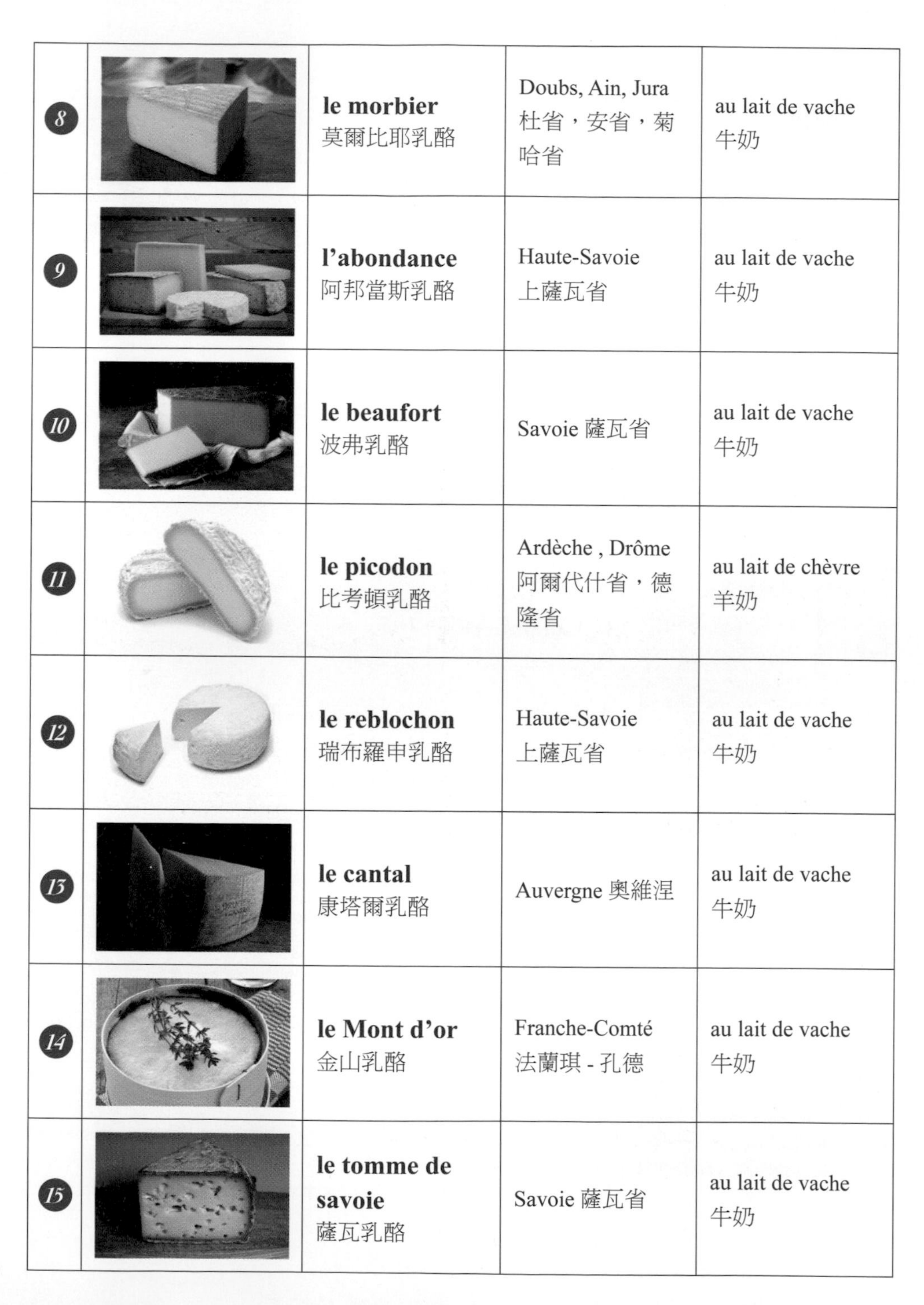

8		**le morbier** 莫爾比耶乳酪	Doubs, Ain, Jura 杜省，安省，菊哈省	au lait de vache 牛奶
9		**l'abondance** 阿邦當斯乳酪	Haute-Savoie 上薩瓦省	au lait de vache 牛奶
10		**le beaufort** 波弗乳酪	Savoie 薩瓦省	au lait de vache 牛奶
11		**le picodon** 比考頓乳酪	Ardèche , Drôme 阿爾代什省，德隆省	au lait de chèvre 羊奶
12		**le reblochon** 瑞布羅申乳酪	Haute-Savoie 上薩瓦省	au lait de vache 牛奶
13		**le cantal** 康塔爾乳酪	Auvergne 奧維涅	au lait de vache 牛奶
14		**le Mont d'or** 金山乳酪	Franche-Comté 法蘭琪 - 孔德	au lait de vache 牛奶
15		**le tomme de savoie** 薩瓦乳酪	Savoie 薩瓦省	au lait de vache 牛奶

PARTIE 1
La maison 居家

◆◆◆ Chapitre 1

La salle de séjour 客廳

客廳擺飾

1. **le plafond** [lə plafɔ̃] n. 天花板
2. **le mur** [lə myr] n. 牆壁
3. **le parquet** [lə parkɛ] n. 木質地板
4. **la fenêtre** [la f(ə)nɛtr] n. 窗戶
5. **la table basse** [la tabl bɑs] n. 茶几；咖啡桌
6. **le canapé** [lə kanape] n. 長沙發椅
7. **l'ottomane** [lɔtɔman] n. 軟墊凳
8. **la cheminée** [la ʃ(ə)mine] n. 壁爐
9. **la peinture** [la pɛ̃tyr] n. 畫

⑩ **l'interrupteur** [lɛ̃tɛryptœr] n. 電燈開關

⑪ **la télévision** [la televizjɔ̃] n 電視

⑫ **le tapis** [lə tapi] n. 地毯

⑬ **la plante en pot** [la plɑ̃tɑ̃ po] n. 盆栽

⑭ **le fauteuil** [lə fotœj] n. 扶手椅

⑮ **le coussin** [lə kusɛ̃] n. 靠墊；坐墊

⑯ **l'applique** [laplik] n. 壁燈

⑰ **le lustre** [lə lystr] n. 吊燈

⑱ **le meuble** [lə mœbl] n. 櫃子

⑲ **le tiroir** [lə tirwar] n. 抽屜

常見的 3 種窗簾，法文要怎麼說呢？

Part1_01-B

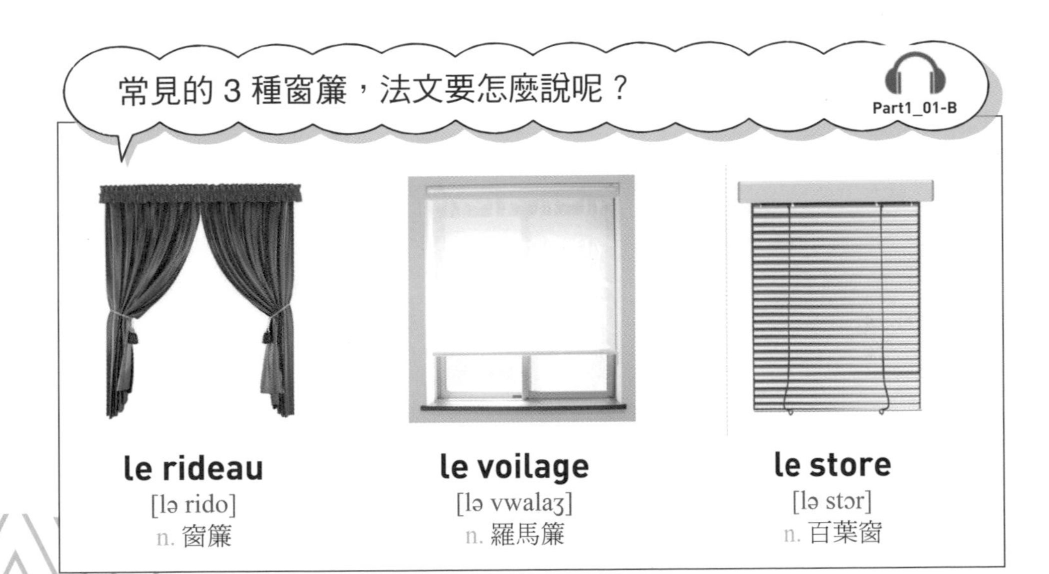

le rideau [lə rido] n. 窗簾

le voilage [lə vwalaʒ] n. 羅馬簾

le store [lə stɔr] n. 百葉窗

◆ Tips ◆

慣用語小常識：地毯篇

se prendre les pieds dans le tapis
弄錯、搞砸

這句慣用語照字面的意思，是「把自己的雙腳纏在地毯裡」，引申的意思是「強調事情進行地不如預想中順利」，尤其指的是一件不容易完成的事情。

Ce matin, je me suis pris les pieds dans le tapis en faisant mon exposé devant toute la classe.
今早，我在全班面前搞砸了我的口頭報告。

你知道嗎？

在法國人的客廳裡會使用哪些燈呢？

le plafonnier 天花板吊燈

相信大家一定都會對於法國家庭內部的擺設與裝潢感到非常的好奇，一向給與人們浪漫性格的法國人，他們的家到底是什麼樣子呢？一般來說，法國人的家所呈現的色彩是暖色系的，主要的原因是燈光的選擇，除了燈光的顏色是柔和的黃色之外，法國人習慣性只開客廳**天花板吊燈 le plafonnier**，搭配同一色系的壁紙，讓整個客廳呈現昏暗幽靜的感覺。

如果要看電視，則會打開在電視附近的**壁燈 l'applique** 或是**桌燈 la lampe (de table)**，其作用並不是讓整個客廳更為明亮，而是利用不同層次的燈光營造另一種氣氛。若是有朋友來訪，則會關掉電視旁的桌燈，而打開在其他傢俱上的桌燈，因此法國人的家中擺有好幾種形式的桌燈與壁燈，主要的功能除了裝飾之外，同時也達到節省能源的目的。

l'applique 壁燈

la lampe de table 桌燈

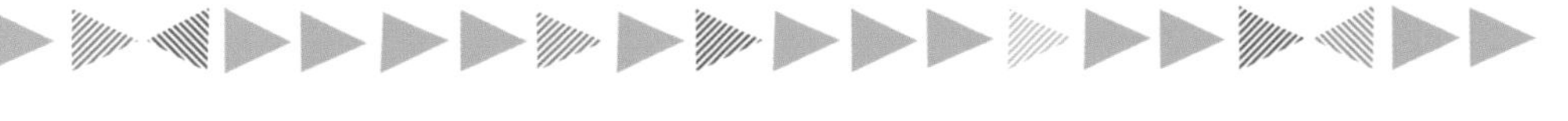

法國人家裡客廳的地板建材有哪些？

le carrelage 磁磚

比較傳統的法式室內裝潢，地板材質的選擇是非常重要的，且具有「邏輯性」的。一般來說，法國人偏好用**木質地板 le parquet** 來裝潢客廳的地板，除了美學上典雅的因素外，另一個則是實用性的考量，木質地板較**磁磚 le carrelage** 或**石製地板 le granit**（**花崗岩**）、**le marbre**（**大理石**）來得「溫暖」。

為了讓客廳更具有特色，法國人喜歡在木質地板上鋪放**地毯 le tapis**，我們常把這類有特殊花紋與色彩的織物稱為 **le tapis d'Orient**（**波斯地毯**），雖然這類的地毯並沒有固定的大小，但一般為長 200-300 公分，寬為 120-200 公分，其主要功能為提升客廳的格調

le tapis 地毯 & le parquet 木質地板

Le tapis de votre salon est magnifique.
您客廳的地毯非常的典雅。

在客廳會做什麼呢？

01 看電視 regarder la télévision

會用到的單字與片語

1. **l'écran à cristaux liquides (lcd)** [lekrɑ̃ a kristo likid] n. 液晶電視
2. **le téléviseur plasma** [lə televizœr plasma] n. 電漿電視
3. **le meuble pour le téléviseur** [lə mœbl pur lə televizœr] n. 電視櫃
4. **la stéréo** [la stereo] n. 立體音響
5. **le haut-parleur** [lə o parlœ:r] n. 喇叭
6. **la télécommande** [la telekɔmɑ̃d] n. 遙控器
7. **le lecteur de DVD** [lə lɛktœr də devede] n. DVD 播放器
8. **la chaîne** [la ʃɛn] n. 頻道
9. **le téléphage** [lə telefaʒ] n. 電視迷
10. **la rediffusion** [la rədifyzjɔ̃] n. 重播
11. **le sous-titrage** [lə su titraʒ] n. 字幕
12. **live** [lajv] adj. 直播
13. **la fin** [la fɛ̃] n. 結局
14. **l'audimat** [lodimat] n. 收視率
15. **la définition** [la definisjɔ̃] n. 畫質
16. **le bandeau d'information** [lə bɑ̃do dɛ̃fɔrmasjɔ̃] n. 新聞跑馬燈
17. **l'épisode** [lepizɔd] n. 集數
18. **le dernier épisode** [lə dɛrnjɛ epizɔd] n. 完結篇
19. **la première** [la prəmjɛr] n. 首播
20. **allumer la télévision** [alyme la televizjɔ̃] ph. 開電視
21. **éteindre la télévision** [etɛ̃dr la televizjɔ̃] ph. 關電視
22. **augmenter le son** [ɔgmɑ̃te lə sɔ̃] ph. 大聲點
23. **baisser le son** [bese lə sɔ̃] ph. 小聲點
24. **changer la chaîne** [ʃɑ̃ʒe la ʃɛn] ph. 轉台

你知道各類的電視節目怎麼說嗎？

1. **le programme de la télévision** [lə prɔgram də la televizjɔ̃] n. 電視節目
2. **les divertissements** [le divɛrtismɑ̃] n. 綜藝節目
3. **les séries** [le seri] n. 連續劇
4. **les journaux télévisés** [le ʒurno televize] n. 新聞
5. **les prévisions météorologiques** [le previzjɔ̃ meteɔrɔlɔʒik] n. 氣象預報
6. **les dessins animés** [le desɛ̃ anime] n. 卡通
7. **le film** [lə film] n. 電影
8. **les publicités** [le pyblisite] n. 廣告
9. **la cérémonie de remise des prix** [la seremɔni də r(ə)miz de pri] n. 頒獎節目
10. **le débat télévisé** [lə deba televize] n. 脫口秀
11. **les feuilletons** [le fœjtɔ̃] n. 肥皂劇
12. **la comédie de situation** [la kɔmedi də sitɥasjɔ̃] n. 情境喜劇
13. **les jeux télévisés** [le ʒø televize] n. 益智節目
14. **les émissions d'imitation** [le zemisjɔ̃ dimitasjɔ̃] n. 模仿秀
15. **les émissions de téléréalité** [le zemisjɔ̃ də telerealite] n. 實境節目
16. **la chaîne de téléachat** [la ʃɛn də teleaʃa] n. 購物頻道

會用到的句子

1. **Qu'est-ce qu'il y a à la télévision?** 現在在演什麼？
2. **Qui est-ce qui joue ?** 這是誰演的？
3. **Est-ce que tu as déjà vu ce film?** 你看過這部電影嗎？
4. **Est-ce la rediffusion?** 又重播了嗎？
5. **La réception est mauvaise.** 收訊不好。
6. **Arrête de changer de chaîne.** 不要一直轉台。
7. **Nous ne regardons pas cette émission.** 我們不看這個節目。
8. **Va à la chaîne 22.** 轉到第 22 台。

••• 02 聊天、談正事 bavarder、discuter

會用到的單字與片語

Part1_03

1. **bavarder** [bavarde] v. 閒談；聊天
2. **parler de** [parle də] v. 談論～；談到～
3. **les salutations** [le salytasjɔ̃] n. 問候
4. **le papotage** [lə papɔtaʒ] n. 閒聊
5. **papoter** [papɔte] v. 聊八卦或小道消息
6. **complimenter** [kɔ̃plimɑ̃te] v. 讚美；稱讚
7. **discuter** [diskyte] v. 商談；討論
8. **présenter** [prezɑ̃te] v. 介紹
9. **la réunion** [la reynjɔ̃] n. 開會；會議
10. **négocier** [negɔsje] v. 談判；協商
11. **passer aux choses sérieuses** ph. 談正事；言歸正傳
12. **dire du mal de quelqu'un** ph. 說某人的壞話
13. **parler derrière le dos de quelqu'un** ph. 說某人的閒話

◆ Tips ◆

parler、bavarder 和 papoter 有何不同呢？

與人說話、一起聊天的法語同義詞有數十種之多，類別可用於書寫、口語或俚語，為了避免不必要的誤解，使用標準法語並了解這些字的差異，就更能掌握這個語言的運用。

parler [parle] 的意思是與別人說話、交換想法或表達意見。
C'est quelqu'un avec qui on peut parler de tout.
這個人可以讓人無所不聊。

bavarder [bavarde] 泛指一般的聊天，沒有任何主題上的限制，通常使用這個動詞時，也暗喻著說話的人說的內容多，而且也不是太過嚴肅的內容。
Cette femme bavarde du matin au soir. 這個女人整天串門子。

papoter [papɔte] 這個字屬於口語法文（familier），指的是一群人聊著無關緊要的事情，或者聊些八卦。
Ces mamans papotent devant l'école. 這些媽媽們站在學校門口前閒聊著。

常說的句子

1. **A la prochaine fois.** 改天再聚聚。
2. **C'était un plaisir de discuter avec toi.** 很高興跟你聊天。
3. **C'est une longue histoire.** 說來話長；一言難盡。
4. **Réfléchis/Réfléchissez bien.** 仔細考慮一下。
5. **Le temps nous le dira.** 時間會證明一切的。
6. **Je ressens ta douleur.** 我能體會你的感受。
7. **Tu as ma parole.** 我保證。
8. **C'est toi le patron.** 聽你的，你說的算。
9. **Je ne plaisante pas.** 我是認真的。
10. **Peu importe ce que tu dis.** 隨便你怎麼說。
11. **Il est difficile de dire.** 這很難說。
12. **Sans aucun doute.** 無庸置疑。
13. **Passons aux choses sérieuses.** 直接談正事吧。

◆ Tips ◆

慣用語小常識：談正事篇

Les affaires sont les affaires.
「生意就是生意」？

Les affaires 意味著「生意」或者是「任何跟金錢有關的商業行為」。法國劇作家 Octave Mirbeau 在 1903 年的作品 Les affaires sont les affaires 中，將男主角在與他人之間論及與金錢有關的交易時，不顧及人情與道德層面考量的做法，發揮地淋漓盡致，這句源自英國的慣用語與中國俗語「親兄弟明算帳」或「公事公辦」有著異曲同工之妙。

Désolé, je regrette mais les affaires sont les affaires.
我很抱歉，但我只能親兄弟明算帳。

◆ Tips ◆

法國人如何打招呼呢？

在法國，打招呼的禮節有許多種，會根據年齡、社會地位與熟識程度等等條件而有別，這是到法國前必須先瞭解的重要課題。一般來說，Bonjour 是針對所有人最適宜的一個打招呼方式，在面對一位**長者、上司或關係不熟稔的人**，可以用 Bonjour, comment allez-vous ? 作為開場白，其伴隨的手勢為伸出手與對方握手。對於**家人、朋友或同輩**，可以用 Bonjour, comment ça va ? / Comment vas-tu ? / Comment va ?，伴隨的動作為親吻臉頰，親吻臉頰的次數一般為兩次，但是法國南部依地區的不同，有時為三次，有時為四次。

另外比較輕鬆的打招呼方式為 Salut 或 Coucou，但必須注意的是這兩種表達方式較為口語，只限用於與自己非常熟識的人或平輩之間。

03 做家事 faire le ménage

Part1_04

在家裡會做哪些家事呢？

balayer
[balɛje]
v. 掃地

passer la serpillière
[pase la sɛrpijɛr]
ph. 拖地

essuyer le sol
[esɥije lə sɔl]
ph. 擦地板

laver le sol à la brosse
[lave lə sɔl a la brɔs]
ph. 刷地板

passer l'aspirateur
[pase laspiratœr]
ph. 吸地

faire la lessive
[fɛr la lesiv]
ph. 洗衣服

étendre le linge
[etɑ̃dr lə lɛ̃ʒ]
ph. 曬衣服

faire sécher le linge
[fɛr seʃe lə lɛ̃ʒ]
ph. 烘衣服

plier les vêtements
[plije le vɛtmɑ̃]
ph. 摺衣服

faire le repassage
[fɛr lə rəpasaʒ]
ph. 燙衣服

faire la cuisine
[fɛr la kɥizin]
ph. 煮飯

faire la vaisselle
[fɛr la vɛsɛl]
ph. 洗碗

laver la voiture
[lave la vwatyr]
ph. 洗車

descendre la poubelle
[desɑ̃dr la pubɛl]
ph. 倒垃圾

essuyer la table
[esɥije la tabl]
ph. 擦桌子

désherber
[dezɛrbe]
v. 除草

arroser
[aroze]
v. 澆水

faire le lit
[fɛr lə li]
ph. 鋪床

做家事時會用到的用具

le détergent
[lə detɛrʒɑ̃]
n. 清潔劑、洗衣精（粉）

la lessive en poudre
[la lesiv ɑ̃ pudr]
n. 洗衣粉

la lessive liquide
[la lesiv likid]
n. 洗衣精

les produits blanchissants
[le prɔdɥi blɑ̃ʃisɑ̃]
n. 漂白劑

le balai
[lə balɛ]
n. 掃把

la corde à linge
[la kɔrda lɛ̃ʒ]
n. 曬衣繩

les pinces à linge
[le pɛ̃sa lɛ̃ʒ]
n. 曬衣夾

la pelle à ordures
[la pɛla ɔrdyr]
n. 畚斗

le lave-vaisselle
[lə lav vɛsɛl]
n. 洗碗機

le liquide vaisselle
[lə likide vɛsɛl]
n. 洗碗精

l'éponge
[lepɔ̃ʒ]
n. 菜瓜布

le sèche-linge
[lə sɛʃlɛ̃ʒ]
n. 烘衣機

le chiffon à poussière
[lə ʃifɔ̃ a pusjɛr]
n. 除塵抹布

le plumeau poussière
[lə plymo pusjɛr]
n. 防塵撣子

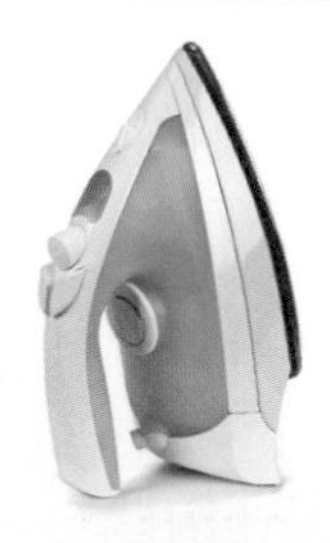

le fer à repasser
[lə fɛr a rəpase]
n. 熨斗

la brosse
[la brɔs]
n. 刷子

le chiffon
[lə ʃifɔ̃]
n. 抹布

la poubelle
[la pubɛl]
n. 垃圾桶

la serpillière
[la sɛrpijɛr]
n. 拖把

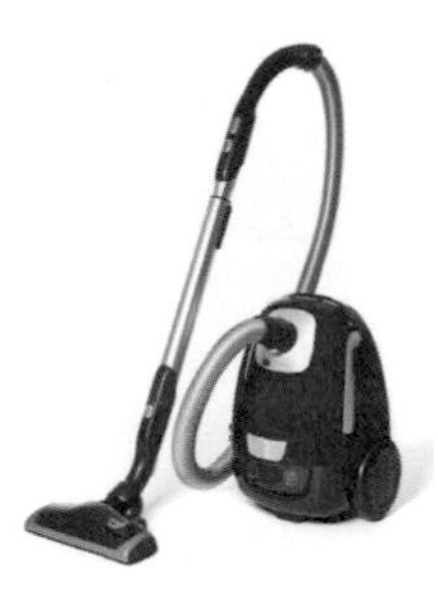

l'aspirateur
[laspiratœr]
n. 吸塵器

la poubelle à recyclage
[la pubɛla rəsiklaʒ]
n. 回收桶

le cintre
[lə sɛ̃trə]
n. 衣架

le bac à linge
[lə baka lɛ̃ʒ]
n.（要洗的或洗好的衣物）置衣籃

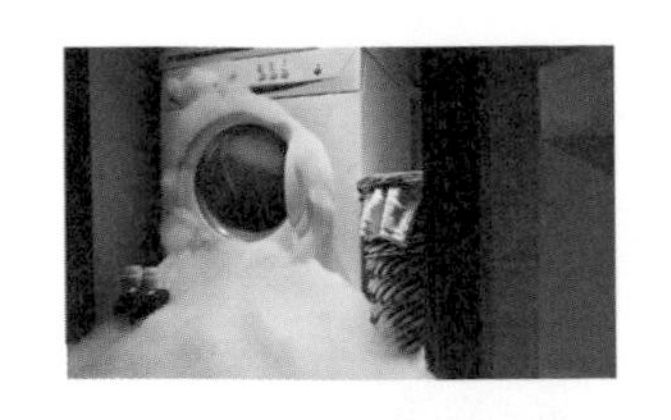

la machine à laver
[la maʃin a lave]
n. 洗衣機

◆ Tips ◆

rincer 和 laver 一樣都是「洗」，有什麼不一樣呢？

rincer [rɛ̃se]（沖洗、清洗）是指「不加任何清潔用品，而是以清水的方式沖洗乾淨」，然而 laver [lave]（洗滌）是指「在清洗的過程中，先加入洗滌的產品清洗，而後用清水沖洗乾淨」，這整個過程都稱為 laver [lave] 。

Après avoir lavé cette chemise à la lessive, je l'ai bien rincée à l'eau.
用洗衣精洗了這件襯衫後，我用清水沖了好幾次。

◆◆◆ Chapitre2

La cuisine 廚房

廚房擺設

❶ **le réfrigérateur (le frigidaire / le frigo)** [lə refriʒeratœr] ([lə friʒidɛr]) n. 冰箱

❷ **la hotte** [la ɔt] n. 抽油煙機

❸ **la cuisinière** [la kɥizinjɛr] n. 爐台（電爐、瓦斯爐）

❹ **le plan de travail** [lə plɑ̃ də travaj] n. 料理台面

❺ **l'évier** [levje] n. 水槽

❻ **le placard de cuisine** [lə plakar də kɥizin] n. 碗櫥；食品櫥櫃

7 **le micro-onde** [lə mikrɔɔ̃d] n. 微波爐

8 **le four** [lə fur] n. 烤箱

9 **le wok** [lə wɔk] n. 炒菜鍋

衍 **la casserole** [la kasrɔl] n. 鍋子

10 **le robinet** [lə rɔbinɛ] n. 水龍頭

11 **les assaisonnements** [le zasɛzɔnmɑ̃] n. 調味料；佐料

12 **le mug** [lə mʌg] n. 馬克杯

13 **le verre** [lə vɛr] n. 玻璃杯

◆ Tips ◆

一樣都是調味的東西，但 l'assaisonnement 和 l'épice 有什麼不同呢？

l'assaisonnement [lasɛzɔnmɑ̃] 是指各類「調味料」的總稱，凡是鹽、胡椒、糖、醬油、醋等各種能讓菜餚更加美味的佐料，都統稱為 l'assaisonnement；l'épice [lepis] 則單指「香料」，像是番紅花、丁香、肉桂、咖哩粉等植物性的調味香料，就稱為 l'épice，通常以粉末或顆粒的方式呈現，特點為味道濃烈，甚至辛辣。另外還有香氣植物（l'herbe aromatique）如薄荷、羅勒、薰衣草等。

Vous avez un large choix d'épices pour l'assaisonnement de votre viande.
您有一堆的香料可選擇來調味您的肉品。

其他常用的廚房電器

Part1_06

le mixer (mixeur)
[lə miksœr]
n. 果汁機；攪拌器

le robot de cuisine
[lə rɔbo də kɥizin]
n. 食物調理機

le grille-pain
[lə grijpɛ̃]
n. 烤麵包機

la machine à pain
[la maʃin a pɛ̃]
n. 製麵包機

l'extracteur de jus
[lɛkstraktœr də ʒy]
n. 榨汁研磨機

le lave-vaisselle
[lə lavvɛsɛl]
n. 洗碗機

la machine à café
[la maʃin a kafe]
n. 咖啡機

l'autocuiseur de riz
[lotokɥizœr də ri]
n. 電子鍋

la plaque chauffante à induction
[la plak ʃofɑ̃t a ɛ̃dyksjɔ̃]
n. 電磁爐

廚房裡會用到的工具或用品

le tablier
[lə tablije]
n. 圍裙

le couperet
[lə kuprɛ]
n. 剁刀

le couteau de cuisine
[lə kuto də kɥizin]
n. 廚刀

la marmite
[la marmit]
n. 煮鍋

la poêle à frire
[la pwal a frir]
n. 平底（煎）鍋

la casserole
[la kasrɔl]
n. 鍋子

la spatule
[la spatyl]
n. 鍋鏟

la planche à découper
[la plɑ̃ʃ a dekupe]
n. 砧板

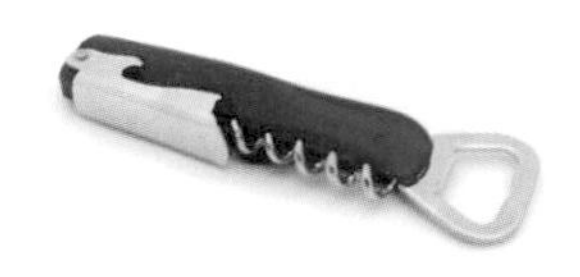

le décapsuleur
[lə dekapsylœr]
n. 開瓶器

l'ouvre-boîte
[luvrbwat]
n. 開罐器

le tire-bouchon
[lə tirbuʃɔ̃]
n. 軟木塞開瓶器

l'attendrisseur
[latɑ̃drisœr]
n. 肉槌

le torchon à vaisselle
[lə tɔrʃɔ̃ a vɛsɛl]
n.（擦碗盤用的）抹布

la bouilloire
[la bujwar]
n. 熱水壺

l'égouttoir
[legutwar]
n. 瀝乾碗盤架

la manique
[la manik]
n. 隔熱手套

le dessous-de-plat
[lə dəsudpla]
n. 隔熱墊

l'éplucheur
[leplyʃœr]
n. 削皮刀

le papier aluminium
[lə papje alyminjɔm]
n. 鋁箔紙

l'autocuiseur
[lotokɥizœr]
n. 壓力鍋

la pince à viande
[la pɛ̃sa vjɑ̃d]
肉夾

01 烹飪 cuisiner

各種備料的方式，用法文要怎麼說？

couper
[kupe]
v. 切

hacher
[aʃe]
v. 切碎

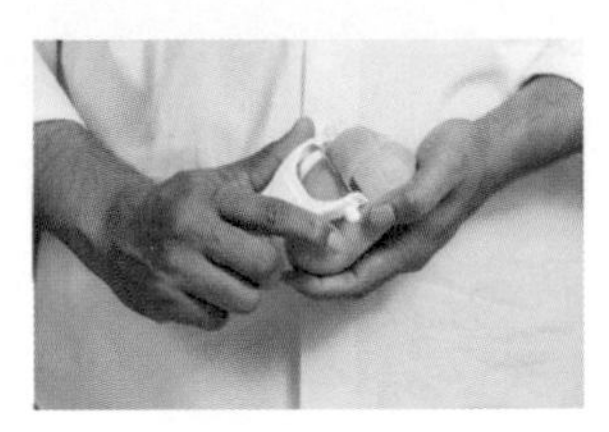

éplucher
[eplyʃe]
v. 削（皮）

casser un œuf
[kase œ̃ nœf]
ph. 打（蛋）

mélanger
[melɑ̃ʒe]
v. 攪拌

râper
[rɑpe]
v. 刨（成絲）

presser
[prɛse]
v. 擠（檸檬）

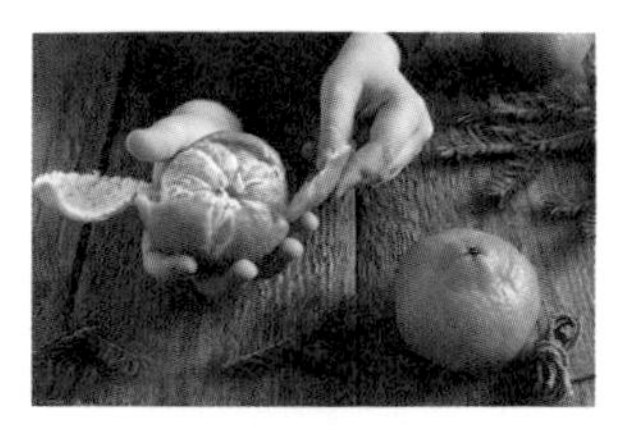

peler
[pəle]
v. 剝（果菜皮）

décongeler
[dekɔ̃ʒle]
v. 解凍

mouliner
[muline]
v. 磨

saupoudrer
[sopudre]
v. 撒（胡椒粉、糖粉）

rincer
[rɛ̃se]
v. 洗（菜）

tremper
[trɑ̃pe]
v. 浸泡

verser
[vɛrse]
v. 倒（進）

ajouter
[aʒute]
v. 加（進）

mariner
[marine]
v. （肉類、魚）醃

macérer
[masere]
v. （水果類）醃

補充：

écraser
v. 搗碎，壓碎

émonder
v. 燙過並放涼後再去皮（如杏仁）

accompagner
v. 附加（配菜）

各種烹飪的方式，用法文要怎麼說？

bouillir
[bujir]
v.（水）煮沸

griller
[grije]
v. 炙烤

fricasser
[frikase]
v. 炒；煮

poêler
[pwale]
v.（用平底鍋）煎

frire
[frir]
v. 油炸

mijoter
[miʒɔte]
v. 燉，滷

réchauffer au micro-ondes
[reʃofe o mikrɔɔ̃d]
ph. 微波加熱

tourner
[turne]
v. 攪動；翻動

faire revenir
[fɛr rəvnir]
ph. 用熱油煎過

faire sauter
[fɛr sote]
ph. 翻炒

préchauffer
[preʃofe]
v. 預熱

blanchir
[blɑ̃ʃir]
v. 沸水燙過

補充：其他烹飪方式

1. **réduire** [redɥir] v. 熬煮、濃縮
2. **cuire à la vapeur** [kɥir a la vapœr] ph. 蒸
3. **pocher** [pɔʃe] v. 用沸水燙煮
4. **rôtir** [rɔtir] v.（用烤箱；用烤架）烤
5. **sauter meunière** [sote mønjɛr] ph. 裹上麵粉再用奶油煎
6. **braiser** [brɛze] v. 煨，用文火煮，（小火）燉煮
7. **en ragoût** [ɑ̃ ragu] ph. 用燉的　n. 燉煮式菜餚
8. **à la braise** [a la brɛz] ph. 用文火煨的

你知道嗎？

法國人的飲食習慣與料理習慣到底是什麼？

法國美食聞名世界，您是否想知道法國人美食當前卻能保持良好身材的祕訣呢？主因就在於他們的料理習慣與飲食習慣，法國家庭是如何準備餐點的呢？

l'entrée 前菜

不同於台灣的用餐方式，法國人喜歡將餐點依序上菜食用，即使在家中用餐，一般來說可分前菜、主菜、乳酪及甜點，過程中佐以麵包和飲料。**前菜**通常為**生菜沙拉** la salade composée [la salad kɔ̃poze]、**水果** les fruits [le frɥi]、**法式肉醬凍** la terrine [la tɛrin] 或**火腿拼盤** l'assortiment de jambon [lasɔrtimɑ̃ də ʒɑ̃bɔ̃]。前菜的份量並不多，主要功能是開胃，促進食慾。

le plat principal 主食

法國人的主食為各式肉類、魚類、海鮮，最簡便的烹飪方式為**煎 poêler** [pwale]，將切為薄片的魚排或肉排放至平底鍋，以中火將兩面各煎三到五分鐘，搭配蔬菜與澱粉類食物，在平時用餐時間較倉促的情況下，這是最省時的烹飪方式。但在特殊的場合，例如請朋友到家裡吃飯，或是家族聚餐，法國人會選擇**用烤箱烤 rôtir** [rɔtir]，利用烤箱可以控制均溫的特性，烤出外焦但肉質鮮嫩多汁且不油膩，而且用烤箱料理魚類或海鮮以焗烤的方式居多。用**燉 mijoter** [miʒɔte] 的法國料理也不少，將肉類與新鮮蔬菜用小火悶煮約三個小時，加入適宜的香料與調味料提味，讓蔬菜自然的風味融入肉中，既美味又健康。

l'accompagnement 配菜

主食的配菜通常是各類**煮熟的蔬菜 les légumes cuits** [le legym kɥi]，再加上**米飯 le riz** [lə ri]、**麵 les pâtes** [le pɑt] 或馬鈴薯 **les pommes de terre** [le pɔm də tɛr] 等的澱粉類食物。這些配菜的烹調方式，多以**蒸 cuire à la vapeur** [kɥir a la vapœr] 或**水煮 cuire à l'eau** [kɥir a lo] 的方式煮熟，然後**再放進平底鍋用少許奶油或橄欖油加熱調味後食用**。

法國家庭典型的一餐，涵蓋了一天中所需要的營養成分，包含蔬菜水果、碳水化合物，且一餐只吃一種蛋白質，不會攝取過量的肉類。此外，特定的上菜方式與順序及避免狼吞虎嚥的飲食習慣，這就是法國人保持良好身材與長壽的祕訣。

廚房用的調味料有些呢？

Part1_08

le sel
[lə sɛl]
n. 鹽

le sucre
[lə sykr]
n. 糖

le poivre
[lə pwavr]
n. 胡椒

le piment
[lə pimɑ̃]
n. 辣椒

le vinaigre
[lə vinɛgr]
n. 醋

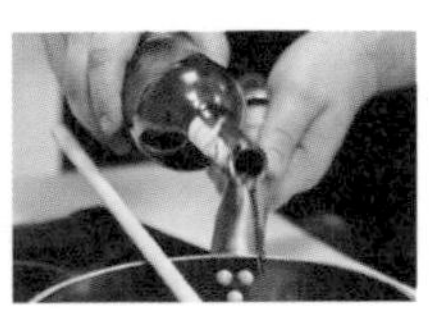

le vin
[lə vɛ̃]
n. （料理用）酒

l’huile
[lɥil]
n. 油

la sauce de soja
[la sos də sɔʒa]
n. 醬油

l’huile d’olive
[lɥil dɔliv]
n. 橄欖油

la moutarde à l'ancienne
[la mutard a lɑ̃sjɛn]
n. 芥末籽醬

la moutarde
[la mutard]
n. 芥末醬

le miel
[lə mjɛl]
n. 蜂蜜

le gingembre
[lə ʒɛ̃ʒɑ̃br]
n. 生薑；薑

l’ail
[laj]
n. 大蒜

la ciboule
[la sibul]
n. 蔥

la menthe
[la mɑ̃t]
n. 薄荷

le romarin
[lə rɔmarɛ̃]
n. 迷迭香

le basilic
[lə bazilik]
n. 羅勒

le thym
[lə tɛ̃]
n. 百里香

le laurier
[lə lɔrje]
n. 月桂葉

le curry
[lə kyri]
n. 咖哩

le safran
[lə safrɑ̃]
n. 番紅花

la canelle
[la kanɛl]
n. 肉桂

le girofle
[lə ʒirɔfl]
n. 丁香

la mayonnaise
[la majɔnɛz]
n. 美乃滋

la sauce poivrée
[la sos pwavre]
n. 胡椒醬

la sauce bordelaise
[la sos bɔrdəlɛ:z]
n. 紅酒醬

la sauce béchamel
[la sos beʃamɛl]
n. 白醬

la sauce tomate
[la sos tɔmat]
n. 番茄醬

la sauce pesto
[la sos pɛstɔ]
n. 青醬

la sauce tartare
[la sos tartar]
n. 塔塔醬

la sauce salsa
[la sos salsa]
n. 莎莎醬

◆ Tips ◆

慣用語小常識：煮飯篇：

Les carottes sont cuites.
已成定局、無法改變的事實。

這句俗語照字面的意思是「胡蘿蔔煮熟了」，引申的意思是指一件事情已成定局或是沒有再改變的可能性。

這樣的說法是如何演變而來的呢？在十七世紀時，胡蘿蔔一直被認為是賤價的蔬菜，生活拮据的平民的主食通常是煮熟的胡蘿蔔配上肉類。由於肉類是死亡的動物，所以人們就把煮熟的胡蘿蔔也跟死亡聯想在一起，十八世紀之後，進而暗指頻臨死亡的人。而現在 les carottes sont cuites 就被用來形容一個計畫、一個意圖或一段感情沒有任何的希望，發生的事已成定局。

Avec onze points de retard, les carottes sont cuites, le club de Lyon est distancé par le futur champion de France, le club de Paris.
多達 11 分的差距，里昂足球隊被即將成為法聯的冠軍隊伍巴黎遠遠地拋在後面，注定奪冠無望。

各種味道的表達，法文怎麼說？

salé
[sale]
adj. 鹹的

sucré
[sykre]
adj. 甜的

amer
[amɛr]
adj. 苦的

acide
[asid]
adj. 酸的

épicé
[epise]
adj. 辣的

gras
[gra]
adj. 油膩的

補充：
léger adj. 清淡的
cru adj. 生的
cuit adj. 熟的

各種「切」法，法文怎麼說？

hacher
[aʃe]
v. 切碎

couper en dés
[kupe ɑ̃ de]
ph. 切丁

couper en rondelles
[kupe ɑ̃ rɔ̃dɛl]
ph. 切片

couper en lanières
[kupe ɑ̃ lanjɛr]
ph. 切細長條

couper en morceaux
[kupe ɑ̃ mɔrso]
ph. 切塊

補充：
découper v. 切開
tailler v. 切，剪
trancher v. 切，切片
escaloper v. 切薄片
couper en deux ph. 切一半
en tranches (fines) ph. 切成（薄）片
en escalopes ph. 切成薄片
en lamelles ph. 切成小薄片

02 烘焙 boulanger et pâtisser

Part1_09

烘焙時需要做的動作，用法文要怎麼說？

tamiser
[tamize]
v. 過篩

mélanger
[melɑ̃ʒe]
v. 攪拌

pétrir
[petrir]
v. 揉（麵團）

rouler (la pâte)
[rule la pɑt]
v. 擀（麵團）

fariner
[farine]
v. 撒（麵粉）

faire lever (la pâte)
[fɛr ləve la pɑt]
ph. 靜置發酵

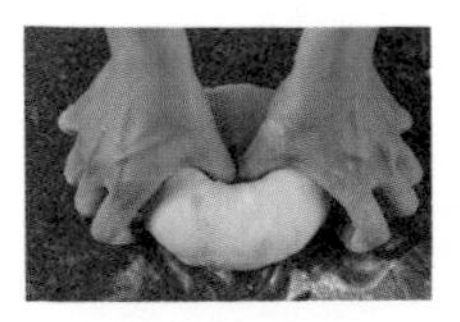

façonner
[fasɔne]
v. 塑形

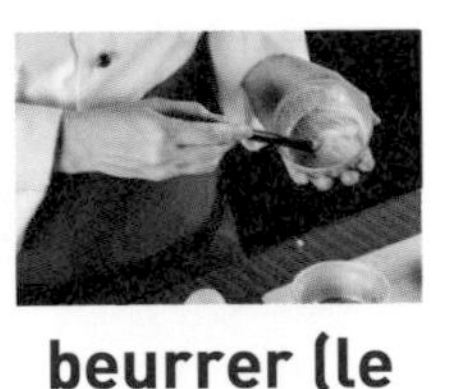

beurrer (le moule)
[bœre lə mul]
v. （在模具裡）上油

mouler
[mule]
v. 放進模具裡

démouler
[demule]
v. 從模具中取出

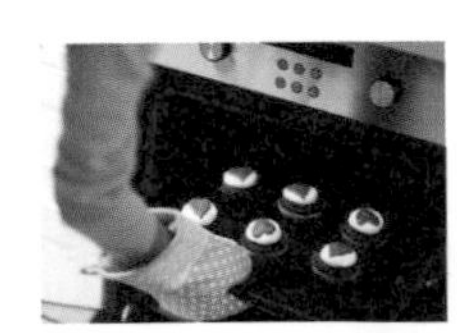

faire cuire au four
[fɛr kɥir o fur]
ph. 烤

補充：

retourner
v. 翻面

couper
v. 分割

décorer
v. 裝飾

烘焙時會用到什麼呢？

le tamis
[lə tami]
n. 篩網

la farine
[la farin]
n. 麵粉

la levure chimique
[la l(ə)vyr ʃimik]
n. 發粉；泡打粉

le lait
[lə lɛ]
n. 牛奶

le récipient
[lə resipjɑ̃]
n. 容器

les ingrédients
[lezɛ̃gredjɑ̃]
n. 原料

la balance
[la balɑ̃s]
n. 磅秤

le moule
[lə mul]
n. 烤模

le moule en papier
[lə mulɑ̃ papje]
n. 烘烤用的紙模

le papier de cuisson
[lə papje də kɥisɔ̃]
n. 烤盤紙

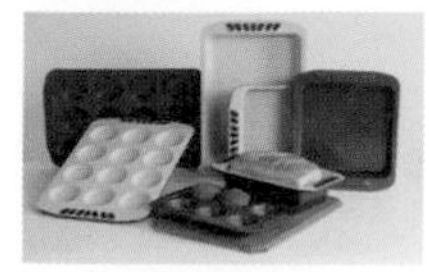

la plaque de four
[la plak də fur]
n. 烤盤

le fouet à œufs
[lə fwɛ a œ]
n. 打蛋器

la trancheuse à œufs
[la trɑʃø:z a œ]
n. 切蛋器

la poche à douille
[la pɔʃ a duj]
n. 擠花袋

le saladier
[lə saladje]
n. 攪拌盆

le batteur électrique
[lə batœr elɛktrik]
n. 電動攪拌器

la grille à pâtisserie
[la grij a pɑtisri]
n. 烘焙架

le thermomètre
[lə tɛrmɔmɛtr]
n. 溫度計

la cuillère en bois
[la kɥijɛ:r ɑ̃ bwa]
n. 木勺

le verre gradué
[lə vɛr gradɥe]
n. 量杯

les cuillères à mesurer
[le kɥijɛ:r a məzyre]
n. 量匙

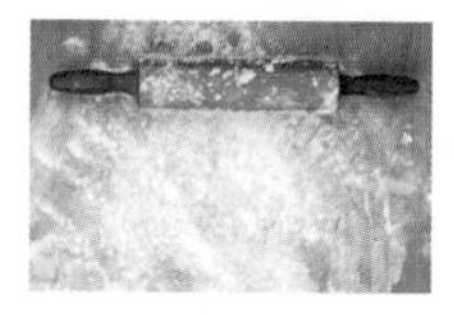

le rouleau à pâtisserie
[lə rulo a pɑtisri]
n. 桿麵棍

l'entonnoir
[lɑ̃tɔnwar]
n. 漏斗

la brosse
[la brɔs]
n. 刷子

你知道嗎？

le moule 與 la moule 千萬不要搞錯！

法語的名詞有陰陽性之分，大體說來是有一個規則可循，但有些特例是必須靠強大的記憶力，以免使用錯誤造成誤解。**le moule** [lə mul] 為**做蛋糕的模具**，但 **la moule** [la mul] 則是指貽貝，是種海生貝類。因此名詞的陰陽性可以決定名詞的意思，一不小心可能就會鬧出笑話喔！

le moule 做蛋糕的模具

la moule 貽貝

烘焙時會用到的切刀有哪些呢？

le couteau à beurre
[lə kuto a bœr]
n. 奶油切刀

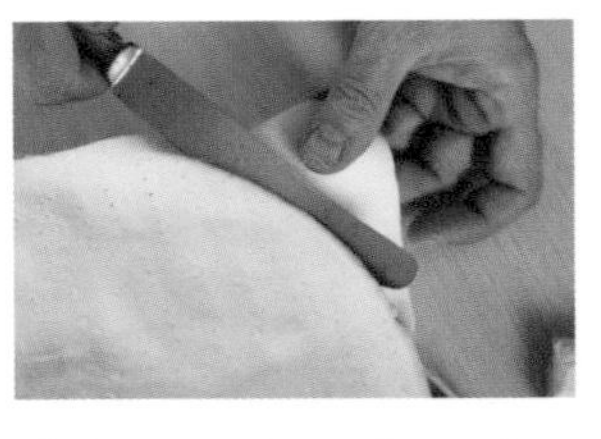

le couteau à pain
[lə kuto a pɛ̃]
n. 麵包刀

la roulette à pâtisserie
[la rulɛt a pɑtisri]
n. 滾輪刀

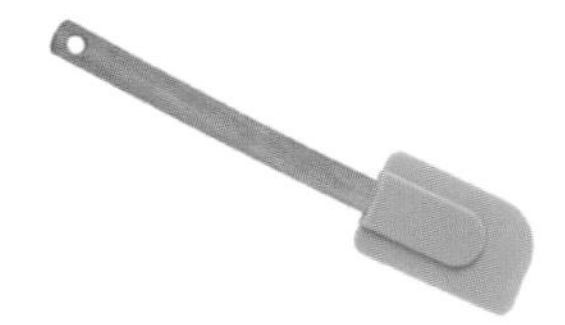

la spatule
[la spatyl]
n. 抹刀；刮刀

les formes à biscuits
[le fɔrm a biskɥi]
n. 餅乾切模器

le couteau à pizza
[lə kuto a pidza]
n. 披薩刀

你知道嗎？

鬆餅與可麗餅兩者到底哪裡不同？只有外觀上的差異嗎？

la gaufre 鬆餅

鬆餅與可麗餅的差別在哪裡呢？第一個想到的差別通常是外觀。**鬆餅 la gaufre** [la gofr] 在製成過程中會加入些許發粉因此較厚實，外觀上呈現一格一格像蜂巢的格子狀，通常是用 **le gaufrier** [lə gofrije]（**鬆餅機**）製作而成的，吃起來外酥內軟，搭配奶油或冰淇淋一起享用更美味。

甜的可麗餅

可麗餅 la crêpe [la krɛp] 的外觀完全不同於 la gaufre。用平底鍋即可煎製而成，但跟鬆餅比起來，做可麗餅更需要技巧，因為可麗餅的薄厚程度要一致，還必須等到一面全熟時才能翻面，吃起來口感鬆軟，搭配果醬、巧克力醬、糖或糖粉更具一番風味。

鹹的可麗餅

但除了外觀不同之外，可麗餅可被視為甜點，但也可加上鹹的配料（例如火腿、乳酪等）來當作主餐。鬆餅與可麗餅的製作材料類似，甚至有人不做區分，但一般來說，鬆餅比可麗餅甜份更高，也比較有飽足感。

••• 03 用餐 pendant le repas

在法國人家裡，早餐會吃哪些東西呢？

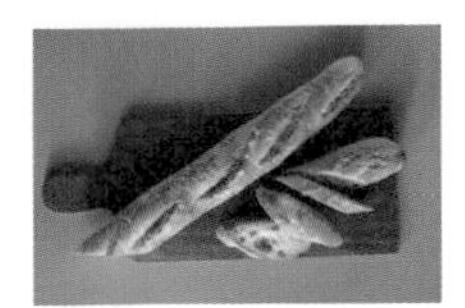

la baguette
[la bagɛt]
n. 長棍麵包

le pain aux raisins
[lə pɛ̃no rɛzɛ̃]
n. 葡萄乾麵包

le croissant
[lə krwasɑ̃]
n. 可頌

la tartine
[la tartin]
n. 塗上奶油或果醬的麵包

le pain au chocolat
[lə pɛ̃no ʃɔkɔla]
n. 巧克力麵包

une tranche de pain
[yn trɑ̃ʃ də pɛ̃]
n. 一片麵包

une biscotte beurrée
[yn biskɔt bœre]
n. 塗上奶油的烤吐司片

une biscotte avec de la confiture
[yn biskɔt avɛk də la kɔ̃fityr]
n. 塗上果醬的烤吐司片

une biscotte avec du miel
[yn biskɔt avɛk dy mjɛl]
n. 塗上蜂蜜的烤吐司片

le yaourt
[lə jaurt]
n. 優格

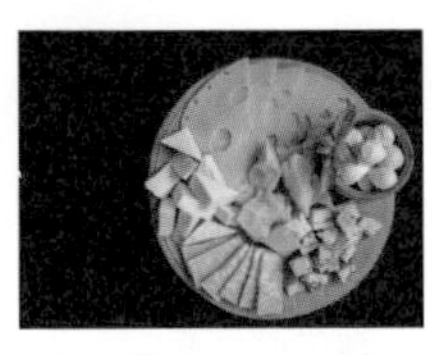

le fromage
[lə frɔma:ʒ]
n. 乳酪

le fromage blanc
[lə frɔma:ʒ blɑ̃]
n. 白乳酪

les céréales
[le sereal]
n. 穀物，玉米片

le thé en sachet
[lə te ɑ̃ saʃɛ]
n. 茶包

le chocolat chaud
[lə ʃɔkɔla ʃo]
n. 熱巧克力

le jus de fruit
[lə ʒy də frɥi]
n. 果汁

le café
[lə kafe]
n. 咖啡

le thé
[lə te]
n. 茶

le café au lait
[lə kafe o lɛ]
n. 咖啡牛奶

le lait
[lə lɛ]
n. 牛奶

法國人吃早餐時、會有哪些習慣或動作呢？

couper
[kupe]
v. 切（麵包）

tartiner
[tartine]
v. 塗（果醬）

ajouter du sucre
[aʒute dy sykr]
ph. 加點糖

trancher
[trɑ̃ʃe]
v. 將（麵包）切片

mettre du miel
[mɛtr dy mjɛl]
ph. 淋上蜂蜜

moudre
[mudr]
v. 磨（咖啡豆）

chauffer au micro-ondes
[ʃofe o mikrɔɔ̃d]
ph. 微波加熱

chauffer au four
[ʃofe o fur]
ph. 用烤箱加熱

griller les toasts
[grije le tost]
ph. 烤吐司

法國人常在家吃的乳酪有哪些種類呢？

Part1_11

1. **le camembert** [lə kamɑ̃bɛr]
卡芒貝爾乳酪
2. **le comté** [lə kɔ̃te] 孔德乳酪
3. **le roquefort** [lə rɔkfɔr] 羅克福乳酪
4. **le brie** [lə bri] 布利乳酪
5. **le beaufort** [lə bofɔr] 波弗特乳酪
6. **le saint-félicien** [lə sɛ̃felisiɛ̃]
聖費利西安乳酪
7. **la tomme de savoie** [la tɔm də savwa]
薩瓦乳酪
8. **le picoton** [lə pikɔtɔ̃] 比考頓乳酪
9. **le saint-marcellin** [lə sɛ̃marsəlɛ̃] 聖馬爾瑟蘭乳酪

法國媽媽最常在家做的經典私房菜、點心有哪些呢？

la gaufre
[la gofr]
n. 鬆餅

la lasagne
[la lazaɲ]
n. 義式千層麵

le gratin dauphinois
[lə gratɛ̃ dofinwa]
n. 白醬焗烤馬鈴薯

la quiche
[la kiʃ]
n. 鹹派

la ratatouille
[la ratatuj]
n. 普羅旺斯燉菜

le velouté de potimarron
[lə vəlute də pɔtimarɔ̃]
n. 南瓜濃湯

les endives au jambon
[lezɑ̃div o ʒɑ̃bɔ̃]
n. 火腿白醬焗烤苦苣

la soupe aux légumes
[la supo legym]
n. 蔬菜濃湯

le bœuf bourguignon
[lə bœf burgiɲɔ̃]
n. 紅酒燉牛肉

les quenelles à la sauce tomate
[le kənɛla la sos tɔmat]
n. 番茄醬梭子魚腸

la crêpe
[la krɛp]
n. 可麗餅

la galette des rois
[la galɛt de rwa]
n. 國王派

◆ Tips ◆

法國人吃早餐的習慣

法國人的早餐習慣一般來說以「甜食」為主，鮮少人在早餐時間「開伙」，最常吃的早餐是 la tartine [la tartin]（塗了果醬或奶油的麵包）, la brioche [la brijɔʃ]（布利歐，奶油雞蛋軟麵包）, le croissant [lə krwasɑ̃]（可頌）, les céréales [le sereal]（玉米片或穀物）。以大人來說，最典型的法式早餐為黑咖啡、英式紅茶或果茶再加上 la tartine 或 le croissant；對於孩子來說，其選擇會是以上的麵包搭配 le chocolat chaud [lə ʃɔkɔla ʃo]（熱巧可力）或水果，而 les céréales au lait froid（玉米片或穀物加冰牛奶）也非常受到喜愛。為了補充鈣質或蛋白質，法國人也會在早上食用水煮蛋或給孩子一小塊乳酪：la vache qui rit（快樂牛乳酪）、kiri（kiri 奶酪）或 babybel（芭比貝爾乳酪）。法式早餐最大的特點在於清爽簡單而不油膩，份量雖然不多卻也有足夠的營養。

♦♦♦ Chapitre3

La chambre 臥室

臥室擺設

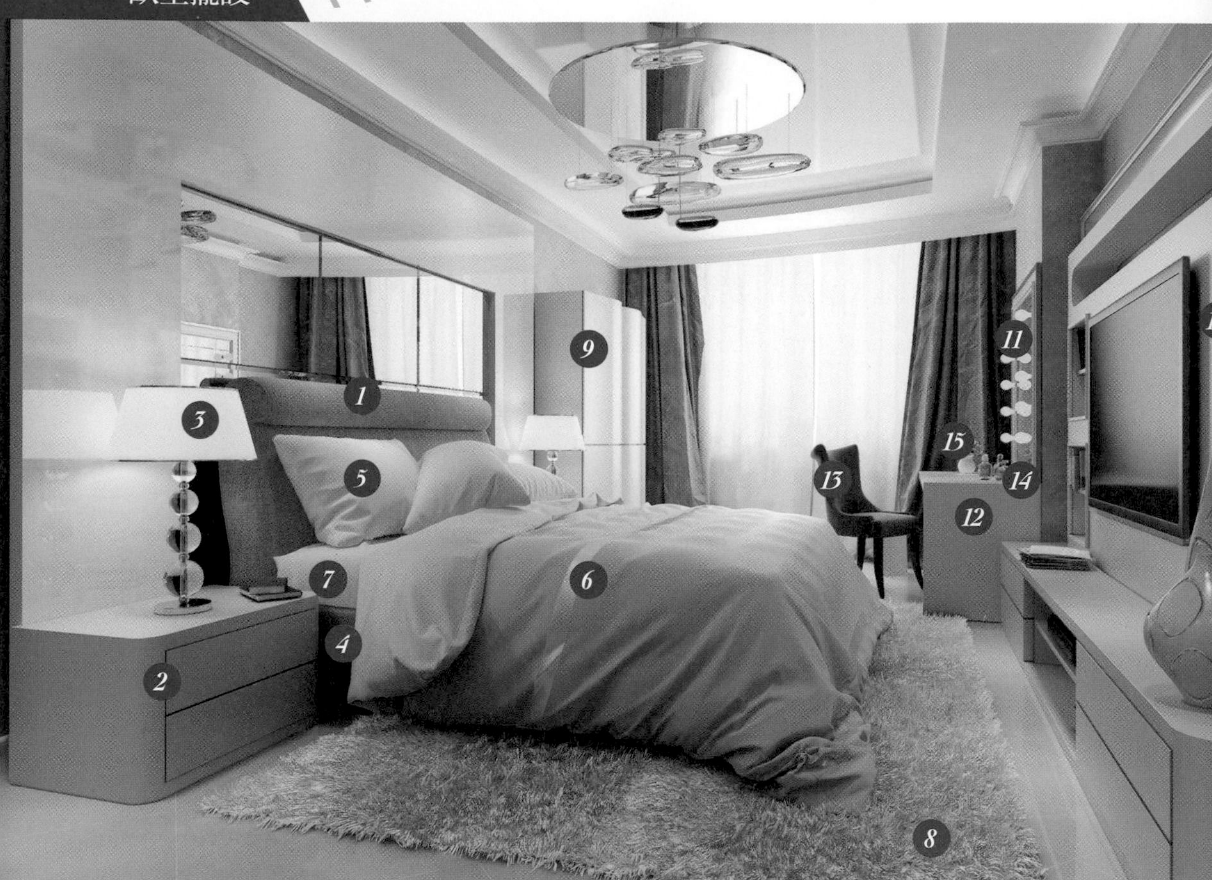

❶ **la tête de lit** [la tɛt də li] n. 床頭板

❷ **la table de chevet** [la tabl də ʃəvɛ] n. 床邊櫃

❸ **la lampe de chevet** [la lɑ̃p də ʃəvɛ] n. 床頭燈

❹ **le cadre** [lə kɑdr] n. 床架；床框

❺ **l'oreiller** [lɔrɛje] n. 枕頭

❻ **la couverture** [la kuvɛrtyr] n. 棉被

❼ **le matelas** [lə matla] n. 床墊

⑧ **le tapis** [lə tapi] n. 地毯

⑨ **l'armoire** [larmwar] n. 衣櫥；衣櫃

⑩ **l'étagère** [letaʒɛr] n. 書櫃

⑪ **le miroir** [lə mirwar] n. 鏡子

⑫ **la coiffeuse** [la kwaføz] n. 化妝台

⑬ **la chaise** [la ʃɛz] n. 椅子

⑭ **le parfum** [lə parfœ̃] n. 香水

⑮ **les cosmétiques** [le kɔsmetik] n. 化妝品，保養品

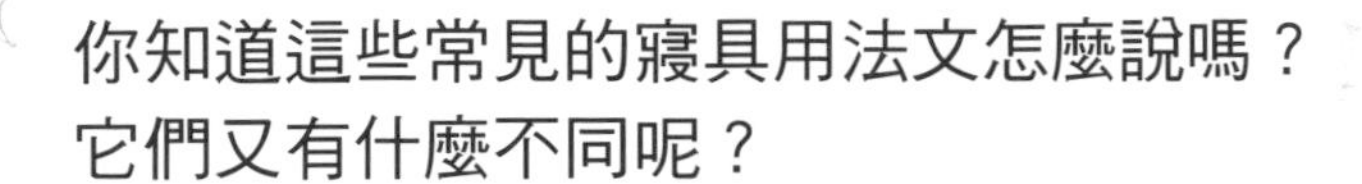

你知道嗎？

你知道這些常見的寢具用法文怎麼說嗎？它們又有什麼不同呢？

法國家庭房間的床型基本上可分 le lit simple [lə li sɛ̃pl]（單人床）與 le lit double [lə li dubl]（雙人床）。從嬰兒時期開始，孩子就不跟父母同床而眠，小孩從嬰兒時期睡 le lit de bébé [lə li də bebe]（嬰兒床），之後再從 le lit d'enfant [lə li dɑ̃fɑ̃]（兒童床）睡到 le lit simple standard [lə li sɛ̃pl stɑ̃dar]（標準單人床）。如果房間的空間夠大，一般來說，**孩子一進入青少年時期，父母會選擇擺放雙人床**。但若兄弟姊妹必須共同使用一個房間，為了節省空間，le lit superposé [lə li sypɛrpoze]（上下舖）則是最好的考量。

le lit simple 單人床

le lit double 雙人床

le lit superposé 上下舖

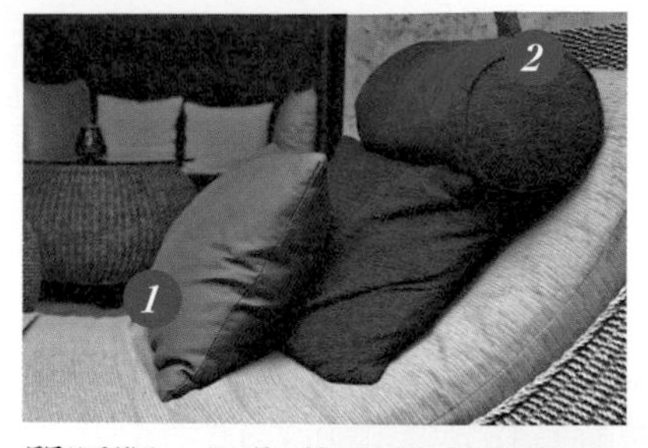

法國人常用的枕頭有兩種，即❶ **l'oreiller** [lɔrɛje]（枕頭）與 ❷ **le traversin** [lə travɛrsɛ̃]（長枕），後者亦可叫做 **le polochon** [lə pɔlɔʃɔ̃]。**l'oreiller 扁平柔軟**，可分**正方形與長方形**；**le traversin 為長圓柱形**，與雙人床的寬度同長。以舒適度來說，l'oreiller 比 le traversin 更助於優質睡眠，因為後者的高度較高，會讓頭頸處於一個比較不自然的姿勢，那為何法國人會在床上同時放 l'oreiller 與 le traversin 呢？因為除了睡覺之外，法國人喜歡在床上看書、使用電腦，甚至吃早餐，而 **le traversin 的高度與硬度可支撐背部**、保持坐姿，也可以拿來墊高腿部，功能比較多元化。

「被子、棉被」的法文字彙有好幾個，但因材質、厚薄度與用法不同而有差別。**la couette** [la kwɛt]、**l'édredon** [ledrədɔ̃]、**la couverture** [la kuvɛrtyr]、**le couvre-lit** [lə kuvrəli] 到底有何差別？ la couette（厚被）與 l'édredon（壓腳被）大多是由棉花、聚酯纖維、蠶絲或羽絨填充而成的，也就是**棉被**或**羽絨被**。但前者的尺寸基本上會大於床，而後者的尺寸則是指從枕頭以下到床尾的大小。為了不弄髒，兩者都必須裝入 **la housse** [la us]（被套）中，只需定期清洗被套即可。

la couverture（被子，毯子）的材質比較接近**毛料**或**混紡材質**，使用時會先蓋 le drap [lə dra]（床單）再蓋 la couverture，除了觸感較好的問題之外，平常只須清洗 le drap 即可，比較不費工夫。

至於 **le couvre-lit**（床罩），couvre 來自動詞 couvrir [kuvrir]「覆蓋」，顧名思義就是**覆蓋床的織物**，也就是**床罩**的意思。通常放在棉被的上面，除了可以防止灰塵之外，還有美化、裝飾的功能。它還有兩個非常通用的同義詞 **le dessus de lit** [lə dəsy də li] 或 **le jeté de lit** [lə ʒəte də li]。

夏天天氣熱時，法國人會把厚重的被子或毯子收起來，**只蓋 le drap、la housse de couette 或 le couvre-lit**，質料輕柔又清洗方便。

Il commence à faire froid la nuit, c'est le moment de sortir la grosse couette.
夜晚開始變冷了，是把大棉被拿出來用的時候了。

床巾 le protège-matelas [lə prɔtɛʒmatla] 與床單 le drap-housse [lə dra us] 哪裡不一樣呢？

法國的床的組合，主要是一個床架再加上一個 le matelas（床墊）。法國人習慣在套床單前先用 le protège-matelas（床巾），protège 出自於動詞 protéger [prɔteʒe]，顧名思義就是拿來保護床墊的，但床巾的質料較為粗糙，所以在床巾上必須再加上 le drap-housse 或 le drap plat [lə dra pla]（床單）。前者的四個角有鬆緊帶，可以緊緊包覆著床墊，後者則需要拉平後將四個角塞入床墊和床架之間。

Il faut que je change les draps pour nos invités.
我必須為我們的客人換一下床單。

01 換衣服 se changer

Part1_13

各類衣服（les vêtements）的樣式、配件，法文要怎麼說？

1. **le complet** [lə kɔ̃plɛ] n.（一套）西裝
2. **la veste** [la vɛst] n. 西裝外套
3. **le pantalon** [lə pɑ̃talɔ̃] n.（西裝）褲子
4. **la chemise** [la ʃ(ə)miz] n.（正式的）襯衫
5. **les chaussures habillées** [le ʃosyr abije] n.（正式的）紳士鞋
6. **le manteau** [lə mɑ̃to] n. 大衣
7. **la cravate** [la kravat] n. 領帶
8. **l'épingle de cravate** [lepɛ̃gl də kravat] n. 領帶夾
9. **les richelieus** [le riʃəljø] n. 牛津鞋
10. **la mallette** [la malɛt] n. 公事包

⑪ **le chemisier** [lə ʃəmizje] n. （女士）襯衫

⑫ **la robe de soirée** [la rɔb də sware] n. 長禮服

⑬ **la robe à lanières** [la rɔb a lanjɛr] n. 細肩帶洋裝

⑭ **la petite robe noire** [la pətit rɔb nwar] n. 黑色小洋裝

⑮ **le pantalon droit** [lə pɑ̃talɔ̃ drwa] n. 直筒褲

⑯ **les chaussettes longues** [leʃosɛt lɔ̃g] n. 長襪

⑰ **le porte-monnaie** [lə pɔrt(ə)mɔnɛ] n. 零錢包

⑱ **le chapeau** [lə ʃapo] n. （有邊的）帽子

⑲ **les boucles d'oreilles** [le bukl dɔrɛj] n. 耳環

⑳ **le bracelet** [lə braslɛ] n. 手環

㉑ **le collier** [lə kɔlje] n. 項鍊

㉒ **le collant** [lə kɔlɑ̃] n. 絲襪

㉓ **la chemise à manches courtes** [la ʃ(ə)miz a mɑ̃ʃ kurt] n. 短袖襯衫

㉔ **la veste** [la vɛst] n. 外套

㉕ **le polo** [lə pɔlo] n. polo 衫

㉖ **la casquette** [la kaskɛt] n. 運動帽；鴨舌帽

㉗ **le jean** [lə dʒin] n. 牛仔褲

㉘ **le short** [lə ʃɔrt] n. 短褲

㉙ **le boxer** [lə bɔksœr] n. 男用四角褲

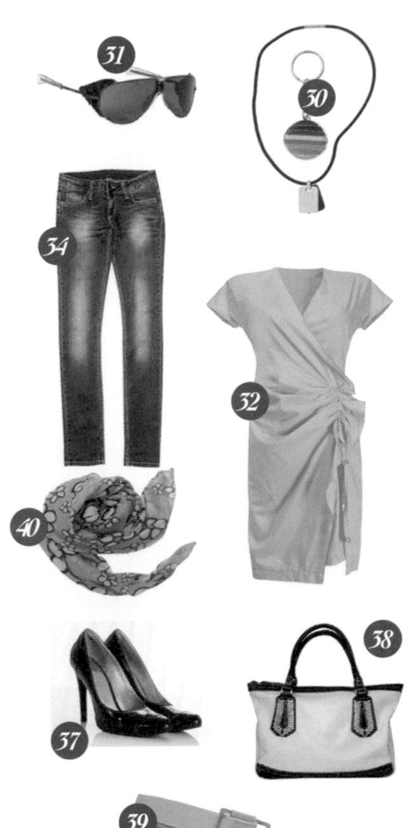

30 **le porte-clés** [lə pɔrtəkle] n. 鑰匙圈

31 **les lunettes de soleil** [le lynɛt də sɔlɛj] n. 太陽眼鏡；墨鏡

32 **la robe cache-cœur** [la rɔb kaʃ kœr] n. V 領前蓋式洋裝

33 **le T-shirt** [lə tiʃœrt] n. T 恤

34 **le pantalon cigarette** [lə pɑ̃talɔ̃ sigarɛt] n. 煙管褲

35 **la jupe droite** [la ʒyp drwat] n. 窄裙（女用套裝正式的裙子）

36 **le pantacourt** [lə pɑ̃takur] n. 七、八分褲

37 **les escarpins** [lezeskarpɛ̃] n. 高跟鞋

38 **le sac à main** [lə saka mɛ̃] n. 手提包

39 **la ceinture** [la sɛ̃tyr] n. 皮帶

40 **le foulard** [lə fular] n. 領巾；絲巾

41 **le pull** [lə pyl] n. 毛衣

42 **le bonnet** [lə bɔnɛ] n. 毛線帽

43 **l'écharpe** [leʃarp] n. 圍巾

44 **les bottes** [le bɔt] n. 靴子

45 **les chaussettes** [le ʃosɛt] n. 襪子

46 **le gilet** [lə ʒilɛ] n. 背心

47 **la barrette** [la barɛt] n. 髮夾

48 **la doudoune** [la dudun] n. 羽絨外套

49 **les gants** [le gɑ̃] n. （有手指的）手套

50 **les moufles** [le mufl] n. 連指手套

51 **le jogging** [lə dʒɔgiŋ] n. 運動褲

52 **le sweat-shirt à capuche** [lə swɛtʃœrt a kapyʃ] n. 連帽 T 恤

53 **les baskets** [le baskɛt] n. 運動鞋

◆ **Tips** ◆

關於穿著的動詞

porter（穿）：是指衣服已經穿在身上的狀態。也可用來表示戴著帽子、襪子、手套、項鍊等配件，或穿著鞋子。
mettre（穿上）：是指把衣服穿起來的動作。也可用來表示正要戴上帽子、襪子、手套、項鍊等配件，或穿上鞋子。
s'habiller（穿著打扮）：主要是說明為某些場合而穿著打扮的習慣。相關詞：se déshabiller（脫）。

••• 02 化妝 se maquiller

常用的化妝用品（le maquillage），法文要怎麼說呢？

1. **le fond de teint** [lə fɔ̃ də tɛ̃] n. 粉底（液）
2. **le fond de teint en bâton** [lə fɔ̃ də tɛ̃ ɑ̃ bɑtɔ̃] n. 粉條
3. **le fard à paupières** [lə far a popjɛr] n. 眼影
4. **la brosse à paupières** [la brɔsa popjɛr] n. 眼影刷
5. **le mascara** [lə maskara] n. 睫毛膏
6. **le crayon à sourcils** [lə krɛjɔ̃ a sursil] n. 眉筆
7. **la brosse à sourcils** [la brɔsa sursil] n. 眉刷
8. **le fard à joues** [lə far a ʒu] n. 腮紅
9. **la brosse à joues** [la brɔsa ʒu] n. 腮紅刷
10. **le pinceau poudre** [lə pɛ̃so pudr] n. 蜜粉刷
11. **la houppette** [la upɛt] n. 粉撲
12. **le rouge à lèvres** [lə ruʒ a lɛvr] n. 口紅
13. **le eye-liner** [lə ajlajnœ:r] n. 眼線液
14. **le taille-crayon** [lə tɑ(a)jkrɛjɔ̃] n. 削筆器
15. **le gloss à lèvres** [lə glɔsa lɛvr glɔs] n. 唇蜜
16. **le crayon à lèvres** [lə krɛjɔ̃ a lɛvr] n. 唇筆
17. **la poudre** [la pudr] n. 蜜粉
18. **le vernis à ongles** [lə vɛrni a ɔ̃gl] n. 指甲油
19. **le recourbe-cils** [lə rəkurbsil] n. 睫毛夾

常用的保養品（les produits de soin），法文要怎麼說呢？

1. **la lotion** [la losjɔ̃] n. 化妝水；潤膚露
2. **l'huile démaquillante** [lɥil demakijɑ̃t] n. 卸妝油
3. **la crème protectrice** [la krɛm prɔtɛktris] n. 隔離霜
4. **la crème solaire** [la krɛm sɔlɛr] n. 防曬乳液
5. **la crème de jour** [la krɛm də ʒur] n. 日霜
6. **la crème de nuit** [la krɛm də nɥi] n. 晚霜
7. **la crème hydratante** [la krɛm idratɑ̃t] n. 保濕霜
8. **le sérum** [lə serɔm] n. 精華液
9. **la crème contour des yeux** [la krɛm kɔ̃tur dezjø] n. 眼霜
10. **le gel** [lə ʒɛl] n. 眼膠
11. **le masque visage** [lə mask vizaʒ] n. 面膜
12. **le masque yeux** [lə maskjø] n. 眼膜
13. **le lait corporel** [lə lɛ kɔrpɔrɛl] n. 身體乳液
14. **la crème main** [la krɛm mɛ̃] n. 護手霜

梳妝台上的其他用品，法文要怎麼說呢？

❶ **la brosse** [la brɔs] n. 圓梳
❷ **le peigne** [lə pɛɲ] n. 扁梳
❸ **la barrette** [la barɛt] n. 髮夾
❹ **le chouchou** [lə ʃuʃu] n. 髮圈
❺ **le serre-tête** [lə sɛrtɛt] n. 髮箍
❻ **le gel coiffant** [lə ʒɛl kwafɑ̃] n. 髮膠

❼ **le coupe-ongles** [lə kupɔ̃gl] n. 指甲剪
❽ **le bigoudi** [lə bigudi] n. 髮捲
❾ **le fer à friser** [lə fɛr a frize] n. 電棒捲
❿ **le sèche-cheveux** [lə sɛʃʃəvø] n. 吹風機
⓫ **le produit de coloration** [lə prɔdɥi də kɔlɔrasjɔ̃] n. 染髮劑
⓬ **le miroir** [lə mirwar] n. 鏡子

03 睡覺 se coucher

Part1_15

說到「睡覺」你會想到什麼呢？

1. **aller au lit** [ale o li] ph. 去睡覺
2. **s'endormir** [sɑ̃dɔrmir] v. 睡著
3. **l'histoire** [listwar] n. 床邊故事
4. **somnolent** [sɔmnɔlɑ̃] adj. 昏昏欲睡
5. **passer une bonne nuit** [pase yn bɔn nɥi] ph. 一夜好眠
6. **avoir le sommeil profond** [avwar lə sɔmɛj prɔfɔ̃] ph. 沉睡
7. **avoir sommeil** [avwar sɔmɛj] ph. 想睡，有睏意
8. **faire un somme** [fɛr œ̃ sɔm] n. 小睡；打盹
9. **rattraper des heures de sommeil** [ratrape dezœr də sɔmɛj] ph. 補眠
10. **faire la grasse matinée** [fɛr la grɑs matine] ph. 賴床
11. **passer une nuit blanche** [pase yn nɥi blɑ̃ʃ] ph. 失眠、熬夜
12. **se laisser gagner par le sommeil** [sə lɛse gaɲe par lə sɔmɛj] ph. 不知不覺睡著了
13. **retourner au lit** [rəturne o li] ph. 睡回籠覺
14. **rester couché toute la journée** [rɛste kuʃe tut la ʒurne] ph. 睡一整天，躺一整天

15. **sans sommeil** [sɑ̃ sɔmɛj] ph. 毫無睡意
16. **avoir le sommeil agité** [avwar lə sɔmɛj aʒite] ph. 睡不安穩
17. **le couche-tard** [lə kuʃtar] n. 夜貓子
18. **le lève-tôt** [lə lɛvto] n. 早起的人
19. **le couche-tôt** [lə kuʃto] n. 習慣早睡的人
20. **le lève-tard** [lə lɛvtar] n. 習慣晚起的人
21. **insomniaque** [ɛ̃sɔmnjak] n. 失眠患者

常見的睡姿，法文要怎麼說呢？

dormir sur le ventre
[dɔrmir syr lə vɑ̃tr]
ph. 趴睡
（睡在胃上）

dormir sur le dos
[dɔrmir syr lə do]
ph. 仰睡
（睡在背上）

dormir sur le côté
[dɔrmir syr lə kote]
ph. 側睡
（睡在側邊）

關於「夢」有哪些常用的表達呢？

1. **Vous rêvez!/Tu rêves!** ph. 作夢！（不可能發生的事）
2. **la rêverie** n. 白日夢，幻想，空想
3. **faire des cauchemars** ph. 做惡夢
4. **rêver de** ph. 渴望～；夢想～
5. **C'était un beau rêve.** ph. 超乎（某人的）想像。
6. **réaliser un rêve** ph. 美夢成真
7. **Fais/Faites de bons rêves.** ph. 祝你／您有好夢。

◆ Tips ◆

慣用語小常識：睡覺篇

Le marchand de sable est passé.
一個賣沙的商人經過了 。這是什麼意思呢？

十八世紀時，人們會用「我的眼睛裡有沙子」，來表示自己疲倦了，需要上床睡覺。其實早在十七世紀時，就流傳著有個人物會丟沙子到孩子的眼睛中，讓他們趕快睡著的故事。因此，這句俗語在今日被用來告訴孩子，上床睡覺的時間到了。

Les enfants, le marchand de sable est passé, dépêchez-vous d'aller au lit.
孩子們，上床時間到了，趕快去睡覺吧。

◆◆◆ Chapitre4

La salle de bain 浴廁

浴廁擺設

1. **le carrelage** [lə karlaʒ] n. 瓷磚
2. **l'armoire** [larmwar] n. 浴室置物櫃
3. **le miroir** [lə mirwar] n. 鏡子
4. **le lavabo** [lə lavabo] n. 洗手台
5. **le robinet** [lə rɔbinɛ] n. 水龍頭
6. **la cuvette** [la kyvɛt] n. 馬桶
7. **la douchette** [la duʃɛt] n. 蓮蓬頭
8. **la serviette** [la sɛrvjɛt] n. 浴巾
9. **la bonde de douche** [la bɔ̃d də duʃ] n. 排水口

⑩ **le porte-serviettes** [lə pɔrtsɛrvjɛt] n. 毛巾架
⑪ **le papier toilette** [lə papje twalɛt] n. 衛生紙
⑫ **la poubelle** [la pubɛl] n. 垃圾桶
⑬ **l'aérateur** [laeratœr] n. 抽風扇
⑭ **la cabine de douche** [la kabin də duʃ] n. 淋浴間
※ 補充：**le radiateur** [lə radjatœr] n. 暖爐

◆ Tips ◆

生活小常識：廁所篇

法文表達「上廁所」的方式有很多，但不是每一種用法都適用於每一個人或每一個場合，所以要特別小心用詞，才不會造成尷尬。

最不會造成誤解且適用於每個場合的說法為 aller aux toilettes [ale o twalɛt]，les toilettes 的原意 ㊊ 是「讓人解尿或解便的隱密場所」。同義詞 ㊋ aller aux cabinets [ale o kabinɛ] 或 ㊌ aller au petit coin [ale o pəti kwɛ̃] 的說法也極為通用，差別在於前者的用法較為老舊，是老一輩的人常使用的說法。至於後者，則是小孩用語或者是對小孩說話時的用語。

英語系國家文化的影響之下，法國人也開始使用 WC（water closet 的縮寫）來表示廁所，aller aux wc [ale o vese] 的說法越來越被廣泛使用。也因此現在在公共場所標示廁所的標誌文字，不再只是 toilettes，到處也可見 WC 的標誌。

為了表示禮貌，法國人也會用 se laver les mains [sə lave le mɛ̃]（洗手）來表示上廁所，例如在職場或在餐廳用餐時，會使用這種婉轉的用法。不過，在法文中也存在非常口語甚至有點粗俗的表達方式：㊍ aller aux chiottes [ale o ʃjɔt]。一般來說，只有男性才會用這樣的說法，即使與很熟識的人說話，也盡量避免使用。

Pouvez-vous m'indiquer les toilettes, s'il vous plaît.
您可以告訴我廁所在哪裡嗎？

••• 01 洗澡 se laver

常見的衛浴設備及用品有哪些？

la baignoire
[la bɛɲwar]
n. 浴缸

le rideau de douche
[lə rido də duʃ]
n. 浴簾

le bouchon de bonde
[lə buʃɔ̃ də bɔ̃d]
n. 排水口水塞

le tapis de bain
[lə tapi də bɛ̃]
n. 浴室止滑墊

le panier à linge
[lə panje a lɛ̃ʒ]
n. 洗衣籃

le sèche-cheveux
[lə sɛʃʃəvø]
n. 吹風機

常見的盥洗用品

1. **le savon** [lə savɔ̃] n. 肥皂
2. **le shampooing** [lə ʃɑ̃pwɛ̃] n. 洗髮精
3. **la boule de douche** [la bul də duʃ] n. 沐浴球
4. **le gel de douche** [lə ʒɛl də duʃ] n. 沐浴乳
5. **le lait corporel** [lə lɛ kɔrpɔrɛl] n. 身體乳液
6. **le gant de toilette** [lə gɑ̃ də twalɛt] n. 洗臉用的小方巾

7. **le bonnet de douche** [lə bɔnɛ də duʃ] n. 浴帽
8. **la brosse de bain** [la brɔs də bɛ̃] n. 沐浴刷
9. **l'éponge** [lepɔ̃ʒ] n. 海綿
10. **la serviette de bain** [la sɛrvjɛt də bɛ̃] n. 毛巾
11. **le gel mains** [lə ʒɛl mɛ̃] n. 洗手乳
12. **le peigne** [lə pɛɲ] n. 扁梳
13. **le coton-tige** [lə kɔtɔ̃tiʒ] n. 棉花棒
14. **la boule de coton** [la bul də kɔtɔ̃] n. 棉花球
15. **l'exfoliation** [lɛksfɔljasjɔ̃] n. （身體、臉部）去角質

16. **le masque capillaire** [lə mask kapilɛr]
n. 護髮乳

17. **l'après-shampooing** [laprɛʃɑ̃pwɛ̃]
n. 潤髮乳

18. **le gel nettoyant**
[lə ʒɛl nɛtwajɑ̃] n. 洗面乳

19. **la mousse de rasage**
[la mus də razaʒ] n. 刮鬍泡

20. **le rasoir** [lə razwar]
n. 刮鬍刀

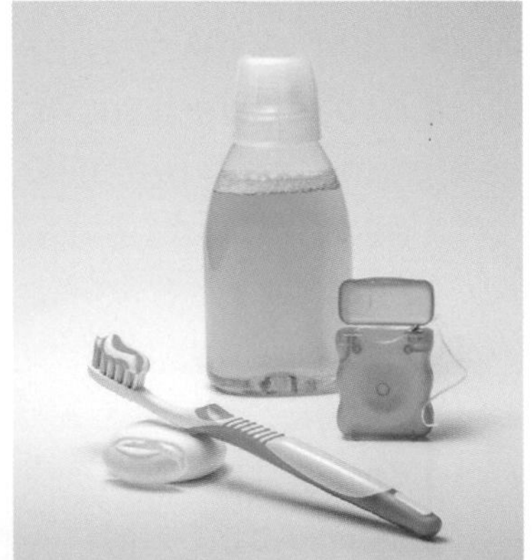

21. **la brosse à dents** [la brɔs a dɑ̃] n. 牙刷
22. **le fil dentaire** [lə fil dɑ̃tɛr] n. 牙線
23. **le bain de bouche** [lə bɛ̃ də buʃ] n. 漱口水
24. **le dentifrice** [lə dɑ̃tifris] n. 牙膏
25. **le verre à dents** [lə vɛr a dɑ̃] n. 漱口杯

♦ **Tips** ♦

「洗澡」的法文有哪些說法呢？

法國家庭的浴室和台灣家庭的浴室最大的差異在於，法國家庭的浴室與廁所是分開的。浴室也就因此有足夠的空間放置浴缸及淋浴間，如果沒有淋浴間，就利用浴缸淋浴。在這樣的設計下，浴室的地板可隨時保持乾燥。

la douche 原指 ㊊ 淋浴間或淋浴器材，因此 prendre la douche [prɑ̃dr la duʃ] 的意思即為「淋浴、洗澡」的意思。此外，我們也可以用以 douche 所引申的動詞 se doucher [sə duʃe] 來表示相同意思。

le bain 的本意為 ㊊ 浸在液體中（尤其是指水），因此 prendre le bain [prɑ̃dr lə bɛ̃] 的意思即為「泡澡」。

法國父母認為，洗澡的時間是與年紀小的孩童們互動最為輕鬆的時刻，因此一直到六、七歲，絕大部分的孩子都喜歡泡澡，也花不少時間在浴缸中玩。對於大人來說，偶而泡澡也是一種享受，然而基於節省水資源的理由，泡澡可說是專屬孩子的奢侈！

02 上廁所 aller aux toilettes

常見的廁所設備及用品有哪些？

l'urinoir
[lyrinwar]
n. 小便斗

le sèche-mains
[lə sɛʃmɛ̃]
n. 烘手機

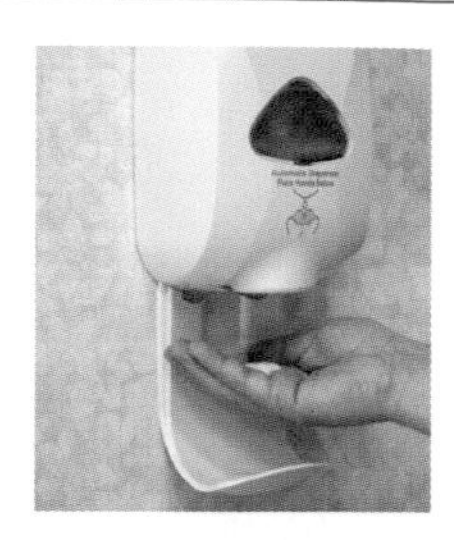

le distributeur de savon liquide
[lə distribytœr də savɔ̃ likid]
n. 給皂機

la cuvette
[la kyvɛt]
n. 馬桶

le désodorisant
[lə dezɔdɔrizɑ̃]
n. 芳香劑

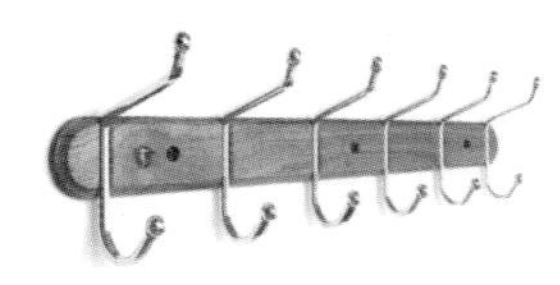

la patère
[la patɛr]
n. 掛勾

清潔馬桶的用具，有哪些呢？

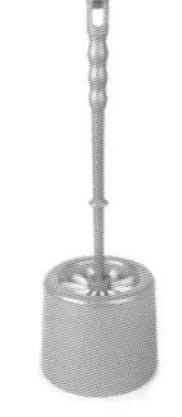

la brosse de toilette
[la brɔs də twalɛt]
n. 馬桶刷

le débouchoir de toilette
[lə debuʃwa:r də twalɛt]
n. 通馬桶的吸把

le gel WC
[lə ʒɛl vese]
n. 浴廁清潔劑

••• 03 洗衣服 faire la lessive

常見的洗衣、烘衣設備以及會用到的用品

❶ le lave-linge
[lə lavlɛ̃ʒ]
n. 洗衣機

❷ le sèche-linge
[lə sɛʃlɛ̃ʒ]
n. 烘衣機

la lessive en poudre
[la lesivɑ̃ pudr]
n. 洗衣粉

la lessive liquide
[la lesiv likid]
n. 洗衣精

l'adoucissant
[ladusisɑ̃]
n. 柔軟精

l'eau de javel
[lo də ʒavɛl]
n. 漂白水

❸ le linge sale
[lə lɛ̃ʒ sal]
n. 要洗的衣服

❹ le panier à linge
[lə panje a lɛ̃ʒ]
n. 洗衣籃

le cintre
[lə sɛ̃trə]
n. 衣架

la pince à linge
[la pɛ̃s a lɛ̃ʒ]
n. 曬衣夾

la boule de lavage n. 洗衣球
le détachant n. 去汙劑
l'armoire sèche-linge 烘衣櫃
l'étendoir n. 晾衣架
la corde à linge n. 曬衣繩
la planche à laver n. 洗衣板
le fer à repasser n. 熨斗

♦ Tips ♦

在法國要如何使用投幣式自動洗衣、烘衣機呢？

自助洗衣店 la laverie automatique en libre service [la lavri otɔmatik ɑ̃ libr sɛrvis]，是個供顧客在店家不在時也能洗衣服的地方，通常會設置在某些住宅區或學生住的宿舍附近。在自助洗衣店中，會提供好幾款不同容量（約 5 到 20 公斤）的洗衣機及乾衣機，洗衣的價格約在 3 歐元到 10 歐元之間，烘乾的價格約為每十分鐘 1 歐元到 2 歐元。

洗衣的步驟：

選擇機器 choisir la machine à laver [ʃwazir la maʃin a lave]
把衣服放進洗衣機中 charger la machine à laver [ʃarʒe la maʃin a lave]
選擇洗衣功能 choisir le programme [ʃwazir lə prɔgram]
放洗衣精 mettre la lessive [mɛtr la lesiv]
投幣 insérer les monnaies [ɛ̃sere le mɔnɛ]

各類洗衣會做的動作，用法文怎麼說？

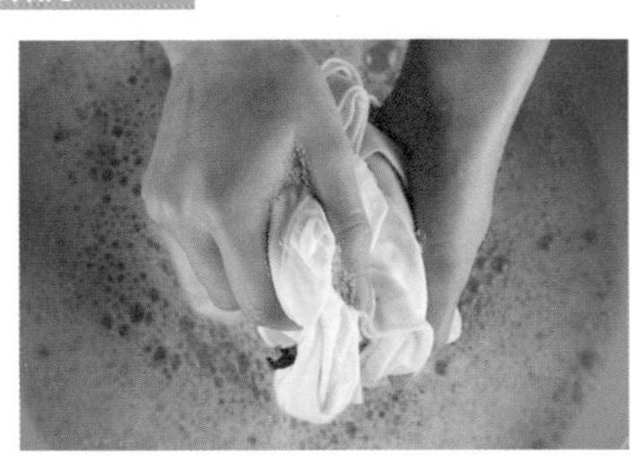

1. **laver** [lave] v. 洗
2. **sècher** [seʃe] v. 烘乾
3. **brosser** [brɔse] v. 刷
4. **verser** [vɛrse] v. 倒（洗衣精）
5. **nettoyer à sec** [nɛtwaje a sɛk] ph. 乾洗
6. **blanchir** [blɑ̃ʃir] v. 漂白
7. **apporter les vêtements au pressing** [apɔrte le vɛtmɑ̃ o prɛsiŋ] ph. 拿去送洗
8. **tremper dans l'eau** [trɑ̃pe dɑ̃ lo] ph. 泡水
9. **accrocher** [akrɔʃe] v. 掛起來
10. **étendre** [etɑ̃dr] v. 曬乾
11. **essorer** [esɔre] v. 擰乾
12. **frotter** [frɔte] v. 搓洗
13. **faire la lessive** [fɛr la lesiv] ph. 洗衣服
14. **étendre le linge** [etɑ̃dr lə lɛ̃ʒ] ph. 曬衣服

你知道嗎？

洗衣精或洗衣粉，哪一種商品好用？

洗衣粉 la lessive en poudre [la lesiv ɑ̃ pudr]

洗衣粉最大的優點在於它的洗淨力，去汙的功能比洗衣精強，所以特別適合洗白色的衣物，洗衣粉中所含的漂白成份（les agents de blanchiment），並不存在洗衣精中，也因此用洗衣粉洗有顏色的衣服會讓其褪色。

洗衣精 la lessive liquide [la lesiv likid]

洗衣精的去汙效果就比較差，所以在洗衣之前可以先使用去汙劑 le détachant [lə detaʃɑ̃]。

不管是選擇洗衣粉或洗衣精，都要仔細看標籤成份中是否加入過敏源（les ingrédients allergisants），可能引起過敏的是**香精 les parfums** [le parfœ̃] 與**防腐劑 les conservateurs** [le kɔ̃sɛrvatœr]。如果體質較為敏感型，可選擇抗過敏洗衣劑 la lessive hypoallergénique [la lesiv ipɔalɛrʒenik]。

PARTIE II

Le transport 交通

◆◆◆ Chapitre1

La station de métro 地鐵站

大廳層（le hall）

❶ **le guichet** [lə giʃɛ] n. 售票處

❷ **le distributeur de ticket** [lə distribytœr də tikɛ] n. 售票機

❸ **l'entrée** [lɑ̃tre] n. 入口

❹ **le portillon automatique** [lə pɔrtijɔ̃ otɔmatik] n. 閘門

❺ **le terminus** [lə tɛrminys] n. 終點站

❻ **la ligne** [la liɲ] n. （幾號）路線

❼ **la poubelle** [la pubɛl] n. 垃圾桶

❽ **la cabine photographique, le Photomaton** [la kabin fɔtɔgrafik, lə fɔtomatɔ̃] n. 快照亭

❾ **le passage réservé** [lə pasaʒ rezɛrve] n. 預訂通道

月台層（le quai）

❿ **le passager** [lə pasaʒe] n. 乘客

⓫ **le nom de l'arrêt** [lə nɔ̃ də larɛ] n. （告示牌）站名

⓬ **la correspondance** [la kɔrɛspɔ̃dɑ̃s] n. （告示牌）轉乘

⓭ **le rail** [lə rɑj] n. 軌道

⓮ **le panneau de publicité** [lə pano də pyblisite] n. 廣告牌

⓯ **la ligne blanche de sécurité** [la liɲ blɑ̃ʃ də sekyrite] n. 月台警戒線

　㊙ **la ligne d'attente** [la liɲ datɑ̃t] n. 候車線

⓰ **le distributeur automatique** [lə distribytœr otɔmatik] n. 自動販賣機

在地鐵中常用的句子

1. **Ne pas stationner devant les portes.** 請勿倚靠車門。
2. **Ne pas monter dans les véhicules après le bip sonore.**
   警鈴響後勿強行進出。

3. **Cédez votre place à une personne qui en a besoin.**
讓座給需要的人。

4. **Ne pas franchir la ligne blanche en attendant le métro.**
候車時請勿跨越月台白線。

5. **Le métro arrive.** 地鐵到站了。
6. **Laissez descendre avant de monter.** 請先讓車上旅客下車。
7. **Tenez-vous bien à la barre.** 請緊握扶手。
8. **Attention à l'intervalle entre le véhicule et le quai.** 小心月台間隙。

♦ Tips ♦

巴黎主要的大眾運輸系統（le transport en commun）

▲主要大眾運輸系統的標誌

le transport en commun（大眾運輸系統）一般所指的是**地鐵** le métro、**電車** le tramway與**公車** le bus。大巴黎地區的大眾運輸系統簡稱為 ❶ RATP（Régie Autonome des Transports Parisiens），包含16條 ❷ **地鐵線**、❸ **區域快鐵** RER（Réseau express régional）的A、B兩線、9條 ❹ **電車線**以及數十條 ❺ **公車線**。實際的交通路線可參考網址 https://www.ratp.fr/plans。

以大巴黎地區來說，地鐵 le métro 是最簡便的交通工具。métro 源自 ㊊ métropolitain，是 chemin de fer métropolitain 的縮寫，直譯為「都會區的鐵路」，其優點為省時（避免塞車）也省錢（油錢與停車費）。由於幅員廣大，**巴黎地鐵**可分為**五區**（同心圓由內而外的一至五區）作為收費的標準，**一至三區**（❶～❸）涵蓋整個巴黎市中心，**四、五區**（❹～❺）則是巴黎近郊（例如戴高樂機場、迪士尼樂園、凡爾賽宮等等）。要搭地鐵時要先買巴黎地鐵票，此票除了適用於地鐵之外，也可用於電車、公車及在巴黎市中心行駛的 RER。

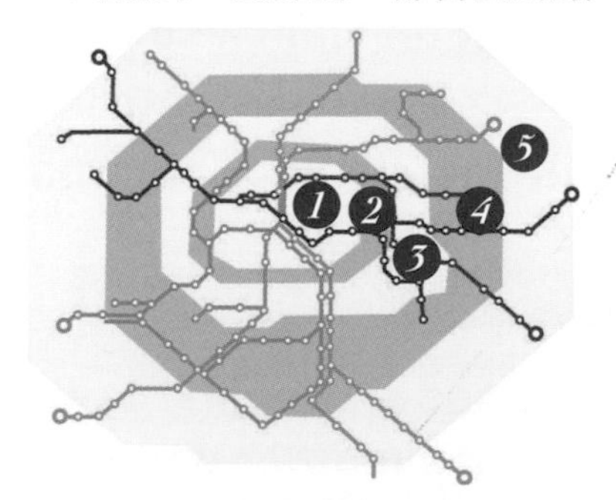

▲ 大巴黎地區的第一區至第五區

01 進站 entrer dans la station

買票的地方會出現什麼呢？

❶ **le distributeur de ticket**
[lə distribytœr də tikɛ] n. 售票機

❷ **l'insertion des monnaies**
[lɛ̃sɛrsjɔ̃ de mɔnɛ] n. 投幣口

❸ **l'insertion des billets**
[lɛ̃sɛrsjɔ̃ de bijɛ] n. 紙鈔插入口

❹ **l'insertion des cartes bancaires**
[lɛ̃sɛrsjɔ̃ de kart bɑ̃kɛr] n. 信用卡插入口

❺ **la sortie du ticket** [la sɔrti dy tikɛ] n. 取票口

❻ **la zone de rechargement** [la zon də r(ə)ʃarʒmɑ̃] n. 儲值感應區

❼ **l'écran** [lekrɑ̃] n. 螢幕

❽ **les touches** [le tuʃ] n. 按鍵

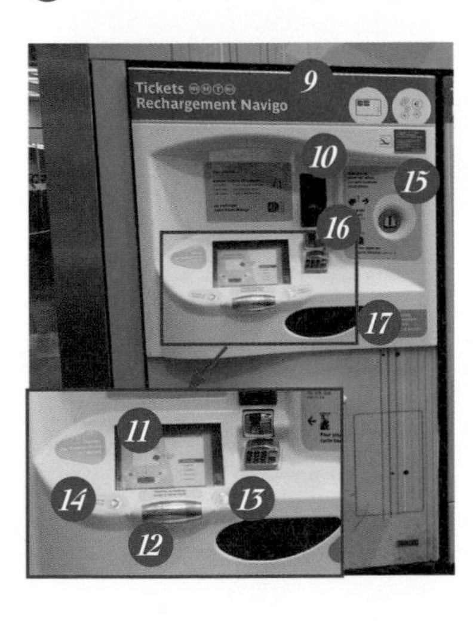

❾ **la machine à recharger**
[la maʃin a r(ə)ʃarʒe] n. 儲值機

❿ **la zone de rechargement**
[la zon də r(ə)ʃarʒmɑ̃] n. 儲值感應區

⓫ **l'écran** [lekrɑ̃] n. 螢幕

⓬ **la roulette** [la rulɛt] n. 選擇滾輪

⓭ **le bouton de validation**
[lə butɔ̃ də validasjɔ̃] n. 確認按鈕

⓮ **le bouton d'annulation**
[lə butɔ̃ danylasjɔ̃] n. 取消按鈕

⓯ **l'insertion des monnaies** [lɛ̃sɛrsjɔ̃ de mɔnɛ] n. 投幣口

⓰ **l'insertion de la carte** [lɛ̃sɛrsjɔ̃ də la kart] n. 信用卡插卡處

⓱ **la sortie des tickets** [la sɔrti de tikɛ] n. 取票口

　㊍ **le reçu** [lə r(ə)sy] n. 收據

　㊍ **l'abonnement mensuel** [labɔnmɑ̃ mɑ̃sɥɛl] n. 月票

◆ Tips ◆

在地鐵站用自動售票機買票

在巴黎，幾乎每一個地鐵站都設有**服務台（le guichet）**，可售票、提供各類資訊或地鐵圖，只有少數地鐵站未設置服務台，但隨時都能找到站務人員，協助乘客利用**自動售票機（le distributeur automatique）**購買車票。

地鐵票的票種選擇很多，所以購買前要先想好需要的票種。操作售票機時可以先**選語言**，可惜目前只提供法文、英文、德文、西班牙文及義大利文。選好語言後，**點選買票或是儲值**，但必須注意的是，巴黎的**大眾運輸儲值卡（la carte Navigo）**為周票或月票性質的票卡，適合需要在一週內或一個月內於巴黎無限次數搭乘地鐵的人，所以不適合搭單程的人。一般的遊客只需要**點選票種（des tickets）**，如果沒有符合優惠的條件（le tarif réduit）（通常是年紀有上下限或學生身分），就直接**選全票（le plein tarif）**、**數量（la quantité）**，最後選擇**付費方式**，畫面中會出現機器可接受的信用卡類別，但也可以使用現金，交易成功後就可以取票。

▲ 巴黎的大眾運輸儲值卡 la carte Navigo

你知道嗎？

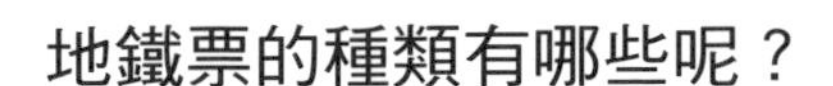

地鐵票的種類有哪些呢？

巴黎的地鐵票種非常多元，使用方式以單次計算，不以距離遠近計算，如果乘客一天內只需搭乘一兩次可購買 le ticket+（單程票），若一次購買十張（un carnet），還可享有七五折的優惠。

如果是一天內想多次搭乘，可購買 le mobilis（一日票），但票價會根據區域（les zones）選擇而不同。購買 le mobilis 的乘客可在同一天內不限次數搭乘巴黎任兩區、任三區、任四區或五個區域的地鐵及其他大眾運輸工具。

以下為各位整理各票種資訊：

1. Ticket+ 票券：僅限第一圈和第二圈之內的地鐵。可以單程買，也可以一次買 10 張套票。單程票 1.90 歐／ 1 張，10 張的套票是 14.90 歐（2018 年一月票價）。
2. Navigo 卡（類似悠遊卡）：一張隨意讓你從第一圈搭到第五圈的交通卡，還分成週票、月票、年票。
3. Mobilis 一日票：顧名思義就是讓你在一天之內無限次搭乘的票，供你搭乘地鐵、RER。不過要注意，有依照圈數來設定價格，像是 1~2 圈是一個價格（7.5 歐），1~3 圈是另一個價格（10 歐）（2018 年一月票價）。
4. RER 單程票：若只是單程而已，當然可以選單程票。一張 Ticket+ 單程票雖然只能使用一次，不過於使用後一個半小時內有效，可供你持此同張票轉乘規定工具，像是地鐵轉地鐵，地鐵轉 RER（第二圈之內），公車轉公車，公車轉路面電車，以及路面電車轉路面電車。巴黎市區內每日的通勤族，乘坐地鐵和 RER 的比例高達 50%，比例遠高於私人交通工具與公車，由於路面交通阻塞，地鐵就成了巴黎市民外出的首選。

此外，如果想在巴黎待好幾天，則可以考慮巴黎觀光通票 le forfait Paris visite，這種票與上述的一日票有點相似，都是要選擇區域，也不限搭乘次數，唯一的差別在於 le forfait Paris visite 有一日的、兩日的、三日的與五日的天數選項，區域選項則為 1-3 區或 1-5 區，且還可享有某些巴黎觀光景點的門票優惠，所以對於要在巴黎待上好幾天的遊客，巴黎觀光通票是個最佳選擇。

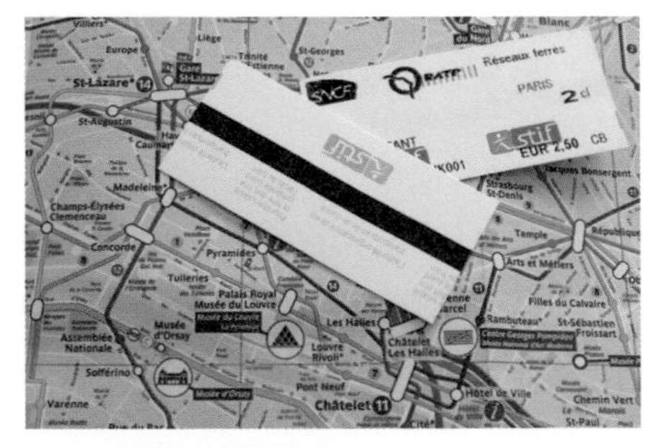

▲ 巴黎的地鐵單程票（le ticket+）

不知道在哪裡購票時，該怎麼問呢？

如果想要詢問在哪裡可以買到地鐵票時，可以說 Comment pourrais-je me procurer des tickets de métro, s'il vous plaît ?（請問如何買到地鐵票？），當然也可以說 Où puis-je acheter des tickets de métro, s'il vous plaît?（請問在哪裡可以買到地鐵票？）。即使這兩句的疑問副詞不同，一個是 Comment、一個是 Où，但得到的回答會是 Vous pouvez les acheter **au guichet** qui se trouve dans **les stations de métro**, autrement vous pouvez utiliser **les distributeurs automatiques** de titres de transport.（您可以在地鐵站的服務窗口購買或是利用自動售票機）。在對方的回答中，粗體字是常會聽到的關鍵字。

以下是與購買地鐵票及問路相關的實用短句（底線部分為可替換的詞彙）：

1. **Un ticket de métro, s'il vous plaît.**
   一張地鐵票，謝謝。
2. **Je voudrais un abonnement Navigo semaine.**
   我要買（巴黎地鐵第一圈到第五圈的）週票 1 張。
3. **Un carnet, s'il vous plaît.**
   一份 10 張的地鐵套票，謝謝。
4. **Je voudrais un ticket journée.**
   我要買一張一日券。
5. **Je voudrais un abonnement hebdomadaire/mensuel.**
   我要 1 張週票／月票。
6. A1: **Pour aller au quartier de Montmarte, à quel arrêt dois-je descendre ?** 到蒙馬特的話，要坐到哪一站？
   A2: **Quelle station est plus près du quartier de Montmarte?** 蒙馬特離哪一站最近？
   B: **La station de Blanche sur la ligne 2 et la station d'Abbesses sur la ligne 12.**
   2 號線的 Blanche 站和 12 號線的 Abbesses 站。

02 搭車 monter dans le métro

搭車時，常見的東西有什麼？

1. **le wagon** [lə vagɔ̃] n. 車廂
2. **la barre** [la bar] n. 扶手
   衍 **la poignée** [la pwaɲe] n. 吊環
3. **le plan de métro** [lə plɑ̃ də metro] n. 路線圖
4. **l'affichage électronique** [lafiʃaʒ elɛktrɔnik] n. 到站提示電子看板
5. **l'affichage d'interdiction de fumer** [lafiʃaʒ də dɛ̃tɛrdiksjɔ̃ də fyme] n. 禁菸標誌
6. **la station actuelle** [la stasjɔ̃ aktɥɛl] n. 目前所在站名
   衍 **la place prioritaire** [la plas prijɔritɛr] n. 博愛座
   衍 **la sonnette d'alarme** [la sɔnɛt dalarm] n. 求助鈴
   衍 **l'extincteur** [lɛkstɛ̃ktœr] n. 滅火器

03 出站 sortir de la station

這些應該怎麼說呢？

1. **la sortie** [la sɔrti] n. 出口
2. **la sortie de secours** [la sɔrti də səkur] n. 緊急出口
3. **la station actuelle** [la stasjɔ̃ aktɥɛl] n. 目前所在站名
4. **l'escalier** [lɛskalje] n. 樓梯
5. **le plan de métro** [lə plɑ̃ də metro] n. 路線圖
6. **la portique** [la pɔrtik] n. （進站）閘道口

   衍 **le composteur** [lə kɔ̃pɔstœr] n. 車票打印機

♦ Tips ♦

可以在巴黎地鐵中停留多久呢？

一張地鐵票從第一次打票進站後就只有兩個小時的時效性，不出站的情況下，可以轉乘 RER，但出站後就無法轉乘公車或電車。若停留在地鐵系統中超過兩小時，會被查票員視為所持票無效（le titre de transport non valable）而被處以罰金，所以要特別注意地鐵票的時效性；但若是日票，其時效性為當天的晚上 12 點為止。此外，由於巴黎地鐵票是以次數計算，所以並不會有過站需要補票的情況。

巴黎地鐵圖上的那些路線、數字所代表的意思

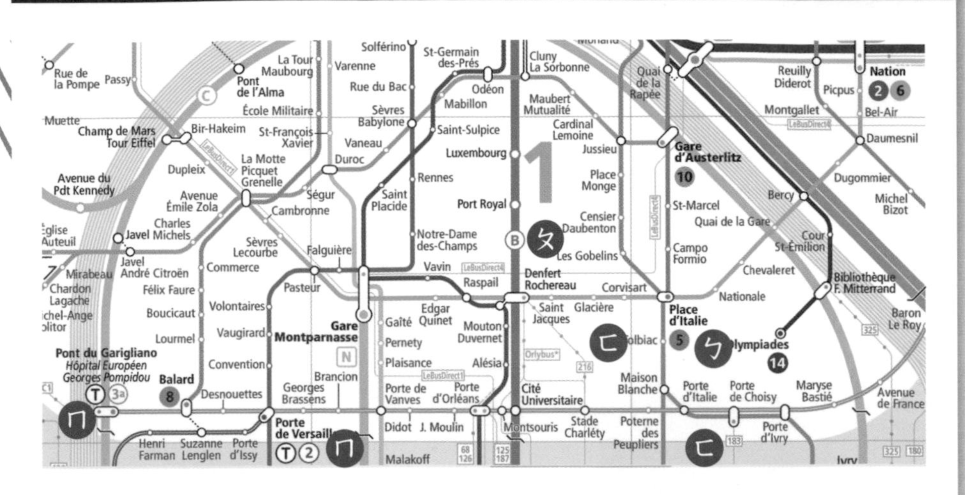

一張完整的巴黎交通地圖上，會看到如圖中的圓圈數字（如⓮）、圓圈字母（如Ⓑ）等，他們所代表的意思是什麼呢？巴黎地鐵目前有 14 條主線和 2 條支線，由不同顏色的圓圈數字（1~14）來表示。所以圖中 ㄅ 位置的 ❺ 就是地鐵線（la ligne de métro）的 5 號線（la ligne 5）。

而 ㄆ 位置的 Ⓑ 是區域快鐵 RER 的 B 號線（la ligne B）。目的地若要到大巴黎地區從第三圈到第六圈的這個區間，大眾運輸就要搭區域快鐵 RER 才能到，像是戴高樂機場位於第五圈，從機場要進巴黎市區大部分的人都是靠 RER 的 B 線。目前 RER 共有 5 條線，由不同顏色的圓圈字母（A~E）來標示，是從最裡面的第一圈到最外圈之間的交通工具。

ㄇ 位置的 Ⓣ ② 或 Ⓣ ③a 是路面電車的路線（la ligne de tramway），而且要特別注意到與數字 ② 或 ③a 對應到的顏色的線並非單一實線，而是雙線組成的路線。至於 ㄈ 位置的淺藍色數字及淺藍色細線（或橘色數字及橘色細線）則是公車路線。

資料來源：https://www.ratp.fr/plan-metro

♦♦♦ Chapitre2

La gare 火車站

火車站配置

❶ **le hall de la gare** [lə ol də la gar] n. 火車站大廳

❷ **le passager** [lə pasaʒe] n. 乘客

❸ **le distributeur de billets de train** [lə distribytœr də bijɛ də trɛ̃] n. 售票機

❹ **acheter un billet de train** [aʃte œ̃ bijɛ də trɛ̃] ph. 購票

❺ **le panneau de direction** [lə panneau də dirɛksjɔ̃] n. 路線指引

❻ **l'affichage des horaires** [lafiʃaʒ dezɔrɛr] n. 時刻表
❼ **le numéro de voie** [lɛ̃dikatœr pur lə nymero də vwa] n. 月台編號
❽ **les boutiques** [le butik] n. 店家

❾ **le quai** [lə kɛ] n. 月台
❿ **le train** [lə trɛ̃] n. 火車
⓫ **le composteur** [lə kɔ̃pɔstœr] n. 車票打印機

◆ Tips ◆

慣用語小常識：火車篇

aller bon train
「搭上對的火車」？

aller bon train 的意思為 aller par un bon train，照字面的意思即為「搭上好的、正確的火車」，引申的意思為「一件事情進行得非常順利」。這句慣用語比較用於口語表達。

Nous avons invité des amis pour boire l'apéritif, les conversations vont bon train autour d'un match de football entre la France et l'Allemagne.
我們請了幾個朋友到家裡喝餐前酒，大家愉快地聊著一場法國對上德國的足球賽。

你知道嗎？

時刻表上有哪些資訊呢？法文怎麼說呢？

一進入火車站，抬頭就能看到大型的**電子時刻表 le panneau d'affichage des horaires** [lə pano dafiʃaʒ dezɔrɛr]，其功能在於提供有關於火車的各類資訊，例如右圖圖 A 的 Ⓐ train（車種：如 TGV、TER 等）、Ⓑ numéro（車號）、Ⓒ heure（發車時間或抵達時間）、Ⓓ destination（目的地）、Ⓔ information（備註；例如延遲或火車停開的情況）、Ⓕ voie（上車的月台編號）。

DEPART	DEPARTURE	ABFAHRT		
C Trains au départ	D Departures trains	E	A B	F
12h01	PERSAN CHAMBLY MERU ST-SULPICE BEAUVAIS		847419	21
12h01	BRUXELLES-MIDI LIEGE AACHEN KOLN ESSEN	THALYS CONFORT 1 ET CONFORT 2	9437	7
12h07	CREIL COMPIEGNE CHAUNY TERGNIER ST-QUENTIN	1ère ET 2ème CLASSE	12309	16
12h10	ORRY-LA-VILLE CHANTILLY-GOUVIEUX CREIL		847609	17
12h13	LONDON ST PANCRAS INT	HALL LONDRES	9027	
12h25	BRUXELLES ROTTERDAM SCHIPHOL AMSTERDAM	THALYS CONFORT 1 ET CONFORT 2	9339	
12h28	CREIL LONGUEAU AMIENS	1ère ET 2ème CLASSE	12011	
12h43	LONDON ST PANCRAS INT	HALL LONDRES	9029	
12h46	LILLE FLANDRES	1ère ET 2ème CL. avec RESERVATION	7043	
12h49	CREIL RIEUX PONT LONGUEIL COMPIEGNE		847807	
12h52	ARRAS LENS BETHUNE HAZEBROUCK DUNKERQUE	1ère ET 2ème CL. avec RESERVATION	7321	
12h52	ARRAS DOUAI VALENCIENNES	1ère ET 2ème CL. avec RESERVATION	7121	
12h55	BRUXELLES-MIDI	THALYS CONFORT 1 ET CONFORT 2	9341	
13h01	PERSAN CHAMBLY MERU ST-SULPICE BEAUVAIS		847421	
13h13	EBBSFLEET LONDON ST PANCRAS INT	HALL LONDRES	9031	
13h16	LILLE FLANDRES	1ère ET 2ème CL. avec RESERVATION	7045	
13h26	CREPY VILLERS SOISSONS ANIZY-PINON LAON		849921	
13h59	LONGUEAU AMIENS ABBEVILLE	1ère ET 2ème CLASSE	2013	
14h01	PERSAN CHAMBLY MERU ST-SULPICE BEAUVAIS		847423	
14h07	CREIL PONT COMPIEGNE TERGNIER ST-QUENTIN		847905	

▲圖 A

▲圖 B

也有一些小的電子看板分別標註 départs（即將出發的火車，如圖 B 的上螢幕）與 arrivés（即將抵達目前所在位置的火車，如圖 B 的下螢幕），讓搭車或接送的人可以一目了然，並同樣列出 ❶ train（車種：如 TGV、TER 等）、❷ numéro（車號）、❸ heure（發車時間或抵達時間）、❹ destination（目的地）、information（備註；例如延遲或火車停開的情況）、❺ voie（列車進站的月台編號）。此外，有的螢幕下緣還會直接用特定顏色提醒乘客看到該顏色表示是幾號月台到幾號月台，如本圖上用黃色塊表示第 2 月台到第 12 月台，用淺藍色塊表示第 23 月台到第 30 月台。

01 進站 entrer dans la gare

售票機上的按鍵與文字，各代表什麼功能？

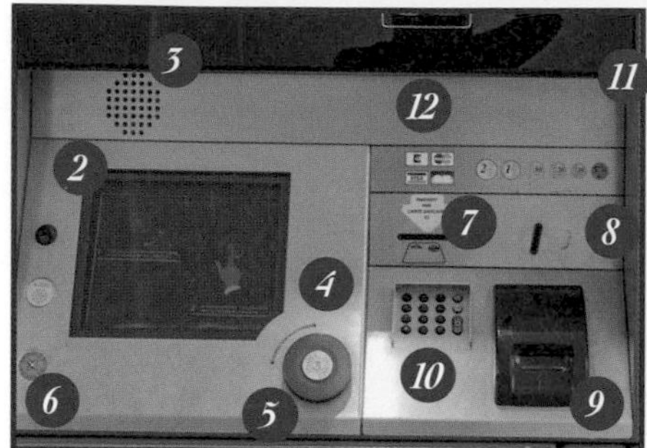

❶ **le distributeur de billets** [lə distribytœr də bijɛ] n. 售票機

❷ **l'écran** [lekrɑ̃] n. 螢幕

❸ **l'interphone** [lɛ̃tɛrfɔn] n. 對講機

❹ **la roulette** [la rulɛt] n. 選擇滾輪

❺ **le bouton de validation** [lə butɔ̃ də validasjɔ̃] n. 確認按鈕

❻ **le bouton d'annulation** [lə butɔ̃ danylasjɔ̃] n. 取消按鈕

❼ **l'insertion de la carte bancaire** [lɛ̃sɛrsjɔ̃ də la kart bɑ̃kɛr] n. 信用卡插入口

❽ **l'insertion des monnaies** [lɛ̃sɛrsjɔ̃ de mɔnɛ] n. 投幣口

❾ **l'insertion des billets** [lɛ̃sɛrsjɔ̃ de bijɛ] n. 紙鈔插入口

❿ **les touches** [le tuʃ] n. 按鍵

⓫ **les monnaies acceptées** [le mɔnɛ aksɛpte] n. 可接受的硬幣

⓬ **les cartes de paiement acceptées** [le kart də pɛmɑ̃ aksɛpte]
n. 可接受的信用卡公司

⓭ **la sortie du reçu** [la sɔrti dy r(ə)sy] n. 收據口

⓮ **la sortie du ticket** [la sɔrti dy tikɛ] n. 取票口

⓯ **la sortie de la monnaie** [la sɔrti də la mɔnɛ] n. 找零口

機器上的標題意思：

a. Billetterie Régionale 地區性車票售票機
b. EN SERVICE 服務中
c. REND LA MONNAIE 找零
d. Contact TER 聯絡 TER

該如何用機器買火車票呢？

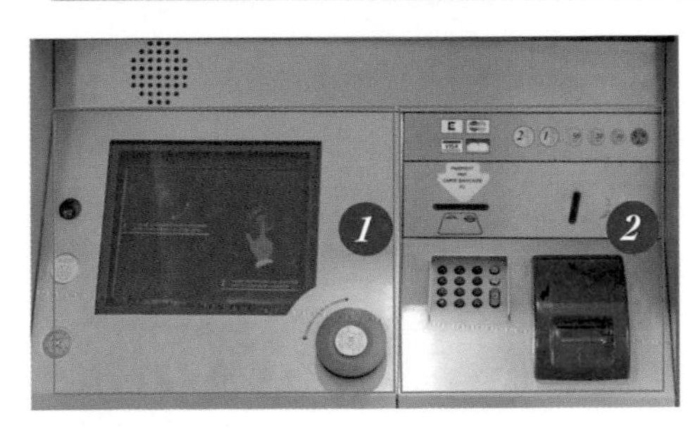

此圖是購買法國地區性火車 TER 的車票售票機，操作此機器購票時，主要都是利用 ❶ 螢幕右下方的滾輪、搭配螢幕來做點選與確認的，本機器各個功能鍵所代表的意思請見上一張圖。首先先透過 ❶ 螢幕、滾輪及滾輪上的確認鍵（請見下圖 ❸ ）選擇出發的城市車站（la gare de départ），第二步選擇抵達城市（la gare d'arrivée），之後選擇數量，選擇單程票（l'aller-simple）或來回票（l'aller-retour），確定了所有資料輸入無誤後，再選擇付費方式（le moyen de paiements）。❷ 付款方式有信用卡支付（有限制信用卡公司），也有用現金支付（可用鈔票或硬幣）。待付款後再抽回信用卡（retirer votre carte）或找零（récupérer votre monnaie），最後取票（récupérer le billet），買票的手續就完成了。

與購票的相關單字：

la quantité [la kɑ̃tite] n. 張數
le type de train [lə tip də trɛ̃] n. 車種
le type de billet [lə tip də bijɛ] n. 票種
le départ [lə depar] n. 起始站
la destination [la dɛstinasjɔ̃] n. 到達站

滾輪及確認鍵

◆ Tips ◆

生活小常識：火車票篇

法國國鐵車票的種類有哪些呢？

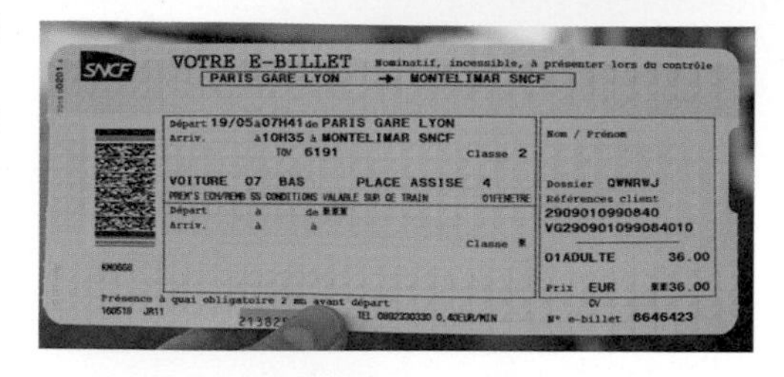

在法國，每天搭乘火車的人數非常多，為了滿足各個年齡層、各類工作階級、學生的需求，法國國鐵公司設計了多樣化購票的方案，讓消費者可以從多重選擇中找出最適合的票種。

Le plein tarif（全票）：未符合任何折扣條件。

Le tarif réduit（優待票）：法國國鐵公司根據消費者年齡所推出一系列的打折卡。

TGV Max：適用於每天搭乘 TGV 或 Intersité，年齡介於 16-27 歲的年輕人，一個月為 79 歐元，一次必須購買三個月，由於這類的座位有限，搭乘前必須預先訂位。

Carte jeune（青年票）：適用年齡介於 12-27 歲的年輕人，年費為 50 歐元，可享用國內線至少七折，國際線至少七五折的優惠。

Carte weekend（週末票）：年費為 75 歐元，沒有年齡限制，持卡者與陪同旅行的同伴可一起享有至少七五折的優惠，但購票條件為要從星期五、六、日中任選一天在目的地過夜，或者在週末當天來回。

Carte senior（年長者票）：年費為 60 歐元，適用於 60 歲以上的消費者，搭乘二等車廂可享有七五折，搭乘頭等車廂即可享有六折的優惠。

Carte avantage famille（家庭票）：年費為 49 歐元，適用於 27-59 歲成人，持卡者與一位同行的成人可享有七折優惠，或是三位同行的四到十一歲的小孩可享四折優惠。

＊以上根據 2018 年 SNCF 官網資訊。

◆◆◆ 02 搭車 monter dans le train

Part2_07

搭車時，這些應該怎麼說？

❶ **le train** [lə trɛ̃] n. 火車

❷ **le wagon** [lə vagɔ̃] n. 車廂

❸ **le quai** [lə kɛ] n. 月台

❹ **la sortie** [la sɔrti] n. 出口

❺ **l'indicateur de sortie** [lɛ̃dikatœr də sɔrti] n. 出口告示牌

❻ **la surface podotactile** [la syrfas pɔdɔtaktil] n. 導盲磚

❼ **prendre le train** [prɑ̃dr lə trɛ̃] ph. 搭火車

❽ **la locomotive** [la lɔkɔmɔtiv] n. 火車頭

❾ **la voie** [la vwa] n. （幾）號月台，鐵路

❿ **le panneau d'affichage des horaires** [lə pano dafiʃaʒ dezɔrɛr] n. 電子時刻表看板

◆ Chapitre2 La gare 火車站

◆ Tips ◆

在法國，火車的種類和車廂有哪幾種呢？

火車種類

凡是僅承載乘客的火車，通稱 les trains de voyageurs [lə trɛ̃ də vwajaʒœr]（載客火車），在功能設計上會顧及乘客的飲食需要、舒適感、甚至睡眠。停靠站少，只停幾個大站且行車較快的火車，稱為 le train express [lə trɛ̃nɛksprɛs]（快車）；夜晚通行的車，通常則稱為 le train de nuit [lə trɛ̃ də nɥi]（夜車），搭乘夜車時可以預約 les couchettes [le kuʃɛt]（臥鋪）或者 le wagon-lit [lə vagɔ̃li]（臥鋪車廂）；如果是短程兩地來回往返的列車，稱為 la navette [la navɛt]（例如連接市中心與機場的列車，或連接航廈間的列車，都可以稱為 la navette）。至於中途不用換車，從出發站直接開往目的地的火車，稱為 le train direct [lə trɛ̃ dirɛkt]（直達火車），如果在中途必須換車者則稱為 le train avec correspondance [lə trɛ̃ avɛk kɔrɛspɔ̃dɑ̃s]。

車廂種類

車廂可分為「一等車廂」和「二等車廂」。**一等車廂** première classe [prəmjɛr klas] 票價較高，座位空間大，前後距離寬敞。以 TGV 為例子，一等車廂內約有 35 個位置，二等車廂則有 55 個位置。以一排的座位來說，一等車廂一排有 3 個座位，二等車廂則有四個，也就是說，如果想要擁有比較安靜的個人空間，可以預約一個人的座位。**二等車廂** seconde classe [səgɔ̃d klas] 也就是一般座位的車廂，座位空間不如「一等車廂」大，前後距離較狹窄，缺乏擺放行李的位置，但票價上較為低廉。

你知道嗎？

法國火車除了眾所周知的 TGV 之外，其實還有其他模式的火車。

法國的鐵路由法國國鐵 SNCF（Société nationale des chemins de fer français）經營，除了大家耳熟能詳的 TGV（法國高鐵）之外，還有其他的火車類型。

TGV: Train à grande vitesse

法國高鐵，以巴黎為中心，便於連接各大城市，特點為車速快及平穩（時速約 300 公里），停站次數少。

Transilien

行駛於巴黎都會區的火車。

Ter

用於連接法國 11 個區域（les régions）如 La normandie（諾曼第半島）、la Bretagne（不列塔尼半島）等地區性的火車，方便大眾通學與通勤，價格較 TGV 與 Intercité 便宜。

Ouigo

這是法國國鐵於 2013 年創辦的「低價」高鐵，主要行駛於 TGV 未停的大站，其外型與 TGV 相似，但內部並沒有設計放置大行李箱的空間，除了必須在發車前半小時就該抵達車站報到之外，行李超過二十公斤或體積太大時，都必須付額外的費用。目前是法國國鐵公司積極開發的重要項目。

Intercité

在法國，這類型的火車行駛於 TGV 未經過的次要大城市。

以上為行駛於法國本土的火車種類，法國國鐵公司也經營連結其他歐洲國家的火車：

Eurostar

連接巴黎市中心與英國倫敦市中心，通過英吉利海峽的高速火車。

Thalys

連接巴黎市到比利時、荷蘭及德國科隆的火車。

TGV Europe

通往布魯塞爾、西班牙、義大利及德國的高鐵。

TGV Lyria

通往日內瓦、洛桑、蘇黎世等瑞士主要城市的高鐵。

搭車常用的句子

1. **Un billet pour Lyon, s'il vous plaît.** 請給我一張往里昂的票。
2. **Je voudrais réserver un billet au départ de Paris pour Lyon ce soir à 18 heures.** 我想預訂一張今晚六點巴黎到里昂的車票。
3. **Un billet pour Bordeaux le 20 janvier le matin à 9 heures, s'il vous plaît.** 我想要一張 1 月 20 日早上 9 點到波爾多的票。
4. **Je voudrais un aller-simple.** 我要單程票。
5. **Un aller-retour pour Paris-Nice.** 巴黎到尼斯來回。
6. **Combien coûte-t-il un billet de train au seconde classe pour Paris?** 往巴黎二等車廂的車票要多少錢呢？
7. **Vers quelle quai devrais-je me diriger?**
我應該要往哪一個月台呢？
8. **Est-ce que ce train va à Marseille?** 這是往馬賽的車嗎？
9. **Est-ce que ce train s'arrête à tous les arrêts?**
這班火車每站都會停嗎？
10. **A quelle heure partira le train pour Paris?**
到巴黎站的火車是幾點開呢？

03 出站 sortir de la gare

這些應該怎麼說？

1. **la sortie** [la sɔrti] n. 出口
2. **le nom de l'arrêt** [lə nɔ̃ də larɛ] n. 車站名
3. **les horaires** [lezɔrɛr] n. 時刻表
4. **le panneau d'indication** [lə pano dɛ̃dikasjɔ̃] n. 方向指引|標示牌
5. **le composteur** [lə kɔ̃pɔstœr] n. 車票打印機
6. **la caméra de surveillance** [la kamera də syrvɛjɑ̃s] n. 監視器
7. **la poubelle** [la pubɛl] n. 垃圾桶
8. **le panneau d'interdiction de stationnement** [lə pano dɛ̃tɛrdiksjɔ̃ də stasjɔnmɑ̃] n. 禁止停車標誌

你知道嗎？

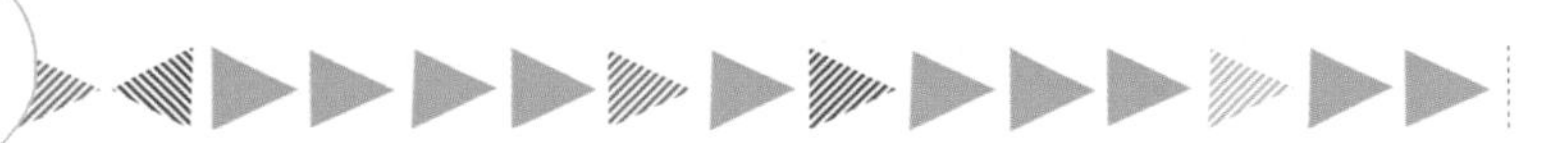

法國國鐵還可提供哪些服務呢？

法國國鐵公司有提供一些方便旅客的服務，這些服務可於購票時預約，或者是在搭乘火車前上網申請。

le service d'accompagnement
[lə sɛrvis dakɔ̃paɲmɑ̃]

由專人陪伴 4 歲到 14 歲獨自旅行的孩童，費用一人為 35 歐元，費用會根據旅行時間及孩童人數而改變。

le service d’assistance accès plus [lə sɛrvis asistɑ̃s aksɛ plys]

幫助殘障人士、行動不方便的旅客以及老年人上下火車。此服務為免費的。

le service bagages à domicile [lə sɛrvis bagaʒ a dɔmisil]

24 小時內或 48 小時內幫忙運輸大件行李、腳踏車或嬰兒推車到旅客指定的住址，但重量不得超過 25 公斤，輪椅則是不超過 60 公斤。

TGV-Air [teʒeve ɛr]

TGV 高鐵機票搭配飛機票。法國國鐵公司與 11 家航空公司合作，包括法國航空、國泰航空或越南航空等，讓旅客從法國各大城市搭乘 TGV 到巴黎機場搭乘飛機。其優點為萬一遇到火車罷工或延誤的問題而趕不上飛機時，將由法國國鐵公司及航空公司免費安排後續行程。

車站出口附近有哪些轉乘的交通工具呢？

為了讓搭火車的乘客出站時，能用最簡便的方式到達最終目的地，大眾運輸工具是不可或缺的交通工具。在像是巴黎或里昂的大城市，通常火車站與地鐵站 la station de métro [la stasjɔ̃ də metro] 是相通的。若是沒有地鐵的城市，車站外面也都會有公車轉乘處 la gare routière [la gar rutjɛr]、電車站 la station de tramway [la stasjɔ̃ də tramwɛ]，或者計程車乘車處 la station de taxi [la stasjɔ̃ də taksi]。此外，車站外都設有停車場 parking [parkiŋ]，旅客可以自行開車或者請親友接送。

◆◆◆ Chapitre3

La gare routière 巴士站

巴士停等處

1. **la gare routière** [la gar rutjɛr] n. 巴士站
2. **le bus** [lə bys] n. 巴士
3. **le dépôt de bus** [lə depo də bys] n. 巴士停放區
4. **la salle d'attente** [la sal datɑ̃te] n. 等候區
5. **le banc** [lə bɑ̃] n. 長椅
6. **le numéro de quai** [lə nymero də kɛ] n. 月台編號

售票處

7. **le panneau d'information** [lə pano dɛ̃fɔrmasjɔ̃] n. （巴士）資訊板
8. **le guichet** [lə giʃɛ] n. 售票處
9. **la brochure** [la brɔʃyr] n. （路線指南）小冊子

衍 **l'arrêt de bus** [larɛ də bys] n. 公車站牌

衍 **le distributeur de billets de bus** [lə distribytœr də bijɛ də bys] n. 自動售票機

巴士的種類有哪些？

Part2_09-B

le bus
[lə bys]
n. 市內公車

le car
[lə kar]
n. 長途巴士

le bus à impériale*
[lə bys a ɛ̃perjal]
n. 雙層巴士

le bus à plancher bas
[lə bys a plɑ̃ʃe bɑ]
n. 低底盤巴士

le car touristique
[lə kar turistik]
n. 遊覽車

la navette
[la navɛt]
n. 機場接駁車

*「雙層巴士」也可用 le bus à deux niveaux、le bus à étage、le bus à deux étages 表示。

♦ Tips ♦

慣用語小常識：巴士篇

faire la navette
「來回奔波」

這句法文片語出現於 18 世紀，一開始是指織布工人手中拿著工具在織布機上來來回回的動作，之後逐漸引申為在兩地之間來回的奔波或是在兩者之間游移不定。

Son travail l'oblige à faire la navette entre Lyon et Paris.
他的工作迫使他常在里昂與巴黎之間來回奔波。

01 等巴士 attendre le bus

在巴士亭裡有哪些常見的東西呢？

1. **l'arrêt de bus** [larɛ də bys] n. 公車站牌
2. **le panneau d'affichage rétro éclairé** [lə pano dafiʃaʒ retro eklere] n. 燈箱廣告
3. **le banc** [lə bɑ̃] n. 長椅
4. **l'éclairage** [leklɛraʒ] n. 照明設備
5. **le passage piéton** [lə pasaʒ pjetɔ̃] n. 人行道
6. **la voie réservée au bus** [la vwa rezɛrve o bys] n. 巴士專用道
7. **la poubelle** [la pubɛl] n. 垃圾筒
8. **le nom de l'arrêt** [lə nɔ̃ də larɛ] n. 站名
9. **le numéro de la ligne** [lə nymero də la liɲ] n. （巴士）路線號碼
10. **le plan de bus** [lə plɑ̃ də bys] n. 公車路線圖

⑪ **les horaires** [lezɔrɛr] n. 時刻表

㊊ **le départ** [lə depar] n. 起始站　㊊ **le terminus** [lə tɛrminys] n. 終點站

等巴士時，常做什麼呢？

se renseigner sur les lignes de bus

查詢巴士路線

Il faut d'abord vous renseigner des lignes de bus pour ne pas vous tromper.

先查詢巴士的路線，以免搭錯車。

regarder les horaires

查詢巴士時刻表

Vous devez regarder d'abord les horaires de bus pour être sûr de l'heure de son arrivée.

您先查詢一下巴士時刻表，確認巴士何時會到。

attendre le bus

等巴士

J'attends toujours mon bus, donc je serai légèrement en retad.

我還在等巴士，所以我會稍微遲到。

aller en direction de...

（做確認）這班巴士是否前往…

Est-ce que ce bus va en direction de l'arc de triomphe?

這班公車是往巴黎凱旋門嗎？

◆ Tips ◆

一樣是「巴士站」，la gare routière 和 l'arrêt de bus 有什麼不同？

la gare routière 是指「巴士總站」或「巴士轉運站」，通常被設置為各個巴士路線的終點站與啟程站，以方便乘客轉乘其他巴士或其他大眾運輸交通工具，la gare routière 通常是一大型建築物，內部設有賣票窗口、室內候車廳、洗手間以及販賣輕食的餐廳；而 l'arrêt de bus 則是「巴士停靠站」。arrêt 源自動詞 arrêter，表示「停止」的意思，因此 l'arrêt de bus 就是指「巴士暫時停靠，待乘客上車後，立即駛離的停靠站」，有些僅在路旁設立站牌，有些則設有貼心的候車亭及長椅，提供乘客一個舒適的等待環境。

02 上車 monter dans le bus

Part2_11

巴士到站時，會做哪些事呢？

attraper le bus
[atrape lə bys]
ph. 趕上公車

monter dans le bus
[mɔ̃te dɑ̃ lə bys]
ph. 上車

transporter les passagers
[trɑ̃spɔrte le pasaʒe]
ph. 載送乘客

attendre
[atɑ̃dr]
v. 等待～

faire la queue
[fɛr la kø]
ph. 排隊

faire signe au chauffeur
[fɛr siɲ o ʃofœr]
ph. 揮手攔車

巴士內，這些法文怎麼說？

le chauffeur de bus
[lə ʃofœr də bys]
n. 公車司機

les passagers assis
[le pasaʒe asi]
n. 坐著的乘客

les passagers debout
[le pasaʒe dəbu]
n. 站著的乘客

la place du conducteur
[la plas dy kɔ̃dyktœr]
n. 駕駛座

les places de devant
[le plas də d(ə)vɑ̃]
n. 前座

les places du fond
[le plas dy fɔ̃]
n. 後座

la poignée
[la pwaɲe]
n. 拉環

la porte du bus
[la pɔrt dy bys]
n. 車門

la barre
[la bar]
n. 手扶桿

la place prioritaire
[la plas prijɔritɛr]
n. 博愛座

la sortie de secours
[la sɔrti də səkur]
n. 緊急逃生口

l'extincteur
[lɛkstɛ̃ktœr]
n. 滅火器

••• 03 下車 descendre du bus

Part2_12

與下車相關的事物有哪些

l'indicateur de destination
[lɛ̃dikatœr də dɛstinasjɔ̃]
n. 公車路線牌

l'indicateur d'arrêt
[lɛ̃dikatœr darɛ]
n. 到站指示燈

le système d'annonce
[lə sistɛm danɔ̃s]
n.（到站）廣播系統

la porte de devant
[la pɔrt də d(ə)vɑ̃]
n. 前門

la porte arrière
[la pɔrt arjɛr]
n. 後門

le bouton
[lə butɔ̃]
n. 下車鈴

le composteur
[lə kɔ̃pɔstœr]
n. 車票打印機

descendre
[desɑ̃dr]
ph. 下車

l'arrêt de bus
[larɛ də bys]
n. 站牌

◆ Tips ◆

生活小常識：巴士票篇

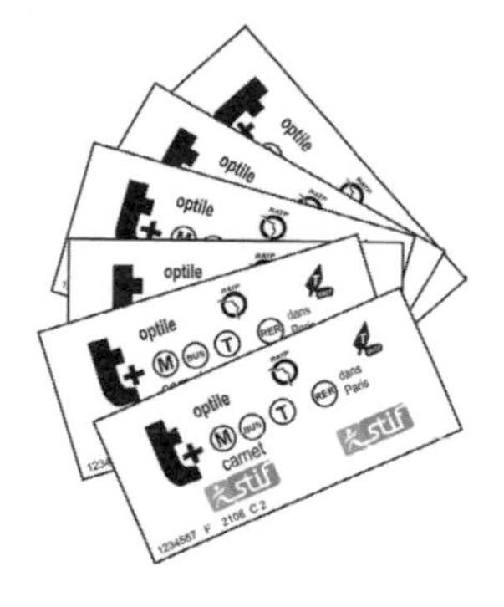

在法國，大部分城市的公車票、地鐵票及電車票均可通用，票價的計算不以兩地距離為計算單位，所以不管是搭乘兩站或十站，都只需要使用一張票。

車票可分單程票（le ticket à l'unité [lə tikɛ a lynite]）或日票（在巴黎稱 mobilis [mɔbilis]），也有週票 l'abonnement hebdomadaire [labɔnmɑ̃ ɛbdɔmadɛr] 及月票 l'abonnement mensuel [labɔnmɑ̃ mɑ̃sɥɛl]。若是在一天中搭乘次數不多，可以在地鐵站先購買 le carnet [lə karnɛ]（十張車票）；若在公車上跟司機買票，則只能用現金買單張票，價格也會比較貴。若是確定一日內會多次搭乘大眾運輸工具，不妨考慮日票。唯一要注意的是，在巴黎所售的日票，有效期是從打票開始到當日晚上 12 點為止，但在其他城市，例如里昂，日票的有效期為打票那一刻開始計算，24 小時內都能夠使用。

巴黎單程公車票的有效時間為 90 分鐘，但如果在 90 分鐘內必須改搭地鐵或電車，則不能使用同一張票，必須再用另一張車票。在法國各城市的規定並不盡相同，最好跟站務人員或公車司機確定自己的權益。

在法國搭公車時，一上車就必須先打票或跟司機出示車卡，如果只是買了票卻沒有打票會被視為逃票。公車司機沒有查票的職責，但不時會有查票員 les contrôleurs [le kɔ̃trolœr] 查票，一旦被查到未打票會遭到罰款的處分。

Il ne faut pas oublier de valider le titre de transport en montant dans le bus.
上公車時別忘了打票。

◆◆◆ Chapitre4

L'aéroport 機場

機場配置

❶ **le hall de départ** [lə ol də depar] n. 出境大廳

❷ **le comptoir d'enregistrement** [lə kɔ̃twar dɑ̃r(ə)ʒistrəmɑ̃] n. 報到櫃台

❸ **le staff** [lə staf] n. 地勤人員

❹ **les informations de vol** [lezɛ̃fɔrmasjɔ̃ də vɔl] n. 航班資訊

❺ **la balance** [la balɑ̃s] n. 行李磅秤

❻ **le tapis roulant à bagages** [lə tapi rulɑ̃ a bagaʒ] n. 行李輸送帶

7. **le chariot à bagages** [lə ʃarjo a bagaʒ] n. 行李推車
8. **l'enregistrement des bagages** [lɑ̃r(ə)ʒistrəmɑ̃ de bagaʒ] n. 托運行李
9. **le bagage à main** [lə bagaʒ a mɛ̃] n. 隨身行李
10. **le panneau de publicité** [lə pano də pyblisite] n. 廣告板
11. **la compagnie aérienne** [la kɔ̃paɲi aerjɛ̃n] n. 航空公司

◆ Tips ◆

慣用語小常識：飛行篇

Les paroles s'envolent, les écrits restent.
說的話會飛？

這句成語源自於拉丁文「verba volant, scripta manent」，這是羅馬君王提圖斯 Titus [titys] 在羅馬元老會 le sénat romain [lə sena rɔmɛ̃] 中所提出的想法，強調說過的話容易被遺忘或扭曲，因此用文字記載下來是很重要的。現今，這句成語常使用在一些商業行為上，表示口頭上所達成的協議沒有任何效力，與中文的「空口無憑，立字為證」有相似的意思。

A : Est-ce que tu peux me prêter dix milles euros ? Je te les rendrai sans faute le mois prochain.
你能借我 1 萬歐元嗎？我下個月一定還你。

B : Je peux te dépanner sans problème, cependant les paroles s'envolent et les écrits restent. Il vaut mieux que l'on rédige une reconnaissance de dette.
我可以借你沒問題，可是空口無憑，我們還是立張借據比較洽當。

01 登機報到 l'enregistrement des bagages

報到前，需要準備哪些物品呢？

Part2_14

持有非歐盟國家護照的旅客到法國機場報到劃位時，必須出示有效期限滿六個月以上的 le passeport [lə paspɔr]（護照）、le billet d'avion [lə bijɛ davjɔ̃]（機票）、le visa [lə viza]（簽證）（如果要前往第三國家），以及帶好 les bagages [le bagaʒ]（行李）；持有歐盟國家之護照的旅客，若是到其他歐盟國家，可以用 la pièce d'identité [la pjɛs didɑ̃tite]（身分證）代替護照，但若要到歐盟之外的國家，還是必須準備上述的文件辦理登機劃位。

自 2008 年 6 月 1 號開始，所有的航空公司都響應環保而採用 le billet électronique [lə bijɛ elɛktrɔnik]（電子機票），旅客在向旅行社或航空公司購票後，會收到一份電子檔，這份電子檔就是所謂的「電子機票」。在報到劃位前，旅客可以自行印出，或者告知航空人員機票代號即可。與使用 le billet d'avion en papier [lə bijɛ davjɔ̃ ɑ̃ papje]（紙本機票）的年代相比，現在的旅客可以不用擔心忘了帶機票或遺失機票了。

報到劃位時會說什麼呢？

1. **Je voudrais faire l'enregistrement de mon vol.** 我想要報到劃位。
2. **Avez-vous des bagages à enregistrer?** 您任何行李要托運嗎？
3. **Combien de bagages avez-vous?** 您有幾件行李（需要托運）呢？
4. **Veuillez mettre vos bagages sur la balance.**
   麻煩將您的行李放在磅秤上。
5. **Vous avez des excédents de bagages.** 您的行李超重了。
6. **Combien faut-t-il payer pour des excédents de bagages?**
   超重的手續費需付多少錢？
7. **Pourriez-vous me donner une place côté hublot?**
   可以給我靠窗的座位嗎？

8. **Voici votre passeport et votre carte d'embarquement, vous trouvez ci-joint le reçu de votre bagage enregistré.**
這是您的護照和登機證，另外，這是您的行李托運存根。

航班資訊看板上有什麼？

1. **le panneau d'affichage des vols** [lə pano dafiʃaʒ də vɔl] n. 航班資訊看板
2. **le départ** [lə depar] n. 出境
3. **le terminal** [lə tɛrminal] n. 航廈
4. **l'heure de départ** [lœr də depar] n. 起飛時間
5. **la destination** [la dɛstinasjɔ̃] n. 目的地
6. **le numéro de vol** [lə nymero də vɔl] n. 班機號碼
7. **le comptoir d'enregistrement** [lə kɔ̃twar dɑ̃r(ə)ʒistrəmɑ̃] n. 報到櫃台
   衍 **l'heure d'embarquement** [lœr dɑ̃barkəmɑ̃] n. 登機時間
8. **la porte d'embarquement** [la pɔrt dɑ̃barkəmɑ̃] n. 登機門
   衍 **les observations** [lezɔpsɛrvasjɔ̃] n. 備註／班機狀況

◆ Tips ◆

生活小常識：免稅店

巴黎機場哪裡可以買到免稅商品呢？

在機場候機時，旅客最喜歡做的事應該就是逛逛機場內的**免稅商店 les boutiques hors taxes** [le butik ɔr taks]、**買買伴手禮 les cadeaux de souvenir** [le kado də suvnir]。但是在巴黎戴高樂機場，並不是每個商店中都可買到**免稅商品 les marchandises hors taxes** [le marʃɑ̃diz ɔr taks]，唯有從巴黎機場直飛非歐盟國家或到法屬領土的飛機所在的候機處的商店中才能買到免稅品；若是搭乘飛往歐盟國家的飛機，則無法買到免稅品。此外，法國海關並不限制旅客購買免稅商品的數量及其價值，但旅客必須要知道入境國家對於免稅品的規定，以免在入境時受罰。

登機證上的資訊有哪些？

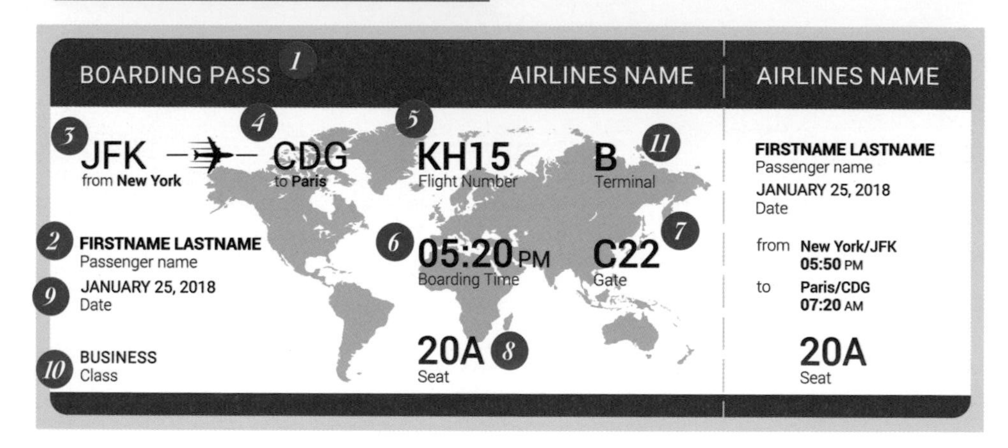

1. **la carte d'embarquement** [la kart dɑ̃barkəmɑ̃] n. 登機證
2. **le nom du passager** [lə nɔ̃ dy pasaʒe] n. 乘客姓名
3. **de...** [də] / **en provenance de ...** [ɑ̃ prɔvnɑ̃s də] prep. 從～起飛
4. **à...** [a] / **à destination de...** [a dɛstinasjɔ̃ də] prep. 飛往～

❺ **le numéro de vol** [lə nymero də vɔl] n. 班機號碼
❻ **l'heure d'embarquement** [lœr dɑ̃barkəmɑ̃] n. 登機時間
❼ **la porte d'embarquement** [la pɔrt dɑ̃barkəmɑ̃] n. 登機門
❽ **le numéro de la place** [lə nymero də la plas] n. 座位編號
❾ **la date de départ** [la dat də depar] n. 起飛日期
❿ **la classe affaires** [la klas afɛr] n. 商務艙
⓫ **le terminal** [lə tɛrminal] n. 航廈

◆ Tips ◆

生活小常識：前往「登機門」

▲ 巴黎戴高樂機場的安檢站

到達機場時，首先必須從機場大廳的電子看板上確認航空公司所在的航廈，在報到櫃台 le comptoir d'enregistrement [lə kɔ̃twar dɑ̃r(ə)ʒistrəmɑ̃] 劃位，並辦理完成行李托運 l'enregistrement des bagages [lɑ̃r(ə)ʒistrəmɑ̃ de bagaʒ] 後，即可拿著登機證 la carte d'embarquement [la kart dɑ̃barkəmɑ̃] 前往安檢門 le contrôle de sécurité [lə kɔ̃trol də sekyrite]。透過 X 光檢查儀來檢測旅客身上或其手提行李中是否帶有違禁品，隨即有護照檢查處 le contrôle de passeport [lə kɔ̃trol də paspɔr] 查驗護照及簽證，通過查驗後，可依照登機證上寫的登機門編號 la porte d'embarquement [la pɔrt dɑ̃barkəmɑ̃] 等待登機。等待期間也可至免稅商店 les boutiques hors taxes [le butik ɔr taks] 逛逛，但記得不要錯過了登機時間 l'heure d'embarquement [lœr dɑ̃barkəmɑ̃]。

02 在飛機上 dans l'avion

在飛機上有什麼？

❶ **la place côté hublot** [la plas kote yblo] n.
靠窗座位

❷ **la place côté couloir** [la plas kote kulwar] n.
靠走道座位

❸ **la tablette** [la tablet] n.
小桌板

❹ **le compartiment à bagages** [lə kɔ̃partimɑ̃ a bagaʒ] n. 頭頂置物櫃

❺ **mettre le bagage à main dans le compartiment** [mɛtr lə bagaʒ dɑ̃ lə kɔ̃partimɑ̃] ph. 放置隨身行李到置物櫃

❻ **le système de divertissement en vol** [lə sistɛm də divɛrtismɑ̃ ɑ̃ vɔl] n.
機上娛樂系統

❼ **l'écran tactile** [lekrɑ̃ taktil] n.
（機上）觸控螢幕

❽ **la télécommande** [la telekɔmɑ̃d] n.
遙控器

⑨ **le grand écran de démonstration** [lə grɑ̃ ekrɑ̃ də demɔ̃strasjɔ̃]

n. 顯示螢幕

⑩ **le signal d'interdiction de fumer** [lə siɲal dɛ̃tɛrdiksjɔ̃ də fyme]

n. 禁止吸煙標示

⑪ **le signal d'attachement de la ceinture de sécurité**

[lə siɲal dataʃmɑ̃ də la sɛ̃tyr də sekyrite]

n. 繫上安全帶標示

⑫ **la couverture** [la kuvɛrtyr]

n. 毯子

⑬ **l'oreiller** [lɔrɛje] n. 枕頭

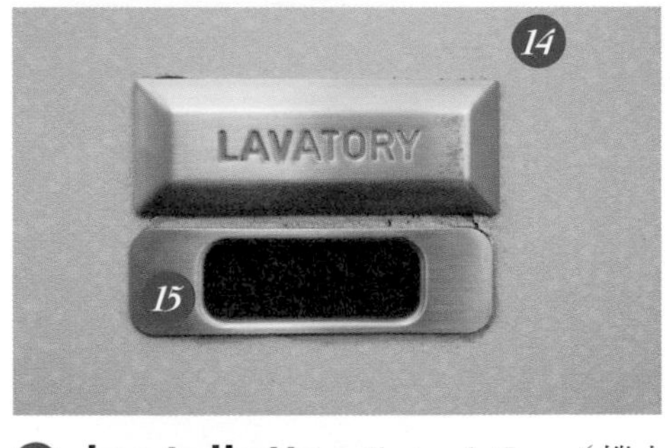

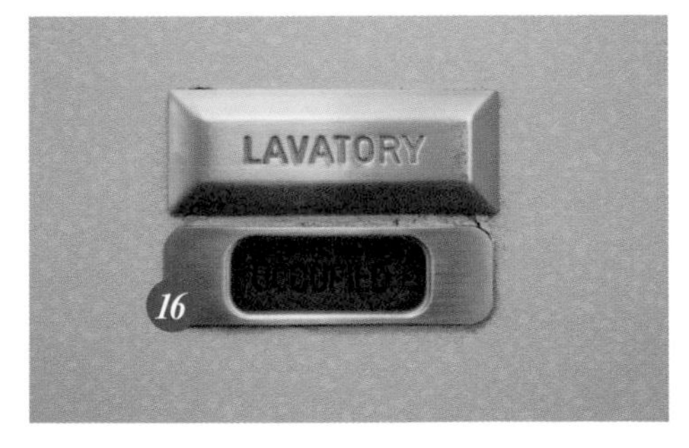

⑭ **les toilettes** [le twalɛt] n. （機上）洗手間

⑮ **vacant** [vakɑ̃] adj. 空閒中

⑯ **occupé** [ɔkype] adj. 使用中

機上有哪些服務呢？

機上服務 les services à bord [le sɛrvis a bɔr]，除了空服員 les agents de bord [le zaʒɑ̃ də bɔr] 會為您提供飛機餐 les repas à bord [le rəpɑ a bɔr] 以外，還提供免稅商品 la vente des produits hors taxes à bord [la vɑ̃t de prɔdɥi ɔr taks a bɔr] 的服務。另外，機上還提供了一些貼心小物品，如：頭戴式耳機 le casque [lə kask]、眼罩 le masque de sommeil [lə mask də sɔmɛj]、耳塞 les boules Quies [le bul kes]、毛毯 la couverture [la kuvɛrtyr] 等，在飛機抵達目的地前，還可向空服員索取海關申報表 le formulaire de déclaration en douane [lə fɔrmylɛr də deklarasjɔ̃ ɑ̃ dwan]。

機上供餐時，常會說什麼？

空服員會說的：

1. **Nous allons vous servir le repas dans quelques instants.**
我們將在幾分鐘後為您提供餐點。

2. **Veuillez redresser votre siège.**
請將您的座椅調正。

3. **Veuillez baisser votre tablette.**
請將您前方的桌子放下。

4. **Voulez-vous du riz ou des pâtes pour le dîner?**
您晚餐要吃飯還是麵呢？

5. **Qu'est-ce que vous aimeriez comme boisson?**
您想要喝點什麼嗎？

乘客會說的：

6. **Je préfère des pâtes, s'il vous plaît.**
請給我麵。

7. **Qu'est-ce que vous proposez pour le dîner?**
晚餐有什麼選擇呢？

8. **Je voudrais un jus d'orange, s'il vous plaît.**
麻煩給我一杯柳橙汁。

9. **Excusez-moi, est-ce que vous avez des choses à grignoter?**
不好意思，請問您可以提供小點心嗎？

10. **Pourriez-vous me donner un repas végétarien?**
可以給我素食餐嗎？

11. **J'ai fini à manger. Pourriez-vous débarrasser ma table, s'il vous plaît.** 我用完餐了，麻煩收走餐盤，謝謝。

03 過海關 passer la douane

飛機抵達目的地時，要如何依指示入境呢？

▲ 引導前往「入境方向」的告示牌

當乘客抵達目的地，一下飛機進入機場時，就會看到兩個指示牌，即 Bagages - Sortie [bagaʒ sɔrti]（表示入境方向）或 Correspondances [kɔrɛspɔ̃dɑ̃s]（表示轉機方向），如果是入境的乘客，就走往 Bagages - Sortie 的方向，首先會經過**海關 la douane** [la dwan] 入境查驗護照和簽證，回覆海關人員的一些簡易問題後，便可前往**行李領取處 livraison bagages** [livrɛzɔ̃ bagaʒ] 提領行李。提領行李時，可透過行李領取處前方的 LCD 看板，依飛航班次查詢**行李輸送帶 le carrousel à bagages** [lə karuzɛl a bagaʒ] 的位置編號。

轉機的乘客，如果在出發前就已經將行李登記到最終目的地，就遵照 Correspondances 的方向指示到另一個登機口搭乘飛機；沒有將行李直接登記到最終目的地的轉機乘客，則跟入境的乘客一樣，走往 Bagages - Sortie 的方向，於提領行李後，再到即將搭乘的航空公司所在的航廈辦理登機。

▲ 轉機資訊看板

如果需要兌換當地的貨幣，可在入境之後，至機場內的**貨幣兌換處 le bureau**

de change [lə byro də ʃɑ̃ʒ] 兌換您需要的貨幣。

En France, il est plus avantageux d'acheter des devises dans un bureau de change qu'à la banque.
在法國，在貨幣兌換處換外幣比在銀行兌換要來得划算。

▲ 行李領取處

♦ **Tips** ♦

生活小常識：巴黎的機場航廈

巴黎戴高樂機場目前設有三個**航廈** **terminal** [tɛrminal]，亦可稱為 **l'aérogare** [laerogar]，航廈與航廈之間有接駁電車 **la navette** [la navɛt] **CDGVAL**，約兩分鐘一班，非常快速與便利。

le terminal 1 [lə tɛrminal œ̃]（第一航廈）：駐有數個歐洲國家的航空公司以及隸屬於 le star alliance [lə star aljɑ̃s]（星空聯盟）的國際航空公司。

le terminal 2 [lə tɛrminal dø]（第二航廈）：是戴高樂機場最重要的航廈，TGV 車站與 RER 的 B 線終點站位於此航廈，其內部可分成：

2A 與 2C: 駐有隸屬於 l'alliance oneworld [laljɑ̃s wanwɔld]（寰宇一家）的國際航空公司，主要是飛往非申根國（Schengen）的國際航班。

2D: 駐有歐洲數個小國的航空公司。

2E: 駐有隸屬於 l'alliance skyteam [laljɑ̃s skajtim]（天合聯盟）的國際航空公司所提供飛往非申根國的航班。

2F: 駐有隸屬於 l'alliance skyteam（天合聯盟）的國際航空公司所提供飛往申根國的航班。

2G: 專為小型飛機而設計，供飛往申根國的小客機或小貨機的起降。

le terminal 3 [lə tɛrminal trwa]（第三航廈）：駐有飛往申根國的廉價航空公司。可搭乘 RER 的 B 線進入巴黎市區。

由於每座航廈皆分配給不同的航空公司及航線，所以在抵達機場時，先在機場大廳確認好登機報到的航廈，以免跑錯航廈延誤了報到時間。

入境時，通關查驗常會說什麼？

1. **Quel est le but de votre visite?** 您這次來的目的是什麼呢？
2. **Je participe à un voyage organisé.** 我是跟團來的。
3. **Combien de temps allez-vous rester en France?** 您會在法國待多久？
4. **Je vais rester ~ jours.** 我會待在這～天。
5. **Où allez-vous séjourner?** 您會住在哪裡呢？
6. **J'ai reservé une chambre d'hôte .** 我訂了民宿。

◆ **Tips** ◆

從機場搭車到市區的方式

巴黎戴高樂機場距離巴黎市區約 40 公里，從機場到市區最簡便的方式是利用 RER 的 B 線（即通往巴黎市郊南北走向的快速鐵路線），再轉巴黎地鐵到達目的地。不過若是有家人、親朋好友的陪同，搭乘計程車也是不錯的選項，因為在不塞車的情況下，計程車車資並不如想像的昂貴，唯一要注意的是，搬運行李的費用是另外計算的。一般來說，一件行李約 5 到 10 歐元，因此在付計程車車資時，依據跳表所顯示的車資，客人必須依照自己的行李數給予適當的小費，這是法國計程車業者間的潛規則。RER 車站與計程車站皆於出關後，一路

上都可看到指示牌的指示，機場內也有服務人員不斷提醒所有旅客每一個大眾運輸的匝口。

若要前往外省旅遊、留學或工作等，可直接從戴高樂機場搭乘高速火車（即 TGV），各班次的火車時刻表皆可在法國國鐵的網站上查詢。在現場買票時，若還無法用法文溝通，請不用擔心，可以用英文與站務人員溝通。為了方便起見，對於要到法國南部求學的留學生們，筆者我會建議可直接在里昂聖艾修伯里機場下飛機，從里昂機場搭乘機場快速電車約半小時就能到里昂市中心，里昂機場內也能搭乘高速火車，可節省約兩個小時的行車時間。

◆◆◆ Chapitre5

La route 馬路

馬路配置

1. **le boulevard** [lə bulvar] n. 大馬路；林蔭大道
2. **la voie rapide** [la vwa rapid] n. 快車道
3. **la voie lente** [la vwa lɑ̃t] n. 慢車道
   衍 **le couloir de bus** [lə kulwar də bys] n. 公車專用道
4. **l'îlot séparateur** [lilo separatœr] n. 中央分隔島
5. **les arbres urbains** [lezarbr yrbɛ̃] n. 行道樹
6. **la zone d'accès réglementé** [la zon daksɛ regləmɑ̃te] n. 黃線網

❼ **le bord de la route** [lə bɔr də la rut] n. 路邊

❽ **le passage piéton** [lə pasaʒ pjetɔ̃] n. 行人穿越道

慣用語小常識：馬路篇

tenir 這個動詞有非常多意思，可以用「拿、捧、抓、抱、握」等等意思來解釋，這句片語 tenir la route [t(ə)nir la rut]，若照字面的意思為「抓住馬路」，㊊ 最初的意思是用來形容一輛車的穩定性好，尤指在轉彎的時候；後來用來比喻某件事是可以實現的或值得信任的。

Cette voiture tiens bien la route grace à ses pneus neufs.
因為換了新輪胎，這台車跑得很平穩。

Si votre proposition tiens la route, elle sera retenue.
如果您的提議有建設性，將會被採用。

Ses explications ne tiennent pas du tout la route, il n’arrête pas à se contredire.
他的解釋一點都站不住腳，不斷地自相矛盾。

你知道嗎？

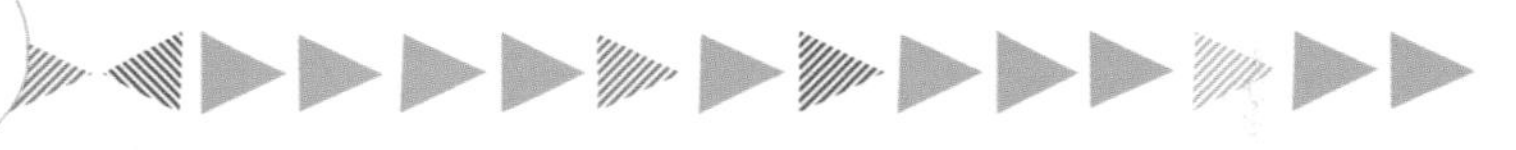

「警告標誌」、「禁制標誌」、「指示標誌」、「臨時控管標誌」分別有什麼不同？

le panneau de signalisation d’un danger [lə pano də siɲalizasjɔ̃ dœ̃ dɑ̃ʒe]（警告標誌）：在法國以「白底紅邊、黑色圖形置中的等邊三角形」的樣子出現。警告標誌的主要功能如下：在人口比較密集的區域，提醒方圓 50 公尺內有危險，在比較鄉村寬闊的地方則為方圓 150 公尺內有危險的可能性。

le panneau de signalisation d'une interdiction [lə pano də siɲalizasjɔ̃ dynɛ̃tɛrdiksjɔ̃]（禁制標誌）：法國是以**「紅邊白底、黑體字或黑色圖形的圓形圖」**的樣子出現。禁制標誌的主要功能為告知駕駛人與行人嚴格遵守某些特殊規定。

le panneau de signalisation d'une indication [lə pano də siɲalizasjɔ̃ dynɛ̃dikasjɔ̃]（指示標誌）：在法國，這類標誌多以**「白邊藍底、字體與圖形多為白色或黑色的方形圖」**的樣子出現。主要功能讓駕駛人與行人獲得資訊所帶來的便利性。

le panneau de signalisation temporaire [lə pano də siɲalizasjɔ̃ tɑ̃pɔrɛr]（臨時控管標誌）：在法國，這類臨時性交通標誌多為黃底或橘黃底，為的是引起注意，例如在「交通事故」或「道路施工」時，就會設置臨時性的交通標誌，以便駕駛和行人留意道路狀況。

••• 01 走路 marcher

這些法文怎麼說呢？

1. **le carrefour** [lə karfur] n. 十字路口
2. **l'angle** [lɑ̃gl] n. 轉角處
3. **le passage piétons** [lə pasaʒ pjetɔ̃] n. 行人穿越道；斑馬線
4. **le trottoir** [lə trɔtwar] n. 人行道
5. **la signalisation pour passage piétons** [la siɲalizasjɔ̃ pur pasaʒ pjetɔ̃] n. 行人穿越號誌燈
6. **le panneau de signalisation d'une indication** [lə pano də siɲalizasjɔ̃ dynɛ̃dikasjɔ̃] n. 道路標示
7. **le lampadaire** [lə lɑ̃padɛr] n. 路燈；街燈
8. **le feu tricolore** [lə fø trikɔlɔr] n. 紅綠燈
9. **le piéton** [lə pjetɔ̃] n. 行人
10. **le bord du trottoir** [lə bɔr dy trɔtwar] n. 路緣
11. **la piste cyclable** [la pist siklabl] n. 自行車專用道
12. **la plaque d'égout** [la plak degu] n. 下水道孔蓋
13. **le passage souterrain** [lə pasaʒ sutɛrɛ̃] n. 地下道
14. **le bus** [lə bys] n. 公車
15. **la motocyclette** [la motosiklɛt] n. 摩托車

你知道嗎？

要怎麼用法文表達各種走路方式呢？

se précipiter [sə presipite] 是「**急速地行動**」的意思。

Le docteur **se précipite** au secours d'un blessé.
醫生很快地衝到傷者的身旁。

trotter [trɔte] 是「**小步小步地快走**」的意思。

Le petit garçon **trotte** auprès de sa mère.
這個小男孩以小又快的步伐跟在他媽媽的後面。

se promener [sə prɔmne] 的意思是「**輕鬆地走路；散步；慢走**」。

J'aime bien **me promener** près du lac au petit matin.
我喜歡一大早時在湖邊散步。

boitiller [bwatije] 的走路方法是「**蹣跚、行動緩慢、拖著腳走路**」之意。

La vieille dame **boitille** sur la chausée.
那位老太太拖著腳步走在人行道上。

flâner [flɑne] 是指「**閒逛、不急不徐、漫無目標地行走**」。

Il n'a pas l'air de préssé, **flânant** devant les boutiques.
他看起來一點都不急，隨意地逛著街。

marcher à grand pas [marʃe a grɑ̃ pa] 意指「**精神抖擻地大步行走**」。

Le professeur **marchait à grands pas** vers l'université.
教授大步地走向大學校園。

◆◆◆ 02 開車 conduire

汽車的「各項構造」法文怎麼說？

● 汽車外部

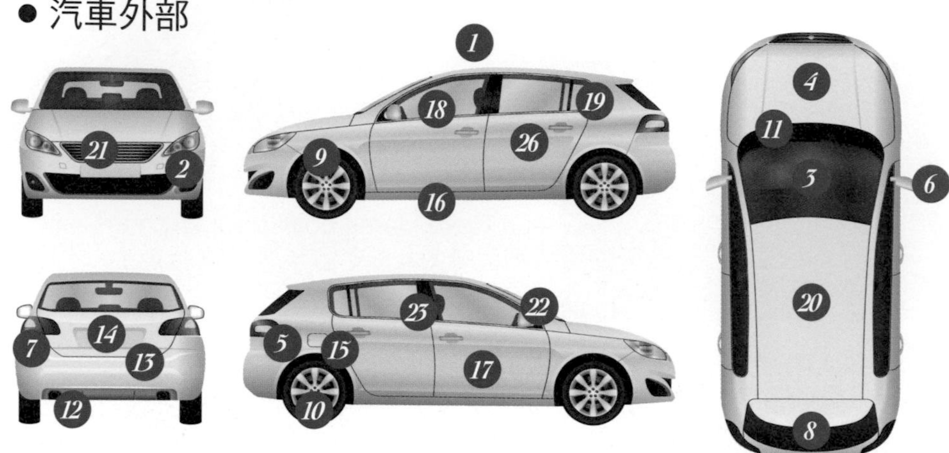

❶ **la carrosserie** [la karɔsri] n. 車身

❷ **le feu de croisement** [lə fø də krwazmɑ̃] n. 大燈

❸ **le pare-brise** [lə parbriz] n. 擋風玻璃

❹ **le capot** [lə kapo] n. 引擎蓋

❺ **le clignotant** [lə kliɲɔtɑ̃] n. 方向燈

❻ **le rétroviseur extérieur** [lə retrɔvizœr ɛksterjœr] n. 後視鏡

❼ **le feu de recul** [lə fø də r(ə)kyl] n. 車尾燈

❽ **le coffre** [lə kɔfr] n. 後車箱

❾ **le pneu** [lə pnø] n. 車胎

㊇ **la sculpture de pneu** [la skyltyr də pnø] n. 輪胎紋

❿ **l'enjoliveur** [lɑ̃ʒɔlivœr] n. 輪胎鋼圈

⓫ **l'essuie-glace** [lesɥiglas] n. 雨刷

⓬ **le pot d'échappement** [lə po deʃapmɑ̃] n. 排氣管

⓭ **le pare-chocs** [lə parʃɔk] n. 保險桿

⓮ **la plaque d'immatriculation** [la plak dimatrikylasjɔ̃] n. 車牌

⓯ **le réservoir** [lə rezɛrvwar] n. 油箱

⓰ **le châssis** [lə ʃɑsi] n. 底盤

⓱ **la portière** [la pɔrtjɛr] n. 車門

⓲ **la vitre** [la vitr] n. 車窗

⓳ **la vitre triangulaire** [la vitr trijɑ̃gylɛr] n. 三角窗

⓴ **le toit** [lə twa] n. 車頂

㉑ **la calandre** [la kalɑ̃dr] n. 水箱遮罩

㉒ **le montant de la porte** [lə mɔ̃tɑ̃ də la pɔrt] n. A柱

㉕ **le montant du toit** [lə mɔ̃tɑ̃ dy twa] n. B 柱

㉖ **la poignée** [la pwaɲe] n. 車門把手

● 內部

❶ **le rétroviseur** [lə retrɔvizœr] n.（車內後的）後視鏡

❷ **le volant** [lə vɔlɑ̃] n. 方向盤

❸ **le klaxon** [lə klaksɔn] n. 喇叭

❹ **le frein à main** [lə frɛ̃ a mɛ̃] n. 手煞車

❺ **le système d'audio** [lə sistɛm dodjo] n. 音響系統

❻ **la place du conducteur** [la plas dy kɔ̃dyktœr] n. 駕駛座

❼ **la place du passager** [la plas dy pasaʒe] n. 副駕駛座

❽ **le levier de vitesse** [lə l(ə)vje də vitɛs] n. 排檔桿

❾ **la boîte à gant** [la bwat a gɑ̃] n. 前座置物箱

❿ **la manette d'essuie-glaces** [la manɛt desɥiglas] n. 雨刷撥桿

⓫ **la poignée intérieure** [la pwaɲe ɛ̃terjœr] n. 車內門把

⓬ **le tableau de bord** [lə tablo də bɔr] n. 儀表板

㊎ **le siège arrière** [lə sjɛʒ arjɛr] n. 後座

⑬ **le compteur** [lə kɔ̃tœr] n. 里程表

⑭ **l’indicateur de vitesse**
[lɛ̃dikatœr də vitɛs] n. 時速表

⑮ **l’indicateur de carburant**
[lɛ̃dikatœr də karbyrɑ̃] n. 油表

⑯ **l’indicateur de température**
[lɛ̃dikatœr də tɑ̃peratyr] n. 溫度表

⑰ **le tachymètre** [lə takimɛtr] n. 引擎轉速表

㊗衍 **le feu de détresse** [lə fø də detrɛs] n. 警示燈

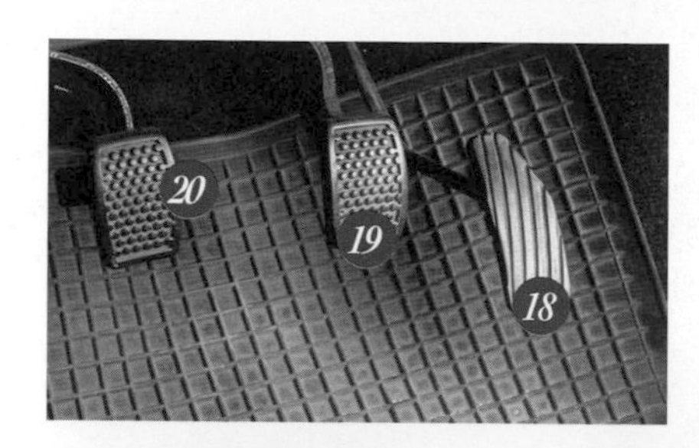

⑱ **l’accélérateur** [lakseleratœr] n. 油門

⑲ **la pédale de frein** [la pedal də frɛ̃]
n. 剎車踏板

⑳ **la pédale d’embrayage**
[la pedal dɑ̃brɛjaʒ] n. 離合器踏板

各類車款

la voiture compacte
[la vwatyr kɔ̃pakt]
n. 迷你車；小車

le cabriolet
[lə kabrijɔlɛ]
n. 敞篷車

la voiture hybride
[la vwatyr ibrid]
n. 油電混合車

la jeep
[la dʒip]
n. 吉普車

la voiture à hayon
[la vwatyr aɛjɔ̃]
n. 掀背式房車

le pick-up
[lə pikœp]
n. 載貨小卡車

le camping-car
[lə kɑ̃piŋkar]
n. 露營車

le véhicule utilitaire sport
[lə veikyl ytilitɛr spɔr]
n. 運動休旅車

la voiture de sport
[la vwatyr də spɔr]
n. 跑車

la fourgonnette
[la furgɔnɛt]
n. 廂型車

la berline
[la bɛrlin]
n. 房車

la limousine
[la limuzin]
n. 大型豪華轎車

開車動作

allumer le feu de croisement
[alyme lə fø də krwazmɑ̃]
ph. 開大燈

ralentir
[ralɑ̃tir]
v. 放慢

accélérer
[akselere]
v. 加速

◆ Chapitre5 La route 馬路

freiner doucement
[frɛne dusmɑ̃]
ph. 輕踩煞車

démarrer
[demare]
v. 發動

mettre le clignotant
[mɛtr lə kliɲɔtɑ̃]
ph. 打方向燈

éteindre le clignotant
[etɛ̃dr lə kliɲɔtɑ̃]
ph. 取消方向燈

faire une marche arrière
[fɛr yn marʃ arjɛr]
ph. 倒車

s'arrêter
[sarɛte]
v. 停

changer de voie
[ʃɑ̃ʒe də vwa]
ph. 換線道

se garer sur le côté
[sə gare syr lə kote]
ph. 靠側停車

garer la voiture
[gare la vwatyr]
ph. 停車

faire attention aux piétons
[fɛr atɑ̃sjɔ̃ o pjetɔ̃]
ph. 小心行人

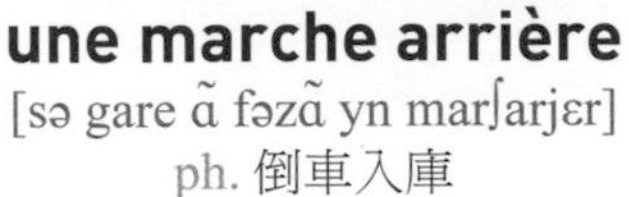

se garer en faisant une marche arrière
[sə gare ɑ̃ fəzɑ̃ yn marʃarjɛr]
ph. 倒車入庫

faire un créneau
[fɛr œ̃ kreno]
ph. 路邊停車

行駛方向

aller tout droit [ale tu drwa] ph. 直走	**tourner à droite** [turne a drwat] ph. 右轉	**tourner à gauche** [turne a goʃ] ph. 左轉	**faire demi-tour** [fɛr œ̃ d(ə)mitur] ph. 迴轉

03 騎機車、腳踏車 faire de la moto, faire du vélo

機車「各項構造」法文怎麼說？

Part2_19

1. **l'indicateur de vitesse** [lɛ̃dikatœr də vitɛs] n. 時速表
2. **le rétroviseur** [lə retrɔvizœr] n. 後照鏡
3. **le pot d'échappement** [lə po deʃapmɑ̃] n. 排氣管
4. **la manivelle** [la manivɛl] n. 曲軸
5. **le phare** [lə far] n. 車頭燈
6. **la béquille** [la bekij] n. 腳架
7. **le démarreur** [lə demarœr] n. 啟動器
8. **l'accélérateur** [lakseleratœr] n. 油門
9. **la garde-boue avant** [la gardəbu avɑ̃] n. 前方擋泥板
10. **la garde-boue arrière** [la gardəbu arjɛr] n. 後方擋泥板
11. **le feu arrière** [lə fø arjɛr] n. 車尾燈
12. **la selle biplace** [la sɛl biplas] n. 雙座椅
13. **le guidon** [lə gidɔ̃] n. 把手
14. **le frein à tambour** [lə frɛ̃ a tɑ̃bur] n. 鼓式碟煞
15. **le ressort de suspension** [lə r(ə)sɔr də syspɑ̃sjɔ̃] n. 避震器
16. **la pédale du démarreur** [la pedal dy demarœr] n. 啟動踏板
17. **le filtre à air** [lə filtr a ɛr] n. 空氣濾清器

◆ Tips ◆

生活小常識：機車篇

一樣是「機車」，motorcyclette 和 scooter 有什麼不同？

法國人一般用 la moto [la mɔto] 來取代 la motorcyclette [la mɔtosiklɛt] 與 le scooter [lə skutœr]，不過這兩者有什麼樣的不同呢？ la motorcyclette 在車型上比較大，變換速度時必須排檔，輪胎的寬度也較寬，所以比較平穩；而 le scooter 車型小，備有自動排檔的功能，優點是很適合在市區中穿梭。兩者在外觀上的另一個差別在於，le scooter 的座位前方底座有個「小平台」，方便雙腳的擺放，但騎 motorcyclette 時則需要跨坐，用腳來打檔。此外，le scooter 的椅墊下有收納東西的空間。

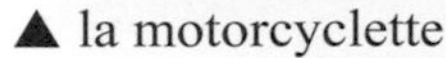

▲ la motorcyclette

▲ le scooter

腳踏車「基本配備」及「各項構造」法文怎麼說？

● 基本配備 les équipments de base

Part2_20

le casque
[lə kask]
n. 安全帽

les chaussures de vélo
[le ʃosyr də velo]
n. 自行車鞋

les lunettes de cyclisme
[le lynɛt də siklism]
n. 墨鏡

la gourde
[la gurd]
n. 水壺

l'antivol
[lɑ̃tivɔl]
n. 大鎖

la pompe
[la pɔ̃p]
n. 打氣筒

● 各項構造 les différentes parties

1. **le rayon** [lə rɛjɔ̃] n. 輪輻
2. **la selle** [la sɛl] n.（自行車）座墊
3. **la jante** [la ʒɑ̃t] n.（輪胎）鋼圈
4. **la roue avant** [la ru avɑ̃] n. 前輪
5. **la roue arrière** [la ru arjɛr] n. 後輪
6. **la pédale** [la pedal] n. 踏板
7. **le frein** [lə frɛ̃] n. 煞車
8. **le guidon** [lə gidɔ̃] n. 把手
9. **le réflecteur** [lə reflɛktœr] n. 反光板
10. **le cadre** [lə kɑdr] n. 車架；車框
11. **le porte-bagages** [lə pɔrt(ə)bagaʒ] n. 行李置物架
12. **la sangle** [la sɑ̃gl] n. 行李置物勾環
13. **la tige de selle** [la tiʒ də sɛl] n. 座管
14. **le câble de frein** [lə kɑbl də frɛ̃] n. 煞車線
15. **la manivelle** [la manivɛl] n.（轉動）曲柄
16. **la béquille** [la bekij] n. 腳架
17. **le panier** [lə panje] n. 籃子

各種腳踏車的法文要怎麼說？

le vélo de route
[lə velo də rut]
n. 公路車

le VTT (Vélo tout terrain)
[lə vetete]
n. 登山車

le vélo de course
[lə velo də kurs]
n. 越野車

la bicyclette de dame
[la bisiklɛt də dam]
n. 淑女車

le vélo motocross
[lə velo mɔtokrɔs]
n. 極限單車

le vélo pliant
[lə velo plijɑ̃]
n. 摺疊車

le tandem
[lə tɑ̃dɛm]
n. 協力車

le monocycle
[lə mɔnosikl]
n. 單輪車

la draisienne
[la drɛzjɛn]
n. 滑步車

PARTIE III

Visiter Paris 到巴黎旅遊

◆◆◆ Chapitre1

Les grands sites touristiques 主要觀光景點

巴黎市區主要觀光景點

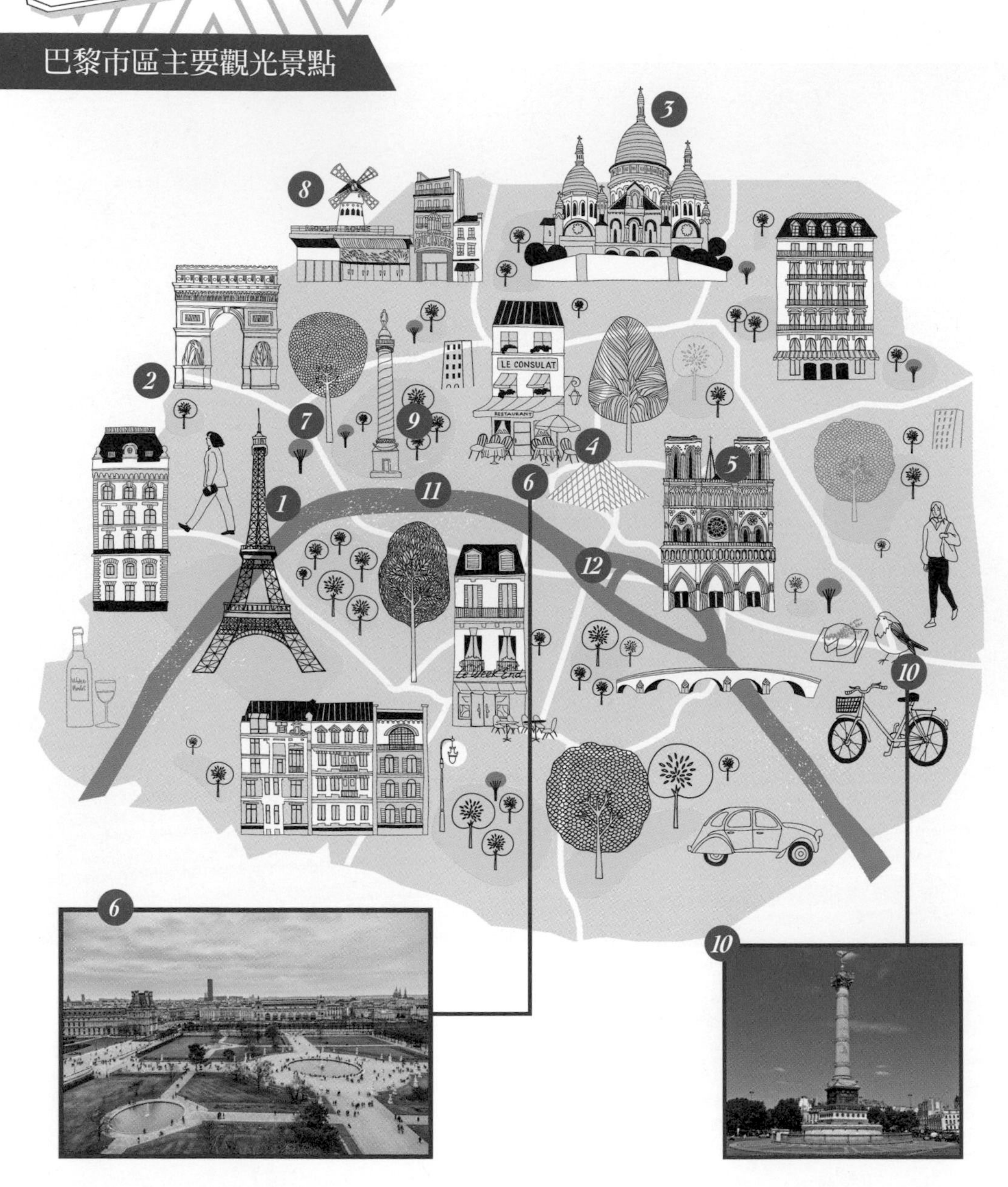

1. **la tour Eiffel** [la tur ɛfel] n. 巴黎鐵塔
2. **l'arc de triomphe** [lark də trijɔ̃f] n. 凱旋門
3. **la basilique du Sacré-Cœur de Montmarte** [la bazilik dy sakre kœr də mɔ̃mart] n. 蒙馬特聖心堂
4. **le musée du Louvre** [lə myze dy luvr] n. 羅浮宮
   - 衍 **la pyramide** [la piramid] n. 金字塔
5. **la cathédrale Notre Dame de Paris** [la katedral nɔtr dam də pari] n. 巴黎聖母院
6. **le jardin des Tuileries** [lə ʒardɛ̃ de tɥilri] n. 杜勒麗花園
7. **l'avenue des Champs-Elysées** [lavny de ʃɑ̃selize] n. 香榭大道
8. **le moulin rouge** [lə mulɛ̃ ruʒ] n. 紅磨坊
9. **la place Vendôme** [la plas vɑ̃dom] n. 凡登廣場
10. **la place de la Bastille** [la plas də la bastij] n. 巴士底廣場
11. **la place de la Concorde** [la plas də la kɔ̃kɔrd] n. 協和廣場
12. **la Seine** [la sɛn] n. 塞納河

♦ Tips ♦

文化小常識：法國人真的都不講英文嗎？

一般人對於法國人的第一印象，無庸置疑是「浪漫」，第二印象應該就是「法國人好像不太說英文」，那為什麼法國人「不太說英文」呢？第一個理由是基於愛國情懷（le chauvinisme），法國人的這種情懷並不是排外，只是想維護法國本身的文化（la civilisation ）及語言（la langue），阻止世界的趨勢「美國化」（l'américanisation）。

法國人說英文時，不免帶有很重的法文腔調，這也是讓他們羞於開口的原因之一。即使在法國的教育體系上，英文被視為第一外國語（langue vivante 1），但其他的歐語學習，例如西班牙語（l'espagnol）、義大利語（l' italien）、德語（l'allemand）或葡萄牙語（le portugais），卻因為地緣關係，讓法國人在學習上或使用上更得心應手。

總之到法國旅遊時，若能與法國人用幾句簡易的法語交談，可以紓解法國人面對外國旅客必須說英文的緊張情緒。

你知道嗎？

巴黎市共有 20 區，每一區都有自己的特色？

巴黎共分成 20 區（vingt arrondissements），由裡到外呈一個蝸牛殼的形狀分布，正如下圖所示，從最裡面開始為第一區、第二區，以順時鐘方向往外數到最外圈的第二十區。但你們知道每一區的特點在哪裡嗎？

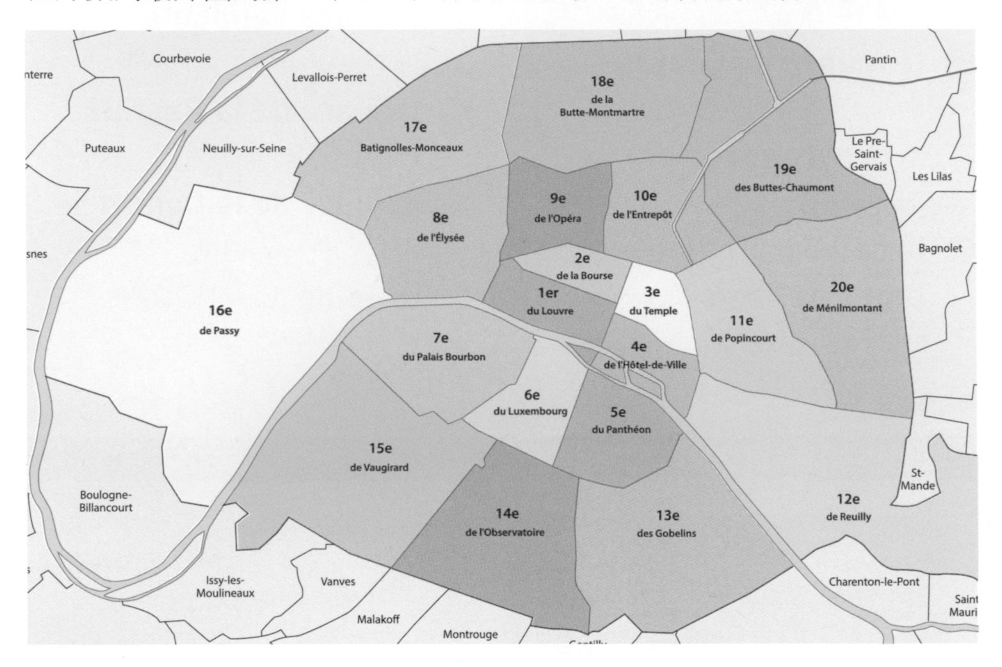

一區

位於巴黎塞納河的右岸，該區有許多的歷史遺跡，包括羅浮宮 Le Louvre [lə luvr]、巴黎皇家宮殿 le Palais-Royal [lə palɛ rwajal]，是巴黎最古老的城區。

二區

巴黎市區最小的區，但卻是全巴黎商業活動最密集之處，擁有前巴黎證券交易所 la Bourse de Paris [la burs də pari] 和許多銀行總部。此區有好幾個著名的街道，像是蒙特吉爾街 la rue Montorgueil [la ry mɔ̃tɔrgœj]、和平街 la rue de la Paix [la ry də la pɛ]、蒙馬特街 la rue Montmarte [la ry mɔ̃mart]，而且 19 世紀現存最古老的拱廊街也在這一區。

三區

這一區聚集了許多像是國立工藝院 le conservatoire national des arts et métiers [lə kɔ̃sɛrvatwar nasjɔnal dezar e metje]、畢卡索美術館 le musée Picasso [lə myze pikaso] 等等的美術館或博物館。

四區

這一區包含了西堤島 l'île de la cité [lil də la site]、文藝復興時期的巴黎市政廳 l'Hôtel de ville [lotɛl də vil]、現代設計感的龐畢度中心 le centre Pompidou [lə sɑ̃tr pɔ̃pidu]，還有許多餐廳與咖啡廳，是巴黎地區人氣最旺的地方。

五區

藝術文化氣息非常濃厚，位於塞納河左岸拉丁區 le quartier latin [lə kartje latɛ̃] 的中心位置，為巴黎市區歷史最為悠久的一區。巴黎第一大學 l'université Paris I [lyniversite pari œ̃]、先賢祠 le Pathéon [lə pɑ̃teɔ̃] 都在此區。

六區

這一區有法國美術學院 l'Ecole des Beaux Arts [lekɔl de bozar]、觀光區聖日耳曼德佩區 Saint-Germain-des-Prés [sɛ̃ ʒɛrmɛ̃ de pre] 及巴黎最大公園之一的盧森堡公園 le jardin du Luxembourg [lə ʒardɛ̃ dy lukzɑ̃bur]。

七區

這一區有奧賽美術館 le musée d'Orsay [lə myze dɔrsɛ]、羅丹博物館 le musée Rodin [lə myze rɔdɛ̃] 等巴黎代表性的美術館以及總統府 l'Hôtel de Matignon [lotɛl də matiɲɔ̃] 與艾菲爾鐵塔 la tour Eiffel [la tur ɛfel] 等著名的景點。

八區

可算是巴黎市最熱鬧的觀光區，這裡有法國總統的官邸及辦公室愛麗舍宮 le palais de l'Elysée [lə palɛ də lelize]、大家耳熟能詳的香榭麗舍大道 l'avenue des Champs-Elysées [lavny de ʃɑ̃selize]、為 1900 年世博會所建的巴黎大皇宮 le grand palais [lə grɑ̃ palɛ] 及巴黎小皇宮 le petit palais [lə pəti palɛ]、協和廣場 la place de la Concorde [la plas də la kɔ̃kɔrd] 以及凱旋門 l'arc de Triomphe [lark də trijɔ̃f]。

九區

這一區有全世界遊客的購物天堂春天百貨 **le Printemps** [lə prɛ̃tɑ̃] 及老佛爺百貨 **les Nouvelles Galeries** [le nuvɛl galri]，購物完後還能前往加尼葉歌劇院 **l'Opéra Garnier** [lɔpera garnje] 參觀，巴黎九區是個人來人往、生氣勃勃的一區。

十區

本區較著名的景點有聖但尼區 **le faubourg-Saint-Denis** [lə fobur sɛ̃ dəni] 及聖馬丁運河。此外，兩個重要的火車站巴黎東站 **la gare de l'Est** [la gar də lɛst] 與巴黎北站 **la gare du Nord** [la gar dy nɔr] 也位於十區。

十一區

巴黎第十一區主要是位於塞納河右岸的住宅區，也是巴黎市人口密度最高的一區，以巴士底廣場 **la place de la Bastille** [la plas də la bastij] 為中心，附近有許多別具風格的夜店、餐廳，是個年輕有活力的一區。

十二區

曾在建造商業中心 **Bercy Village** [bɛrsi vilaʒ] 時，發現了許多古物遺跡，目前全收藏在卡納瓦雷博物館 **le musée Carnavalet** [lə myze karnavale] 中。通往法國南部各大城市的里昂車站 **la gare de Lyon** [la gar də ljɔ̃] 也在此區。

十三區

昔日為經濟狀況較差的勞工階級所聚集的舊城區，現在則為中國城 **le quartier asiatique** [lə kartje azjatik] 的所在地，巴黎奧斯特里茲火車站 **la gare de Paris-Austerlitz** [la gar də pari ostɛrlitz] 也位於此區。

十四區

此區有許多劇院及電影院，是眾多藝術家喜歡居住的區域。此區有個重要的地標，即巴黎市中心唯一的摩天大樓，蒙帕納斯大廈 **la tour Montparnasse** [la tur mɔ̃parnas]。

十五區

這區包含了巴黎塞納河中央的天鵝島 **l'île aux cygnes** [lilo siɲ] 以及巴黎自由女神 **la statue de la liberté** [la staty də la libɛrte]，即使不如其他區吸引大量的觀光客，但仍有許多值得探訪的景點。

十六區

即使不算觀光區，位於此區的布洛涅森林 **le bois de Boulogne** [lə bwa də bulɔɲ] 、王子公園體育場 **le parc des Princes** [lə park de prɛ̃s] 及法國網球公開賽的比賽場地羅蘭加洛斯球場 **le stade Roland Garros** [lə stad rɔlɑ̃ garɔs]，仍舊吸引了不少遊客。

十七區

這一區最大的特點是集合了幾種不同生活格調的區域。如蒙索區 **Plaine-de-Monceau** [plɛn də mɔ̃so] 是巴黎是最貴的區域之一，而芭蒂尼奧勒區 **Batignolles et Epinette** [batiɲɔl e epinɛt] 則是非常平民化的區域。

十八區

坐落於巴黎北邊的十八區裡頭，一邊為觀光勝地蒙馬特區 **Montmartre**，著名的景點有聖心堂 **la basilique du Sacré-Coeur de Montmarte** [la bazilik dy sakre kœr də mɔ̃mart]、聖彼埃爾教堂 **l'église Saint-Pierre** [legliz sɛ̃ pjɛr]、皮加爾廣場 **la place Pigalle** [la plas pigal] 及紅磨坊 **le Moulin Rouge** [lə mulɛ̃ ruʒ]，另一邊則為曾經是巴黎最貧窮的巴貝斯區 **Barbès** [barbɛs]。

十九區

此區有肖蒙山丘公園 **le parc des Buttes-Chaumont** [lə park de byt ʃomɔ̃] 及聖馬丹運河 **le canal Saint-Martin** [lə kanal sɛ̃ martɛ̃]。另外，因此區低廉的房租及優良的生活機能，這一區吸引越來越多的巴黎人前來發展。

二十區

位於此區的美麗城 **Belleville** [bɛlvil]，是一個充滿色彩、多種族的地區。

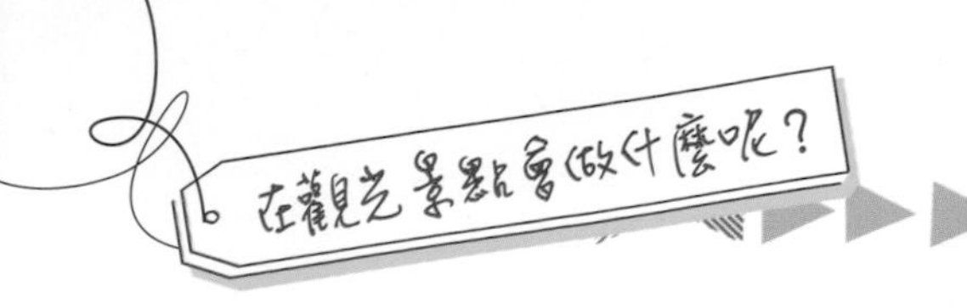

01 參觀景點 visiter des sites touristiques

會到的地方有哪些？

1. **le site touristique** [lə sit turistik] n. 旅遊景點
2. **l'office du tourisme** [lɔfis dy turism] n. 旅客服務中心
3. **la boutique de souvenirs** [la butik də suvnir] n. 紀念品店
4. **le guichet** [lə giʃɛ] n. 售票處
5. **le jardin** [lə ʒardɛ̃] n. 花園
6. **la place** [la plas] n. 廣場
7. **le site historique** [lə sit istɔrik] n. 古蹟
8. **le vieux quartier** [lə vjø kartje] n. 舊城區
9. **le centre ville** [lə sɑ̃tr vil] n. 市區
10. **le musée** [lə myze] n. 博物館
11. **le musée des beaux-arts** [lə myze de bozar] n. 美術館
12. **l'église** [legliz] n. 小教堂
13. **la cathédrale** [la katedral] n. 大教堂

其他補充單字：

1. **l'ouverture** [luvɛrtyr] n. 開館
2. **la fermeture** [la fɛrmətyr] n. 閉館
3. **la sortie** [la sɔrti] n. 出口
4. **l'entrée** [lɑ̃tre] n. 入口

在巴黎市區內會遇到的道路有哪些？

❶ **le boulevard** [lə bulvar] n. 大道

❷ **l'avenue** [lavny] n. 大街

❸ **la rue** [la ry] n. 路

❹ **le carrefour** [lə karfur] n. 十字路口

❺ **le rond point** [lə rɔ̃ pwɛ̃] n. 圓環

❻ **la place** [la plas] n. 廣場

❼ **le pont** [lə pɔ̃] n. 橋

❽ **la rive** [la riv] n. 河岸

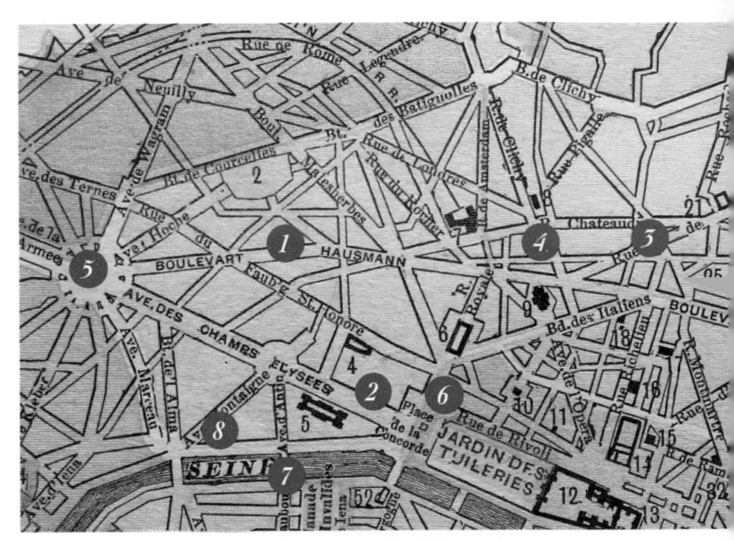

其他各式各樣的道路，法文要怎麼說？

le chemin
[lə ʃ(ə)mɛ̃]
n. 巷

la ruelle
[la rɥɛl]
n. 弄

le passage
[lə pasaʒ]
n. 廊街

l'impasse
[lɛ̃pas]
n. 死巷

l'allée	**l'autoroute**	**la route départementale**	**la route nationale**
[lale]	[lotɔrut]	[la rut departmɑ̃tal] 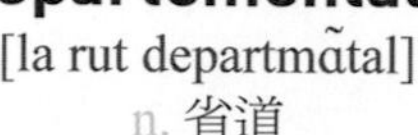	[la rut nasjɔnal]
n. 小徑，通道	n. 高速公路	n. 省道	n. 國道

問路、問地點時用到的句子

1. **Comment puis-je aller au boulevard Voltaire ?**
   請問 Voltaire 大道怎麼走呢？
2. **Où se trouve le boulevard de Clichy, s'il vous plaît?**
   請問 Clichy 大街要怎麼走？
3. **Est-ce qu'il y a des toilettes à proximité ?** 這附近有廁所嗎？
4. **Où se trouvent les toilettes, s'il vous plaît?** 請問廁所在哪裡？
5. **Où se trouve l'hôpital le plus proche ?** 最近的醫院在哪？
6. **Où est-ce que je pourrais charger mon portable ?**
   哪裡有充電服務呢？
7. A: **Est-ce que la prochaine rue est la rue de Rome?**
   請問下一條是 Rue de Rome ？

   B: **Vous continuez cette rue, c'est le troisième croisement.**
   眼前這條直走之後，第三個路口就到了。

8. A : **Si je continue sur cette rue, est-ce que je vais tomber sur la place de l'Europe?**
   請問這條路直走之後會遇到「de l'Europe 廣場」嗎？

   B : **Vous vous êtes trompé de direction.** 您方向反了。

9. A : **Connaissez-vous le nom de la rue?** 請問這條是什麼路？

   B : **C'est la rue de Londres.** 是 Londres 路。

◆ Tips ◆

去法國觀光適合的季節、月份

法國屬於溫帶大陸型氣候 le climat continental dans la zone tempérée [lə klima kɔ̃tinɑ̃tal dɑ̃ la zon tɑ̃pere]，四季分明，春夏秋冬不同的季節皆有其獨特的景色。最適合參觀法國的月份為五、六月或九、十月，除了天氣晴朗、氣候適宜之外，日照時間也比較長。尤其在五、六月份，晚上十點以後才會完全天黑，雖然法國的商店在晚上七點會關門，但仍可在戶外做活動，充分把握有日照的時間。跟夏季的陽光比起來，九、十月份的陽光更為和煦，空氣也較為涼爽，也是非常適合到法國觀光的季節。

法國目前仍有**冬令時間 l'heure d'hiver** [lœr divɛr] 與**夏令時間 l'heure d'été** [lœr dete] 的分別，**夏令時間為三月的最後一個星期天起到十月的最後一個星期天**，時間上會比冬令時間多加一個小時。設定夏令時間最主要的功能，除了節省能源 les économies d'énergie 之外，最主要的還是延長日照時間，讓人民可以善加利用夏令時間。

在冬令時間，法國比台灣慢七個小時，台灣正午的時間，法國為凌晨五點；在夏令時間，法國則比台灣慢六個小時。

與旅遊的相關事物有哪些？

Part3_03

le plan de la ville
[lə plɑ̃ də la vil]
n. 地圖

le passeport
[lə paspɔr]
n. 護照

la carte d'embarquement
[la kart dɑ̃barkəmɑ̃]
n. 登機證

le titre de transport en commun

[lə titr də trɑ̃spɔr ɑ̃ kɔmœ̃]

n. 車票

le ticket

[lə tikɛ]

n. 門票

le voyage organisé/ en groupe

[lə vwajaʒ ɔrganize/ɑ̃ grup]

n. 跟團旅遊

le voyage individuel/privatif

[lə vwajaʒ ɛ̃dividɥɛl/ privatif]

n. 自由行

le pourboire

[lə purbwar]

n. 小費

l'itinéraire

[litinerɛ:r]

n. 旅遊行程路線

le wifi

[lə wifi]

n. 無線網路

la réduction

[la redyksjɔ̃]

n. 折扣

la gastronomie

[la gastrɔnɔmi]

n. 美食

會做的動作

1. **prendre une photo** ph. 拍照
2. **faire un selfie** ph. 自拍
3. **prendre des bâtiments en photo** ph. 拍建築物
4. **prendre ~ en photo** ph. 拍（人／物）
5. **check-in** ph. 上網打卡
6. **diffuser en direct** ph. 上網直播
7. **demander son chemin** ph. 問路
8. **être perdu** ph. 迷路
9. **chercher son chemin** ph. 找路
10. **l'interdiction d'entrée** n. 禁制進入
11. **l'interdiction de prendre des photos** n. 禁止拍照
12. **donner un pourboire** ph. 給小費

在景點會用到的句子

1. **Est-ce que vous vendez le Pass musées ?** 這裡有賣博物館通行卡嗎？
2. **Est-ce que vous vendez le billet de~** 這裡有賣～的門票嗎？
3. **Est-ce que je pourrais avoir un plan de ville ?** 能索取當地地圖嗎？
4. **Qu'est-ce qu'il y a à visiter ici?** 這附近有什麼可以去？
5. **Quelles sont vos spécialités culinaires ?** 您這裡的美食有什麼？
6. **Est-ce qu'il y a un réseau wifi ici?** 這裡有無線網路嗎？
7. **L'ouverture est à ~ heures** （某景點）～點開放入場
8. **La fermeture est à ~ heures** （某景點）～幾點閉館／關閉
9. **La période d'ouverture est de~** （某景點）開放期間是從～？
10. **Quel jour pourrions-nous acheter le billet d'entrée au tarif réduit de la Tour Eiffel ?** 巴黎鐵塔的票星期幾有折扣？
11. **Est-ce que vous pourriez nous prendre en photo ?** 請問您可以幫我們照相嗎？
12. **Est-ce que c'est ouvert ici?** 這裡有開放嗎？

你知道嗎？

在法國，何種情況下才需要給小費，小費金額又該是多少呢？

在法國的餐廳用餐並沒有收取服務費的規定，客人只須給付所享用的餐點及飲料即可，那麼到法國餐廳用餐時到底要不要給小費呢？

一般來說，當對於餐點或對於服務生的服務品質感到滿意時，法國人就會給小費，金額並沒有上下限的規定。到比較高級的餐廳用餐，例如米其林星級的餐廳 **les restaurants étoilés de Michelin** [le rɛstɔrɑ̃ etwale də miʃlɛ̃]，給小費就成了一個「不成文的規定」，基於服務人員的專業，如果在這類餐廳用餐不留小費，甚至會被誤認為「失禮」。至於在比較平價的餐廳，客人完全可依自由意願給予小費。

給小費的方式會因付款方式 **le moyen de paiement** [lə mwajɛ̃ də pɛmɑ̃] 而有不同。若是現金付款 **payer en espèce** [peje ɑ̃ nɛspɛs]，客人會將找回的零錢放在桌上，或是請服務生不用找錢；如果是用信用卡 **payer par carte** [peje par kart] 或支票付款 **payer par chèque** [peje par ʃɛk]，客人會請服務生把小費直接加在帳單的總金額上。

在法國的餐廳用餐，給小費並不是強制的規定，但如果很愉快地享用了一餐，不妨用幾歐元的小費來謝謝服務生的專業與微笑。

02 參觀博物館 visiter des musées

巴黎的博物館、美術館、劇院有哪些呢？

Part3_04

1. **le musée du Louvre** [lə myze dy luvr] n. 羅浮宮
2. **le Centre Pompidou** [lə sɑ̃tr pɔ̃pidu] n. 龐畢度中心
3. **le musée d'Orsay** [lə myze dɔrse] n. 奧賽美術館
4. **le musée de l'Orangerie** [lə myze də lɔrɑ̃ʒri] n. 橘園美術館
5. **le Panthéon** [lə pɑ̃teɔ̃] n. 巴黎先賢祠
6. **le musée Rodin** [lə myze rɔdɛ̃] n. 羅丹博物館
7. **le musée Picasso** [lə myze pikaso] n. 畢卡索博物館
8. **l'Opéra de Paris** [lɔpera də pari] n. 巴黎歌劇院
9. **l'hôtel des Invalides** [lotɛl dezɛ̃valid] n. 傷兵院
10. **le château de Versailles** [lə ʃato də vɛrsaj] n. 凡爾賽宮
11. **l'Opéra Bastille** [lɔpera bastij] n. 巴士底歌劇院
12. **l'Opéra Garnier** [lɔpera garnje] n. 加尼葉歌劇院
13. **le musée national Eugène Delacroix** [lə myze nasjɔnal øgɛn dəlakrwa] n. 歐仁德拉克羅美術館

各式各樣的票券有哪些？

1. **le billet de musée** [lə bijɛ də myze] n. 博物館門票
2. **le billet du musée des beaux-arts** [lə bijɛ dy myze də bozar] n. 美術館門票
3. **la carte Paris musées** [la kart pari myze] n. 巴黎博物館通行證（Paris Museum Pass）
4. **le billet d'opéra** [lə bijɛ dɔpera] n. 劇院門票
5. **le billet au tarif étudiant** [lə bijɛ o tarif etydjɑ̃] n. 學生票
6. **le billet à plein tarif** [lə bijɛ a plɛ̃ tarif] n. 成人票

博物館或美術館會有什麼？

❶ **l'exposition permanente** [lɛkspozisjɔ̃ pɛrmanɑ̃t] n. 展覽，常態展

❷ **les œuvres d'art** [lezœvr dar] n. 展覽品

la galerie [la galri] n. 展覽廳

le guichet
[lə giʃɛ]
n. 售票處

l'exposition temporaire
[lɛkspozisjɔ̃ tɑ̃pɔrɛr]
n. 特展

la peinture
[la pɛ̃tyr]
n. 油畫

la sculpture
[la skyltyr]
n. 雕塑

3 la visite guidée
[la vizit gide]
n. 導覽

4 le guide
[lə gid]
n. 導覽員

5 la boutique de souvenirs
[la butik də suvnir]
n. 紀念品店

6 le souvenir
[lə suvnir]
n. 紀念品

la visite audioguidée
[la vizit odjogide]
n. 語音導覽

在博物館或美術館會用到的句子

1. **A quelle heure est l'ouverture?** 這裡的開放時間是幾點？
2. **A quelle heure fermera le musée?** 博物館何時閉館呢？
3. **Combien coûte le billet?** 請問票價是多少？
4. **Un billet, s'il vous plaît.** 我要買門票。
5. **J'ai la carte d'étudiant.** 我有學生證。
6. **Est-ce qu'il y a une exposition de ~?** 是否有～特展？
7. **Est-ce que vous proposez des visites guidées?** 是否有導覽介紹呢？
8. **Est-ce que je peux m'inscrire à cette visite?** 是否可以報名這個團的旅遊？
9. **Je voudrais acheter des cadeaux souvenirs.** 我要買紀念品。
10. **Est-ce que vous pouvez les envoyer à ~?** 這些東西可否幫我郵寄到～？
11. **Est-ce que je peux payer par carte?** 這裡可以刷卡嗎？
12. **Est-ce que c'est ouvert ici?** 這裡有開放嗎？

在博物館或美術館時會用到的對話

A: **Combien de billets voulez-vous acheter ?** 您要買幾張票？
B: **Deux billets à plein tarif, s'il vous plaît.** 兩張全票，謝謝。

A: **Est-ce que le musée d'Orsay est ouvert dès dix heures ?** 請問奧賽美術館十點開嗎？
B: **Il est ouvert même dès neuf heures trente.** 九點半就開了。

A: **Est-ce que le musée d'Orsay est ouvert tous les jours ?** 請問奧賽美術館每天開放嗎？
B: **Non, il est fermé tous les lundis.** 不，每個星期一休館。

A: **Est-ce que je pourrais prendre les œuvres d'art en photos?** 我可以拍藝術品嗎？
B: **C'est strictement interdit.** 全館禁止拍照。

你知道嗎？

法國最知名博物館是？

法國不只是時尚潮流的象徵，更為人所知的是，法國是一個致力於文化、藝術與音樂發展的國家，就以法國的博物館、美術館以及音樂廳的數量來看，就可看出法國政府對發展文化的用心。

到巴黎旅遊時，除了美麗的風景之外，更不能錯過參觀美術館的機會。各個美術館除了提供學生優惠門票之外，也考慮到其他年齡層的遊客的權益，在巴黎大多數的美術館在每個月的第一個星期天會免費開放參觀。

法國最具代表性的博物館要屬**羅浮宮 le musée du Louvre** [lə myze dy luvr]，全館根據作品的主題（les collections）分為三個展覽館（trois ailes），即黎塞留館 l'aile Richelieu、敘利館 l'aile Sully 以及德農館 l'aile Denon。羅浮宮所收藏的作品都是具有文化上的特殊價值，其中最有名的是**蒙娜麗莎 La Joconde** [la ʒɔkɔ̃d]（亦可稱為 le portrait de Mona Lisa [lə pɔrtrɛ də mɔna liza]），以及**薩莫色雷斯的勝利女神 la Victoire de Samothrace** [la viktwar də samɔtras]。

03 飯店入住與退房 le check-in & le check-out

入住與退房需要知道的單字

1. **le hall** [lə ol] n. 飯店大廳
2. **la conciergerie** [la kɔ̃sjɛrʒəri] n. 顧客諮詢服務台
3. **la réception** [la resɛpsjɔ̃] n. 飯店櫃檯
4. **le chariot à bagages** [lə ʃarjo a bagaʒ] n. 行李推車
5. **le bagagiste** [lə bagaʒist] n. 行李員
6. **le chasseur** [lə ʃasœr] n. （負責跑腿的）服務員
7. **le réceptionniste** [lə resɛpsjɔnist] n. 接待員
8. **la chambre** [la ʃɑ̃br] n. 客房

各類房型

une chambre simple [yn ʃɑ̃br sɛ̃pl] n. 單人房

une chambre double avec un grand lit [yn ʃɑ̃br dubl avɛkœ̃ grɑ̃ li] n. 雙人房（一大床）

une chambre double avec deux lits simples [yn ʃɑ̃br dubl avɛk dø li sɛ̃pl] n. 雙人房（兩單人床）

un studio/ une suite [œ̃ stydjo/yn sɥit] n. 套房

入住前後會做的事

faire une réservation
[fɛr yn rezɛrvasjɔ̃]
ph. 預訂

le check-in
n. 到櫃檯報到

le check-out
n. 退房

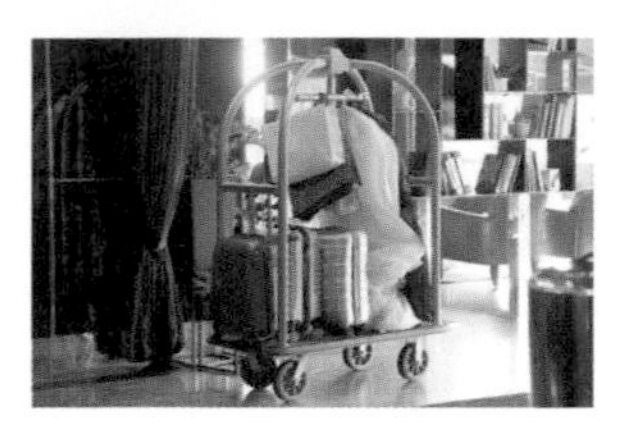

mettre la valise à la conciergerie
[mɛtr la valiz a la kɔ̃sjɛrʒəri]
ph. 寄放行李

prendre le petit-déjeuner
[prɑ̃dr lə pətideʒœne]
ph. 用早餐

demander le service à l'étage
[dəmɑ̃de lə sɛrvis a letaʒ]
ph. 叫客房清潔服務

changer de chambre
[ʃɑ̃ʒe də ʃɑ̃br]
ph. 換房間

utiliser la cuisine
[ytilize la kɥizin]
ph. 使用廚房

utiliser la machine à laver
[ytilize la maʃin a lave]
ph. 使用洗衣機

入住前須先知道的事物

le prix de la chambre [lə pri də la ʃɑ̃br] n. 房間價格
l'acompte [lakɔ̃t] n. 訂金

l'heure d'enregistrement [lœr dɑ̃r(ə)ʒistrəmɑ̃] n. 可入住時間

l'heure du check out [lœr dy ʃɛkawt] n. 退房時間

les transports en commun à proximité
[le trɑ̃spɔr ɑ̃ kɔmœ̃ a prɔksimite] n. 附近有大眾運輸工具

le pétit-dejeuner inclus [lə pəti deʒœne ɛ̃kly] n. 含早餐

le pétit-dejeuner non inclus
[lə pəti deʒœne nɔ̃ ɛ̃kly] n. 不含早餐

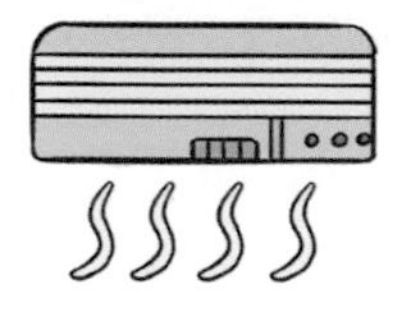

climatisé [klimatize] adj. 有冷氣
chauffé [ʃofe] adj. 有暖氣

wifi gratuit [wifi gratɥi] ph. 有提供免費網路 WIFI

各類需要知道的服務與設施

1. **le transport de bagages** [lə trɑ̃spɔr də bagaʒ] n. 行李搬運
2. **le parking** [lə parkiŋ] n. 停車場
3. **le service de réveil** [lə sɛrvis də revɛj] n. 起床服務
4. **le service de chambre** [lə sɛrvis də ʃɑ̃br] n. 客房服務
5. **la laverie** [la lavri] n. 洗衣服務
6. **le numéro de chambre** [lə nymero də ʃɑ̃br] n. 房間號碼
7. **la carte magnétique** [la kart maɲetik] n. 房卡
8. **le code wifi** [lə kɔd də wifi] n. wifi 密碼
9. **la climatisation** [la klimatizasjɔ̃] n. 空調
10. **le minibar** [lə minibar] n. （房內）付費酒飲零食
11. **le chauffage** [lə ʃofaʒ] n. 暖氣
12. **la baignoire** [la bɛɲwar] n. 浴缸
13. **le drap de bain** [lə dra də bɛ̃] n. 浴巾
14. **la serviette** [la sɛrvjɛt] n. 毛巾
15. **les produits d'hygiène** [le prɔdɥi diʒjɛn] n. 盥洗用品
16. **la télévision** [la televizjɔ̃] 電視
17. **le téléphone** [lə telefɔn] 電話
18. **le coffre-fort** [lə kɔfr fɔ:r] n. 保險箱
19. **la piscine couverte** [la pisin kuvɛrt] n. 室內游泳池
20. **le gymnase** [lə ʒimnɑz] n. 健身房
21. **le restaurant** [lə rɛstɔrɑ̃] n. 用餐區；餐廳

你知道嗎？

法國各式各樣的住宿類型，有何不同呢？

在旅遊旺季或大型體育比賽盛事的期間，法國的旅館常是一房難求，因此到法國旅遊時，必須提前計畫，可請旅行社代訂或自行在網路預訂住宿。

除了傳統的**旅館 les hôtels** [lezotɛl] 之外，**民宿 les chambres d'hôte** [le ʃɑ̃br dot] 也越來越受到歡迎，最適合自助旅行的兩個人或三人到四人的小家庭。不同於旅館，民宿的優點是附有**廚房 la cuisine** [la kɥizin] 及**洗衣機 la machine à laver** [la maʃin a lave]，可避免三餐外食或無法及時處理髒衣服的窘境，也因此可節省額外的開銷，除了以上的優點，民宿的價位也較旅館低。

民宿的型態大致分成兩種，一種是**與屋主同住**，屋主可提供早餐，甚至三餐（不包含在房價內）；另一種是**不與屋主同住**，這類的民宿給旅客更大的自由，就像在自己的家一樣，只是遇到一些問題時，聯絡屋主需花上一些時間。

青年旅舍 les auberges de jeunesse [lezobɛrʒ də ʒœnɛs] 是提供給擁有該組織會員卡的旅客的旅館型態，一間房間可住二到八人，甚至更多，且不分性別，衛浴間公用，喜歡社群活動或與其他旅客交流各地文化的人，不妨考慮青年旅舍，房價比傳統旅館及民宿更為低廉。在過去，青年旅舍只接待旅費預算較低的年輕人，但現在，大部分的青年旅舍已經沒有任何年齡上的限制，為了與其他住宿類型競爭，青年旅舍也開始提供單人套房或雙人套房。

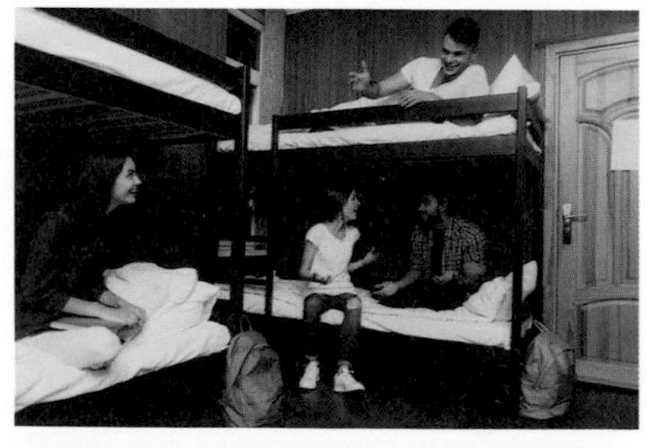

▲ les auberges de jeunesse 青年旅舍

▲ les chambres d'hôte 民宿

◆ Tips ◆

法國飯店的星級

▲ 5 星級旅館

2008 年，法國最主要的五個旅館公會團體修正了法國飯店的星級設定 la classification des hôtels de tourisme en France [la klasifikasjɔ̃ dezotɛl də turism ɑ̃ frɑ̃s] 的法規，過去只須達到 30 項審查標準，現在審查標準增為 246 項，目的是讓法國的飯店等級符合世界各國國際連鎖飯店的標準。246 個審查項目包含旅館設施 les équipements [lezkipmɑ̃]、顧客服務 les services au client [le sɛrvis o klijɑ̃]、無障礙環境與永續發展性 l'accessibilité et le développement durable [laksɛsibilite e lə devlɔpmɑ̃ dyrabl]。

除了審查項目增多之外，依據最新法規，得到星級的旅館，不能像以前一樣一直保有星級，而是每五年就必須再被審查，以確認是否持續符合星級飯店的標準。凡是達到星級的旅館都必須在旅館正面貼上長方形的標誌，1-4 星級旅館的為酒紅色底，5 星級旅館為金黃色底。

▲ 1-4 星級旅館

◆◆◆ Chapitre2

Excursions d'une journée 一日小旅行

巴黎特定地區、景點有哪些？

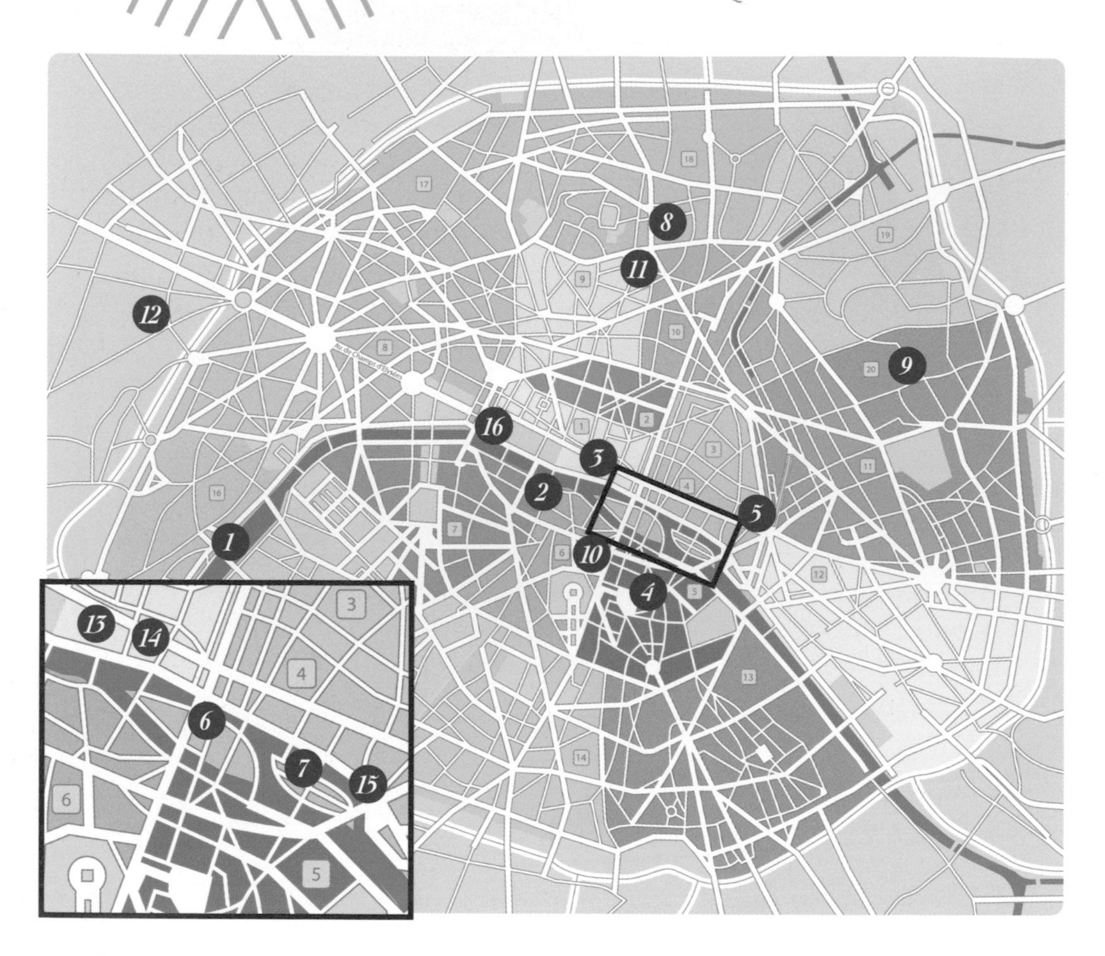

❶ **la croisière sur la Seine** [la krwazjɛr syr la sɛn] n. 塞納河遊船行程

❷ **la rive gauche** [la riv goʃ] n. 巴黎左岸

❸ **la rive droite** [la riv drwat] n. 巴黎右岸

❹ **le quartier Latin** [lə kartje latɛ̃] n. 拉丁區

❺ **le Marais** [lə marɛ] n. 瑪黑區

❻ **l'île de la Cité** [lil də la site] n. 西堤島

⑦ **l'île Saint-Louis** [lil sɛ̃ lwi]
n. 聖路易島

⑧ **Montmartre** [mɔ̃mart] n. 蒙馬特區

⑨ **le quartier de Belleville** [kartje də bɛlvil] n. 美麗城區

⑩ **le quartier Saint-Germain-des-Prés** [lə kartje sɛ̃ ʒɛrmɛ̃ de pre] n. 聖日耳曼德佩區

⑪ **le quartier Pigalle** [lə kartje pigal] n. 皮加勒區

⑫ **la Défense** [la defɑ̃s] n. 拉德芳斯地區

⑬ **le pont des Arts** [lə pɔ̃ dezar] n. 藝術橋

⑭ **le pont-Neuf** [lə pɔ̃ nœf] n. 新橋

⑮ **le pont de Sully** [lə pɔ̃ də suli] n. 蘇利橋

⑯ **le pont Alexandre-III** [lə pɔ̃ alɛksɑ̃dr trwa] n. 亞歷山大三世橋

巴黎哪邊是左岸，哪邊是右岸，左右岸兩邊又有什麼特色

▲位於左岸第 6 區的一間咖啡

▲位於右岸第 12 區之 Rue Crémieux 上的彩色街道

巴黎左岸 la rive gauche [la riv goʃ] 是指位於塞納河以南的區域，隸屬左岸的地區包括**五區、六區、七區、十三區、十四區及十五區**，其餘的區域則屬於**巴黎右岸** la rive droite [la riv drwat]，位於中間的小島則不屬於左岸或右岸。

巴黎左岸與右岸到底有何差別？如果從這個城市中古世紀的發展來看，右岸一開始就因為商業活動而漸漸蓬勃，相形之下，塞納河的另一端維持學術文化與藝術的發展，而今日的巴黎也就隨著這個趨勢發展。因此，巴黎的左岸與右岸不只是地理上的劃分而已，同時也代表兩種不同的生活型態（le mode de vie）：右岸展現的是華麗、講究、格調與財富；左岸則象徵智慧與藝術。

01 逛當地商店與景點 visiter des boutiques et sites touristiques

Part3_07

展開一日小旅行時，在路上可能會遇到什麼樣的人事物

le café
[lə kafe]
n. 咖啡廳

le salon de thé
[lə salɔ̃ də te]
n. 下午茶店

la boulangerie
[la bulɑ̃ʒri]
n. 麵包店

❶ la confiserie
[la kɔ̃fizri]
n. 糖果店

❷ la pâtisserie
[la pɑtisri]
n. 甜點店

la biscuiterie
[la biskɥitri]
n. 餅乾店

la chocolaterie
[la ʃɔkɔlatri]
n. 巧克力店

l'épicerie
[lepisri]
n. 食品雜貨店

le marché
[lə marʃe]
n. 市集

le bouquiniste
[lə bukinist]
n. 舊書攤

le kiosque
[lə kjɔsk]
n. 雜誌書報攤

le marché aux puces
[lə marʃe o pys]
n. 跳蚤市場

le marchand ambulant
[lə marʃɑ̃ ɑ̃bylɑ̃]
n. 小攤販

la boutique de souvenirs
[la butik də suvnir]
n. 紀念品店

l'ancienne demeure des célébrités
[lɑ̃sjɛn dəmœr de selebrite]
n. 名人故居

le peintre
[lə pɛ̃tr]
n. 街頭作畫者

l'artiste de rue
[lartist də ry]
n. 街頭藝人

les spectacles dans la rue
[le spɛktakl dɑ̃ la ry]
n. 街頭表演

les pique-niqueurs
[le pik nikœr]
n. 野餐的人

la rive
[la riv]
n. 河岸風光

le bateau mouche
[lə bato muʃ]
n. 塞納河遊船

◆ Tips ◆

巴黎具代表性的市集與跳蚤市場

巴士底市集
le marché de la Bastille

巴士底市集是巴黎市具有特色的市集之一，約有上百個攤販提供各式的商品，市集位於巴士底廣場並延伸到勒努瓦大道 le boulevard Richard Lenoir [lə bulvar riʃar lənwar]。大多數的攤販販售生鮮產品、起士、鮮花、麵包甜點或各式熟食。除此之外，也能買到衣服、鞋子、廚房用具及五金製品。

巴士底市集的規模雖然不大，但非常的整潔，且交通便利，遊客在逛完此極具當地風土人情的市集後，還能參觀具有歷史意義的巴士底廣場以及立於廣場中心的**七月圓柱** la colonne de juillet [la kɔlɔn də ʒɥijɛ]。

聖圖安跳蚤市場
le marché aux puces de Saint-Ouen

聖圖安跳蚤市場被公認為世界最大的古董市集 le marché d'antiquités [lə marʃe dɑ̃tikite] 之一，座落於巴黎市北邊郊外，其開放時間為每週六、日及每週一。

聖圖安跳蚤市場早年從原本的 15 個小市集規模，發展到今天約有 1700 個商家，其中 1400 個為古董商。雖然被稱為跳蚤市場，但市場中有些地方看起來更像是一個博物館或是藝廊，大部分的商家賣的是古董 les antiquités [lez ɑ̃tikite]、傢俱 les mobiliers [le mɔbilje] 或裝飾品 les décorations [le dekɔrasjɔ̃]，也可看到一小部分的舊書 les livres d'occasion [le livr dɔkazjɔ̃] 或二手唱片 les anciens disques [lezɑ̃sjɛ̃ disk]。此跳蚤市場的另一個特色為環境幽靜，遊客們可以一邊找著有趣的懷舊商品，一邊愜意地在充滿藝術氣息的小徑中散步。

你知道嗎？

我們常聽到巴黎第 1 大學，第 2 大學，你知道他們是有自己的校名的嗎？這些學校的特色又是什麼呢？

巴黎大學 l'université de Paris [lynivɛrsite də pari] 的前身為巴黎神學院 la Sorbonne [la sɔrbɔn]，是世界上最古老的大學之一，一開始時是結合了巴黎地區的好幾個學院 les facultés [le fakylte]，一直到 1970 年才獨立出 13 個大學。

巴黎第一大學 l'université Paris I

亦稱為先賢祠 ・ 索邦大學 l'université Panthéon-Sorbonne，目前全校共有26 個校區，是法國最大的大學。主要學院為經濟與管理學院 les sciences économiques et de gestion、人文科學學院 les sciences humaines 及法律與政治學院 les sciences juridiques et politiques。

巴黎第二大學 l'université Paris II

亦稱為先賢祠 ・ 阿薩斯大學 l'université Panthéon-Assas，是老巴黎大學法學院與經濟學院的主要繼承者，為法國培養出法律、經濟、新聞和政治界的高級人才。主要的學科為法學 le droit、管理學 la gestion 及經濟學 les sciences économiques。

巴黎第三大學 l'université Paris III

亦稱為新索邦大學 l'université Sorbonne Nouvelle，以語言、文學為教學特色，主要學科為文學 les lettres、語言 les langues、語言學 les sciences du langage 及藝術 les arts du spectacle，巴黎高等翻譯學校 l'Ecole supérieure d'interprètes et de traducteurs 也隸屬於巴黎第三大學。

巴黎第四大學 l'université Paris IV

亦稱為巴黎 ・ 索邦大學 l'université Paris-Sorbonne，主要學科為文學 les lettres、藝術 les arts 及人文科學 les sciences humaines。2018 年，與巴黎第六大學合併，新名稱為 la Sorbonne université。

巴黎第五大學 l'université Paris V

亦稱為巴黎 ・ 笛卡爾大學 l'université Paris-Descartes。主要的學院有心理學學院 l'institut de psychologie、社會科學學院 la faculté de sciences humaines et sociales、法學院 la faculté de droit、全法國最大的醫藥學院 la faculté de médecine、生物醫學學院 UFR biomédicale、牙科學院 la faculté de chirurgie dentaire 及藥學院 la faculté de pharmacie。2019 年 1 月與巴黎第七大學合併，改名為巴黎大學 l'université de Paris。

巴黎第六大學 l'université Paris VI

亦稱為皮埃爾和瑪麗 ・ 居里大學 l'université Pierre-Marie-Curie，教學特色在於科學 les sciences 與醫學 la médecine。

巴黎第七大學 l'université ParisV II

亦稱為巴黎 ・ 狄德羅大學 l'université Paris-Diderot，是法國研究型大學，在醫學 la médecine、科學 les sciences、人文科學 les sciences humaines 與社會科學 les sciences sociales 等領域享有國際性的聲譽及影響力。

巴黎第八大學 l'université Paris VIII

亦稱為萬森納 ・ 聖德尼大學 l'université Vincennes-Saint-Denis，以人文社會科學 les sciences de la culture 聞名，擁有法國規模最大的藝術教研中心。

巴黎第九大學 l'université Paris IX

亦稱為巴黎 ・ 多菲納大學 l'université Paris-Dauphine，主要學科為經濟學 l'économie、管理學 la gestion、法學 le droit、社會科學 les sciences sociales 及數學 les Mathématiques。

巴黎第十大學 l'université Paris X

亦稱為巴黎 ・ 南泰爾大學 l'université Paris-Nanterre，主要學院包括文學 les lettres、人文科學 les sciences humaines、法學 le droit 及經濟學 les sciences économiques。法國現任總統馬克宏畢業於該校的哲學系。

巴黎第十一大學 l'université Paris XI

亦稱為南巴黎大學 l'université Paris-Sud，現為法國研究型大學，尤其在自然科學領域 les sciences 上享負盛名。

巴黎第十二大學 l'université Paris XII

亦稱為瓦爾德馬恩大學 l'université Paris-Est-Créteil-Val de Marne，主要學

科包含化學 la chimie、數學 les mathématiques、文學 les lettres、人文科學 les sciences humaines、經濟與管理學 l'économie et la gestion 以及法學 le droit。

巴黎第十三大學 l'université Paris XIII

亦稱為北巴黎大學 l'université Paris-Nord，主要學科包含人文科學 les sciences humaines et sociales、語言 les langues、文學 les lettres、經濟與管理學 l'économie et la gestion 以及法學 le droit。

02 喝咖啡 prendre un café

Part3_08

咖啡廳或下午茶店有哪些人事物？

1. **le parasol** [lə parasɔl] n. 遮陽棚
2. **la place sur la terrasse** [la plas syr la tɛras] n. 露天座位區
3. **la place au bar** [la plas o bar] n. 吧台區
4. **l'enseigne** [lɑ̃sɛɲ] n. 招牌
5. **l'affiche de menu** [lafiʃ də məny] n. 菜單看板
6. **le client** [lə klijɑ̃] n. 顧客
7. **le serveur** [lə sɛrvœr] n. 服務生
8. **le café** [lə kafe] n. 咖啡

法國人去喝咖啡或喝下午茶時會做什麼？

boire du café
[bwar dy kafe]
ph. 喝咖啡

boire du thé
[bwar dy te]
ph. 喝茶

prendre le goûter
[prɑ̃dr lə gute]
ph. 吃點心

commander
[kɔmɑ̃de]
v. 點餐

prendre le petit-déjeuner
[prɑ̃dr lə pətideʒœne]
ph. 吃早餐

discuter
[diskyte]
v. 聊天

bavarder
[bavarde]
v. 聊八卦

tuer le temps
[tɥe lə tɑ̃]
ph. 消磨時間

surfer sur internet
[sœrfe syr ɛ̃tɛrnɛt]
ph. 上網

travailler
[travaje]
v. 工作

rêvasser
[rɛvase]
v. 發呆

parler d'affaires
[parle dafɛr]
v. 談公事

écrire
[ekrir]
v. 寫東西

lire
[lir]
v. 閱讀

avoir un rendez-vous
[avwar œ̃ rɑ̃devu]
ph. 約會

se plaindre
[sə plɛ̃dr]
v. 抱怨

法國人去喝咖啡或喝下午茶的地方有哪些？

le café
[lə kafe]
n. 咖啡廳

la brasserie
[la brasri]
n. 餐館，酒館，啤酒屋

le bistrot
[lə bistro]
n. 小酒館，餐酒館

la boulangerie
[la bulɑ̃ʒri]
n. 麵包店

le salon de thé
[lə salɔ̃ də te]
n. 下午茶店

le restaurant
[lə rɛstɔrɑ̃]
n. 餐廳

你知道嗎？

法國人喝咖啡、下午茶時有什麼特別習慣？

如果說台灣人一天有四餐，三餐加宵夜，那麼法國人的四餐就是三餐加下午茶。一般來說，法國人吃晚餐的時間較晚，因此常在下午四、五點時吃一些小點心。

喝下午茶的習慣也與氣候有很大的關係，法國三月以後的日照時間較長，大部分的法國人喜歡享受陽光，而不急著回家，因此常會流連在露天咖啡廳享用下午茶。

那麼法國人的下午茶都吃些什麼呢？一杯熱咖啡 le café [lə kafe] 或熱花茶 la tisane [la tizan]，加上可頌類麵包 les viennoiseries [le vjɛnwazri] 或各式的水果派les tartes aux fruits [le tartso frɥi]，可算是法國人的首選。但氣候炎熱時，法國人會比較偏向冰淇淋 les glaces [le glas]、雪酪 les sorbets [le sɔrbɛ]、一杯清涼的啤酒 la bière [la bjɛr] 或者是氣泡水 de l'eau gazeuse [də lo gɑzøz]。

喝下午茶對法國人並不是為了填飽肚子而已，而是讓自己在忙碌的一天有個可以紓壓、鬆一口氣的時候。尤其在週末假日時，露天咖啡座或下午茶店總是擠滿了人，大家聊著政治、經濟、教育各方面的時事，互相交換最近的生活點滴，這是法國人覺得一天中最愜意的時候。

會用到的句子：

1. **Qu'est-ce que vous prenez?** 您要點什麼？
2. **Qu'est-ce que je vous sers?** 您要點什麼？
3. **Un café, s'il vous plaît.** 一杯咖啡，麻煩您。
4. **Voulez-vous du lait pour votre café?** 您的咖啡要加鮮奶嗎？
5. **Voulez-vous commander un menu?** 您要點套餐嗎？
6. **Je voudrais prendre à la carte.** 我要單點。
7. **Je prendrai la formule avec le croissant et l'expresso.**
   我要濃縮咖啡和可頌的套餐。
8. A: **Voulez-vous un petit café ou un grand?**
   您的咖啡要小杯還是大杯呢？
   B: **Un petit, s'il vous plaît.** 我要小杯的。
9. **Désirez-vous autre chose?** 您還要加點什麼嗎？
10. A: **C'est sur place ou à emporter?** 您要內用還是外帶？
    B: **Sur place.** 我要內用。
    C: **C'est pour manger toute de suite.** 我馬上要吃。

你知道嗎？

瑪黑區與拉丁區名字的由來為何？

le Marais 瑪黑區

位於巴黎的第三區與第四區，是巴黎市的觀光勝地。但瑪黑區的名字的由來為何呢？le marais [lə marɛ] 的原意為 ㊊「沼澤地」，但現今如此蓬勃發展的瑪黑地區為何與沼澤地有關呢？在史前時代，塞納河曾有兩個支流，其中一條起源於 le bassin de l'Arsenal，形成一個弓形，流經博馬舍大道 le boulevard Beaumarchais、聖殿大道 le boulevard du temple、普羅旺斯街 la rue de Provence、波艾蒂路 la rue la Boétie，並在阿爾瑪橋 le pont de l'Alma 附近與主流匯合。因為氣候因素，這條支流漸漸消失，被一片沼澤地所取代，但飽受塞納河水患之苦，一直要等到第九世紀，這片沼澤地才漸漸變乾，成為可耕種之地，經過十幾個世紀的時間，發展成眾人所知的瑪黑區。

le quartier Latin 拉丁區

位於巴黎的第五區與第六區，以索邦神學院 la Sorbonne 為代表的歷史中心地區。這一區之所以會被稱為拉丁區，主要是源自中古世紀時，巴黎大學位於此區，教授及學生以拉丁文溝通，有別於未受教育者。一直到現在，位於塞納河左岸的拉丁區仍舊是充滿藝術文學氣息的區域，也是多所知名院校的所在地。

PARTIE IV
L'institution éducative 教育機構

◆◆◆ Chapitre 1

L'université 大學

校園配置

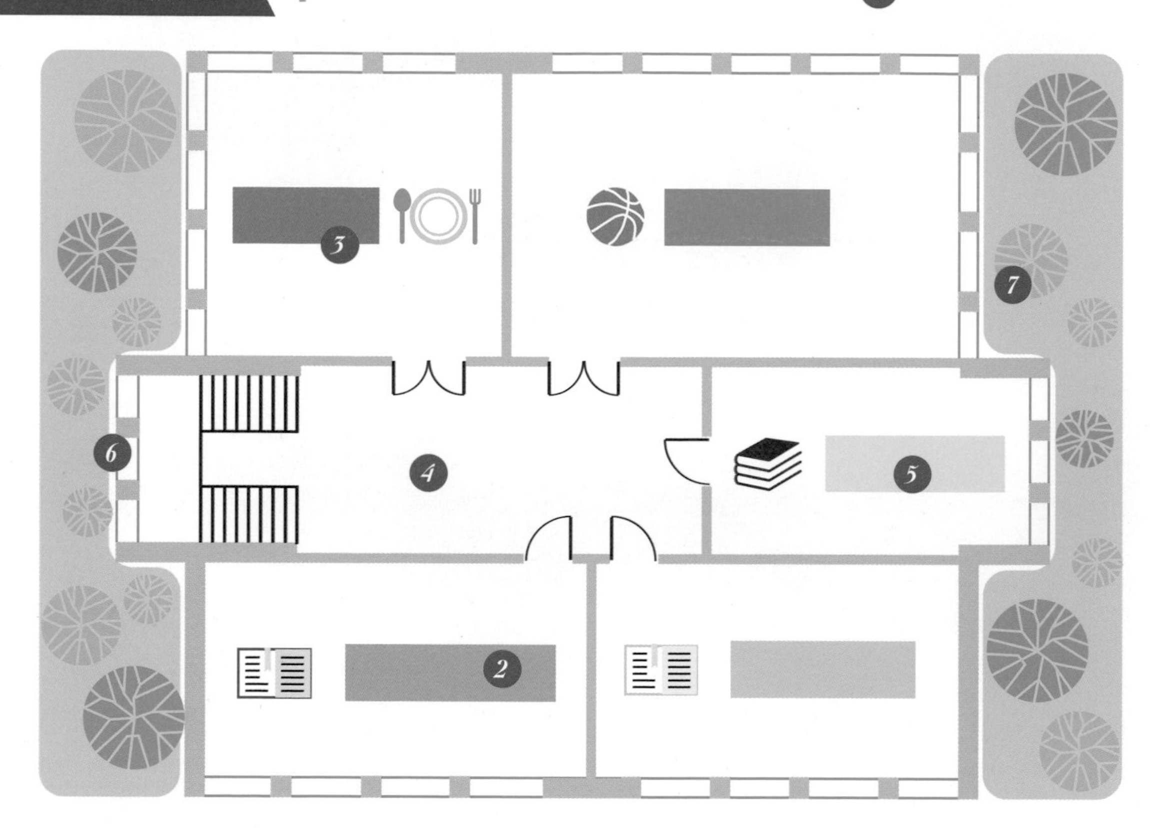

❶ **le plan de l'université**
[lə plɑ̃ də lyniversite] n. 校園平面圖

❷ **la salle de classe**
[la sal də klas] n. 教室

❸ **le restaurant universitaire, le resto u**
[lə rɛstɔrɑ̃ yniversitɛr, lə rɛstɔ y] n. 大學餐廳

❹ **le couloir** [lə kulwar] n. 走廊

❺ **la bibliothèque** [la biblijɔtɛk] n. 圖書館

❻ **le portail** [lə pɔrtaj] n. 校門

❼ **le parc de l'université**
[lə park də lyniversite] n. 校園草坪

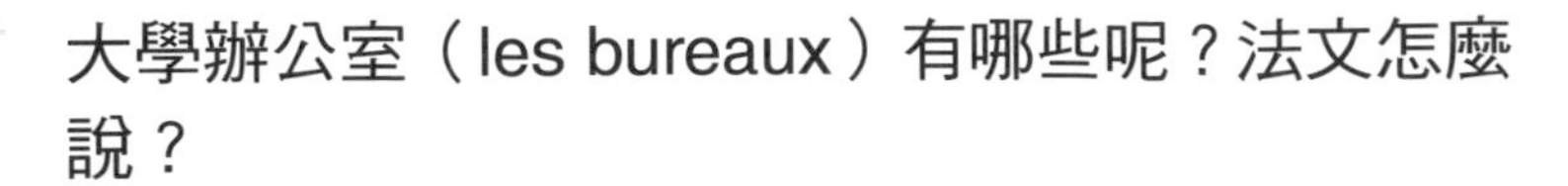

大學辦公室（les bureaux）有哪些呢？法文怎麼說？

les bureaux
[le byro]
n. 學校辦公室

1. **le bureau du directeur**
[lə byro dy dirɛktœr] n. 系主任辦公室
2. **le bureau de l'équipe administrative**
[lə byro də lekip administrativ] n. 行政處
3. **le bureau de l'équipe pédagogique**
[lə byro də lekip pedagɔʒik] n. 教務處
4. **la salle des professeurs**
[la sal de prɔfɛsœr] n. 教職員辦公室
5. **le bureau des resources humaines** [lə byro de r(ə)surs ymɛn] n. 人事室
6. **le bureau de finance** [lə byro də finɑ̃s] n. 會計室
7. **le bureau des surveillants** [lə byro de syrvɛjɑ̃] n. 警衛室

大學裡，常見的教職員有哪些？法文怎麼說呢？

- 高等教育（大學、高等專業學校）les études supérieures (les universités, les grandes écoles)

1. **le directeur d'unité de formation et de recherche** [lə dirɛktœr dynite də fɔrmasjɔ̃ e də r(ə)ʃɛrʃ] n. 系主任
2. **le professeur** [lə prɔfɛsœr] n. 教授
3. **le maître de conférences**
[lə mɛtr də kɔ̃ferɑ̃s] n. 副教授
4. **le directeur de recherche** [lə dirɛktœr də r(ə)ʃɛrʃ] n. 指導教授
5. **le maître-assistant** [lə mɛtr asistɑ̃] n. 助理教授，講師
6. **l'employé** [lɑ̃plwaje] n. 辦公室職員

大學裡各年級的學生，法文怎麼說？

- 高等教育（大學、高等專業學校）les études supérieures (les universités, les grandes écoles)

1. **l'étudiant** [letydjɑ̃] n. 大學生
2. **l'etudiant en master** [letydjɑ̃ ɑ̃ mastœr] n. 碩士生
3. **l'étudiant en doctorat** [letydjɑ̃ ɑ̃ dɔktɔra] n. 博士生
4. **le bizut** [lə bizy(t)] n. 大一生
5. **l'étudiant de seconde année** [letydjɑ̃ də səgɔ̃dane] n. 大二生
6. **l'étudiant de troisième année** [letydjɑ̃ də trwazjɛmane] n. 大三生
7. **l'étudiant étranger** [letydjɑ̃ etrɑ̃ʒe] n. 外籍生
8. **l'etudiant d'échange** [letydjɑ̃ deʃɑ̃ʒ] n. 交換生
9. **le colocataire** [lə kolɔkatɛr] n. 室友
10. **l'ancien étudiant** [lɑ̃sjɛ̃ etydjɑ̃] n. 畢業校友

在大學會做什麼呢？

01 上課 aller en cours

上課時會做些什麼呢？

上課時會做什麼呢？

prendre des notes [prɑ̃dr de nɔt] ph. 寫筆記

discuter [diskyte] v. 討論，爭論

faire passer des papiers pendant le cours [fɛr pase de papje pɑ̃dɑ̃ lə kur] ph. 上課中傳紙條

distribuer [distribɥe] v. 發（講義、考卷）
faire un cours [fɛr œ̃ kur] ph. 主講
se spécialiser [sə spesjalize] ph. 主修
étudier comme matière secondaire [etydje kɔm matjɛr səgɔ̃dɛr] ph. 輔修
rendre des dossiers [rɑ̃dr de dosje] ph. 交報告
remplir [rɑ̃plir] v. 填寫（資料）
répondre [repɔ̃dr] v. 回答（問題）
réussir [reysir] v. 合格
deviner [dəvine] v. 猜（答案）
ramasser [ramase] v. 收（考卷）
revérifier [rəverifje] v. 仔細檢查
s'assoupir [sasupir] v. 打瞌睡
regarder furtivement [rəgarde fyrtivmɑ̃] ph. 偷看
résoudre [rezudr] v. 解（題）
tricher [triʃe] v. 作弊
échouer [eʃwe] v. 考砸
être recalé [ɛtr r(ə)kale] ph. 不及格；當掉

所需的文具用品

la gomme [la gɔm] n. 橡皮擦

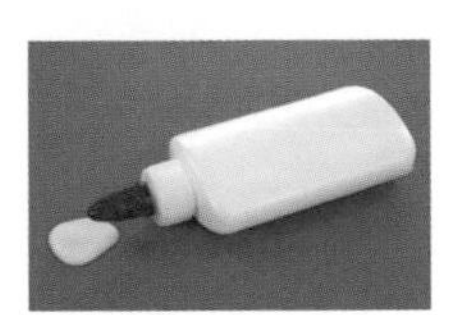
la glue [la gly] n. 白膠

le bâton de colle [lə batɔ̃ də kɔl] n. 口紅膠

le post-it [lə pɔstit] n. 便利貼

♦ Tips ♦

修正液的法文怎麼說？

最早期的修正液原本是用一個小瓶子填裝白色的修正液體，並附帶一支小刷子，法文稱作 le correcteur liquide [lə kɔrɛktœr likid]。le correcteur 源自動詞 原 corriger [kɔriʒe]，是「修改，訂正」的意思，而 liquide [likid] 是「液體」的意思，所以 le correcteur liquide 就是指「**修正的液體**」。但因刷子不易使用，後來才改成筆型的修正液 le stylo correcteur [lə stilo kɔrɛktœr]，把筆頭上的圓珠輕壓在需修正處上，流出白色液體後就可輕易的修改。但使用修正液時，缺點是要等它乾，才能繼續寫字，於是業者後續又研發出如「膠帶」一樣將白色修正液貼在修正處上的修正帶 le ruban correcteur [lə rybɑ̃ kɔrɛktœr]，法文在口語上會用 le blanco [lə blɑ̃ko] 此詞彙，「使用修正液」的法文表達是 mettre du blanco。

Il ne faut pas mettre du blanco sur le chèque
不可以用修正液塗改支票。

筆的種類有哪些，法文怎麼說呢？

les crayons pastel
[le krɛjɔ̃ pastɛl]
n. 蠟筆

les stylos-feutres
[le stiloføtr]
n. 彩色筆；麥克筆

le crayon à papier
[lə krɛjɔ̃ a papje]
n. 鉛筆

le stylo à bille
[lə stilo a bij]
n. 原子筆（圓珠筆）

les crayons de couleur
[le krɛjɔ̃ də kulœr]
n. 色鉛筆

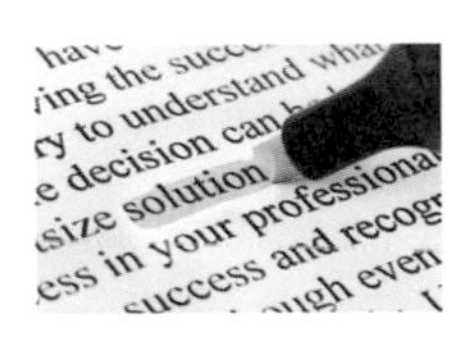

le surligneur
[lə syrliɲœr]
n. 螢光筆

le crayon à mine
[lə krɛjɔ̃ a min]
n. 自動鉛筆

le stylo à plume
[lə stilo a plym]
n. 鋼筆

le feutre effaçable
[lə føtr efasabl]
n. 白板筆

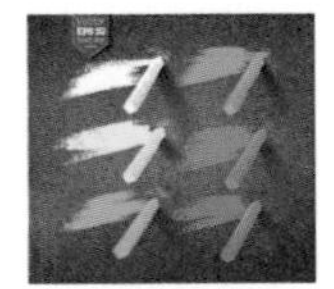

la craie
[la krɛ]
n. 粉筆

les pinceaux à aquarelle
[le pɛ̃so a akwarɛl]
n. 水彩筆

le marqueur
[lə markœr]
n. 簽字筆

你知道嗎？

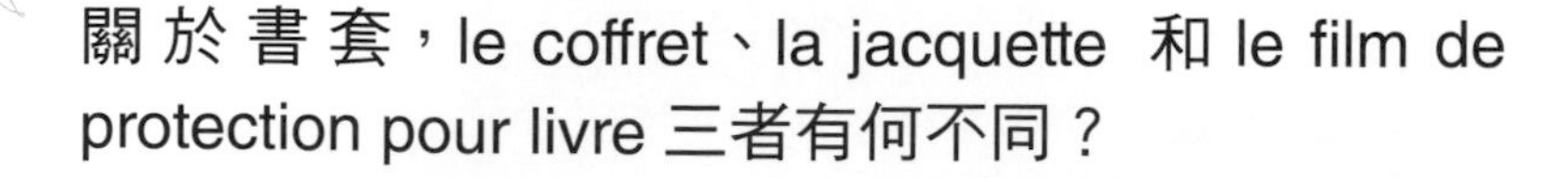

關於書套，le coffret、la jacquette 和 le film de protection pour livre 三者有何不同？

le coffret [lə kɔfrɛ]（書盒）是指可裝兩本書以上，並露書背的硬紙書盒，通常連載書籍、系列套書都會使用 le coffret 把整套的書裝在一起，同時也會讓書籍看起來較有價值感。

Il sera content de recevoir ces livres présentés en coffret.
他一定會很高興地收到這一套書。

la jaquette [la ʒakɛt]（書衣）原 原指男性及膝的外套，也可以指「（書籍的）護套」，主要是指那一張可與書籍本體分開、用來保護及防塵的「書衣」，通常會在精裝本（**le livre relié** [lə livr rəlje]）的最外層見到。

Ce livre relié a une jolie jacquette.
這本精裝書有個很漂亮的書衣。

le film de protection pour livre [lə film də prɔtɛksjɔ̃ pur livr]（書套）是指「貼在封面層的保護膠膜」，也就是學生通常會使用的「透明書套」。另外，**le couvre-livre** [lə kuvrəlivr] 則是通指所有可以保護書本的保護層。

Je dois acheter un rouleau de film de protection pour emballer mes livres scolaires.
我要去買一卷保護膠膜來包我的課本。

「翹課」的法文：sécher les cours

為什麼法文的翹課會用 sécher [seʃe]（使乾枯）這個動詞呢？

早期，法國學校裡的書桌上面刻有一個放墨水的地方，小學生在上課時都是用筆沾著墨水寫字，如果讓這個墨水台裡的墨水乾了，表示學生沒有來學校，因此這個片語就在現代法語中引申出「翹課」的意思。

Aujourd'hui, il fait un temps magnifique, cela me donne envie de sécher mes cours de l'après-midi pour aller me promener au parc.
今天天氣真好，我真想翹掉下午的課去公園悠閒。

另外，sécher les cours 指的是無任何原因、單純不想去上課，不過若要表示因某些原因「錯過了課」但不是故意的情況，法文會用 manquer un cours [mɑ̃ke œ̃ kur] 或 rater un cours [rate œ̃ kur]。

Ce matin, à cause de mon réveil qui n'a pas sonné, j'ai raté le cours d'allemand.
今早，因為鬧鐘沒響，我錯過了德文課。

Paul n'a pas encore manqué un seul cours cette année.
保羅今年還未缺席過一堂課。

常用句子：

1. **Nous allons commencer le cours.** 我們來上課了。
2. **Je vais faire l'appel.** 現在來點名。
3. **Sortez votre manuel.** 把課本拿出來。
4. **Nous allons réviser la leçon précédente.** 我們現在先複習上一課。
5. **Allez à la page cinq.** 翻到第 5 頁。
6. **Répétez après moi.** 請跟我複誦（我唸一遍，你們唸一遍）。
7. **Je vous demande pardon, pourriez vous répéter?**
   不好意思，可以再說一次嗎？
8. **Je ne comprends pas très bien.** 我不太懂。
9. **J'ai encore une autre question.** 我還有一個問題。
10. **Comment dire cela en français?** 這個用法文要怎麼說？

◆ Tips ◆

生活小常識：大學學制

為配合歐盟其他國家的學制，法國在 2004 年推行過一次大學制度的改革。大學目前可分成三個主要文憑：la licence [la lisɑ̃s]（學士，三年的大學教育）、le master [lə mastœr]（碩士，學制為兩年，首要條件是先獲得學士之後）與 le doctorat [lə dɔktɔra]（博士，學制為三年，首要條件是先獲得碩士學位之後）。

進入大學後，會選擇一個專業主修 la spécialité [la spesjalite]。大學課程中的必修課程 les cours obligatoires [le kur ɔbligatwar] 可分成 les cours magistraux [le kur maʒistro]（課堂講述）以及 les travaux dirigés [le travo diriʒe]（實用課程）。每個系都有規定的學科 les unités d'enseignement [lezynite dɑ̃sɛɲmɑ̃]，修過的學科可換成 ECTS（European Credit Transfer System）學分，這樣的學分制度讓歐洲各國的大學可互相承認修過的學分。

許多大學為了提升學生的競爭力，提供了修雙學士 la double licence [la dubl lisɑ̃s] 的機會，但大學必須評估要申請修雙學士之候選人的大學會考成績以及學習動機來決定。

◆◆◆ 02 申請學校 s'inscrire à l'université

外國人要申請法國大學，需要的文件有哪些？

Part4_03

● 申請學校該準備的文件

1. **les diplômes de DELF/DALF** [le diplom də dɛlf / dalf] n. DELF/DALF 法語檢定證明
2. **le certificat de fin d'études** [lə sɛrtifika də fɛ̃ detyd] n. 學歷證明
3. **le relevé de notes** [lə rəlve də nɔt] n. 成績單
4. **la lettre de recommandation** [la lɛtr də rəkɔmɑ̃dasjɔ̃] n. 推薦信
5. **le visa** [lə viza] n.（護照）簽證
6. **la lettre de motivation** [la lɛtr də mɔtivasjɔ̃] n. 動機信
7. **le formulaire d'inscription** [lə fɔrmylɛr dɛ̃skripsjɔ̃] n. 註冊表格

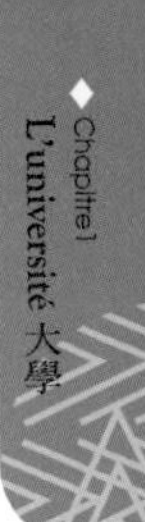

● 學校錄取後，需要申請或準備的文件有什麼

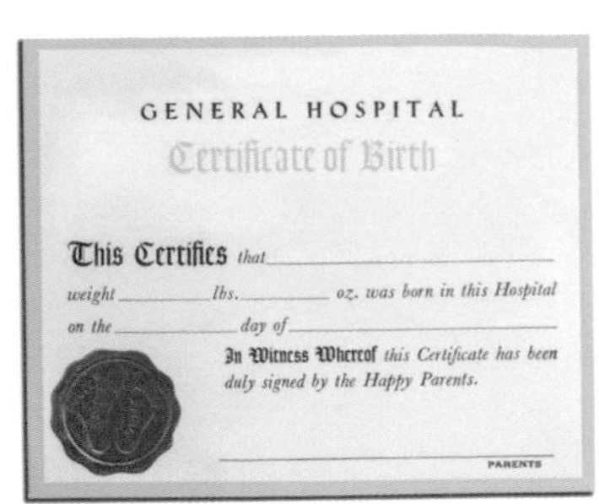

GENERAL HOSPITAL
Certificate of Birth
This Certifies that
weight lbs. oz. was born in this Hospital
on the day of
In Witness Whereof this Certificate has been duly signed by the Happy Parents.
PARENTS

1. **la carte de séjour** [la kart də seʒur]
   n. 居留證
2. **l'attestation d'hébergement**
   [latɛstasjɔ̃ debɛrʒəmɑ̃] n. 住房證明
3. **l'attestation bancaire** [latɛstasjɔ̃ bɑ̃kɛr]
   n. 銀行存款證明
4. **le formulaire OFII** [lə fɔrmylɛr ɔfi]
   n. 法國移民局表格
5. **l'acte de naissance** [lakt də nɛsɑ̃s] n. 出生證明
6. **l'attestation de préinscription** [latɛstasjɔ̃ də preɛ̃skripsjɔ̃] n. 預註冊證明
7. **l'attestation de la sécurité sociale étudiante** [latɛstasjɔ̃ də la sekyrite sɔsjal etydjɑ̃t] n. 學生健康保險證明

◆ Tips ◆

生活小常識：申請法國的大學

台灣學生如何申請法國的公立大學呢？

台灣的學生若想就讀法國大學的一年級，必須先在台灣透過法國教育中心（centres pour les études en France [sɑ̃tr pur lezetyd ɑ̃ frɑ̃s]）線上系統申請〈預註冊〉DAP（demande d'admission préalable [d(ə)mɑ̃d dadmisjɔ̃ prealabl]），並要通過法語檢定考試，才可申請分發。每個學生只能依志願申請三所大學，大巴黎地區的巴黎市學區只能申請一所。

申請規定：

1. 入學前一年的 11 月中到入學當年的 1 月中，先到法國教育中心線上系統申請預註冊。
2. 入學當年三月底前，通過台灣法國教育中心的面試。
3. 未具有 B2 以上的法語鑑定文憑的學生，必須參加每年舉行的法語檢定考試。

已經在法國居住一年以上，領有長期居留權的學生，則不需要辦理預註冊，可直接向希望就讀的學校索取註冊表格，但必須在入學前通過 B2 的法語檢定考試。

欲申請法國大學大二以上的學生，若希望就讀的學校有在法國教育中心線上系統裡，則可透過法國教育中心提出申請，否則就要以書信的方式向法國的大學提出申請，並備妥所需文件。基本上，每一份文件都必須是法文版本的，只有少數英語授課的學校願意接受英文版本的文件。

在學期間有哪些重要的事項？

1. **les crédits** [le kredi] n. 學分
2. **les frais de scolarité** [le frɛ də skɔlarite] n. 學費
3. **la matière principale** [la matjɛr prɛ̃sipal] n. 主修
4. **la matière secondaire** [la matjɛr səgɔ̃dɛr] n. 輔修
5. **le programme** [lə prɔgram] n. 課表、課程內容
6. **la matière obligatoire** [la matjɛr ɔbligatwar] n. 必修課程
7. **le cours facultatif** [lə kur fakyltatif] n. 選修課程
8. **les partiels** [le parsjɛl] n. 期中考
9. **les finaux** [le fino] n. 期末考
10. **le stage** [lə staʒ] n. 實習
11. **l'interruption d'études** [lɛ̃tɛrypsjɔ̃ detud] n. 休學
12. **le redoublement** [lə rədubləmɑ̃] n. 留級
13. **l'appel** [lapɛl] n. 點名
14. **l'examen de réorientation** [lɛgzamɛ̃ də reɔrjɑ̃tasjɔ̃] n. 轉學考

畢業時會有什麼？

la toge d'étudiant [la tɔʒ detydjɑ̃]
n. 學士服

la remise des diplômes
[la r(ə)miz de diplom] n. 畢業典禮

le diplôme [lə diplom] n. 文憑

le mémoire [lə memwar] n. 碩士論文

la thèse [la tɛz] n. 博士論文

l'exposition de fin d'études [lɛkspozisjɔ̃ də fɛ̃ detyd] n. 畢業展

l'annuaire [lanɥɛr] n. 畢業紀念冊

03 去學校餐廳 aller au restaurant universitaire

學校餐廳的法文怎麼說？

Part4_04

● **學生餐廳 le restaurant universitaire**

絕大多數的法國大學中均設有學生餐廳（法文口語統稱 le resto U [lə rɛsto y]），一餐的價格約在3.5歐元，餐點以自助的方式 le buffet 呈現。用餐前先拿托盤，依照順序排隊選餐。一般來說，一張餐券可以享有一道前菜、一道主餐、一道甜點及麵包，如果想要額外多一道餐點，可以在拿完餐點時，再額外付費。學生餐廳的功能是提供給還沒有經濟能力的大學生們，能以比較實惠的價錢享有營養均衡的午餐。除了在校生之外，餐廳也開放給校外人士使用，但無法享用學生價格，全票的價格約在 8 歐元。

● 輕食餐廳 la cafétéria

雖然法國大學中都設有學生餐廳（le resto U），但因人數眾多，且學生中午休息用餐的時間長短不定，有些人就會選擇規模較小的輕食餐廳 la cafétéria，午餐時間提供沙拉、比薩、三明治或鹹派，一天中的其餘時間會提供各式可頌類點心 les viennoiseries [le vjɛnwazri] 及冷熱飲料 les boissons [le bwasɔ̃]，價錢雖然比學生餐廳貴一些，但仍舊屬於中低價位。

學校餐廳會提供的餐點

● 輕食類 les plats legers

le sandwich
[lə sɑ̃dwitʃ]
n. 三明治

la viennoiserie
[la vjɛnwazri]
n. 可頌類麵包

la pizza
[la pidza]
n. 比薩

le steak
[lə stɛk]
n. 牛排

la quiche
[la kiʃ]
n. 鹹派

la salade
[la salad]
n. 沙拉

● 飲品 les boissons

l'eau en bouteille
[lo ɑ̃ butɛj]
n. 瓶裝水

le soda
[lə sɔda]
n. 汽水

le lait
[lə lɛ]
n. 牛奶

le thé
[lə te]
n. 茶

le jus de fruit
[lə ʒy də frɥi]
n. 果汁

l'eau gazeuse
[lo gɑzøz]
n. 氣泡水

le yaourt
[lə jaurt]
n. 優格

le chocolat chaud
[lə ʃɔkɔla ʃo]
n. 熱巧克力

le café
[lə kafe]
n. 咖啡

◆ Tips ◆

慣用語小常識：蛋糕篇

avoir / vouloir sa part du gâteau
「拿屬於自己的一份蛋糕」？

一般吃蛋糕時，我們會把蛋糕切成好幾份，與多人一起分享。這個片語字面上的意思是指某人要拿屬於自己的一份蛋糕，引申的意思為分享好處、利潤或戰利品的意思，也就是「分一杯羹」的意思。

Chapitre2

L'école élémentaire, le collège & le lycée 國小、國中、高中

教室走廊

1. **le couloir** [lə kulwar] n. 走廊
2. **l'horloge** [lɔrlɔʒ] n. 時鐘
3. **le casier** [lə kazje] n. 置物櫃
4. **le haut-parleur** [lə oparlœr] n. 廣播器
5. **la grille de ventilation** [la grij də vɑ̃tilasjɔ̃] n. 通風口
6. **l'indication d'issue de secours** [lɛ̃dikasjɔ̃ disy də səkur] n. 緊急出口指示
7. **la cloche** [la klɔʃ] n. 學校打鈴鐘

教室內配置

❶ **le tableau blanc** [lə tablo blɑ̃] n. 白板

❷ **le bureau du professeur** [lə byro dy prɔfɛsœr] n. 導師桌

❸ **le bureau** [lə byro] n. 書桌

❹ **la chaise** [la ʃɛz] n. 椅子

❺ **l'aimant** [lɛmɑ̃] n. 磁鐵

❻ **le chiffon** [lə ʃifɔ̃] n. 板擦

❼ **le feutre effaçable** [lə føtr efasabl] n. 白板筆

❽ **le tableau d'affichage** [lə tablo dafiʃaʒ] n. 公佈欄

❾ **l'emploi du temps** [lɑ̃plwa dy tɑ̃] n. 課表

❿ **le projecteur** [lə prɔʒɛktœr] n. 投影機

⓫ **la décoration** [la dekɔrasjɔ̃] n. 教室佈置

● 學校教室（les salles de classe）有哪些呢？法文怎麼說？

Part4_05-B

1. **le laboratoire de langues** [lə labɔratwar də lɑ̃g] n. 語言教室
2. **la salle audiovisuelle** [la sal odjɔvizɥɛl] n. 視聽教室
3. **la salle de musique** [la sal də myzik] n. 音樂教室
4. **la salle informatique** [la sal ɛ̃fɔrmatik] n. 電腦教室
5. **la salle d'art plastique** [la sal dar plastik] n. 美術教室
6. **le laboratoire** [lə labɔratwar] n. 實驗室

la salle de classe
[la sal də klas]
n. 學校教室

● 學校設施（les infrastructures de l'école）主要有哪些呢？

les infrastructures de l'école
[lezɛ̃frastryktyr də lekɔl]
n. 學校設施

1. **la salle de classe** [la sal də klas] n. 教室
2. **les toilettes** [le twalɛt] n. 洗手間
3. **la salle de conférence** [la sal də kɔ̃ferɑ̃s] n. 禮堂
4. **l'infirmerie** [lɛ̃firməri] n. 保健室
5. **la cantine** [la kɑ̃tin] n. 學校餐廳
6. **le gymnase** [lə ʒimnɑz] n. 體育館
7. **le terrain de sport** [lə tɛrɛ̃ də spɔr] n. 操場

◆ **Tips** ◆

慣用語小常識

être à bonne école「在一所好學校」？

在十二世紀的古法文中，école 還沒有「學校」的意思，而是指「建議、方法與影響力」。在現代法文中，這個片語則是指身邊有良好影響的人存在，讓我們得到適宜的指引。

Pierre est un bon pianiste, il faut dire qu'avec sa mère musicienne, il a été à bonne école.
皮耶是個優秀的鋼琴家，這也難怪，他自小就受到媽媽是音樂家的影響。

● 校園裡，常見的教職員有哪些？法文怎麼說呢？

● 中學 le collège、高中 le lycée

1. **le principal** [lə prɛ̃sipal] n. 國中校長
2. **le proviseur** [lə prɔvizœr] n. 高中校長
3. **le professeur principal** [lə prɔfɛsœr prɛ̃sipal] n. 班級導師
4. **le remplaçant** [lə rɑ̃plasɑ̃] n. 代課老師
5. **le professeur de français** [lə prɔfɛsœr də frɑ̃sɛ] n. 法文老師
6. **le professeur d'anglais** [lə prɔfɛsœr dɑ̃glɛ] n. 英文老師
7. **le professeur de mathématiques** [lə prɔfɛsœr də matematik] n. 數學老師
8. **le professeur de sciences** [lə prɔfɛsœr də sjɑ̃s] n. 自然老師
9. **le professeur de physique** [lə prɔfɛsœr də fizik] n. 物理老師
10. **le professeur de chimie** [lə prɔfɛsœr də ʃimi] n. 化學老師
11. **le professeur de géo-histoire** [lə prɔfɛsœr də ʒeɔistwar] n. 地理歷史老師
12. **le professeur de biologie** [lə prɔfɛsœr də bjɔlɔʒi] n. 生物老師
13. **le professeur d'art plastique** [lə prɔfɛsœr dar plastik] n. 美術老師
14. **le professeur de musique** [lə prɔfɛsœr də myzik] n. 音樂老師

● 幼稚園、托兒所 l'école maternelle、小學 l'école élémentaire

1. **le directeur** [lə dirɛktœr] n. 幼稚園園長；國小校長
2. **le maître, la maîtresse** [lə mɛtr, la mɛtrɛs] n. 幼稚園老師
3. **Atsem (agent territorial spécialisé des écoles maternelles)** n. 幼兒教育輔助人員
4. **le professeur principal** [lə prɔfɛsœr prɛ̃sipal] n. 班級導師

● 校園裡，各年級的學生法文怎麼說？

● 初等教育 l'enseignement primaire

1. **l'école maternelle** [lekɔl matɛrnɛl] 幼稚園
2. **la petite section** [la pətit sɛksjɔ̃] 小班
3. **la moyenne section** [la mwajɛn sɛksjɔ̃] 中班
4. **la grande section** [la grɑ̃d sɛksjɔ̃] 大班

● 小學 l'école élémentaire

1. **CP** [sepe] 一年級
2. **CE1** [seœœ̃] 二年級
3. **CE2** [seœdø] 三年級
4. **CM1** [semœ̃] 四年級
5. **CM2** [semdø] 五年級

● 中等教育 l'enseignement secondaire

國中 le collège

6. **6ème** [sizjɛm] 國一
7. **5ème** [sɛ̃kjɛm] 國二
8. **4ème** [katrijɛm] 國三
9. **3ème** [trwazjɛm] 國四

高中 le lycée

10. **Seconde** [s(ə)gɔ̃d] 高一
11. **Première** [prəmjɛr] 高二
12. **Terminale** [tɛrminal] 高三

♦ Tips ♦

慣用語小常識

être de la vieille école
是什麼意思呢？

這句話的意思代表一個人的思想與觀念趨於「保守」，因而讓這個人的行為準則也比較「傳統」。

La maîtresse de mon fils est de la vieille école, elle insiste beaucoup sur l'importance de l'apprentissage de la conjugaison.
我兒子的老師是傳統派的，她非常強調學習動詞變化的重要性。

關於法國的學校餐廳 la cantine

法國國小的學校餐廳供餐的方式，為先拿 le plateau [lə plato]（餐盤），再到 le comptoir [lə kɔ̃twar]（餐台）依續排隊選餐，通常為一道前菜、一道主餐、一道甜點及麵包，取餐後即可找位置用餐。

在學校會做什麼呢？

01 上學 aller à l'école

Part4_06

上學的時候需要些什麼呢？

le cartable
[lə kartabl]
n. 書包

les manuels
[le manɥɛl]
n. 課本

le cahier
[lə kaje]
n. 作業本

le mouchoir
[lə muʃwar]
n. 手帕

le mouchoir en papier
[lə muʃwar ɑ̃ papje]
n. 面紙

la gourde
[la gurd]
n. 水壺

les vêtements sportifs
[le vɛtmɑ̃ spɔrtif]
n. 運動服

le sac à dos
[lə saka do]
n. 後背包

在學校圖書館會做什麼呢？

1. **emprunter des livres** [ɑ̃prœ̃te de livr] ph. 借書
2. **rendre des livres** [rɑ̃dr de livr] ph. 還書
3. **feuilleter des livres** [fœjte de livr] ph. 翻閱書籍
4. **prendre des livres** [prɑ̃dr de livr] ph. 自書架上取書
5. **remettre des livres** [r(ə)mɛtr de livr] ph. 將書放回書架
6. **réviser** [revize] v. 複習課業
7. **travailler** [travaje] v. 唸書

la bibliothèque
[la biblijɔtɛk]
n. 圖書館

Tips

文化小常識：法國國小的作息

到校 & 上課

在法國，一般的公立小學要求小學生的到校時間為 8 點 30 分，小學生進入校門後，會先到校園庭園中與老師們及其他同學打招呼。當所有小學生陸續到齊後，老師會在 8 點 50 分時帶著所有學生到教室，第一堂課上課的時間為 9 點。

下課時間

每一堂課的下課時間可由老師自行決定，通常在 10 點 15 分左右會有十五分鐘的休息時間 la récréation [la rekreasjɔ̃]。午餐時間為 11 點半到下午 1 點半，吃過飯後的小朋友可以在庭園玩，或者參加學校安排的活動 les activités [lezaktivite]。下午的第一堂課為 1 點半，在 2 點半左右會有十五分鐘的休息時間。放學 la fin de l'école [la fɛ̃ də lekɔl] 時間為 4 點 20 分。

課程規劃

雖然老師在學期一開始時就會給一週的課表，但老師上課的方式是彈性的，所有的科目都由同一位導師負責，因此導師便能根據學生們當天的狀況或每一個科目的進度來調整課程。除了法文、數學、自然科學之外，體育活動及美術也是法國小學教育著重的科目。相形之下，音樂則是被比較忽略的科目，在進入國中教育後，音樂才會成為一個與其他科目一樣重要的學科。

其他規定

根據法國教育部的規定，老師不能給予小學生回家作業 les devoirs [le dəvwar]，除非是在課堂上來不及完成的作業。小學生也將大部分的課本留在學校，老師會要求學生在某個週末把課本帶回家給家長簽名，讓家長們了解學生的學習進度。

02 課堂上 être en cours

Part4_07

法國小學的課堂

法國小學一個班級的學生人數約在 27 人左右，由一個導師 le professeur principal [lə prɔfεsœr prε̃sipal] 負責大部分的科目。教室中桌椅的擺放不一定都是呈行列狀，有些老師會選擇ㄇ字型，或將幾張桌椅聚在一起、用小組的方式進行，上課的方式比較自由、活潑。根據不同的課程，老師的上課方式也會有所調整，目的是讓小學生們能專心並且積極參與討論。

上課時，常做的事有哪些？

faire l'appel
[fεr lapεl]
ph. 點名

sortir le livre
[sɔrtir lə livr]
ph. 把書拿出來

se mettre debout
[sə mεtr dəbu]
ph. 站起來

s'asseoir
[saswar]
v. 坐下

poser une question
[poze yn kɛstjɔ̃]
ph. 提問

discuter
[diskyte]
v. 討論

répondre
[repɔ̃dr]
v. 回答

lever la main
[ləve la mɛ̃]
ph. 舉手

étudier
[etydje]
v. 研讀

lire
[lir]
v. 閱讀

apprendre
[aprɑ̃dr]
v. 學習

écouter
[ekute]
v. 聆聽

faire un exposé
[fɛr œ̃ ɛkspoze]
ph. 報告

réfléchir
[refleʃir]
v. 思考、思索

écrire
[ekrir]
v. 寫

effacer le tableau
[efase lə tablo]
ph. 擦黑（白）板

écrire sur le tableau
[ekrir syr lə tablo]
ph. 寫黑（白）板

applaudir
[aplodir]
v. 鼓掌

faire la queue
[fɛr la kø]
ph. 排隊

rendre une copie
[rɑ̃dr yn kɔpi]
ph. 繳交

enseigner
[ɑ̃sɛɲe]
v. 教學

s'assoupir
[sasupir]
ph. 打瞌睡

rêvasser
[rɛvase]
v. 發呆；做白日夢

faire équipe
[fɛr ekip]
ph. 分組

se relayer
[sə r(ə)lɛje]
ph. 輪流

la fin du cours
[la fɛ̃ dy kur]
n. 下課

punir
[pynir]
v. 處罰

「功課」的法文怎麼說？

法文 **les devoirs** [le dəvwar] 泛指各類型的作業，是由學校老師指定在**課堂之餘所該完成的「功課」**。les devoirs 這個用詞多半是指給小學生或國中、高中生的作業，作業的形式非常多，例如 **les exercices** [lezεgzεrsis]（練習題）、**la lecture** [la lεktyr]（閱讀）、**la rédaction** [la redaksjɔ̃]（寫作）或 **l'exposé** [lεkspoze]（口頭報告）。到了高等教育後，教授給的作業形式就會比較偏向 **l'exposé**、**le rapport** [lə rapɔr]（參加展覽或實驗的書面報告）以及 **la dissertation** [la disεrtasjɔ̃]（對於一個主題提出看法、結構完整的作文）。

自 1956 年起，法國政府規定不得給予小學生在回家後有書寫式的作業，只能給予閱讀或背誦等形式的作業。

Je dois préparer un exposé sur la révolution française ce weekend.
這個週末我必須準備一個有關法國革命的口頭報告。

♦ Tips ♦

法國的小學教育有哪些課程呢？

法國的孩童在進入小學之前並不需要具備「識字」的能力，學齡前的教育著重於讓孩子適應團體生活，認識自我及學習專注力。真正的學習則是在小學一年級（CP）開始，一直到五年級（CM2），法國小學生在這個階段的學習主要是為了往後的國中、高中、大學教育鋪路，因此這個階段的學習著重於打穩基礎、啟發孩子們對學習的興趣。

小學學科重點：

l'écriture [lekrityr]（書寫）：從小學一年級開始，老師非常注重學生拿筆的方式，會開始學習寫自己的名字。學習的字體為連體草寫，從 26 個字母到單字、簡單的句子、帶有關係子句的複合句、一小段文章到一篇文章。小五的學生在進入國中之前必須正確無誤地朗讀、聽寫、理解一篇文章，並且能夠分析文章。

la lecture [la lɛktyr]（閱讀）：小學生在小一時開始學習識字，大部分的學生在小一結束後可以掌握所有的發音規則，但要到五年級時，才能將發音規則實用在書寫能力上。la dictée [la dikte]（聽寫）能力是整個小學階段非常注重培養的能力之一，目的正是為之後在高等教育上課時針對做筆記的能力做準備。

les mathématiques [le matematik]（數學）：重點在於認識數字、加減乘除的四則運算、幾何圖形的介紹以及長度、重量、容量等測量單位的介紹。數學的教學重點不在「難」或「複雜」，而是在灌輸數學概念，培養孩子的邏輯與思考能力。

其他：

其餘的學習項目還包括 le sport [lə spɔr]（運動）、le travail manuel [lə travaj manɥɛl]（手工）、la musique [la myzik]（音樂）、les sciences naturelles [le sjɑ̃s natyrɛl]（自然科學）、la discipline [la disiplin]（規矩）。

法國小學的課程安排雖然有訂出課表，但是老師們可以根據進度更改上課的內容，除了數學與法文之外，其餘的科目都沒有使用教科書的規定。

♦ Tips ♦

生活小常識：保母篇

目前法國的家庭型態，夫妻雙薪的比例越來越高，許多婦女在有薪產假結束後，大多會選擇再回到職場。為了滿足這樣的社會需求，法國致力於建立完善的嬰幼兒的**托嬰制度**。

l'assistante maternelle [lasistɑ̃t matɛrnɛl]（保母）也可稱為 la nourrice [la nuris]，或更口語的用法 la nounou [la nunu]。l'assistante maternelle 需要經過認證並受過職業訓練，可以在自己的家或在（公立或私立的）**托兒所** la crèche [la krɛʃ] 工作，育兒時間不得超過 11 小時，一次不得照顧超過四個小孩，是法國人最常選用的托嬰制度。此外，還有一種叫做「**臨時保母**」的選項，多數為年輕的學生，在父母比較晚下班，無法到學校接孩子，或是父母晚上外出時，到雇主家看管小孩，這種「臨時保母」稱為 baby-sitter [bebisitœr]，費用通常以工作次數或工作時間計算。

在法國，住在保母家，或保母住在雇主家照顧孩子的情況非常少見，法國父母無論如何還是希望把自己的孩子帶回家裡過夜。

03 考試 passer l'examen

你知道嗎？

各種考試法文怎麼說？

法文表達「考試」的字彙很多，而且在每一個教育階段所代表的意思都不太一樣。在小學階段，每一學年有三次的「**評量**」**les évaluations** [le evalɥasjɔ̃]，主要目的在於了解每一個學生的學習程度是否達到要求。到了中學之後，大部分的學科是採用**隨堂小考 les contrôles continus** [le kɔ̃trol kɔ̃tiny] 方式，而有些學科會在學期末舉行一個**綜合的考試 l'examen** [lɛgzamɛ̃]。大學的考試稱為 **les partiels** [le parsjɛl]，於每學期末舉行，但平常的實用課是以 les contrôles continus 的方式進行。

法文中另外還有一些字可表示其他類別的考試，例如 **le test** [lə tɛst] 有「**測試、測驗（能力）**」的意思；**l'épreuve** [leprœv] 與 l'examen 的意思相近，指的是所有**包括口試、筆試的考試**（例如 les épreuves du DELF）；還有 **le concours** [lə kɔ̃kur]，但它與其他考試的意義比較不同，這類「考試」有名額的限制，雖然是以分數為標準，但必須依照名次來決定，所以也有可能會雖達到錄取分數卻「沒有通過考試」。

Il a réussi le concours d'entrée à l'Ecole polytechnique.
他考進了巴黎綜合（理）工學院。

各類型考題的法文怎麼說？

1. **le QCM (Questionnaire à Choix Multiples)** [lə kyseɛm (kɛstjɔnɛr aʃwa myltipl)] n. 選擇題
2. **répondre par vrai ou faux** [repɔ̃dr par vrɛ u fo] ph. 寫是非題
3. **compléter** [kɔ̃plete] v. 寫填空題
4. **relier entre eux les éléments qui vont ensemble** [rəlje ɑ̃tr ø le elemɑ̃ ki vɔ̃ ɑ̃sɑ̃bl] ph. 寫連連看
5. **la composition** [la kɔ̃pozisjɔ̃] n. 作文題
6. **la dissertation** [la disɛrtasjɔ̃] n. 申論題
7. **la dictée** [la dikte] n. 聽寫

考試時，常見的狀況有哪些？

se présenter à un examen
[sə prezɑ̃te a œ̃ ɛgzamɛ̃]
ph. 考試

distribuer la copie
[distribɥe la kɔpi]
ph. （考前）發考卷

poser le stylo
[poze lə stilo]
ph. 把筆放下

tricher
[triʃe]
v. 作弊

rendre la copie
[rɑ̃dr la kɔpi]
ph. （考後）發回考卷

remettre la copie
[r(ə)mɛtr la kɔpi]
ph. 交考卷

◆ Tips ◆

考完試後，成績結果是如何表達的呢？

法國打分數的制度是以 20 分為滿分，視 10 分為及格分數，如果「考的不錯」，可以用 avoir de bonnes notes 來表達，如果「考的不好」， 我們就說 avoir de mauvaises notes。

在小學階段，為了不讓小學生因為分數而有互相比較或產生自傲、自卑的心態，現在都以 A、B、C、D 的方式取代分數，並且在成績單上也會特別註明，這四個計分方式只是老師判斷學生在考試表現中對該科目的理解，因此沒有分數的上下限，更沒有排名。

到了國中、高中之後，才會用分數來評量學生，但有些考試，老師並不一定會用分數打成績，而是用 TB（Très bien）、B（Bien）、AB（Assez bien）這類的評語。但無論如何，學校不可將學生排名次。

高等教育的計分方式，通常更為嚴格，但是學生可以用平常作業成績補救，每學期的期末考結束一個月後，也可以有第二次機會補考，我們稱為 les rattrapages [le ratrapaʒ]。

Ma fille a très bien travaillé cette année, elle a eu d'excellentes notes dans toutes les matières.
我女兒今年很認真讀書，她的每一科都拿到高分。

PARTIE V
Le lieu de travail 工作場所

◆◆◆ Chapitre 1

La banque 銀行

銀行內部擺設

1. **le guichet d'information** [lə giʃɛ dɛ̃fɔrmasjɔ̃] n. 服務台
2. **le client** [lə klijɑ̃] n. 客戶
3. **le guichetier** [lə giʃtje] n. 銀行行員
4. **le titulaire du compte** [lə titylɛr dy kɔ̃t] n. 存戶
5. **la caméra de surveillance** [lə kamera də syrvɛjɑ̃s] n. 監視器
6. **le service financier** [lə sɛrvis finɑ̃sje] n. 理財服務
7. **le conseiller financier** [lə kɔ̃seje finɑ̃sje] n. 理專

其他銀行常見的東西，還有哪些？

Part5_01-B

la chambre forte
[la ʃɑ̃br fɔrt]
n. 金庫

la carte bancaire
[la kart bɑ̃kɛr]
n. 金融卡

le coffre-fort
[lə kɔfrəfɔr]
n. 保險櫃

le véhicule blindé pour transporter les fonds
[lə veikyl blɛ̃de pur trɑ̃spɔrte le fɔ̃]
n. 運鈔車

les billets
[le bijɛ]
n. 紙鈔

les monnaies
[le mɔnɛ]
n. 零錢

les pièces
[le pjɛs]
n. 硬幣

la compteuse de billets
[la kɔ̃tœr də bijɛ]
n. 點鈔機

la carte de crédit
[la kart də kredi]
n. 信用卡

le chèque
[lə ʃɛk]
n. 支票

le distributeur automatique
[lə distribytœr otɔmatik]
n. 提款機

le livret d'épargne
[lə livrɛ deparɲ]
n. 存摺

◆ Tips ◆

慣用語小常識：金錢篇

jeter l'argent par les fenêtres「將錢丟出窗外」？

這句俗語源於十六世紀，當時人們很習慣從窗戶往外丟東西，像是垃圾或吃剩下的食物，此時會有乞丐從窗下走過，並常會為了爭奪食物而發出噪音。因此為了趕走這些乞討的人，人們就會將一些小錢幣拋出窗外，讓他們拿了錢趕快離開。

jeter [ʒ(ə)te] 的意思為「丟掉、拋棄」，而「將錢丟出窗外」這個意象漸漸地衍生出另一個喻意，來形容一個人浪費的行為，將錢揮霍在不必要的花費上。

Tu jettes l'argent par les fenêtres en achetant trois paires de chaussures en même temps.
你一次買三雙鞋，實在太浪費了。

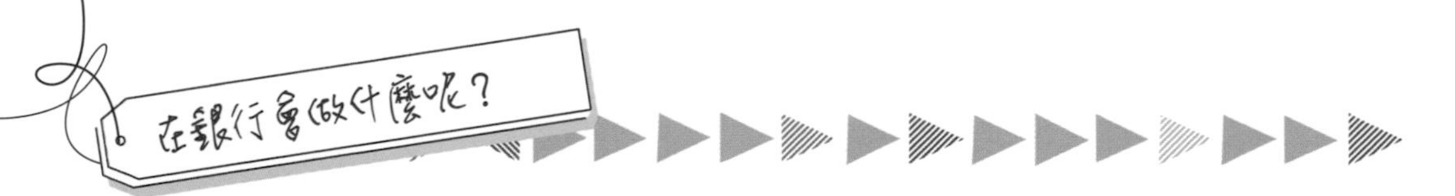

01 開戶 ouvrir un compte

銀行會有哪些服務？

在法國，由於網路的普及化，使用網路銀行的人口呈直線蓬勃發展，加上法國人持有**銀行卡 la carte bancaire** [la kart bɑ̃kɛr] 的比例非常高，越來越少人會直接到銀行櫃檯辦理業務，除非是要開戶、諮詢投資理財或帳戶有不明的收支狀況時，才會通知理專。為了減低銀行搶案發生的可能性，法國的銀行櫃檯無法辦理存提現金的業務（始於 2010 年一月）。而未持有銀行卡的客戶，可由銀行提供的臨時卡，讓客戶直接在提款機前存提現金。

● 開戶 ouvrir un compte

le compte [lə kɔ̃t] n. 帳戶

le formulaire d'ouverture de compte [lə fɔrmylɛr duvɛrtyr də kɔ̃t] n. 開戶單

le compte personnel [lə kɔ̃t pɛrsɔnɛl] n. 個人帳戶

le compte joint [lə kɔ̃t ʒwɛ̃] n. 聯名帳戶

le compte courant [lə kɔ̃t kurɑ̃] n. 活期帳戶

le compte à terme [lə kɔ̃t a tɛrm] n. 定存帳戶

開戶的時候要填寫開戶單。開戶單上面會有哪些資料：

1. **le nom** n. 姓名
2. **la date de naissance** n. 出生日期
3. **le sexe** n. 性別
   -- **masculin** adj. 男
   -- **féminin** adj. 女
4. **la nationalité** n. 國籍
5. **le numéro de passeport** n. 護照號碼
6. **le numéro d'identification** n. 身分證號碼
7. **l'état matrimonial** n. 婚姻狀況
   -- **marié(e)** adj. 已婚
   -- **célibataire** adj. 未婚
8. **l'adresse résidentielle** n. 居住地址
   -- **le code postal** n. 郵遞區號
9. **le numéro de téléphone** n. 電話號碼
10. **le numéro de portable** n. 手機號碼
11. **l'éducation** n. 教育程度
    -- **université** n. 大學
    -- **lycée** n. 高中
    -- **collège** n. 國中
    -- **école primaire** n. 小學
12. **la profession** n. 職業
    -- **étudiant** n. 學生
    -- **sans emploi** n. 待業中
    -- **salarié** n. 工作中

Quel genre de compte souhaiteriez-vous avoir?
您需要開哪一種帳戶？

J'ai besoin d'un compte courant / compte à terme / un livret A. 我需要開活期／定存帳戶／ Livret A。

● 存款 déposer de l'argent

déposer de l'argent [depoze də larʒɑ̃] v. 存入

mettre de l'argent sur le compte
[mɛtr də larʒɑ̃ syr lə kɔ̃t] ph. 把錢存入～

de l'argent liquide [larʒɑ̃ likid] n. 現金

le chèque [lə ʃɛk] n. 支票

endosser un chèque [ɑ̃dose œ̃ ʃɛk] ph. 兌現支票

l'automate [lɔtɔmat] n. 自動存提款機

● 提款 retirer de l'argent

retirer de l'argent [r(ə)tire də larʒɑ̃] v. 提款

effectuer un retrait [efɛktɥe œ̃ r(ə)trɛ] ph. 提一筆錢

effectuer un retrait de~
[efɛktɥe œ̃ r(ə)trɛ də] ph. 把錢從～提出

les frais de transaction
[le frɛ də trɑ̃zaksjɔ̃] n. 手續費

● 匯款 faire un virement

faire un transfert [fɛr œ̃ trɑ̃sfɛr] ph. 電匯

transférer [trɑ̃sfere] v. 轉帳

faire un transfert de fonds de ~ [fɛr œ̃ trɑ̃sfɛr də fɔ̃ də] ph. 把錢從～轉出

effectuer un virement [efɛktɥe œ̃ virmɑ̃] ph. 匯款

le virement [lə virmɑ̃] n. 匯款

faire un virement sur un compte~
[fɛr œ̃ virmɑ̃ syr œ̃ kɔ̃t] ph. 匯款到～

● 外幣兌換 l'échange de devises étrangères

la devise [la d(ə)viz] n. 貨幣

changer [ʃɑ̃ʒe] v. 兌換

le taux de change [lə to də ʃɑ̃ʒ] n. 匯率

le bureau de change [lə byro də ʃɑ̃ʒ] n. 貨幣兌換處

la valeur [la valœr] n.（貨幣的）面額

在法國所使用的歐元，有哪些面額？

● 硬幣 les monnaies

un euro
[œ̃nøro]
n. 1 歐元
（1 €）

deux euros
[døzøro]
n. 2 歐元
（2 €）

cinquante centimes
[sɛ̃kɑ̃t sɑ̃tim]
n. 0.5 歐元 ，50 分
（0.5 €）

vingt centimes
[vɛ̃ sɑ̃tim]
n. 0.2 歐元，20 分
（0.2 €）

dix centimes
[di sɑ̃tim]
n. 0.1 歐元，10 分
（0.1 €）

cinq centimes
[sɛ̃k sɑ̃tim]
n. 0.05 歐元，5 分
（0.05 €）

deux centimes
[dø sɑ̃tim]
n. 0.02 歐元，2 分
（0.02 €）

un centime
[œ̃ sɑ̃tim]
n. 0.01 歐元，1 分
（0.01 €）

● 紙鈔 les billets

cinq euros
[sɛ̃køro]
n. 5 歐元

dix euros
[dizøro]
n. 10 歐元

vingt euros
[vɛ̃øro]
n. 20 歐元

cinquante euros
[sɛ̃kɑ̃tøro]
n. 50 歐元

cent euros
[sɑ̃øro]
n. 100 歐元

deux cent euros
[dø sɑ̃zøro]
n. 200 歐元

cinq cent euros
[sɛ̃ sɑ̃zøro]
n. 500 歐元

歐元在日常生活中的用法

1. **Les pommes sont à trois euros cinquante le kilo.**
   蘋果一公斤 3.5 歐元。

2. **A : Combien est-ce que je vous dois ?** 我該付給您多少錢？
   B : Vous me devez cinq-cent-soixante-sept euros et vingt-neuf centimes. 您該付給我 5 百 67 歐元 29 生丁。

3. **A : Est-ce que vous auriez la gentillesse de me faire la monnaie sur un billet de cinquante euros ?**
   請問您可以幫我把 50 歐元紙鈔換成小額紙鈔及硬幣嗎？
   B : J'aurais besoin d'un billet de vingt euros, deux billets de dix euros, trois pièces de deux euros, trois pièces d'un euro et deux pièces de cinquante centimes, s'il vous plaît.
   我需要一張 20 歐元的紙幣、兩張 10 歐元的紙幣、三個 2 歐元的硬幣、三個 1 歐元的硬幣及兩個 50 生丁的硬幣，麻煩您了。

4. **Cette magnifique maison coûte un million trois.**
這棟豪宅值 130 萬。

5. **Je voudrais un timbre de soixante-seize centimes.**
我要買一張 76 生丁的郵票。

其他：1 百歐元以上的講法
cent euros 1 百歐元
deux-cents euros 2 百歐元
trois-cent-cinquante euros 3 百 50 歐元

mille euros 1 千歐元
deux-mille euros 2 千歐元
trois-mille-cinq cents euros 3 千 5 百歐元
trois-mille-cinq-cent-vingt euros 3 千 5 百 20 歐元

un million d'euros 1 百萬歐元
deux-millions d'euros 2 百萬歐元
deux-millions-trois-cent-quatre-vingt-mille d'euros 2 百 38 萬歐元

與提款的相關單字

1. **le retrait** [lə r(ə)trɛ] n. 提款
2. **le virement** [lə virmɑ̃] n. 轉帳
3. **le retrait rapide** [lə r(ə)trɛ rapid] n. 快速提款
4. **annuler** [anyle] v. 取消
5. **confirmer** [kɔ̃firme] v. 確認
6. **le montant** [lə mɔ̃tɑ̃] n. 金額
7. **autres opérations** [otr ɔperasjɔ̃] n. 其他服務
8. **le solde** [lə sɔld] n. 餘額查詢
9. **le compte courant** [lə kɔ̃t kurɑ̃] n. 存款帳戶
10. **la carte bancaire** [la kart bɑ̃kɛr] n. 金融卡
11. **la carte de crédit** [la kart də kredi] n. 信用卡

與使用提款機時相關的常見句子

1. **Insérez votre carte.** 請插入卡片。
2. **Composez votre code secret.** 請輸入密碼。
3. **Récupérez la carte.** 請取回卡片。
4. **Récupérez les billets.** 請領取現金。
5. **Continuez.** 繼續交易
6. **terminer la transaction** 結束交易
7. **imprimer le ticket** 印明細表
8. **Votre code est incorrect.** 您的密碼錯誤。
9. **Sélectionnez.** 請選擇服務項目。
10. **Validez.** 請確認。
11. **Choisissez le montant.** 請選擇提款金額。
12. **Minimum 5 euros, jusqu'à 500 euros.** 最少 5 歐，最多 500 歐。
13. **autre montant** 其他金額
14. **Reprenez votre carte pour obtenir vos billets.**
    請抽出您的卡後領取鈔票。
15. **Veuillez déposez vos billets.** 請放入您要存的金額。
16. **Voulez-vous un ticket?** 您想要收據嗎？
17. **Veuillez patienter, nous traitons votre opération.**
    請稍後，我們正在處理中。

你知道嗎？

在法國如何使用銀行卡呢？

在法國幾乎人手一卡的**藍卡** la carte bleue [la kart blø]，也稱為**銀行卡** la carte bancaire [la kart bɑ̃kɛr] 或**現金卡** la carte de paiement [la kart də pɛmɑ̃]，其實一直被誤認為是**信用卡** la carte de credit [la kart də kredi]，那 la carte de debit [la kart də debi] 與 la carte de crédit 到底有什麼差別呢？

● 銀行卡 la carte de débit（可分為三種）

當我們到銀行開戶時，理專就會提供一張藍卡，可以讓你存入現金、提領現金、線上繳款，以及到任何有刷卡機的商店或機構使用，年費的計算是以藍卡的功能而定，一般來說，學生都能享有優惠。以下是 3 種銀行卡 la carte de débit。

1. Carte de débit à autorisation systématique

存戶的戶頭一旦存款不足時，銀行就會中止所有藍卡的付費權限。

2. Carte à débit immédiat 日付式

消費金額會在 24-48 小時內從戶頭扣除，所以消費者要時時注意戶頭的剩餘金額。

3. Carte à débit différé 月付式

整個月的消費金額於月底或月初特定的一天從戶頭中扣除，這讓花費較大的消費者可以不用每天擔心透支的問題，只需在扣款日前確定戶頭中有足夠的金額即可。這種月付式的銀行卡，與信用卡的功能很像，有預付的功能。

Si vous demandez à la banque **une carte de débit à autorisation systématique**, vous ne risquez jamais d'être à découvert.
如果您跟銀行申請一張限額的銀行卡，您絕不會有透支的情況。

● 信用卡 la carte de crédit

一般來說，信用卡不是只由銀行發放，借貸公司 les sociétés de crédit [le sɔsjete də kredi] 或大型的商店（如拉法葉百貨公司或家樂福）都能提供信用卡。通常開戶時會存入一筆金額，但消費超過戶頭裡的金額時，得在期限內補足，不然就會被要求支付附加利息。不過這類戶頭與 la carte de débit 的戶頭還是不同，信用卡的戶頭功能不如銀行卡的，除了不得申請支票，也沒有轉帳付費（例如水電費或電話費）的功能。

Il y a de plus en plus de grands magasins qui proposent leur propre **carte de crédit** aux clients.
現在有越來越多的大賣場提供顧客申辦信用卡。

02 存款與保險 les placements financiers et l'assurance

活期儲蓄（l'épargne accessible à tout moment）有哪些？

法國人對於理財的觀念不是盲目地「存錢」，而是善用金錢。一個家庭對於薪資的規劃是很謹慎的，雖然法國的薪資高，但因為消費者物價指數高，再加上各類的稅金也高，所以中等收入階級的法國人的儲蓄能力並不高。除了現金儲蓄之外，法國人也熱中投資房地產，其次為股票及人壽保險。

法國的活期存款：以下四個活期存款的利息所得都無須繳納所得稅。

- **le livret A** [lə livrɛ a]

無論是本國人或外國人都可以申辦，沒有年齡上的限制，年滿 16 歲並得到監護人的同意就可以使用戶頭存款。但必須年滿 18 歲才能擁有這個戶頭的自主使用權。這個戶頭的利率是由政府決定，存款上限為 22,950 歐元，目前年利率為 0.75%。

- **le livret de développement durable et solidaire（也稱 LDDS）**
  [lə livrɛ də devlɔpmɑ̃ dyrabl e sɔlidɛr]

申辦對象為稅居地在法國的成年人，或者是與父母分開報稅的未成年人，年利率與 le livret A 一樣同為 0.75%，存款上限為 12,000 歐元。

- **le livret épargne populaire（也稱 LEP）** [lə livrɛ eparɲ pɔpylɛr]

這個戶頭主要是提供給收入較低的人申辦，條件為申辦人的稅居地必須在法國，且年收入必須少於政府規定的額度。因此每年都必須提供前一年的所得稅單給銀行，如果不符合條件時即無法申辦。年利率通常會比 le livret A 多 0.5%，目前為 1.25%，存款上限為 7,700 歐元。

- **le livret jeune** [lə livrɛ ʒœn]

申辦對象為居住在法國、年齡介於 12-25 歲的人。年滿 16 歲並得到監護人同意就可以使用戶頭存款，但必須年滿 18 歲才能擁有這個戶頭的自主使用權。此戶頭的利率由各家銀行自行決定，但不得低於 le livret A 的年利率 0.75%，存款上限為 1,600 歐元。

大部分法國家庭的理財方式，第一目標通常是以長期貸款方式購買屬於自己的房子。扣除每個月的開支與房屋貸款後，如果還有多餘的錢，會先考慮把以上的存款戶頭先填滿，因為這些活期存款不但不用付利息所得，而且可以隨時提領。但必須注意的是，以上四個儲蓄戶頭，一個人只能申辦一個，不能在不同銀行多次申辦。

J'ai souscrit un **livret A** pour ma fille dès sa naissance.
我女兒一出生，我就幫她開了 livret A 的儲蓄戶頭。

l'assurance vie（人壽保險）et l'assurance décès（死亡險）有什麼不同？

l'assurance décès [lasyrɑ̃s desɛ]（死亡險）是個**純保險的產品**，保險人可於簽約時即存入一筆金額當本金，或選擇每月存入，並指定保險人死亡後的受益人。除非保險人決定解約，否則無法動用死亡險的資金。一般來說，簽訂死亡險的年齡上限為 65 歲生日前。

至於 **l'assurance vie** [lasyrɑ̃s vi]（人壽保險）則比較類似一般**投資獲利的產品**，保險人可以自由運用人壽保險的資金，在保期結束後，可以領回所有的資金。如果保險人在保期內身亡，將由指定的受益人領回。人壽保險則無簽定年齡的上限，但保險業者還是可以拒絕「高齡」的保險人（例如 85 歲）。

以目的來說，死亡險是為了保護受益人的保險，而人壽保險主要還是以賺取利息為主要目標，兩者的共同優點為在保險人死亡時，在政府規定的金額內，受益人可以不用給付遺產稅。

Il faudrait vous renseigner auprès de votre conseiller avant de souscrire à une **assurance vie**.
您一定要先問清楚理專的意見後，再來選購人壽保險。

◆◆◆ Chapitre2

La poste 郵局

1. **le bureau de poste** [lə byro də pɔst] n. 郵局
2. **le guichet** [lə giʃɛ] n. 服務窗口
3. **l'automate** [lɔtɔmat] n. 售票機
4. **le client** [lə klijɑ̃] n. 客戶

❺ **la boîte aux lettres**
[la bwato lɛtr] n. 信件投入處

❻ **l'entrée** [lɑ̃tre] n. 入口

你知道嗎？

在法國如何寄包裹呢？

法國郵局提供兩種郵寄包裹的服務，一個稱作 **lettre suivie** [lɛtr sɥivi]，用來郵寄「比較小的包裹」；另一個稱作 **Colissimo** [kɔlisimɔ] 或 **Chronopost** [kronopɔst]，郵寄重達 30 公斤的大包裹。

凡是要郵寄重要文件或**小包 le paquet** [lə pakɛ]，可以用牛皮紙將盒子包裝起來或是用厚信封袋包裝，但郵寄物的厚度不得超過三公分，重量不得超過三公斤（法國境內）、或兩公斤（歐盟國家或其他國家）。選擇 lettre suivie 是比較划算的方式，如果擔心規格不符合，郵局裡可以買到現成的包裝信封，直接把郵寄物放進信封中即可。一般來說，在法國境內的運輸時間為 48 小時可到。

至於要郵寄比較大或比較重的**包裹 le colis** [lə kɔli]，就只能選擇 Colissimo 或 Chronopost，這兩者最大的區別在於，後者的郵寄時間較短。以法國境內來說，前者需要 48 小時，後者只需要 24 小時，但後者的價錢較為昂貴。法國郵局提供各式包裝紙箱，有的包含在運費中，但也可以只單買紙箱（2018 年起，一個紙箱為兩歐元），這類紙箱非常方便，且不用擔心因為規格不符而遭退件，尤其在運送大型物品時。

現在在法國利用郵局的自動售票機就可以郵寄各式小型包裹，不用再到櫃台花時間大排長龍。

Je peux suivre l'acheminement de mon colis envoyé par le Colissimo.
我可以查看經由 Colissimo 運送的包裹之行經路線。

在郵局常見的東西有哪些？法文怎麼說？

Part5_03-B

les enveloppes pré-affranchies
[lezɑ̃vlɔp preafrɑ̃ʃi]
n. 已付郵資的信封

l'enveloppe
[lɑ̃vlɔp]
n. 信封

le carton
[lə kartɔ̃]
n. 箱子

les ciseaux
[le sizo]
n. 剪刀

le scotch
[lə skɔtʃ]
n. 膠帶

la colle
[la kɔl]
n. 膠水

la balance
[la balɑ̃s]
n. 磅秤

la boîte postale
[la bwat pɔstal]
n. 郵政信箱

la boîte aux lettres
[la bwato lɛtr]
n. 郵筒

◆ Tips ◆

慣用語小常識：郵件篇

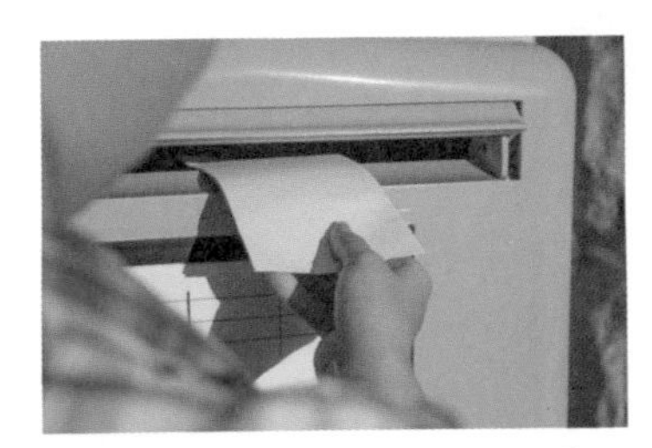

passser comme une lettre à la poste
「像到郵局寄信」？

這個動詞片語源自 19 世紀，原意是指 ㊉ 一個食物非常順口、很容易消化，之後引申為一件事情進展得非常順利或很容易被接受。這裡是比喻嘴巴吞嚥食物，就如郵筒「吞」信一樣非常簡單、輕而易舉。

Ces huîtres sont délicieuses, elles passent comme une lettre à la poste.
這些生蠔太美味了，吃起來非常順口。

J'ai dit à mes parents que j'allais réviser avec Marie, et c'est passé comme une lettre à la poste.
我跟我爸媽說我要跟瑪麗一起複習功課，事情進行得非常順利。

在郵局會做什麼呢？

◆◆◆ 01 郵寄、領取信件 envoyer/retirer une lettre

La Poste（法國郵政）於 2006 年 1 月 1 日起改名為 La Banque Postale（法國郵政銀行），除了郵務之外，同時也可辦理銀行業務，所以就分成辦理郵務及辦理銀行業務這兩個部門。在郵政部門，主要的業務為郵寄或領取信件包裹、販賣所有相關的產品，包括已付郵資之信封、包裹、郵票、明信片等。

常做的事有哪些？

Part5_04

retirer un colis
[r(ə)tire œ̃ kɔli]
ph. 領包裹

envoyer un colis
[ɑ̃vwaje œ̃ kɔli]
ph. 郵寄包裹

faire un colis
[fɛr œ̃ kɔli]
ph. 打包包裹

envoyer une lettre recommandée
[ɑ̃vwaje yn lɛtr rəkɔmɑ̃de]
ph. 寄掛號信

retirer une lettre recommandée
[r(ə)tire yn lɛtr rəkɔmɑ̃de]
ph. 領掛號郵件

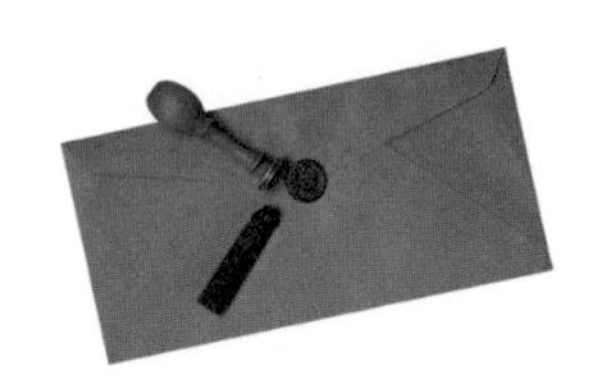

cacheter une lettre
[kaʃte yn lɛtr]
ph. 密封信件

Tips

郵件種類 les différents tarifs postaux

法國境內的信件可分為一般信件 la lettre [la lɛtr]、掛號信件 la lettre recommandée [la lɛtr rəkɔmɑ̃de]、可追蹤信件 la lettre suivie [la lɛtr sɥivi]。

一般信件

一般信件又可分為 la lettre prioritaire [la lɛtr prijɔritɛr]（一天內可到達）、la lettre verte [la lɛtr vɛrt]（兩天內可到達）與 la lettre économique [la lɛtr ekɔnɔmik]（四天內可到達）。

由於每年的郵資會漲，為了省去更改郵票面值的麻煩，法國郵局將一般信件中的第一種設定為紅色郵票；第二種為綠色郵票；第三種為灰色郵票，這三種顏色的郵票沒有面值，稱之為**郵寄郵票 les timbres d'affranchissement** [le tɛ̃br dafrɑ̃ʃismɑ̃]。另外一種稱為**補值郵票 les timbres de complément** [le tɛ̃br də kɔ̃plemɑ̃]，當郵資不夠時就必須使用補值郵票。

掛號信件

掛號信件可分為**單掛號 la lettre recommandée sans avis de réception** [la lɛtr rəkɔmɑ̃de sɑ̃ avi də resɛpsjɔ̃] 與**雙掛號 la lettre recommandée avec avis de réception** [la lɛtr avɛk avi də resɛpsjɔ̃]。這類信件具有法律效力，可以證明信件寄出時間，另外收信人必須簽收，若有遺失或損壞可請求郵局賠償。當寄件人用雙掛號時，收件人簽收信件後，郵局就會通知寄信人。

可追蹤信件

用於郵寄重要文件及小件包裹。以信件來說，雖然郵資比一般信件貴，但可利用郵局網站追蹤信件，確保信件的去處。另一個優點則是可以郵寄小包裹，郵資比 Colissimo 來得便宜。另外，一般來說，可追蹤信件在法國境內的郵遞時間為 48 小時內送達。

Est-ce que je pourrais envoyer un CD en lettre suivie ?
請問我可以用可追蹤信件郵寄一片 CD 嗎？

Quand nous voulons résilier un contrat avec un opérateur téléphonique, il faut envoyer une lettre de résiliation en lettre recommandée.
當我們想要與電信公司解約時，一定得用掛號信通知。

◆◆◆ 02 購買信封 acheter des enveloppes

在郵局可以買到哪些商品呢？

Part5_05

l'enveloppe
[lɑ̃vlɔp]
n. 信封

la carte postale
[la kart pɔstal]
n. 明信片

le timbre
[lə tɛ̃br]
n. 郵票

le carton
[lə kartɔ̃]
n. 紙箱

le chèque cadeau postal
[lə ʃɛk kado pɔstal]
n. 郵政禮券

l'enveloppe affranchie
[lɑ̃vlɔp afrɑ̃ʃi a sɔ̃ nɔ̃ e adrɛs]
n. 回郵信封

信封書寫方式

法國常用的標準橫式信封有兩種格式：114mm×162mm 或是 110mm×220mm，其餘較大格式的信封是以 A4 紙的大小為基準，主要是方便信紙的折疊。

● 信封正面中間略偏右 ❶：

填寫收件人 le destinataire [lə dɛstinatɛr] 的姓名和地址，書寫標準順序為 ❷「收件人姓名」、❸～❺「收件人地址」，而地址的標準寫法需「由小到大」排列，先從 ❸「門牌號碼、弄、巷、路或街道名」以及 ❹ 郵遞區號 le code postal [lə kɔd pɔstal] +「鄉鎮區」或「城市」，最後是 ❺「國名」。

● 信封背面上方 ❻：

填寫寄件人 l'expéditeur [lɛkspeditœr] 的姓名和地址，書寫標準順序為 ❼「寄件人姓名」、❽～⓫「寄件人地址」。地址的標準寫法與收件人地址的寫法一樣，需「由小到大」排列，先從 ❽「門牌號碼、弄、巷、路或街道名」、

⑨ 郵遞區號 le code postal [lə kɔd pɔstal] +「鄉鎮區」或「城市」，最後是 ⑩「國名」。

● **信封正面右上角 ⑪：**郵票 le timbre [lə tɛ̃br]

● **郵遞區號 le code postal**

法國信封上的郵遞區號總共會有 5 碼，前兩碼是表示省的編號，後三碼的定義較廣泛，各個區域不盡相同。比如法國里昂所在的省分「Auvergne-Rhone-Alpes」，省的區號為 69，其首府 Lyon 市內各個區域的郵遞區號就以 69 開頭，里昂一區為 69001，二區為 69002，以此類推。

明信片地址資訊書寫方式

明信片地址書寫的方式與信封書寫方式一樣，都是「由小到大」的排序，但因為明信片的空間有限，所以大多**只有填寫收件人 le destinataire** [lə dɛstinatɛr] **的姓名和地址**而已，而**不填寫寄件人 l'expéditeur** [lɛkspeditœr] **的部分**。如果非要填寫，那就會使用信封，把明信片當作信件來寄，郵資會比直接寄明信片貴一些，但至少不會造成混淆。

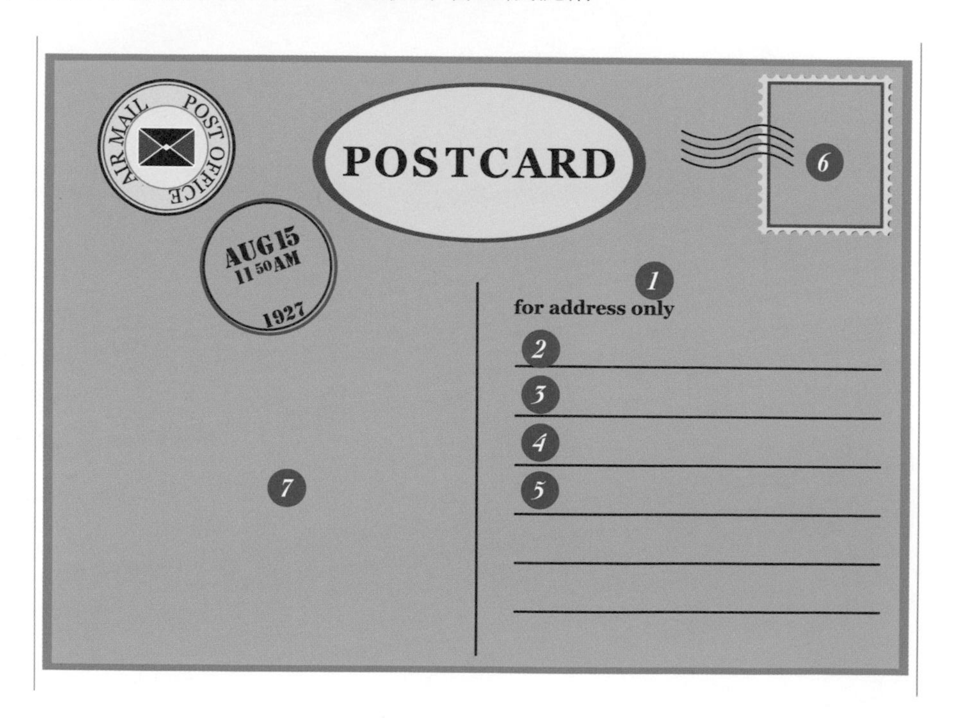

● 右下角 ❶：

填寫收件人 le destinataire 的姓名和地址，書寫標準順序為 ❷「收件人姓名」、❸～❺「收件人地址」。地址的標準寫法需「由小到大」排列，即 ❸「門牌號碼、弄、巷、路或街道名」、❹ 郵遞區號 le code postal [lə kɔd pɔstal] +「鄉鎮區」或「城市」以及 ❺「國名」。

● 右上角 ❻：郵票 le timbre [lə tɛ̃br]

● 左邊空白處 ❼：書信內容 le contenu [lə kɔ̃tny]

◆◆◆ Chapitre3

Les opérateurs téléphoniques 通訊行

這些應該怎麼說？

Part5_06-A

❶ **les opérateurs téléphoniques** [lezɔperatœr telefɔnik] n. 通訊行
❷ **le guichet** [lə giʃɛ] n. 櫃台
❸ **le conseiller de vente** [lə kɔ̃seje də vɑ̃t] n. 服務人員
❹ **le client** [lə klijɑ̃] n. 客戶
❺ **le présentoir** [lə prezɑ̃twar] n. 商品展示區

6. **le téléphone mobile** [lə telefɔn mɔbil] n. 手機
7. **la tablette** [la tablɛt] n. 平板
8. **la publicité** [la pyblisite] n. 廣告
9. **l'accessoire** [laksɛswar] n. 配件

在服務櫃檯，常見的東西有哪些？法文怎麼說？

Part5_06-B

le téléphone mobile
[lə telefɔn mɔbil]
n. 手機

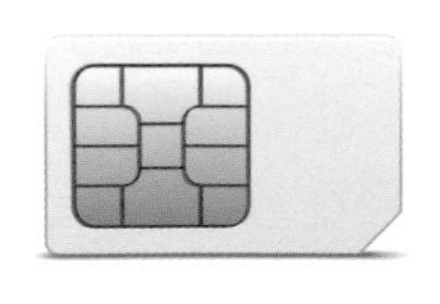

la carte sim
[la kart sim]
n. 手機 sim 卡

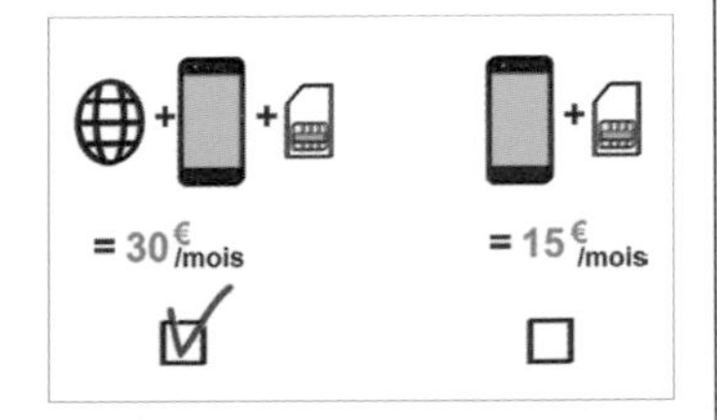

le forfait
[lə fɔrfɛ]
n. 手機方案

la brochure tarifaire
[la brɔʃyr tarifɛr]
n. 費率介紹

le contrat
[lə kɔ̃tra]
n. 合約

※ 補充：

1. **le reçu** n. 收據
2. **la facture de téléphone** n. 電話費繳費單
3. **la carte de réseau** n. 網路卡
4. **la coque** n. 保護外殼
5. **la carte microSD** n. 記憶卡

◆ Tips ◆

生活小常識：手機篇

（移動）電信公司 un opérateur de réseau mobile [œ̃nɔperatœr də rezo mɔbil] 提供的主要服務包含手機通訊及手機上網，藉由安裝在手機裡的 SIM 卡 la carte sim，進入電信公司的無線通訊網。

目前法國的通訊市場主要由四大電信公司所佔，依照市場佔有率依序為 Orange、SFR、Bouygues Télécom 及 Free Mobile，另外還有一小部分的市場歸行動虛擬營運公司 un opérateur de réseau mobile virtuel [œ̃nɔperatœr də rezo mɔbil virtɥɛl] 所有，這些公司沒有無線網路的基礎設施，但他們與傳統電信公司合作，而發展出自己的無線服務，目標在於提供更為廉價的月租費用。

在通訊行會做什麼呢？

01 申辦手機、網路 souscrire à un forfait mobile

通訊行提供各式手機門號的申辦以及優惠方案，除此之外，還可申辦網路及無線電視節目。

Part5_07

常做的事有哪些？

1. **souscrire à un forfait mobile** [suskrir a œ̃ fɔrfɛ mɔbil] ph. 申辦門號
2. **souscrire à un forfait internet** [suskrir a œ̃ fɔrfɛ ɛ̃tɛrnɛt] ph. 申辦網路
3. **renouveler le contrat** [rənuvle lə kɔ̃tra] ph. 續約
4. **acheter une carte sim** [aʃte yn kart sim] ph. 購買 sim 卡

5. **acheter une carte de réseau** [aʃte yn kart də rezo] ph. 購買網路卡
6. **présenter les tarifs** [prezɑ̃te le tarif] ph. 介紹費率
7. **payer la facture** [peje la faktyr] ph. 繳（手機）帳單
8. **résilier le contrat** [rezilje lə kɔ̃tra] ph. 解約
9. **changer d'opérateur** [ʃɑ̃ʒe dɔperatœr] ph. 攜碼換新電信公司
10. **acheter un téléphone mobile** [aʃte œ̃ telefɔn mɔbil] ph. 買空機；買新手機
11. **démonter un téléphone portable** [demɔ̃te œ̃ telefɔn pɔrtabl] ph. 把手機拆開
12. **assembler un téléphone portable** [asɑ̃ble œ̃ telefɔn pɔrtabl] ph. 把手機組裝起來
13. **mettre la carte sim** [mɛtr la kart sim] ph. 裝 sim 卡
14. **activer le service internet** [aktive lə sɛrvis ɛ̃tɛrnɛt] ph. 開啟網路
15. **entrer le code pin** [ɑ̃tre lə kɔd pin] ph. 輸入 pin 碼
16. **déverrouiller** [deveruje] ph. 解鎖
17. **allumer** [alyme] v. 開機
18. **éteindre** [etɛ̃dr] v. 關機

申辦手機時的其他需知

1. **l'opérateur téléphonique** [lɔperatœr telefɔnik] n. 電信公司
2. **les frais du forfait** [le frɛ dy fɔrfɛ] n. 月租費
3. **les frais de la communication téléphonique** [le frɛ də la kɔmynikasjɔ̃ telefɔnik] n. 通話費
4. **les frais du service internet** [le frɛ dy sɛrvis ɛ̃tɛrnɛt] n. 網路費
5. **les dommages-intérêts** [le dɔmaʒɛ̃terɛ] n. 違約金
6. **le délai de paiement** [lə delɛ də pɛmɑ̃] n. 繳費截止日期
7. **l'appel local** [lapɛl lɔkal] phr. 打市話
8. **l'offre** [lɔfr] n. 優惠價
9. **La résiliation est effectuée.** phr. 手機被停話；手機解約。
10. **La portabilité est effectuée.** phr. 手機被復話。

手機門號方案的種類（les différents forfaits）

法國四大通訊公司所提供的**手機月租方案 les forfaits mobiles** [le fɔrfɛ mɔbil]，因為競爭非常激烈，於是各家所提供的方案有很多相似點，如 **des appels illimités** [dezapɛl ilimite]（不限次數打法國境內、海外省份及歐盟國的市話與手機）、**des textos illimités** [de tɛksto ilimite]（簡訊吃到飽）等。但要特別注意的是，當我們拿著在法國申辦的手機到歐盟國家以外的國家時，**撥打或接聽電話及傳送或接收簡訊時則要另外付費**，這些方案中差別最大的地方是**上網計量數**，因此在申辦時可以貨比三家，找到最實際優惠的方案。

申請門號的方法

必須先備有身分證、居住證明、銀行帳號等資料，再選擇前往某一電信公司門市。可在門市裡購買手機，或自備手機再選擇適合的月租方案，在購買 SIM 卡（約 5-10 歐元）後即可擁有電話號碼。若是到法國旅行的遊客，可在電信公司門市或在超級市場購買**預付卡 la carte prépayée** [la kart prepeje]，雖然有許多的月租方案**不用綁約 sans engagement** [sɑ̃ ɑ̃gaʒmɑ̃]，隨時都可以解約，但必須要有在法國的居住證明及銀行帳戶才能申請，所以遊客無法辦理手機月租方案。

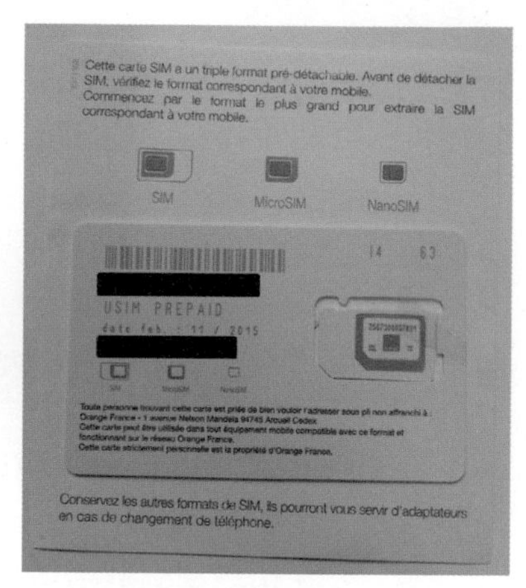

▲ 預付卡 la carte prépayée

目前法國的電信市場競爭非常激烈，消費者可以任意更換手機方案，卻無須付違約金，唯一需要注意的是，每間電信公司在法國每一個城市的網路速度不同，因此除了費用的因素之外，網路速度也是消費者選擇電信公司的另一個考量。

Les forfaits avec engagement sont généralement fournis avec un téléphone à un prix préférentiel, alors que **les forfaits sans engagement** sont généralement sans téléphone.
綁約的手機方案通常會提供優惠價格的手機，沒綁約的手機方案則沒有。

02 了解手機功能

手機的基本功能，法文怎麼說？

l'écran [lekrɑ̃] n. 手機（或平板）螢幕
la touche [la tuʃ] n. 按鍵
la touche verte [la tuʃ vɛrt] n. 通話鍵
la touche étoile [la tuʃ etwal] n. 米字鍵
la touche dièse [la tuʃ djɛz] n. 井字鍵
le clavier [lə klavje] n. 數字鍵
la boîte vocale [la bwat vɔkal] n. 語音信箱
la batterie [la batri] n. 電池
l'appel video [lapɛl video] n. 視訊通話
la prise écouteur [la priz ekutœr] n. 耳機插孔
le mode avion [lə mɔd avjɔ̃] ph. 飛航模式

操作手機的基本功能時，法文會怎麼說？

téléphoner avec le portable
[telefɔne avɛk lə pɔrtabl] ph. 用手機打電話
raccrocher [rakrɔʃe] v. 把手機掛掉
envoyer un SMS [ɑ̃vwaje œ̃ sms] ph. 傳簡訊
écrire un SMS sur le portable
[ekrir œ̃ sms syr lə pɔrtabl] ph. 在手機上打字
charger [ʃarʒe] v. 充電
composer un numéro [kɔ̃poze œ̃ nymero] ph. 撥打電話號碼
sauvegarder[sovgarde] v. 儲存
sauvegarder un numéro de téléphone [sovgarde œ̃ nymero də telefɔn] ph. 儲存電話號碼
mettre le réveil [mɛtr lə revɛj] ph. 設定鬧鐘
choisir la sonnerie [ʃwazir la sɔnri] ph. 選擇鈴聲

sonner [sɔne] v. （手機）響
changer la sonnerie [ʃɑ̃ʒe la sɔnri] ph. 換鈴聲
régler le volume [regle lə vɔlym] ph. 調鈴聲音量
en mode vibreur / sonnerie / muet [ɑ̃ mɔd vibrœr sɔnri mɥɛ] ph. 震動／鈴聲／靜音模式
mettre le haut-parleur [mɛtr lə oparlœr] ph. 開擴音
éteindre [etɛ̃dr] v. 關機
retourner au menu principal [rəturne o məny prɛ̃sipal] ph. 回主畫面
retourner à la page précédente [rəturne a la paʒ presedɑ̃t] ph. 回上一頁
effacer [efase] v. 刪除
à la recherche de WIFI [a la r(ə)ʃɛrʃ də wifi] ph. 搜尋 WIFI
ne pas arriver à se connecter à internet [n(ə) pa arive a sə kɔnɛkte a ɛ̃tɛrnɛt] ph. 連不上網路
télécharger des applications [teleʃarʒe dezaplikasjɔ̃] ph. 下載應用程式 APP

PARTIE VI

Faire les courses 購物

◆◆◆ Chapitre 1

Le supermarché & le marché traditionnel 超市、傳統市集

這些應該怎麼說？

Part6_01-A

超級市場 le supermarché

1. **l'épicerie** [lepisri] n.（食品）雜貨
2. **le rayon** [lə rɛjɔ̃] n. 商品架
3. **l'allée** [lale] n. 走道
4. **la palette de manutention** [la palɛt də manytɑ̃sjɔ̃] n. 棧板
5. **le caissier** [lə kɛsje] n. 收銀員（男）
   la caissière [la kɛsjɛr] n. 收銀員（女）
6. **la caisse** [la kɛs] n. 收銀台
7. **le présentoir** [lə prezɑ̃twar] n. 展示架
8. **le tapis roulant** [lə tapi rulɑ̃] n. 輸送帶

衍 **la caisse enregistreuse** [la kɛs ɑ̃rʒistrœz] n. 櫃台裝錢的抽屜

9 le panier [lə panje] 購物籃
衍 **le sac de courses** [lə sak də kurs] n. 購物袋

10 l'entrée [lɑ̃tre] n. 出入口

11 la publicité [la pyblisite] n. 廣告看板

12 la promotion [la prɔmosjɔ̃] n. 特價

傳統市集 le marché traditionnel

1. **le marchand** [lə marʃɑ̃] n. 攤販
2. **le marchand de poisson** [lə marʃɑ̃ də pwasɔn] n. 魚攤；魚攤老闆
3. **le marchand de poulet** [lə marʃɑ̃ də pulɛ] n. 雞肉攤
4. **le marchand de légumes** [lə marʃɑ̃ də legym] n. 蔬菜攤；蔬菜攤老闆
5. **le marchand de fruits** [lə marʃɑ̃ də frɥi] n. 水果攤；水果攤老闆
6. **le marchand de plats préparés** [lə marʃɑ̃ də pla prepare] n. 熟食攤；熟食攤老闆
7. **le marchand de fromage** [lə marʃɑ̃ də frɔmaʒ] n. 起士攤；起士攤老闆
8. **le bouquiniste** [lə bukinist] n. 二手書攤；二手書攤老闆

超市常見的東西，還有哪些呢？

Part6_01-B

le chariot [lə ʃarjo] n. 購物車

la carte de fidélité [la kart də fidelite] n. 會員卡

le code barre [lə kɔd bar] n. 條碼

le scanner [lə skanɛr] n. 條碼掃描器

le bon de réduction
[lə bɔ̃ də redyksjɔ̃]
n. 折價券

le ticket de caisse
[lə tikɛ də kɛs]
n. 收據

les produits à tester
[le prɔdɥi a tɛste]
n. 免費試吃品

la nourriture emballée en libre service
[la nurityr ɑ̃bale ɑ̃ libr sɛrvis]
n. 包裝食品

◆ Tips ◆

慣用語小常識：市場篇

bon marché
「好市場」是什麼意思呢？

此詞彙整個當做形容詞來看，意思是「便宜的」、「價格不貴的」。

Mes nouvelles chaussures sont vraiment bon marché, je les ai achetées hier en ligne.
我的新鞋非常便宜，我昨天在網上買的

常用的句子：

1. **Je voudrais acheter trois cents grammes de pommes de terre.** 我想要 300 克的馬鈴薯。
2. **Combien vendez-vous vos huîtres?** 你們蛤蠣怎麼賣？
3. **Voici votre fromage.** 這是您的起士。
4. **Veuillez payer par ici.** 請在這邊結帳。
5. **Voici votre monnaie et votre ticket de caisse.**
   這是您的零錢和收據。
6. **Voulez-vous un sac ?** 您想要一個袋子嗎？
7. **Je suis désolé(e), on est en rupture de stock pour cet article.** 對不起，我們沒貨了。

在超市會做什麼呢？

01 挑選食材 choisir des ingrédients

這些在超市或傳統市集常見的食材，要怎麼用法文說呢？

● 蔬菜類 les légumes

1. **le cornichon** [lə kɔrniʃɔ̃] n. （醃漬用）小黃瓜
2. **le poivron rouge** [lə pwavrɔ̃ ruʒ] n. 紅椒
3. **le concombre** [lə kɔ̃kɔ̃br] n. （小）黃瓜
4. **le piment rouge** [lə pimɑ̃ ruʒ] n. 紅辣椒
5. **le poivron jaune** [lə pwavrɔ̃ ʒon] n. 黃椒
6. **l'oignon** [lɔɲɔ̃] n. 洋蔥
7. **la pomme de terre** [la pɔm də tɛr] n. 馬鈴薯
8. **la carotte** [la karɔt] n. 胡蘿蔔
9. **le chou-fleur** [lə ʃuflœr] n. 白花椰
10. **le chou chinois** [lə ʃu ʃinwa] n. 大白菜

11. **la tomate** [la tɔmat] n. 番茄
12. **le piment vert** [lə pimɑ̃ vɛr] n. 綠辣椒
13. **le poivron vert** [lə pwavrɔ̃ vɛr] n. 青椒
14. **la tomate cerise** [la tɔmat s(ə)riz] n. 小番茄
15. **la laitue** [la lɛty] n. 萵苣
16. **le chou** [lə ʃu] n. 包心菜
17. **le petit pois** [lə pəti pwa] n. 豌豆
18. **l'avocat** [lavɔka] n. 酪梨
19. **la coriandre** [la kɔrjɑ̃dr] n. 香菜
20. **le brocoli** [lə brɔkɔli] n. 綠花椰菜

21. **l'aubergine** [lobɛrʒin] n. 茄子

22. **les poids gourmand** [le pwa gurmɑ̃] n. 荷蘭豆

23. **le navet** [lə navɛ] n. 白蘿蔔

24. **le champignon** [lə ʃɑ̃piɲɔ̃] n. 蘑菇

25. **le maïs** [lə mais] n. 玉米

26. **la ciboule** [la sibul] n. 青蔥

27. **le céleri** [lə sɛlri] n. 芹菜

28. **la rhubarbe** [la rybarb] n. 大黃屬

29. **la patate douce** [la patat dus] n. 地瓜

30. **l'olive** [lɔliv] n. 橄欖

31. **la courge** [la kurʒ] n. 南瓜

32. **les haricots** [le ariko] n. 豆子

你知道「甘藍」的法文嗎？只要在這個法文字的後面，加上另一個單字，就會變成另一種蔬菜囉！

le chou [lə ʃu]（甘藍）是種十字花科食物，源自於歐洲東南地區，有多個變種，例如 le chou Romanesco [lə ʃu rɔmanɛsko]（寶塔花菜）、le chou frisé [lə ʃu frize]（捲心菜）、le chou rouge [lə ʃu ruʒ]（紫甘藍）、le chou blanc [lə ʃu blɑ̃]（白包心菜）、le chou de Bruxelles [lə ʃu də bruksɛl]（孢子甘藍）、le (chou) broccoli [lə ʃu brɔkɔli]（綠花椰）、le chou-fleur [lə ʃuflœr]（花椰菜）、le chou chinois [lə ʃu ʃinwa]。雖然以上蔬菜都是源於同一科的植物，但是風味大不同，搭配肉類或海鮮都非常適宜，加上低卡路里、多纖維與防癌的功能，是法國人在冬天時最常食用的蔬菜類。

● 水果類 les fruits

1. **le fruit de la passion** [lə frɥi də la pasjɔ̃] n. 百香果
2. **l'orange** [lɔrɑ̃ʒ] n. 柳丁
3. **le pamplemousse** [lə pɑ̃pləmus] n. 葡萄柚
4. **la mandarine** [la mɑ̃darin] n. 橘子
5. **la pomme** [la pɔm] n. 蘋果
6. **la myrtille** [la mirtij] n. 藍莓
7. **la mûre** [la myr] n. 桑椹
8. **la noix de coco** [la nwa də kɔko] n. 椰子

9. **la cerise** [la s(ə)riz] n. 櫻桃
10. **la fraise** [la frɛz] n. 草莓
11. **le kiwi** [lə kiwi] n. 奇異果
12. **la banane** [la banan] n. 香蕉
13. **la mangue** [la mɑ̃g] n. 芒果
14. **la papaye** [la papaj] n. 木瓜
15. **le durian** [lə dyrjɑ̃] n. 榴連
16. **le pomelo** [lə pɔmelo] n. 柚子
17. **la goyave** [la gɔjav] n. 芭樂
18. **l'anone** [lanɔn] n. 釋迦
19. **l'ananas** [lanana(s)] n. 鳳梨
20. **les raisins** [le rɛzɛ̃] n. 葡萄

21. **le melon** [lə m(ə)lɔ̃] n. 哈蜜瓜

22. **le fruit du dragon** [lə frɥi dy dragɔ̃] n. 火龍果

23. **le nashi** [lə naʃi] n. 水梨

24. **la pêche** [la pɛʃ] n. 桃子

25. **le citron vert** [lə sitrɔ̃ vɛr] n. 萊姆

26. **la prune** [la pryn] n. 李子

27. **la pastèque** [la pastɛk] n. 西瓜

28. **la poire** [la pwar] n. 西洋梨

● 肉類 les viandes

le bœuf	**le porc**	**le canard**	**le poulet**
[lə bœf]	[lə pɔr]	[lə kanar]	[lə pulɛ]
n. 牛肉	n. 豬肉	n. 鴨肉	n. 雞肉

l'agneau
[laɲo]
n. 羊肉

la dinde
[la dɛ̃d]
n. 火雞肉

le carré de côtes
[lə kare də kot]
n. 肋排

le filet
[lə filɛ]
n. 里肌肉

la poitrine
[la pwatrin]
n. 五花肉

le bifteck
[lə biftɛk]
n. 牛排

la côtelette de porc
[la kotlɛt də pɔr]
n. 豬排

l'échine
[leʃin]
n. 梅花肉

le jambon
[lə ʒɑ̃bɔ̃]
n. 火腿

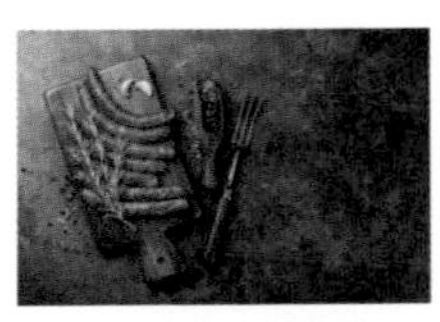

la saucisse
[la sosis]
n. 香腸

le lard
[lə lar]
n. 培根

les ailes de poulet
[lezɛl də pulɛ]
n. 雞翅

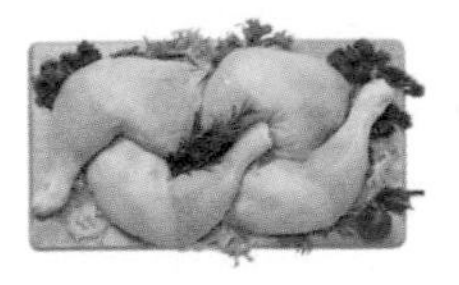

la cuisse de poulet
[la kɥis də pulɛ]
n. 雞大腿

le pilon de poulet
[lə pilɔ̃ də pulɛ]
n. 棒棒腿

le blanc de poulet
[la blɑ̃ də pulɛ]
n. 雞胸肉

la viande hachée
[la vjɑ̃d aʃe]
絞肉

● 海鮮 les fruits de mer

1. **le maquereau** [lə makro] n. 鯖魚
2. **le saumon** [lə somɔ̃] n. 鮭魚
3. **la crevette** [la krəvɛt] n. 蝦子
4. **l'huître** [lɥitr] n. 牡蠣；蠔
5. **les pinces de crabe** [le pɛ̃s də krab] n. 蟹足

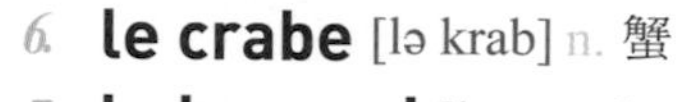

6. **le crabe** [lə krab] n. 蟹
7. **le homard** [lə ɔmar] n. 龍蝦
8. **la langoustine** [la lɑ̃gustin] n. 螯蝦
9. **le chinchard** [lə ʃɛ̃ʃar] n. 竹筴魚
10. **le poulpe** [lə pulp] n. 章魚

● 罐頭食品 les boîtes de conserve

les fruits en sirop
[le frɥi ɑ̃ siro]
n. 水果罐頭

les cornichons au vinaigre
[le kɔrniʃɔ̃ o vinɛgr]
n. 醃製黃瓜

la soupe en brique
[la sup ɑ̃ brik]
n. 鋁箔包濃湯

la sauce en pot
[la sos ɑ̃ po]
n. 罐裝醬料

le thon en boîte
[lə tɔ̃ ɑ̃ bwat]
n. 鮪魚罐頭

le miel en pot
[lə mjɛl ɑ̃ po]
n. 蜂蜜罐

la moutarde en pot
[la mutard ɑ̃ po]
芥末籽醬罐

la pâtée pour chat
[la pɑte pur ʃa]
n. 貓罐頭

la pâtée pour chien
[la pɑte pur ʃjɛ̃]
n. 狗罐頭

● 乳製品類 les produits laitiers

le fromage
[lə frɔma:ʒ]
n. 乳酪

le lait
[lə lɛ]
n. 牛奶

la glace
[la glas]
n. 冰淇淋

le beurre
[lə bœr]
n. 奶油

le yaourt
[lə jaurt]
n. 優格

le lait fermenté / le yop
[lə lɛ fɛrmɑ̃te] [lə jɔp]
n. 優酪乳

♦ Tips ♦

文化小常識：法國人常吃的乳酪種類及禮節

法國有多達千種不同的乳酪，其中有 46 種是擁有原產地名稱保護標識 AOP（Appellation d'origine protégée）的，主原料為牛乳 le lait de vache [lə lɛ də vaʃ]，但也有由山羊奶 le lait de chèvre [lə lɛ də ʃɛvr] 及綿羊奶 le lait de brebis [lə lɛ də brəbi] 所製成。

平均每個法國人每年消耗約 25 公斤的乳酪，除了風味口感好之外，乳酪是兼具高鈣、高蛋白質及高脂的產品。法國人習慣每次用餐後、上甜點之前先吃乳酪，且用麵包搭配乳酪是最合適的，配上一小杯紅酒會更好。

想要一次嘗試好幾種乳酪時，最好由風味較「溫和」的先吃起。吃乳酪的禮節是，先用公用的起司刀，將想吃的乳酪切一小塊放入自己的盤中，每一次換另一種口味或換下一個人使用時，都要用麵包將起司刀擦乾淨。一如法國人的用餐習慣，不是以量取勝，而是淺嚐，若是大口大口地吃乳酪可會嚇壞法國人的。

法國人常吃的乳酪因個人喜好及地區而異，略舉幾種供參考：le camembert [lə kamɑ̃bɛr]（卡芒貝爾乳酪）、le roquefort [lə rɔkfɔr]（羅克福乳酪）、le comté [lə kɔ̃te]（孔德乳酪）、la tomme de Savoie [la tɔm də savwa]（薩瓦乳酪）、le beaufort [lə bofɔr]（波弗乳酪）等等。

飲料與酒

1. **le jus de fruit** [lə ʒy də frɥi] n. 果汁
2. **le thé glacé** [lə te glase] n. 茶
3. **le soda** [lə sɔda] n. 汽水
4. **le coca** [lə kɔka] n. 可樂
5. **l'eau minérale** [lo mineral] n. 礦泉水
6. **la boisson sportive** [la bwasɔ̃ spɔrtif] n. 運動飲料
7. **la bière** [la bjɛr] n. 啤酒
8. **le vin** [lə vɛ̃] n. 葡萄酒

02 挑選民生用品 choisir des produits de base

常見的民生用品有哪些呢？

Part6_03

● 個人衛生用品 les produits hygiéniques

le dentifrice
[lə dɑ̃tifris]
n. 牙膏

le papier toilette
[lə papje twalɛt]
n. 衛生紙

le shampooing
[lə ʃɑ̃pwɛ̃]
n. 洗髮精

l'après-shampooing
[laprɛʃɑ̃pwɛ̃]
n. 潤髮乳

le gel de douche
[lə ʒɛl də duʃ]
n. 沐浴乳

la mousse de rasage
[la mus də razaʒ]
n. 刮鬍泡／膏

la serviette hygiénique
[la sɛrvjɛt iʒjenik]
n. 衛生棉

le protège-slip
[lə prɔtɛʒslip]
n. 護墊

le savon
[lə savɔ̃]
n. 肥皂

● 清潔用品 les produits de nettoyage

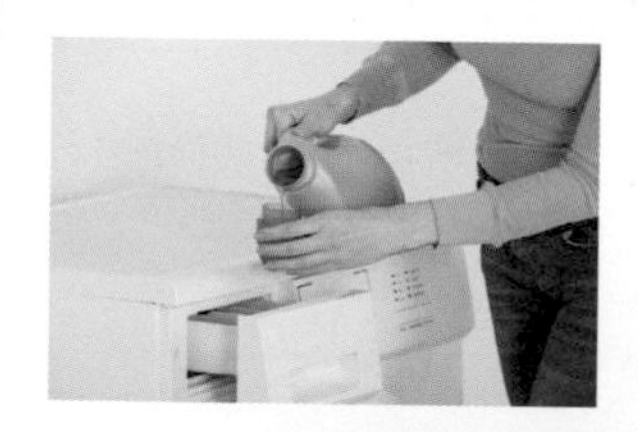

la lessive liquide
[la lesiv likid]
n. 洗衣精

la lessive en poudre
[la lesiv ɑ̃ pudr]
n. 洗衣粉

le désodorisant
[lə dezɔdɔrizɑ̃]
n. 芳香劑

l'eau de Javel
[lo də ʒavɛl]
n. 漂白水

le spray nettoyant
[lə sprɛ nɛtwajɑ̃]
n. 清潔噴霧劑

le liquide vaisselle
[lə likid vɛsɛl]
n. 洗碗精

03 決定購買、結帳 acheter et payer

在決定購買、結帳時會做些什麼？

choisir
[ʃwazir]
n. 選擇

peser
[pəze]
v. 將東西秤重

faire attention aux prix
[fɛr atɑ̃sjɔ̃ o pri]
ph. 注意標價

calculer
[kalkyle]
ph. 計算金額

payer
[peje]
ph. 結帳

payer en espèces
[peje ɑ̃nɛspɛs]
ph. 付現

payer par carte
[peje par kart]
ph. 刷卡

rendre la monnaie
[rɑ̃dr la mɔnɛ]
ph. 找錢

compter
[kɔ̃te]
ph. 數錢

◆◆◆ Chapitre2

Le grand magasin 百貨公司

這些應該怎麼說？

百貨公司配置

1. **le vendeur** [lə vɑ̃dœr] n. 專櫃櫃員（男）
   la vendeuse [lə vɑ̃dœz] n. 專櫃櫃員（女）
2. **le client** [lə klijɑ̃] n. 顧客
3. **le rayon femme** [lə rɛjɔ̃ fam] n. 女裝部
4. **le rayon homme** [lə rɛjɔ̃ ɔm] n. 男裝部
5. **les cosmétiques** [le kɔsmetik] n. 化妝品區
6. **le stand bijouterie** [lə stɑ̃d biʒutri] n. 珠寶櫃
7. **le rayon chaussures** [lə rɛjɔ̃ ʃosyr] n. 鞋類區

8 **le rayon maroquinerie** [lə rɛjɔ̃ marɔkinri] n. 皮件部

9 **le présentoir** [lə prezɑ̃twar] n. 展示櫃

10 **le mannequin** [lə mankɛ̃] n. 展示衣服的假人模特兒

百貨公司裡還有賣什麼呢？

Part6_05-B

l'électroménager
[lelɛktromenaʒe]
n. 家電

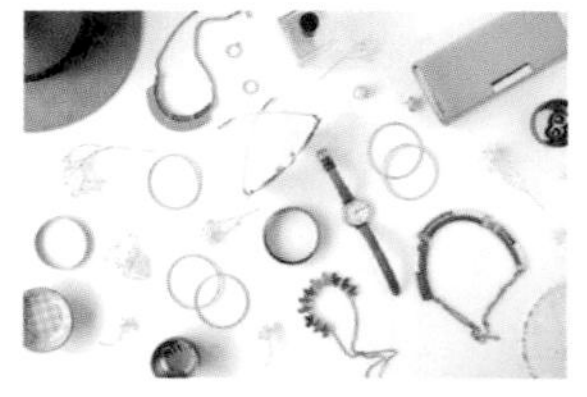

les accessoires
[lezaksɛswar]
n. 飾品配件

la literie
[la litri]
n. 寢具

le vêtement de sport
[lə vɛtmɑ̃ də spɔr]
n. 運動服飾

la batterie de cuisine
[la batri də kɥizin]
n. 廚具

le produit électronique
[lə prɔdɥi elɛktrɔnik]
n. 電子產品

la tenue habillée
[la t(ə)ny abije]
n. 正式服裝

la décoration pour la maison
[la dekɔrasjɔ̃ pur la mɛzɔ̃]
n. 居家擺設

la montre
[la mɔ̃tr]
n. 手錶

百貨公司裡還有哪些常見的場所？

le guichet d'information
[lə giʃɛ dɛ̃fɔrmasjɔ̃]
n. 服務台

les toilettes
[le twalɛt]
n. 廁所，洗手間

l'escalator
[lɛskalatɔr]
n. 手扶梯

l'ascenseur
[lasɑ̃sœr]
n. 電梯

le parking souterrain
[lə parkiŋ sutɛrɛ̃]
n. 地下停車場

le rayon vêtement pour enfant
[lə rɛjɔ̃ vɛtmɑ̃ pur ɑ̃fɑ̃]
n. 童裝部

le rayon jeux et jouets
[lə rɛjɔ̃ ʒø e ʒwɛ]
n. 玩具部

le rayon lingerie
[lə rɛjɔ̃ lɛ̃ʒri]
n. 內衣用品部

Tips

慣用語小常識：商店篇

Comme un éléphant dans un magasin de porcelaine
「像一隻大象身處於瓷器店裡」？

大象龐大的身軀給予一般人的印象是笨重、笨拙的，而le magasin de porcelaine [lə magazɛ̃ də pɔrsəlɛn] 是指專賣瓷器的地方，可想而知在這樣的店面更該小心翼翼，避免碰撞到瓷器品。因此這句俗語是利用兩者之間的強烈對比，來形容一個人身處於非常尷尬或非常困難的情況下，而感到不自在，甚至會搞砸事情，就如大象在瓷器店中漫步，一定會砸壞所有的東西。

N'emmène pas le stagiaire à la réunion , il y serait comme un éléphant dans un magasin de porcelaine.
你別把實習生帶到會議裡來，他可能會因為不知如何自處而覺得不自在。

在百貨公司會做什麼呢？

01 買精品 acheter les grandes marques de luxe

百貨公司常見的精品有哪些呢？ 法文怎麼說呢？

Part6_06

le vêtement [lə vɛtmɑ̃] n. 衣服
la chemise [la ʃ(ə)miz] n. 襯衫
le costume trois pièces [lə kɔstym trwa pjɛs] n. 整套西裝
le chapeau [lə ʃapo] n. 帽子
la jupe [la ʒyp] n. 裙子
le pantalon [lə pɑ̃talɔ̃] n. 褲子
la cravate [la kravat] n. 領帶
la ceinture [la sɛ̃tyr] n. 皮帶

le sac à main [lə saka mɛ̃] n. 手提包
le porte-monnaie [lə pɔrt(ə)mɔnɛ] n. 零錢包
le portefeuille [lə pɔrtəfœj] n. 皮夾
le parfum [lə parfœ̃] n. 香水

les chaussures [le ʃosyr] n. 鞋子
la bague [la bag] n. 戒指
le collier [lə kɔlje] n. 項鍊
le bracelet [lə braslɛ] n. 手環
les cosmétiques [le kɔsmetik] n. 保養品，化妝品

在法國百貨公司的退稅規定為何？

一來到法國，相信許多人都會有想大買特買的慾望，無論是想購買精品服飾還是美食。那麼在什麼情況下，哪些人才能享有退稅（la détaxe [la detaks]）的權利呢？

可以在法國享有退稅優惠的對象是住在非歐盟國的居民，並且年滿 16 歲，停留在法國的時間不得超過六個月。如果在同一天同一間商店中消費滿 175 歐元以上，即可申請退稅。而我們所謂的退稅，到底是什麼稅呢？那就是**增值稅 la TVA** [la te ve a]（**la taxe sur la valeur ajoutée** [la taks syr la valœr aʒute]）.

另一點要注意的是，武器、菸草、文藝作品及石油產品並不在免稅的範圍內。此外，減稅的物品不能帶有商業行為，因此同一個產品不得買超過 15 個。

申請退稅的方式是在付款時告知商家，並提供護照及填好申請表格。雖然有些商家願意在顧客付款時同意先退稅，但大部分的情況，還是要顧客在離開法國辦理登機前，在機場的**海關處 Le bureau des Douanes** [lə byro de dwan] 蓋章，之後再到 Travelex 直接領取現金，或者要求將退稅金轉入信用卡的帳戶（需要約四到六個星期的工作天）。

02 參加折扣活動 les ventes promotionnelles

百貨公司常見的折扣活動有哪些呢？法文怎麼說呢？

Part6_07

1. **les soldes d'été** [le sɔld dete]
   n. 夏季折扣季
2. **les soldes d'hiver** [le sɔld divɛr]
   n. 冬季折扣季
3. **les promotions à l'occasion de l'anniversaire du magasin** [le prɔmosjɔ̃ a lɔkazjɔ̃ də lanivɛrsɛr dy magazɛ̃]
   n. 週年慶
4. **les ventes de fin de saison** [le vɑ̃t də fɛ̃ də sɛzɔ̃] n. 換季特賣會

les soldes 和 les promotions 所代表的意義有什麼不同呢？

les soldes 是商家為了出清存貨而提出的折扣優惠

這一類的折扣受限於法令規定，通常舉行的時間與折扣的期間長短（約六個星期）是固定的，在法國於每年的六月底及一月初舉行。

在 les soldes [le sɔld] 期間，商家可以**用比成本更低的價錢販售商品 vendre à perte** [vɑ̃dr a pɛrt]，但這些「賤價」出售的商品，必須是商家在折扣前至少一個月所購入的商品，換言之，此商品不是「當季新品」la nouvelle collection [la nuvɛl kɔlɛksjɔ̃]。

雖然顧客可用非常優惠的價錢購入這些折扣商品，但一旦買了就不得退換。

Les soldes d'été 2018 débuteront le mercredi 27 juin .
2018 年的夏季（出清）折扣季將於 6 月 27 日星期三展開。

les promotions 雖然也是打折的意思，但與 les soldes 不同

這類折扣在次數上比較頻繁，並沒有特別的明文規定，可以由商家自行決定打折的時間與期間，但基本上都會避開 les soldes 的期間。

在 les promotions [le prɔmosjɔ̃] 打折期間，商家除了可以出清庫存之外，也可以降低某些熱門商品的價格，以吸引顧客進門消費。除了商家必須用明確的標示來告知消費者打折期間之外，另一個與 les soldes 最大的差別在於，商家不可以用比成本更低的價位販售商品。

J'ai acheté cette robe à moitié prix durant la promotion aux galeries Lafayette.
我在老佛爺百貨打折期間以半價買了這件洋裝。

◆ Tips ◆

生活小常識：打折篇

大多數的店家都會在特價商品上，清楚地標示出商品折扣，例如：-30%（讀作 moins trente pour cent [mwɛ̃ trɑ̃t pur sɑ̃]）的「-」符號是「減」的意思，所以如果價格減少了 30%，那就是「打七折」的意思。有時還會看到一些店家在折扣前面加上 jusqu'à [ʒyska]，這是「**最多**」的意思，因此 jusqu'à -50%（讀作 [ʒyska mwɛ̃ sɛ̃kɑ̃t pur sɑ̃]）就是「最多可以減少 50%」「折扣最多可以打五折」的意思。

Beaucoup d'articles dans ce magasin sont à moins trente pour cent, certains vont même jusqu'à moins cinquante pour cent.
這間商店裡很多東西都打七折，有些甚至還打到五折。

你知道嗎？

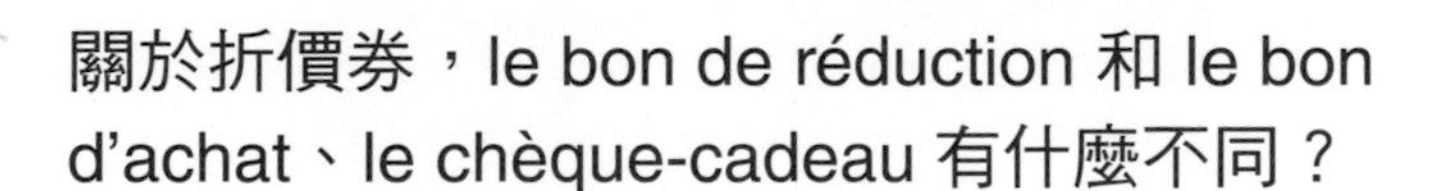

關於折價券，le bon de réduction 和 le bon d'achat、le chèque-cadeau 有什麼不同？

le bon de réduction [lə bɔ̃ də redyksjɔ̃] 也可稱為 le coupon de réduction [lə kupɔ̃ də redyksjɔ̃]（**折價優惠券**），除了在報章雜誌或宣傳單上常會看到以外，有些則可在商品包裝上直接撕下使用。大部分的情況是指可用於購買某個商品的現金折價優惠券，有些則是可以購買同廠牌的另一商品的現金折價券。大多數的折價優惠券上面都清楚地註明著「有效兌換期限」和「兌換規定」，所以必須在有效期限內，同時符合兌換規定才可以使用。

Il ne faut pas oublier d'utiliser ce bon de réduction à carrefour avant qu'il ne soit périmé.
別忘了在過期之前到家樂福使用這張折價券。

le chèque-cadeau [lə ʃɛkkado] 是百貨公司或是某些商店推出的「**消費禮券**」，其用法等同於現金，每張禮券上都會清楚地標註金額或是可兌換的服務價值。對於注重送禮禮節的法國人來說，贈送親朋好友這類的禮券可以給對方比較大的空間，讓對方選擇自己喜歡的東西，也免去直接包紅包的尷尬。

le bon d'achat [lə bɔ̃ daʃa] 也是一種「**消費禮券**」，很多大型商店或百貨公司，推出類似用會員卡集點數的方式，用 le bon d'achat 來回饋忠實顧客，但用這種方式所得到的禮券通常就只能在發送的商店中使用。

Quand tu ne sais pas quoi offrir à ta mère pour la fête des mères, pourquoi pas lui offrir des chèques-cadeau?
當你不知道母親節要送你媽什麼東西時，為什麼不送禮券呢？

◆◆◆ Chapitre3

La boutique en ligne 網路商店

網路商店配置

Femme | Homme | Enf⑥Bébé | Meuble & Déco | Linge de Maison | Electroménager & High-Tech | Voyages & Loisirs | Outlet | Ventes Fla

①

Chaussures ⑦

Escarpins
Baskets
Boots, bottines
Derbies
Ballerines, babies
Mocassins
Sandales
Mules, sabots
Espadrilles
Tongs
Bottes
Boots, bottes de pluie
Chaussures de sport
Chaussures Grande Taille
Chaussures confort
Chaussons
Entretien, accessoires chaussures

Escarpins

⑧ Pointures | ⑨ Marques | Prix | Couleurs | ⑩ Vendu par | ⑪ Matière | + de filtres

② ⑤

③ Escarpins bout pointu imprimé croco
49,99 € ④

Escarpins talon moyen imprimé python
~~49,99 €~~ -20%
39,99 €

Escarpins cuir, effet velours, liseré doré Premiu
~~79,99 €~~ -25%
59,99 €

① **la boutique en ligne** [la butik ɑ̃ liɲ] n. 網路商店

② **la photo du produit** [la fɔto dy prɔdɥi] n. 商品圖

③ **le nom du produit** [lə nɔ̃ dy prɔdɥi] n. 商品名稱

④ **le prix** [lə pri] n. 價格

⑤ **la couleur** [la kulœr] n. 顏色

⑥ **la catégorie** [kategɔri] n. 分類

⑦ **la sorte** [la sɔrt] n. 款式

⑧ **la pointure** [la pwɛ̃tyr] n. 尺碼

⑨ **la marque** [la mark] n. 品牌

⑩ **vendu par** [vɑ̃dy par] ph. 賣家

⑪ **la matière** [la matjɛr] n. 材質

◆ Tips ◆

慣用語小常識：商店篇

parler boutique

這個動詞片語始於二十世紀初期，是屬於比較口語方式的表達。動詞 parler [parle] 原意是㊊「說話」的意思，在這裡則是表示「交談」、「談論」的意思，而名詞 boutique [butik] 泛指各類商店，這裡則有 travail [travaj]「工作」的意思，因此 parler boutique 在法文口語用法中則表示「談論跟工作有關的事」。

Ils sont en train de parler boutique, avec un air très sérieurx.
他們正在談論工作上的事，表情看起來很嚴肅。

網路商店的種類有哪些？法文怎麼說？

一般消費者最常用的用語「**網購**」，法文是用 le commerce électronique [lə kɔmɛrs elɛktrɔnik]、le commerce en ligne [lə kɔmɛrs ɑ̃ liɲ]、la vente en ligne [la vɑ̃t ɑ̃ liɲ]、la vente à distance [la vɑ̃t a distɑ̃s]，也可以直接沿用英文的 e-commerce [ikɔmɛrs]。這類的網路消費行為與 90 年代中期網路 l'internet [lɛ̃tɛrnɛt] 的興起很有關聯，讓消費者不需要出門，就能夠藉由電腦或手機在網路購物中心裡，瀏覽或購買喜歡的商品。

一般消費者常用的網路交易模式可分：

1. le commerce électronique entre les particuliers [lə kɔmɛrs elɛktrɔnik ɑ̃tr le partikylje]
   這類交易模式是個人與個人之間的交易，販售全新商品或拍賣二手的物品。

❷ **le commerce électronique à destination des particuliers** [lə kɔmɛrs elɛktrɔnik a dɛstinasjɔ̃ de partikylje]
由企業結合各種不同類型的品牌及商品，再零售給個人的電子業務。

此外，近年來，**個人品牌的商店 le marketing personnel en ligne** [lə marketiŋ pɛrsɔnɛl ɑ̃ liɲ] 的發展越來越蓬勃，消費者可找到比一般大企業的商品更具獨特風格的個人品牌商品。

不過，消費者若想以更省錢的方式購買心儀的商品，還可利用**拍賣網站 la vente aux enchères en ligne** [la vɑ̃t o ɑ̃ʃɛr ɑ̃ liɲ]。

但無論是用哪一種網路交易模式，最重要的還是要注意線上付費安全 **le système de paiement sécurisé** [lə sistɛm də pɛmɑ̃ sekyrize]、交易條款 **les conditions générales de vente** [le kɔ̃disjɔ̃ ʒeneral də vɑ̃t] 與賣家的評比 **les avis clients** [lezavi klijɑ̃]。

Je préfère commander les cadeaux de Noël en ligne, il y a toujours trop de monde dans les magasins pendant cette période.
我比較喜歡在網上訂購耶誕節的禮物，每到那個時候商店裡總是擠滿了人。

01 瀏覽商城 naviguer dans les boutiques en ligne

常見的商品種類有哪些？法文怎麼說？

❶ **la mode pour homme** [la mɔd pur ɔm] n. 男性服飾

❷ **la mode pour femme** [la mɔd pur fam] n. 女性服飾

❸ **les chaussures pour homme** [le ʃosyr pur ɔm] n. 男鞋

❹ **les chaussures pour femme** [le ʃosyr pur fam] n. 女鞋

❺ **les habits pour enfants et bébés** [lezabi pur ɑ̃fɑ̃ e bebe] n. 童裝

❻ **les jeux et jouets** [le ʒø e ʒwɛ] n. 玩具

❼ **l'ordinateur** [lɔrdinatœr] n. 電腦

❽ **le téléphone mobile** [lə telefɔn mɔbil] n. 手機

❾ **les accessoires informatiques** [lezaksɛswar ɛ̃fɔrmatik] n.（電腦）週邊設備

❿ **l'imprimante** [lɛ̃primɑ̃t] n. 印表機

⓫ **l'appareil photo** [laparɛj fɔto] n. 相機

⓬ **la caméra digitale/ numérique** [la kamera diʒital/ nymerik] n. 數位攝影機

⓭ **le téléviseur** [lə televizœr] n. 電視機

⓮ **les appareils électroménagers** [lezaparɛj elɛktromenaʒe] n. 家用電器

⓯ **les meubles** [le mœbl] n. 家具

⓰ **l'équipement audiovisuel** [lekipmɑ̃ odjɔvizɥɛl] n. 視聽設備

⓱ **les accessoires en cuir** [lezaksɛswar ɑ̃ kɥir] n. 皮件

⓲ **les articles de sport** [lezartikl də spɔr] n. 運動用品

⓳ **les bijoux** [le biʒu] n. 珠寶

⓴ **les accessoires** [lezaksɛswar] n. 配飾

㉑ **les produits de maquillage** [le prɔdɥi də makijaʒ] n. 美妝用品

㉒ **les fournitures de bureau** [le furnityr də byro] n. 文具

㉓ **les articles de fête** [lezartikl də fɛt] n. 節慶商品

㉔ **les accessoires auto** [lezaksɛswar oto] n. 汽車用品

㉕ **les accessoires moto** [lezaksɛswar mɔto] n. 機車用品

㉖ **les livres** [le livr] n. 圖書

㉗ **les loisirs** [le lwazir] n. 娛樂

㉘ **l'animalerie** [lanimalri] n. 寵物用品

㉙ **la rénovation** [la renɔvasjɔ̃] n. 裝修

㉚ **la jardinerie** [la ʒardinri] n. 園藝

在購物網站建立個人資料時，會出現哪些法文？

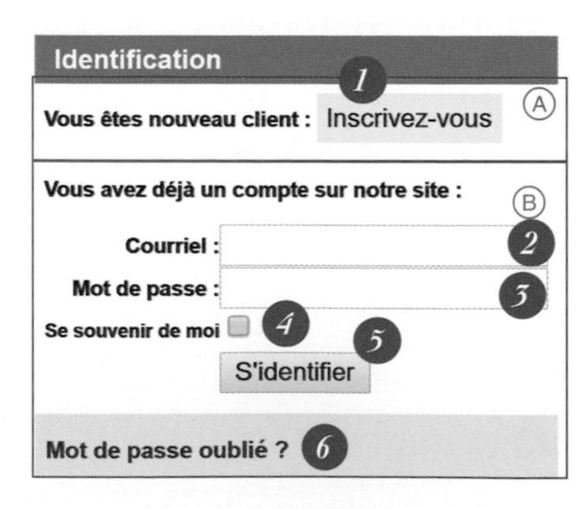

Ⓐ 還沒註冊過

Ⓑ 已經註冊過了

❶ **s'inscrire** [sɛ̃skrir] v. 註冊

❷ **courriel** [kurjɛl] n. 電子信箱

＊**le nom d'utilisateur** [lə nɔ̃ dytilizatœr] n. 用戶名稱

❸ **mot de passe** [mo də pɑs] n. 密碼

❹ **se souvenir de moi** [sə suvnir də mwa] ph. 記住我

❺ **s'identifier** [sidɑ̃tifje] v. 登入（網站）

❻ **mot de passe oublié** [mo də pɑs ublije] ph. 忘記密碼

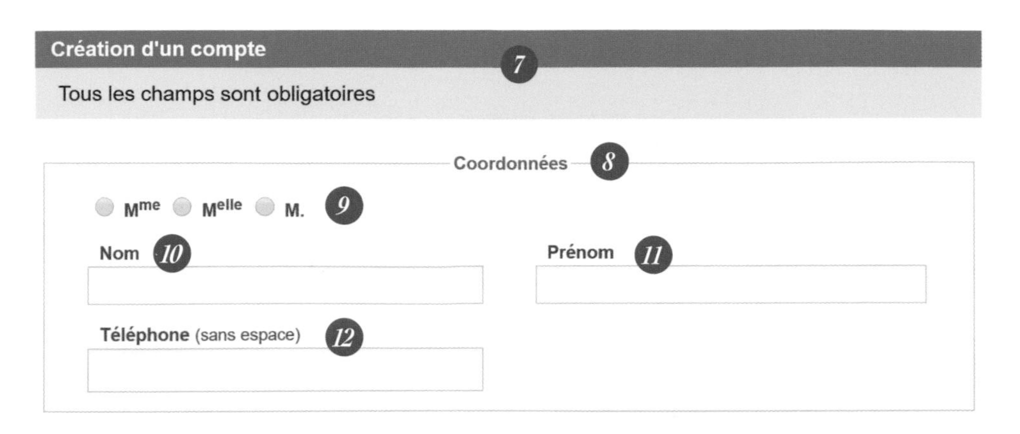

❼ **création d'un compte** [kreasjɔ̃ dœ̃ kɔ̃t] ph. 新帳號建立

❽ **les coordonnées** [le kɔɔrdɔne] n. 地址

❾ **la civilité** [la sivilite] n. 稱謂
＊**Mme** 女士；**Melle** 小姐；**M** 先生

❿ **nom** [nɔ̃] n. 姓

⓫ **prénom** [prenɔ̃] n. 名

⓬ **téléphone** [telefɔn] n. 電話號碼

⓭ **adresse de livraison principale** [adrɛs də livrɛzɔ̃ prɛ̃sipal] n. 主要的收件地址

⓮ **adresse** [adrɛs] n. 地址

⓯ **code postal/ville** [kɔd pɔstal / vil] n. 郵遞區號／城市

⓰ **pays** [pei] n. 國家

Chapitre3 La boutique en ligne 網路商店

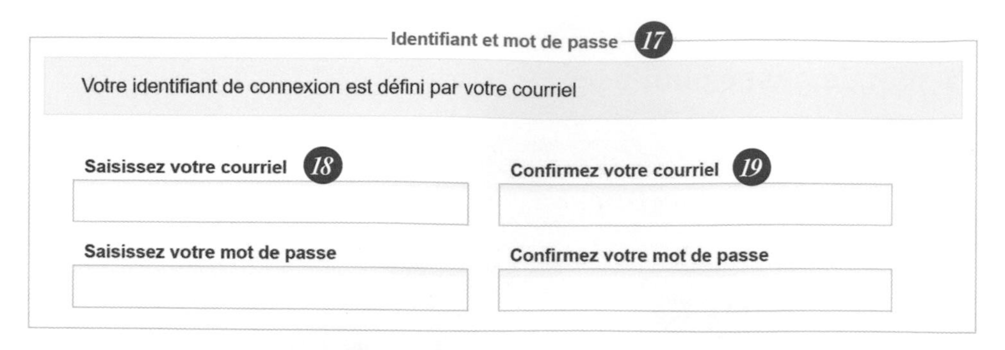

⑰ **identifiant et mot de passe** [idɑ̃tifjɑ̃ e mo də pɑs] ph. 帳戶名稱與密碼

⑱ **saisir votre courriel/mot de passe** [sɛzir vɔtr kurjɛl / mo də pɑs] ph. 輸入電子信箱／密碼

⑲ **confirmez votre courriel/mot de passe** [kɔ̃firme vɔtr kurjɛl / mo də pɑs] ph. 確認電子信箱／密碼

⑳ **Je m'abonne à la newsletter.** 我要訂閱電子報

㉑ **créer un compte** [kree œ̃ kɔ̃t] ph. 建立新帳號

㊎ **rester connecté** [rɛste kɔnɛkte] ph. 保持登入

㊎ **aide** [ɛd] n. 需要幫助

㊎ **revenir à la page précédente** [rəvnir a la paʒ presedɑ̃t] ph. 回上一頁

㊎ **valider** [valide] v. 提交

02 下單 passer une commande

如何在法文版的網路商店下單？

rechercher
[rəʃɛrʃe]
v. 搜尋（商品）

ajouter au panier
[aʒute o panje]
ph. 加入購物車

la livraison
[la livrɛzɔ̃]
n. 配送

ajouter l'adresse de livraison
[aʒute ladrɛs də livrɛzɔ̃]
ph. 新增（配送）地址

continuer
[kɔ̃tinɥe]
v. 繼續

choisir le mode de paiement
[ʃwazir lə mɔd də pɛmɑ̃]
ph. 選擇付款方式

valider
[valide]
ph. 提交訂單

commande validée
[kɔmɑ̃d valide]
n. 訂單完成

查詢訂單狀態時，會遇見哪些法文？

1. **accepté** [aksɛpte] adj.（訂單）成立
2. **en cours** [ɑ̃ kur] ph.（訂單）處理中
3. **le cheminement** [lə ʃ(ə)minmɑ̃] n. 配送中
4. **produit livré** [prɔdɥi livre] ph. 已送達
5. **validé** [valide] adj.（訂單）完成

與打折相關的折數表達

法文表示折數時，是以「從 100% 中扣掉多少 %」的概念來表示，比如用 10% 來表示我們中文的「9 折」，在 100% 中扣掉 10%，所以實際價格是要付出 90%。

cinq pourcent de réduction	95 折
dix pourcent de réduction	9 折
onze pourcent de réduction	89 折
vingt pourcent de réduction	8 折
vingt et un pourcent de réduction	79 折
vingt-cinq pourcent de réduction	75 折
trente pourcent de réduction	7 折
quarante pourcent de réduction	6 折
cinquante pourcent de réduction	5 折
soixante pourcent de réduction	4 折
soixante-dix pourcent de réduction	3 折
quatre-vingts pourcent de réduction	2 折
quatre-vingt-dix pourcent de réduction	1 折

PARTIE VII
L'alimentation 飲食

◆◆◆ Chapitre 1

Le café 咖啡館

咖啡廳配置

1. **le comptoir** [lə kɔ̃twar] n. 點餐櫃台
2. **l'affiche du menu** [lafiʃ dy məny] n. 菜單看板
3. **la vitrine réfrigérée** [la vitrin refriʒere] n. 冷藏展示櫃
4. **les produits** [le prɔdɥi] n. 商品
5. **le présentoir** [lə prezɑ̃twar] n. 展示台
6. **le jus de fruit** [lə ʒy də frɥi] n. 果汁
7. **les gâteaux** [le gɑto] n. 蛋糕
8. **le café** [lə kafe] n. 咖啡

⑨ **le sandwich** [lə sɑ̃dwitʃ] n. 三明治

⑩ **le repas léger** [lə rəpɑ leʒe] n. 輕食

⑪ **la viennoiserie** [la vjɛnwazri] n. 可頌類麵包，烘焙食品

⑫ **le consommateur** [lə kɔ̃sɔmatœr] n. 消費者

⑬ **le siège** [lə sjɛʒ] n. 座位

⑭ **le magazine** [lə magazin] n. 雜誌

⑮ **le prix affiché** [lə pri afiʃe] n. 標價

Tips

慣用語小常識：咖啡篇

le café du pauvre
「窮人的咖啡」？

現代人要喝一杯咖啡是非常輕而易舉的一件事，不論是在家準備，或者是在外面，到處都能找到咖啡廳或是自動販賣機。然而法文中「窮人的咖啡」le café du pauvre [lə kafe dy povr] 指的是什麼呢？

十九世紀時，法國人用 prendre son café [prɑ̃dr sɔ̃ kafe] 來表示 prendre son plaisir [prɑ̃dr sɔ̃ plɛzir] 的意思，咖啡 le café 等同於樂趣或快樂 le plaisir，這句口語的用法一直到第二次世界大戰之前都還很常用。

在比較早期，咖啡是個奢侈品，只有有錢人才喝得起，窮人是無法享有這樣的樂趣，因此窮人只好用另一種「不需花錢的樂趣」來取代，暗指性愛。

這個表達法雖然已有點過時，因為咖啡不再是奢侈品的象徵，但長久以來，法文中就以「窮人的咖啡」le café du pauvre 來暗喻性行為。

01 挑選咖啡 commander le café

Part7_02

咖啡的沖製方法和種類有哪些？用法文要怎麼說？

● 沖製方法 les méthodes pour préparer un café

le café instantané
[lə kafe ɛ̃stɑ̃tane]
n. 即溶咖啡

la cafetière moka
[la kaftjɛr mɔka]
n. 摩卡壺

le café filtré
[lə kafe filtre]
n. 手沖咖啡

la machine à café extraction à froid goutte à goutte
[la maʃin a kafe ɛkstraksjɔ̃ a frwa guta gut]
n. 冰滴咖啡機

le café infusé à froid
[lə kafe ɛ̃fyze a frwa]
n. 冰釀咖啡

le café à siphon
[lə kafe a sifɔ̃]
n. 虹吸式咖啡

● 咖啡種類 les différents types de cafés

l'expresso
[lɛkspreso]
n. 義式濃縮咖啡

le café allongé
[lə kafe alɔ̃ʒe]
n. 美式咖啡

le cappuccino
[lə kaputʃino]
n. 卡布奇諾

le mocha
[lə mɔka]
n. 摩卡

le flat white
[lə fla hwait]
n. 白咖啡

le café irlandais
[lə kafe irlɑ̃dɛ]
n. 愛爾蘭咖啡

l'expresso frappé
[lɛkspreso frape]
n. 冰濃縮咖啡

le café frappé
[lə kafe frape]
n. 冰淇淋咖啡

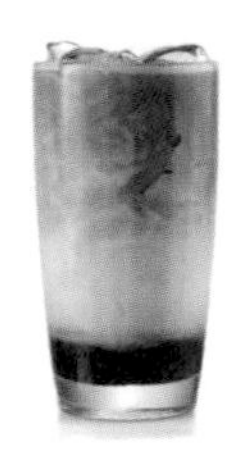

le café glacé
[lə kafe glase]
n. 冰咖啡

le café viennois
[lə kafe vjɛnwa]
n. 維也納咖啡

le macchiato
[lə machiato]
n. 瑪奇朵

le café au lait
[lə kafe o lɛ]
n. 拿鐵

l'expresso romano
[lɛkspreso rɔmano]
n. 羅馬諾咖啡

l'expresso con panna
[lɛkspreso kɔ̃ pana]
n. 康保藍

♦ **Tips** ♦

生活小常識：咖啡杯篇

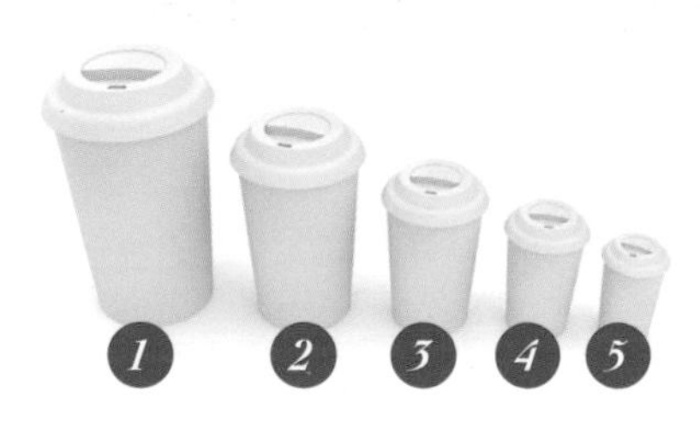

咖啡杯的尺寸有哪些，法文怎麼說？

在法國傳統的咖啡館點咖啡時，一般來說並不用特別強調大杯或小杯，因為由我們點的咖啡種類，就能決定杯子的大小，例如 la tasse d'expresso [la tɑs dɛkspreso] (à 5 cl)、la tasse de café classique [la tɑs də kafe klasik] (à 12 cl)、la tasse de cappuccino [la tɑs də kaputʃino] (à 18cl)、la grande tasse [la grɑ̃d tɑs] (à 20 cl)。除了在家吃早餐時所喝的咖啡或咖啡牛奶，法國人會用馬克杯或碗來裝之外，其餘的時候，法國人習慣用咖啡杯來喝咖啡。

知名的連鎖咖啡店星巴克進駐法國之後，開始有各式各樣的冷熱咖啡外帶，他們標示杯子尺寸的方式比較特殊，會使用義大利文來標示「特大」和「大」的尺寸，如：❶ venti [vɑ̃ti] 是指「特大」的意思，❷ grande [grɑ̃d] 是「大」的意思，而「中杯」和「小杯」則分別會使用 ❸ tall [tɔl]（高）和 ❹ short [ʃɔrt]（矮）來標示。

至於法國本土的連鎖店，一般來說外帶的咖啡種類，跟內用所喝的咖啡大致相同，濃縮咖啡 l'expresso 就會小杯一點，美式咖啡 le café allongé [lə kafe alɔ̃ʒe] 就會大杯一點。

此外，在法國傳統咖啡館喝咖啡時，一般都是黑咖啡。 服務生上咖啡時會給糖包，若要加牛奶，在點咖啡時就要用法文 un café au lait 或 un café crème 來點， 服務生會用一個比較大的咖啡杯裝半杯的黑咖啡，然後將牛奶放在另一容器中，由客人自行決定牛奶的分量。

Je voudrais deux croissants avec un grand café, s'il vous plaît.
請給我兩個可頌麵包和一杯大杯的黑咖啡。

飲用咖啡的添加品

le lait
[lə lɛ]
n. 牛奶

la crème
[la krɛm]
n. 鮮奶油

le sucre
[lə sykr]
n. 糖

le glaçon
[lə glasɔ̃]
n. 冰塊

le caramel
[lə karamɛl]
n. 焦糖

le sirop
[lə siro]
n. 糖漿

••• 02 挑選輕食 commander le repas léger

在咖啡廳裡常見的輕食有哪些呢？

le pain aux raisins
[lə pɛ̃no rɛzɛ̃]
n. 葡萄乾麵包

le panini
[lə panini]
n. 帕尼尼

le sandwich
[lə sɑ̃dwitʃ]
n. 三明治

le croissant
[lə krwasɑ̃]
n. 可頌

le bagel
[lə baʒɛl]
n. 貝果

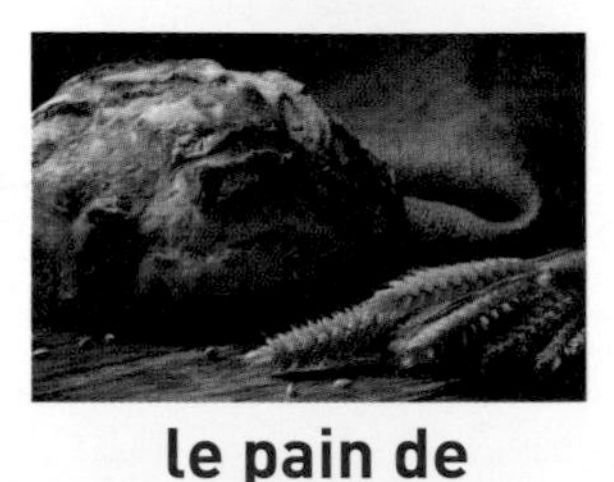

le pain de campagne
[lə pɛ̃ də kɑ̃paɲ]
n. 鄉村麵包

la brioche
[la brijɔʃ]
n. 布利歐麵包

la quiche
[la kiʃ]
n. 法式鹹派

le yaourt
[lə jaurt]
n. 優格

la pizza
[la pidza]
n. 披薩

la crêpe
[la krɛp]
n. 法式可麗餅

le pancake
[lə pɑ̃kɛk]
n. 薄鬆餅

la gaufre
[la gofr]
n. 鬆餅

le chausson
[lə ʃosɔ̃]
n. 卷邊果醬餅

la tarte aux pommes
[la tarto pɔm]
n. 蘋果派

le muffin
[lə mœfin]
n. 馬芬

le cheese-cake
[lə tʃiz kɛk]
n. 起司蛋糕

le brownie
[lə broni]
n. 布朗尼

le tiramisu
[lə tiramisu]
n. 提拉米蘇

la madeleine
[la madlɛn]
n. 瑪德蓮蛋糕

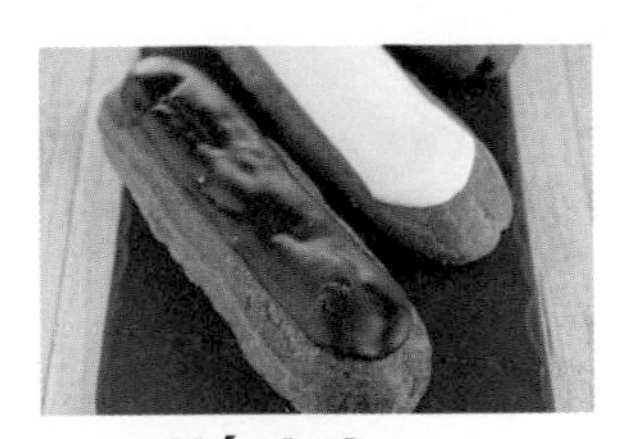

l'éclair au chocolat
[leklɛr o ʃɔkɔla]
n. 巧克力閃電泡芙

la mousse au chocolat
[la muso ʃɔkɔla]
n. 巧克力幕斯

la crème brûlée
[la krɛm bryle]
n. 烤布蕾

Chapitre2

Le restaurant 餐廳

1. **le restaurant** [lə rɛstɔrɑ̃] n. 餐廳
2. **la place** [la plas] n. 座位
3. **la chaise** [la ʃɛz] n. 椅子
4. **la banquette** [la bɑ̃kɛt] n. 軟墊長凳
5. **la table** [la tabl] n. 桌子
6. **la fourchette** [la furʃɛt] n. 叉子
7. **le couteau** [lə kuto] n. 刀子
8. **la cuillère à soupe** [la kɥijɛːr a sup] n. 湯匙
9. **le verre** [lə vɛr] n. 杯子
10. **l'assiette** [lasjɛt] n. 盤子
11. **la serviette** [la sɛrvjɛt] n. 餐巾
12. **la poivrière** [la pwavrijɛr] n. 胡椒罐

13 **la salière** [la saljɛr] n. 鹽罐

14 **le présentoir à alcool** [lə prezɑ̃twar a alkɔl] n. 酒櫃

15 **le bar** [lə bar] n. 吧台

16 **le tableau** [lə tablo] n. 掛畫

17 **la moquette** [la mɔkɛt] n. 地毯

18 **le rideau** [lə rido] n. 簾幕

19 **la nappe** [la nap] n. 桌布

20 **le verre à eau** [lə vɛr a o] n. 水杯

21 **le verre à vin** [lə vɛr a vɛ̃] n. 酒杯

22 **le menu** [lə məny] n. 菜單

23 **le moulin à café** [lə mulɛ̃ a kafe] n. 咖啡研磨機

Tips

慣用語小常識：吃飯篇

中文裡說的吃早餐、吃午餐、吃晚餐，在法文中，我們是怎麼說的呢？

這裡說到的「吃」，或許大家第一個想到的動詞是 manger [mɑ̃ʒe]「吃」，但最正確的用法是 prendre [prɑ̃dr]，本義為 ㊊「拿」或「取」的意思，所以「**吃早餐**」的法文為 prendre le petit déjeuner [prɑ̃dr lə pəti deʒœne]，「**吃午餐**」就直接用動詞 déjeuner [deʒœne]，而「**吃晚餐**」則用動詞 dîner [dine]。

法國以前曾用 le dîner 表示午餐、le souper [lə supe] 表示晚餐；但在近代法語的表達方式中，le déjeuner 指的是午餐，而 le dîner 指的是晚餐。le souper 這個單字只用於法國的某些區域及某些法語系國家，例如在比利時、瑞士或加拿大，仍沿用法國過去的用法。

Il est parti travailler sans prendre le petit déjeuner.
他沒吃早餐就出門工作了。

La réunion de ce matin s'est terminée tard, je n'ai pas eu de temps de déjeuner.
今早的會議很晚才結束，我沒時間吃午餐。

Nous allons dîner ce soir au restaurant pour fêter nos dix ans de mariage.
今晚，為了慶祝結婚十週年，我們要去餐廳吃晚餐。

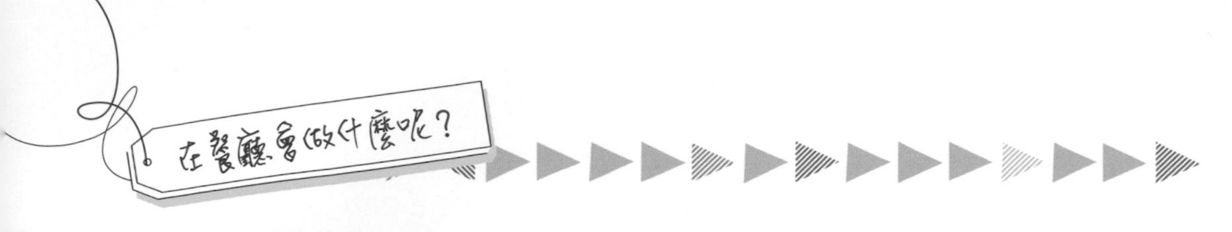

01 點餐 commander

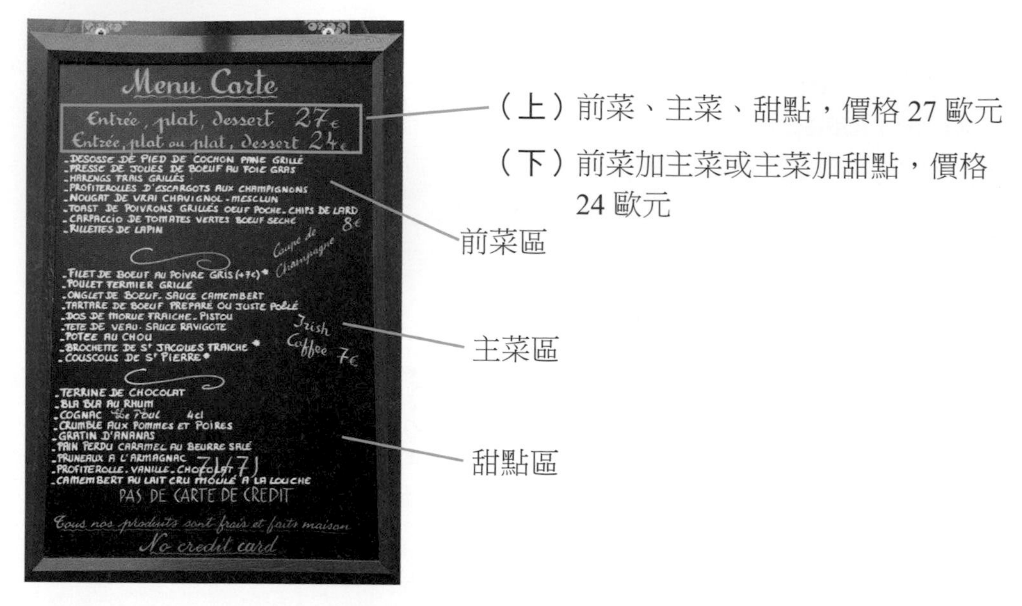

法文的 le menu（菜單）要怎麼看呢？

當我們在法國餐廳點菜時，通常服務生會提供兩份菜單，一份是**套餐菜單 le menu** [lə məny]；一份是**單點菜單 la carte** [la kart]。一般來說，餐廳會提供 2 種到 4 種套餐。**當日特餐 le plat du jour** [lə pla dy ʒur] 大多於午餐時間提供。套餐通常包含一道**前菜 l'entrée** [lɑ̃tre]、一道**主菜 le plat principal** [lə pla prɛ̃sipal] 及一份**甜點 le dessert** [lə desɛr]。套餐價格越便宜者，菜色的選擇就越少。不過，**餐前酒 l'apéritif** [laperitif]、用餐時的**飲品 les boissons** [le bwasɔ̃] 及飯後的**咖啡 le café** [lə kafe] 或**茶 le thé** [lə te] 通常都不包含在套餐的價格中。

① 前菜 les entrées

常見的前菜有 la salade（沙拉）、la soupe（湯）、la terrine（肉凍醬）、l'assortiment de charcuterie（香腸火腿切盤）。

◆ 沙拉一定要有沙拉醬，那麼，常見的沙拉醬有哪些呢？

la vinaigrette balsamique
[la vinegrɛt balzamik]
n. 義式油醋醬

la mayonnaise
[la majɔnɛz]
n. 美乃滋

la vinaigrette à la moutarde
[la vinegrɛt a la mutard]
n. 芥末油醋醬

la sauce César
[la sos sezar]
n. 凱撒醬

② 主菜 les plats principaux

法國每個區域的道地美食不勝枚舉，餐廳為了展現特色，吸引顧客，都會在主菜餐點的變化上下一番功夫。

◆道地美食 la gastronomie régionale

les escargots au beurre persillé
[lezɛskargo o bœr pɛrsije]
n. 法式烤田螺

la bouillabaisse
[la bujabɛs]
n. 馬賽魚湯

le bœuf bourguignon
[lə bœf burgiɲɔ̃]
n. 紅酒燉牛肉

le magret de canard
[lə magrɛ də kanar]
n. 鴨胸肉

le cassoulet
[lə kasulɛ]
n. 卡酥來砂鍋，白豆燉肉

la choucroute
[la ʃukrut]
n. 德國豬腳，阿爾薩斯酸菜香腸豬腳

la quiche lorraine
[la kiʃ lɔrɛn]
n. 法式鹹派

la tarte flambée
[la tart flɑ̃be]
n. 火焰烤餅

le confit de canard
[lə kɔ̃fi də kanar]
n. 油封鴨

la blanquette de veau
[la blɑ̃kɛt də vo]
n. 白汁燉小牛

le navarin d'agneau
[lə navarɛ̃ daɲo]
n. 蔬菜燉小羊肉

le pot au feu
[lə po o fø]
n. 火上鍋，法式菜肉鍋

◆魚、肉類 le poisson、la viande

le poisson
[lə pwasɔ̃]
n. 魚

le saumon
[lə somɔ̃]
n. 鮭魚

le bifteck
[lə biftɛk]
n. 牛排

les fruits de mer
[le frɥi də mɛr]
n. 海鮮

le poulet
[lə pulɛ]
n. 雞肉

le porc
[lə pɔr]
n. 豬肉

l'agneau
[laɲo]
n. 羔羊肉

le canard
[lə kanar]
n. 鴨肉

◆ 麵與飯類 les pâtes et le riz

les pâtes
[le pɑt]
n. 義大利麵

les spaghettis
[le spageti]
n. 義大利直麵

les lasagnes
[le lazaɲ]
n. 千層麵

le paella
[lə paela]
n. 西班牙海鮮飯

le risotto
[lə rizɔto]
n. 義大利燉飯

③ 餐後點心 le dessert

法國餐廳常見的甜點有各式的水果派 les tartes aux fruits、蛋糕 les gâteaux 或冰淇淋 la glace。

les tartes aux fruits
[le tarto frɥi]
n. 水果派

les gâteaux
[le gato]
n. 蛋糕

la glace
[la glas]
n. 冰淇淋

④ 飲料 la boisson

法國人在用餐時一定要有飲料，會喝像是**一般的水 l'eau plate** [lo plat] 或**氣泡水 l'eau gazeuse** [lo gɑzøz]。如果要喝酒精類的飲料，首選則為**紅酒 le vin rouge** [lə vɛ̃ ruʒ]、**白酒 le vin blanc** [lə vɛ̃ blɑ̃] 或**粉紅酒 le vin rosé** [lə vɛ̃ roze]，有些特殊場合會喝**香檳 le champagne** [lə ʃɑ̃paɲ] 或**蘋果酒 le cidre** [lə sidr]（例如吃鹹的可麗餅時）。

◆ 非酒精飲料類 les boissons non alcoolisées

le café	**le thé**	**le jus de fruit**	**le soda**
[lə kafe]	[lə te]	[lə ʒy də frɥi]	[lə sɔda]
n. 咖啡	n. 茶	n. 果汁	n. 汽水

◆ les boissons alcoolisées 酒類

la bière	**le vin rouge/ blanc**	**le champagne**
[la bjɛr]	[lə vɛ̃ ruʒ / blɑ̃]	[lə ʃɑ̃paɲ]
n. 啤酒	n. 紅／白酒	n. 香檳

le cocktail	**le vin rosé**	**le cidre**
[lə kɔktɛl]	[lə vɛ̃ roze]	[lə sidr]
n. 雞尾酒	粉紅酒	蘋果酒

★ 如果是素食者，可以特別留意菜單上是否特別註明 **végétarien** [veʒetarjɛ̃] 一字。

你知道嗎？

牛排的「幾分熟」，法文應該怎麼說呢？

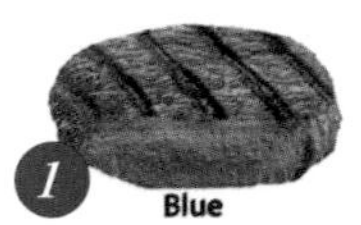

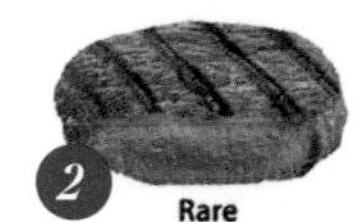

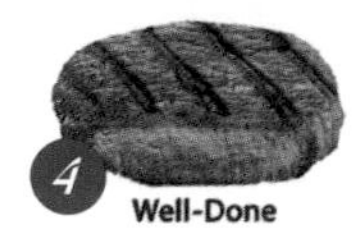

牛排的熟度可以依個人的喜好不同而決定，但是要如何用法文表達牛排的熟度呢？牛排生、熟程度主要是由牛排中心的溫度來決定：

❶ bleu [blø] adj. 一分熟	牛排的中心溫度約 50 度，表面微微煎過，但最中間的部分是熱的，但不是熟的。
❷ saignant [sɛɲɑ̃] adj. 三分熟	牛排的中心溫度約 55 度，最中間的部分已經熟了，但呈血紅色。
❸ à point [a pwɛ̃] ph. 五分熟	牛排的中心溫度約 60 度，牛排已經熟了，而且鮮嫩多汁。
❹ bien cuit [bjɛ̃ kɥi] ph. 八分熟	牛排的中心溫度約 70 度以上，肉質開始變硬，並且流失大量肉汁，可能會失去牛排的風味。

02 用餐 pendant le repas

餐具的介紹

▲在高級西餐廳裡，一般不會把所有的餐具都先排列在桌上，而是會在撤菜與送菜時更換需要用到的餐具。此圖並非餐廳中實際會擺放的方式與位置，僅針對個別餐具做介紹。

到中高級的餐廳用餐時，看到桌上漂亮的餐具擺盤時或許會不知所措，不知道如何使用，基本的規則是**由外往內**依序使用，不過專業的餐廳侍者都會在上菜時詳細說明，不會讓客人陷入窘境。

◆中間

一般來說，中間會有一個大盤（圓形或方形），但這個大盤並不是用來盛食物的，而是當作一個像是 le set de table [lə sɛt də tabl]「餐墊」的墊子，將要上的菜（盤）放在這個大盤上面。不過很多情況是裝飾性，上菜前就會收走。

1. l'assiette à soupe [lasjɛt a sup]（湯盤）又稱為 l'assiette creuse [lasjɛt krøz]，深度比一般的盤子深，以便於裝液體。但比起中式的湯碗，它來得大而淺，因為法國人不喜歡喝滾燙的湯，所以湯盤的設計可讓湯保溫卻不會太燙。

2. l'assiette plate pour l'entrée [lasjɛt plat pur lɑ̃tre]（前菜盤）算是淺盤子，比主餐盤小。

❸ l'assiette plate pour le plat principal [lasjɛt plat pur lə pla prɛ̃sipal]（主餐盤）是用來盛裝主菜的淺盤子。

◆餐盤左側

❹ la fourchette à salade [la furʃɛt a salad] 置於餐盤左方最外側，用於吃前菜，長度比起主餐叉還要短。

❺ la fourchette de table [la furʃɛt də tabl]（主餐叉）置於最靠近餐盤的左側，長度比起 la fourchette à salade 還要長，主要用於吃主餐或各式的肉類。

◆餐盤右側

❻ la serviette [la sɛrvjɛt]（餐巾）的擺放方式，可先捲成長條狀，再用 le rond de serviette [lə rɔ̃ də sɛrvjɛt]（餐巾套環）套好後放在餐盤右方的最外側；也可將餐巾直接用特殊摺法摺好，擺放在餐盤的中間。

❼ la cuillère à soupe [la kɥijɛ:r a sup]（湯匙），由於湯品屬於前菜，所以置於餐盤右方最外側。

❽ le couteau à poisson [lə kuto a pwasɔ̃]（魚刀）置於餐盤右方，大湯匙的左邊。

❾ le couteau à viande [lə kuto a vjɑ̃d]（牛排刀）放在最靠近餐盤右側的位置。

◆餐盤正上方

❿ la cuillère à dessert [la kɥijɛ:r a desɛr]（點心用湯匙）置於餐盤上方，用於吃布丁或冰淇淋。

⓫ la fourchette à dessert [la furʃɛt a desɛr]（蛋糕叉）與 la cuillère à dessert 一樣都是置於餐盤的上方，用於吃蛋糕或各式的水果派。

◆右上方

⓬ le verre à vin [lə vɛr a vɛ̃]（酒杯）放置於餐盤右上方，一般放在水杯的右邊。

⓭ le verre à eau [lə vɛr a o]（水杯）放置於餐盤右上方。

⓮ la flûte [la flyt]（香檳杯）放置於餐盤右上方，紅酒杯的左邊。

多數高級的餐廳會提供三種不同的杯型，但也有不分的。一般來說，紅酒杯會比白酒杯高或者是杯肚更大。

◆左上方

⓯ le couteau à beurre [lə kuto a bœr]（奶油抹刀）置於餐盤左上方。

⓰ la soucoupe [la sukup]（麵包盤）放置於餐盤左上方，用於放麵包。

◆其他：

1. **la fourchette à poisson** [la furʃɛt a pwasɔ̃] n. 魚叉
2. **la fourchette à crustacés** [la furʃɛt a krystase] n. 海鮮叉
3. **la cuillère à café** [la kɥijɛːr a kafe] n. 咖啡匙
4. **la corbeille à pain** [la kɔrbɛj a pɛ̃] n. 麵包籃
5. **le verre à porto** [lə vɛr a pɔrto] n. 波特酒酒杯 .

除了以上介紹的杯子之外，其他杯子在法文裡有什麼細微的差異？

◆ Tips ◆

生活小常識：用餐禮節篇

在用西餐時，左右兩旁的刀叉若擺放方式、擺放位置不同，也分別代表不同的意思，這樣的用餐禮節 le protocole à la table，你知道多少呢？

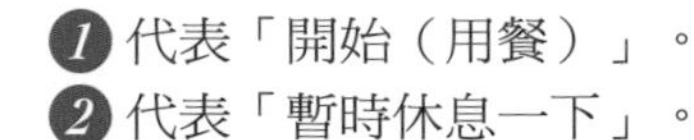
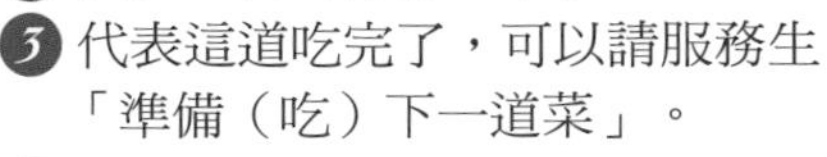

1 代表「開始（用餐）」。
2 代表「暫時休息一下」。
3 代表這道吃完了，可以請服務生「準備（吃）下一道菜」。
4 代表餐點「超級美味的」。
5 代表「用餐完畢」。
6 代表餐點「不合味口」。

03 結帳 l'addition

Part7_06

結帳常見的東西有哪些？

les pourboires
[le purbwar]
n. 小費

le ticket, le reçu
[lə tikɛ, lə r(ə)sy]
n. 發票；收據

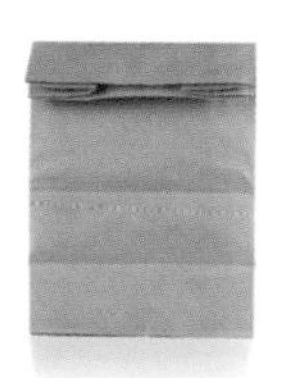

le sac à emporter*
[lə saka ɑ̃pɔrte]
n. 打包袋

l'addition, la note
[ladisjɔ̃, la nɔt]
n. 帳單

＊在法國餐廳中，要求打包剩食的情形很少見。

常見的付款方式有哪些呢？

payer avec des tickets restaurants
[peje avɛk de tikɛ rɛstɔrɑ̃]
ph. 用餐券結帳

payer par chèque
[peje par ʃɛk]
ph. 用支票結帳

payer en espèces
[peje ɑ̃ ɛspɛs]
ph. 付現

payer sans contact
[peje sɑ̃ kɔ̃takt]
ph. 感應式支付

payer par carte bancaire
[peje par kart bɑ̃kɛr]
ph. 用銀行卡付

partager l'addition
[partaʒe ladisjɔ̃]
ph. 平分帳單

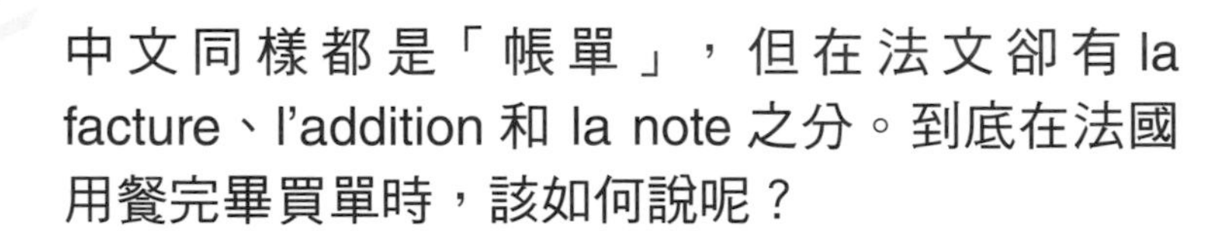

中文同樣都是「帳單」，但在法文卻有 la facture、l'addition 和 la note 之分。到底在法國用餐完畢買單時，該如何說呢？

la facture [la faktyr]（生活上支出的帳單），泛指各類帳單，例如公營事業帳單（水電瓦斯費）、電話費；或指私人提供的服務所產生的費用，例如水電工修理費用的帳單。但是在餐廳結帳時的帳單，法文不是 la facture，而是 l’addition [ladisjɔ̃]。這個字在數學用語上為「加法」的意思，言下之意就是將在餐廳的所有消費額加起來便是該付的帳單金額。我們也可以用近義詞 la note [la nɔt] 來表示「用餐完畢要買單的帳單」。不過若真的要細分這兩個字的差別的話，l’addition 是指餐廳的帳單，而 la note 是指旅館的帳單。

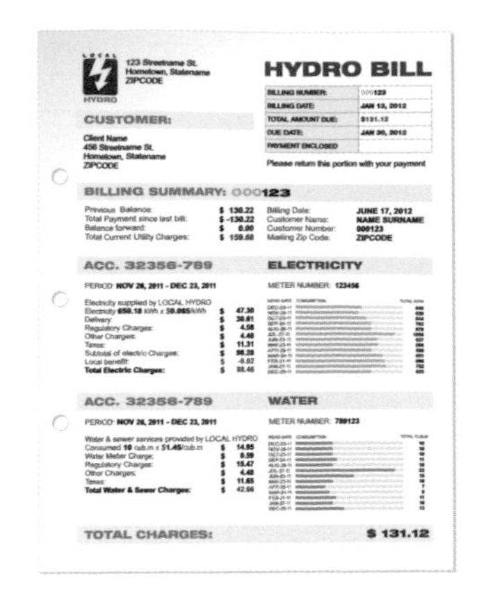

LOCAL HYDRO
123 Streetname St.
Hometown, Statename
ZIPCODE

HYDRO BILL

BILLING NUMBER:	000123
BILLING DATE:	JAN 13, 2012
TOTAL AMOUNT DUE:	$131.12
DUE DATE:	JAN 30, 2012
PAYMENT ENCLOSED	

Please return this portion with your payment

CUSTOMER:
Client Name
456 Streetname St.
Hometown, Statename
ZIPCODE

BILLING SUMMARY: 000123

Previous Balance:	$ 130.22	Billing Date:	JUNE 17, 2012
Total Payment since last bill:	$ -130.22	Customer Name:	NAME SURNAME
Balance forward:	$ 0.00	Customer Number:	000123
Total Current Utility Charges:	$ 159.68	Mailing Zip Code:	ZIPCODE

ACC. 32356-789 ELECTRICITY

PERIOD: NOV 26, 2011 - DEC 23, 2011 METER NUMBER: 123456

Electricity supplied by LOCAL HYDRO	
Electricity 650.18 kWh x $0.065/kWh	$ 47.30
Delivery:	$ 30.81
Regulatory Charges:	$ 4.58
Other Charges:	$ 4.48
Taxes:	$ 11.31
Subtotal of electric Charges:	$ [illegible]
Local benefit	$ [illegible]
Total Electric Charges:	$ [illegible]

ACC. 32356-789 WATER

PERIOD: NOV 26, 2011 - DEC 23, 2011 METER NUMBER: 789123

Water & sewer services provided by LOCAL HYDRO	
Consumed 10 cub.m x $1.45/cub.m	$ 14.85
Water Meter Charge:	$ 0.59
Regulatory Charges:	$ 15.47
Other Charges:	$ 4.48
Taxes:	$ 11.65
Total Water & Sewer Charges:	$ 42.84

TOTAL CHARGES: $ 131.12

你知道嗎？

在法國結帳時，到底要含多少的小費呢？是不是任何餐館都要收小費呢？

在法國的餐廳用餐時，定價已經包含服務費及稅金。雖然給**小費 le pourboire** [lə purbwar] 並不是強制性的，但如果客人在餐廳中很愉悅地享受了一餐，一般來說都會留下小費犒賞服務生。我們來把 le pourboire 這個字拿來做解析，pour 是表示目的的介系詞「為了…」，boire 則是動詞「喝、飲用」，換句話說就是 ㊊「讓拿小費的人可以去喝一杯」，但也意味著是一個很小的數目，只夠買喝的東西。

很多法國人習慣在離開餐廳時將小費留在桌上，也有人在刷卡時，請服務生加上兩歐元到五歐元的小費。在高級的餐廳用餐時，服務生服務的品質及專業度是有嚴格訓練的，因此客人不留小費反而會顯得失禮。

◆◆◆ Chapitre3

Le bar 酒吧

Part7_07-A

酒吧內配置

1. **le bar** [lə bar] n. 酒吧
2. **le comptoir** [lə kɔ̃twar] n. 吧台
3. **le tabouret de bar** [lə taburɛ də bar] n. 吧台高腳椅
4. **le canapé** [lə kanape] n. 沙發
5. **le fauteuille** [lə fotœj] n. 扶手椅
6. **le coussin** [lə kusɛ̃] n. 靠墊
7. **le barman** [lə barman] n. 調酒師
8. **le client** [lə klijɑ̃] n. 顧客

❾ **la liqueur** [la likœ:r] n. 酒；烈酒

❿ **le porte-verres** [lə pɔrtvɛr] n. 置杯架

⓫ **le seau à glace** [lə so a glas] n. 冰桶

⓬ **le bar à cocktail** [lə bar a kɔktɛl] n. 雞尾酒工作台

⓭ **l'égouttoir** [legutwar] n.（掛水杯的）滴水板

⓮ **la tireuse à bière** [la tirøz a bjɛr] n. 生啤酒機

⓯ **l'extracteur de jus** [lɛkstraktœr də ʒy] n. 鮮果汁機

⓰ **la fontaine** [la fɔ̃tɛn] n. 飲水機

⓱ **le bac à glaçon** [lə bak a glasɔ̃] n.（雞尾酒旁）冰塊槽

⓲ **la chope** [la ʃɔp] n. 啤酒杯

⓳ **le verre à vin** [lə vɛr a vɛ̃] n. 葡萄酒杯

⓴ **le cendrier** [lə sɑ̃drije] n. 煙灰缸

常見的調酒工具（les matériels de cocktail）有哪些？

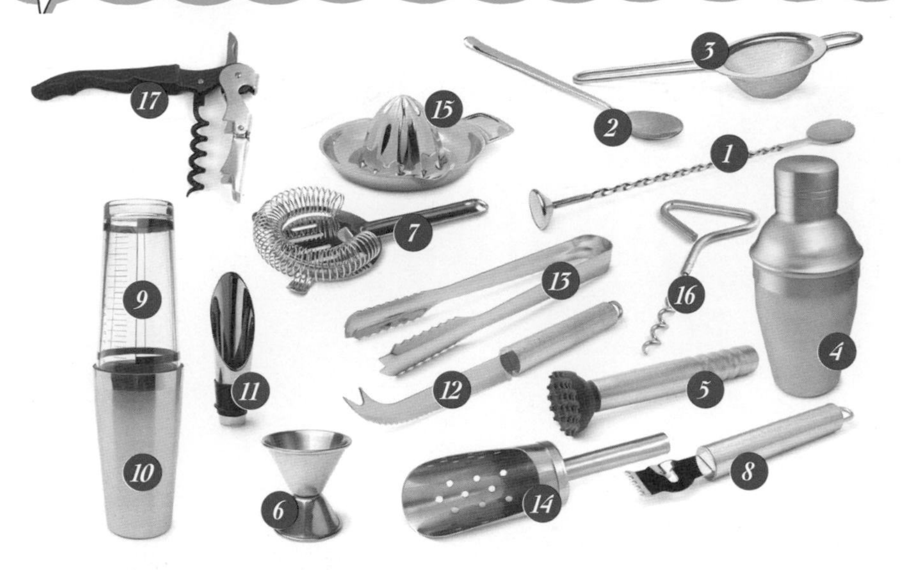

1. **la cuillère à cocktail** [la kɥijɛ:r a kɔktɛl] n. 調酒錘匙
2. **la cuillère à mélange** [la kɥijɛ:r a melɑ̃ʒ] n. 調酒匙
3. **le tamis à mailles** [lə tami a maj] n. 過濾器
4. **le shaker** [lə ʃɛkœr] n. 調酒器
5. **le pilon de bar** [lə pilɔ̃ də bar] n. 擠壓棒
6. **le doseur à cocktail** [lə dozœr a kɔktɛl] n. 量酒器
7. **la passoire à cocktail** [la paswar a kɔktɛl] n. 濾酒器
8. **le zesteur** [lə zɛstœr] n. 檸檬皮刨絲刀
9. **le verre doseur** [lə vɛr dozœr] n. 量酒器
10. **le shaker à cocktail** [lə ʃɛkœr a kɔktɛl] n. 雞尾酒調酒器
11. **le verseur** [lə vɛrsœr] n. 酒嘴
12. **le couteau avec fourche** [lə kuto avɛk furʃ] n. 酒吧刀
13. **les pinces à glaçon** [le pɛ̃s a glasɔ̃] n. 冰夾
14. **la pelle à glaçon** [la pɛla glasɔ̃] n. 冰鏟
15. **le presse-agrumes manuel** [lə prɛsagrym manɥɛl] n. 手動搾汁器
16. **le tire-bouchon simple** [lə tirbuʃɔ̃ sɛ̃pl] n. T 型開瓶器
17. **le limonadier** [lə limɔnadje] n. 開瓶器（附開瓶蓋的）

01 喝酒 consommer les boissons alcoolisées

酒在法國文化中非常重要，到酒吧喝一杯是法國人覺得與親朋好友聊天、讓自己放鬆最好的方式，就像享用法國料理一般，法國人喜歡淺嚐品酒但不喜歡牛飲。在一般的酒吧，除了法式的餐前酒之外，法國人喜歡在夏天時喝啤酒；而在比較高級的酒吧，除了烈酒，各式雞尾酒也非常受歡迎。

有哪些常見的酒呢？

1. **le cocktail** [lə kɔktɛl] n. 雞尾酒
2. **Cosmopolitan** [kɔsmɔpolitan] n. 柯夢波丹
3. **Gin Tonic** [dʒin tɔnik] n. 琴湯尼
4. **Tropical Martini Cocktail** [trɔpikal martini kɔktɛl] n. 熱帶馬丁尼
5. **Kir royal** [kir rwajal] n. 皇家基爾調酒
6. **Margarita** [margarita] n. 瑪格麗特
7. **Bloody Marry** [blʌdɪ mærɪ] n. 血腥瑪利
8. **Tequila Sunrise** [tekila sʌnraɪz] n. 龍舌蘭日出
9. **Blue Hawaii** [blø awai] n. 藍色夏威夷
10. **Mojito** n. 莫希托

11. **la bière** [la bjɛr] n. 啤酒
12. **la bière blonde** [la bjɛr blɔ̃d] n. 淡啤酒
13. **la bière d'avoine** [la bjɛr davwan] n. 蕎麥啤酒
14. **la bière pression** [la bjɛr prɛsjɔ̃] n. 生啤酒
15. **la bière de froment** [la bjɛr də frɔmɑ̃] n. 小麥白啤酒
16. **la bière sans alcool** [la bjɛr sɑ̃ alkɔl] n. 無酒精啤酒

● 烈酒 la liqueur

la liqueur de poire Williams
[la likœ:r də pwar wiljams]
n. 西洋梨酒

la vodka
[la vɔdka]
n. 伏特加

le rhum
[lə rɔm]
n. 蘭姆酒

le whisky
[lə wiski]
n. 威士忌

le cognac
[lə kɔɲak]
n. 干邑白蘭地

l'eau de vie
[lo də vi]
n. 烈酒

● 葡萄酒 le vin

le vin rouge
[lə vɛ̃ ruʒ]
n. 紅葡萄酒

le vin blanc
[lə vɛ̃ blɑ̃]
n. 白葡萄酒

le cidre
[lə sidr]
蘋果酒

le champagne
[lə ʃɑ̃paɲ]
n. 香檳

le vin rosé
[lə vɛ̃ roze]
n. 玫瑰紅酒

◆ Tips ◆

生活小常識：酒標篇

酒瓶的標籤正面 l'etiquette 首先可以看到的是 ❶ 葡萄產區或莊園名 le nom du cru ou du domaine viticole (ou château)、❷ 葡萄酒生產區 la zone de production du vin、❸ 原產地法定產區葡萄酒字樣 l'indication de «l'Appellation d'Origine Contrôlée/ Protégée »，以及 ❹ 年份 le millésime。

在背面的標籤 la contre-étiquette 除了也會有正面的資訊之外，還會標註 ❺ 裝瓶處 le nom de l'embouteilleur、❻ 酒精濃度 le degré d'alcool、❼ 酒的容量 le volume du vin，以及酒的特色 les caractéristiques，有時也會有一些品嘗酒時的建議，例如酒的保存溫度、或者最適合搭配的食物。另外，上面也會有一些其他資訊，像是：

① 裝瓶處（le nom de l'embouteilleur）
mis en bouteille à la propriété 由與酒莊合作的物產公司裝瓶
mis en bouteille au château 在酒莊裝瓶
mis en bouteille au domaine 在葡萄園產區裝瓶

② 生產者（le status du producteur）
le propriétaire 酒莊主人
le vigneron 葡萄種植及產酒者
le viticulteur 葡萄種植者

③ 容量（le volume）的表達方式
一般都是 750 ml，法文的容量標示為 cl 或 l，如 en centilitres (75 cl) 或 en litres (0.75 l)

④ 葡萄品種（le cépage）
如 le pinot noir（黑皮諾）、le cabernet sauvignon（卡本內蘇維翁）、le pinot gris（灰皮諾）等等

酒的容量要怎麼用法文說？

un fût de bière
[œ̃ fy də bjɛr]
n. 一桶啤酒

un pichet de bière
[œ̃ piʃɛ də bjɛr]
n. 一壺啤酒

une chope de bière
[yn ʃɔp də bjɛr]
n. 一杯啤酒（啤酒杯）

un verre de bière
[œ̃ vɛr də bjɛr]
n. 一杯啤酒（玻璃杯）

une bouteille de bière
[yn butɛj də bjɛr]
n. 一瓶啤酒

une canette de bière
[yn kanɛt də bjɛr]
n. 一罐啤酒

un verre de whisky
[œ̃ vɛr də]
n. 一杯威士忌

un verre de vin rouge
[œ̃ vɛr də vɛ̃ ruʒ]
n. 一杯紅酒

un cocktail
[œ̃ kɔktɛl]
n. 一杯雞尾酒

une barrique de vin rouge
[yn barik də vɛ̃ ruʒ]
n. 一桶紅酒（橡木桶）

◆ Tips ◆

生活小常識：冰塊篇

法國人在酒吧點酒時，若是點酒精濃度較低的酒類（例如馬丁尼 le martini [lə martini] 或水果調酒）會加冰塊 avec des glaçons [avɛk de glasɔ̃]；若是點酒精濃度較醇的烈酒（如干邑白蘭地 le cognac [lə kɔɲak] 或西洋梨酒 la liqueur de poire Williams [la likœ:r də pwar wiljams]），通常不加冰塊 sans glaçons [sɑ̃ glasɔ̃]，因為他們認為加了冰塊後會破壞酒的醇度，甚至影響口感。

只有一個特別的例子為威士忌 le whisky [lə wiski]，在絕大多數的國家中，都會加入冰塊或甚至混合其他飲料後飲用，但法國人一般只喜歡喝「純」的威士忌 le whisky sec [lə wiski sɛk]。不過還是有少部分法國人會加冰塊，甚至有些職業品酒師認為在威士忌中加一點水，主要是可以更突顯出威士忌的風味。

法國有哪些常見的下酒菜（les mets apéritifs）呢？

les chips
[le ʃip(s)]
n. 薯片

les olives
[lezɔliv]
n. 鹹橄欖

les cacahuètes
[le kakawɛt]
n. 花生

les canapés salés
[le kanape sale]
n. 鹹點心

les saucissons
[le sosisɔ̃]
n. 切片臘腸

les bretzels
[le brɛdzɛl]
n. 撒鹽粒薄餅；扭結餅

la tapenade
[la tapnad]
n. 橄欖醬

les rillettes
[le rijɛt]
n. 熟肉醬

les tartelettes salés
[le tartəlɛt sale]
n. 小鹹派

02 聚會 la fête entre les amis

Part7_09

在聚會時常做什麼事呢？

faire un selfie
[fɛr œ̃ sɛlfi]
ph. 自拍

aborder, draguer
[abɔrde, drage]
v. 聊天，搭訕

trinquer
[trɛ̃ke]
v. 舉杯（慶祝）

faire la fête
[fɛr la fɛt]
ph. 開 party

passer le temps
[pase lə tɑ̃]
ph. 消磨時間

offrir un verre
[ɔfrir œ̃ vɛr]
ph. 請（某人）喝杯酒

regarder un match de football
[rəgarde œ̃ matʃ də futbol]
ph. 看足球賽

jouer aux cartes
[ʒwe o kart]
ph. 玩撲克牌

bavarder
[bavarde]
v. 閒談；聊天

你知道嗎？

在法國可以喝酒的地方有哪些呢？

le lounge bar [lə lunʒ bar] 或 le lounge [lə lunʒ]（高級酒吧），是指可以讓人覺得舒適放鬆的酒吧，裡面的室內裝潢較為現代化，播放輕柔的背景音樂，舒適的沙發取代一般的椅子或高腳椅。在這類酒吧裡，消費的酒類以雞尾酒、葡萄酒及香檳居多。

le bar [lə bar]（酒吧）對於法國人來說，是個讓人消費酒精飲料的地方，雖然主要為酒精飲料，但也提供基本的非酒精飲料，例如礦泉水、果汁、咖啡等。室內有簡單的桌椅，但也可以站在吧檯消費，即使是互不相識的人，都可藉此喝一杯的機會，一起談論時事、運動、政治等話題消磨時間。

在一些重要的比賽期間，例如足球、橄欖球或奧運比賽，某些酒吧會提供直播的服務，讓愛好運動的朋友可以一同在酒吧中喝杯小酒，一起分享精彩的比賽。

le bistro(t) 是法文「酒吧」的另一個說法，也是個可以喝酒的地方，且現場不只賣酒或飲料，也供應簡餐。一般來說，這樣的酒館內部裝潢簡單，具有地區性特色，消費額度不高。le bistro(t) 這個字的起源眾說紛紜，有個說法提到此單字源自於俄文，原義為 ㊣「快」的意思。在拿破崙戰爭期間，俄軍於第六次反法同盟（1814）取得勝利後佔領巴黎。這個階段的俄國士兵們習慣在執勤之餘到酒吧小酌，但又害怕被長官發現，因此他們常在點完飲料後，對著酒吧老闆喊著像是「bistro」的發音，意指動作快一點，因此漸漸地，法文就引用這個字來指「可以不用花太多時間喝酒的地方」。

PARTIE VIII

La santé 生活保健

♦♦♦ Chapitre 1

Le cabinet médical 診所

在診所內會做哪些醫療行為呢？

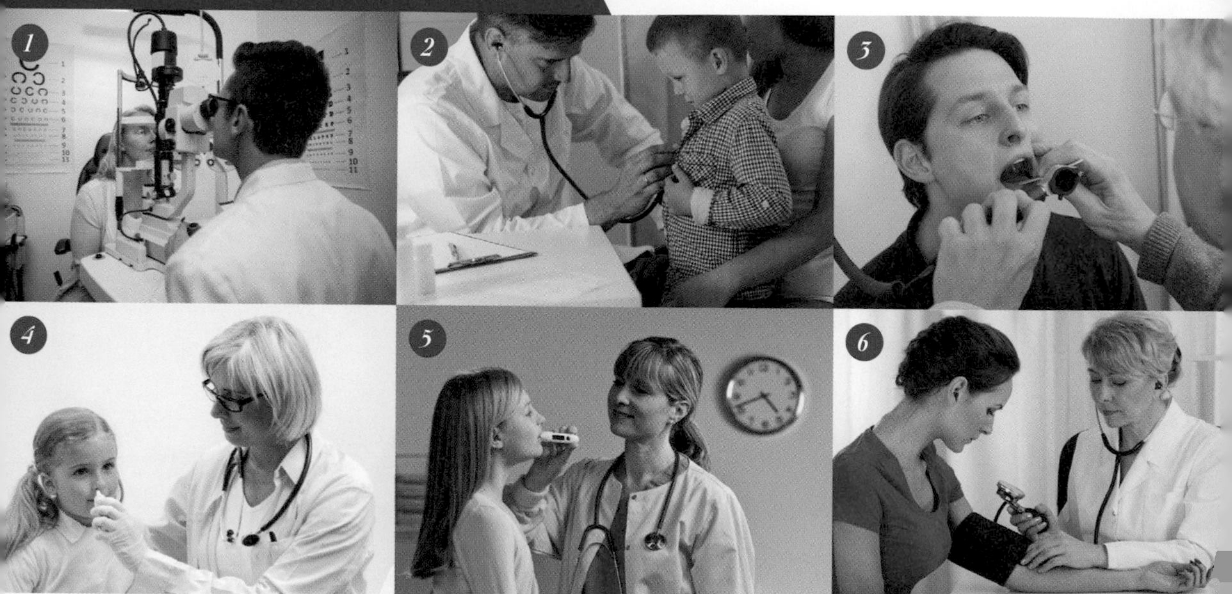

❶ **examiner la vue**
[ɛgzamine la vy] ph. 檢查視力

❷ **écouter les battements du cœur** [ekute le batmɑ̃ dy kœr]
ph. 聽心跳（聲）

❸ **examiner la gorge**
[ɛgzamine la gɔrʒ] ph. 檢查喉嚨

❹ **nettoyer le nez encombré**
[nɛtwaje lə ne ɑ̃kɔ̃bre] ph. 清鼻涕

❺ **prendre la température**
[prɑ̃dr la tɑ̃peratyr] ph. 量體溫

❻ **prendre la tension** [prɑ̃dr la tɑ̃sjɔ̃] ph. 量血壓

◆ Tips ◆

慣用語小常識：診所篇

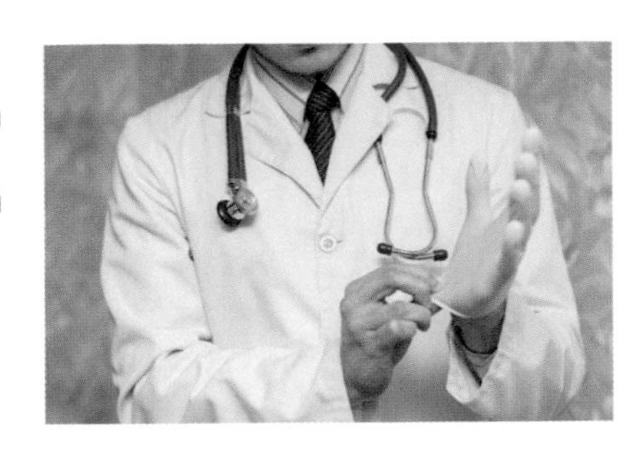

aller chez le docteur ou chez le médecin ?
「看醫生」怎麼說？

「醫生」這個名詞在法文中可用 le docteur [lə dɔktœr] 或 le médecin [lə medsɛ̃]，但這兩個字所代表的意義是非常不同的。le docteur 是指「博士學位頭銜」，而 le médecin 則指醫生這個職業，因此不是每一個具有博士頭銜的人都是醫生，但 le médecin 一定都有醫學的博士學位。在法國，一般來說 le docteur 僅用來稱呼擁有醫學博士學位的人，而不會用來稱呼其他領域之博士學位的人，因此 le docteur 就與 le médecin 都是指醫生的意思。

Si tu ne te sens pas bien, il faut consulter un médecin toute de suite.
如果你覺得身體不太舒服，一定要馬上看醫生。

在診所會做什麼呢？

法國人就醫的習慣一般是先到私人的醫生診所就診。除非在醫生的建議下，或是在非常緊急的情況下，才會到大型醫院就診。大部分的私人診所，除了家醫科外，都必須用電話或網路預約，因為醫生看診的時間較久，因此不可能接受現場掛號。除非遇到特殊緊急的狀況，建議最好還是先電話或網路預約。

◆◆◆ 01 預約掛號 prendre un rendez-vous

常見的掛號方式有哪些？

sans rendez-vous [sɑ̃ rɑ̃devu] ph. 未經預約的

se présenter en personne [sə prezɑ̃te ɑ̃ pɛrsɔn] ph. 現場掛號

prendre un rendez-vous par internet [prɑ̃dr œ̃ rɑ̃devu par ɛ̃tɛrnɛt] ph. 網路掛號

prendre un rendez-vous par téléphone [prɑ̃dr œ̃ rɑ̃devu par telefɔn] ph. 電話掛號

初診和複診法文怎麼說？

在法文裡會用 passer une visite chez le médecin 或 passer une visite médicale 來表達「就診」的意思。la visite 原指 ㊊「參觀；拜訪」的意思，但用在醫療上可以當作「看診、就診」的意思。至於**初診**，法文是 la première visite [la prəmjɛr vizit]；而複診（醫生認定需要複診，主要是確定病情）法文則用 la contre-visite [la kɔ̃trəvizit]。

Tous les salariés doivent passer une visite médicale au moins tous les deux ans.
所有的領薪階級至少每兩年要做一次健康檢查。

Vous devrez prendre un autre rendez-vous dans une semaine pour la contre-visite.
您一個禮拜後要來複診。

掛號時常用的基本對話

La secrétaire: Bonjour Monsieur, c'est pour...?
祕書：「先生您好，請問有什麼事？」

Le patient: Je n'ai pas pris de rendez-vous, est-ce qu'il est possible de voir le médecin.
看診病人：「我沒有事先預約，請問現在可以看診嗎？」

La secrétaire: Est-ce que vous êtes déjà vevu?
祕書：「您是初診嗎？（您之前看過診嗎？）」

Le patient: Non. 看診病人：「是的。（沒看過）」

La secrétaire: Il y a encore deux patients avant vous, voulez-vous patienter?
祕書：「您的前面還有兩位病人，請問您要等嗎？」

Le patient: Oui, j'ai tout mon temps. 看診病人：「沒問題，我可以等。」

La secrétaire : La salle d'attente se trouve sur votre gauche, le médecin va vous appeler.
祕書：「候診室在您的左手邊，請等醫生來叫您。」

Le patient: D'accord. Je vous remercie bien.
看診病人：「好的。謝謝您」

02 看診 la consultation

診所裡常見的人有哪些？法文怎麼說？

la secrétaire
[la s(ə)kretɛr]
n. 櫃台人員

le docteur
[lə dɔktœr]
n. 醫生

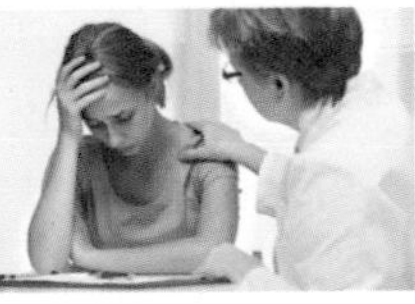

le patient
[lə pasjɑ̃]
n. 病人

le médecin généraliste
[lə medsɛ̃ ʒeneralist]
n. 家醫

這些不舒服的症狀（les symptômes）要怎麼用法文說呢？

l'angine
[lɑ̃ʒin]
n. 喉嚨發炎

être fatigué
[ɛtr fatige]
ph. 疲倦的

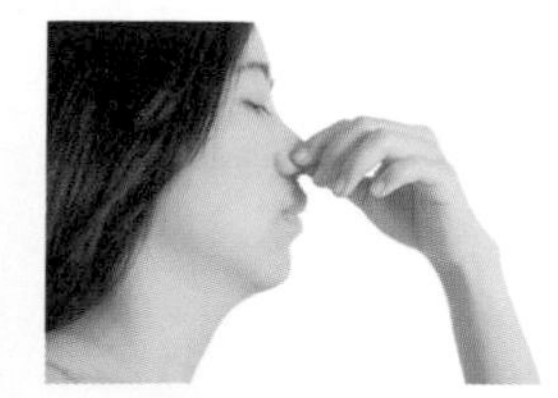

avoir le nez encombré
[avwar lə ne ɑ̃kɔ̃bre]
ph. 鼻塞的

avoir des frissons
[avwar de frisɔ̃]
ph. 發冷的

avoir le nez qui coule
[avwar lə ne ki kul]
ph. 流鼻水

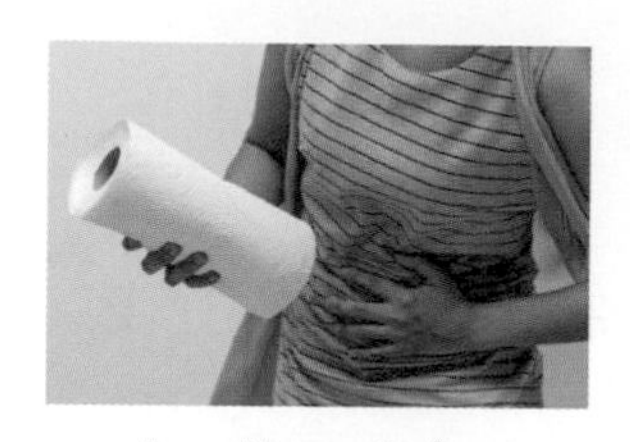

la diarrhée
[la djare]
n. 腹瀉，拉肚子

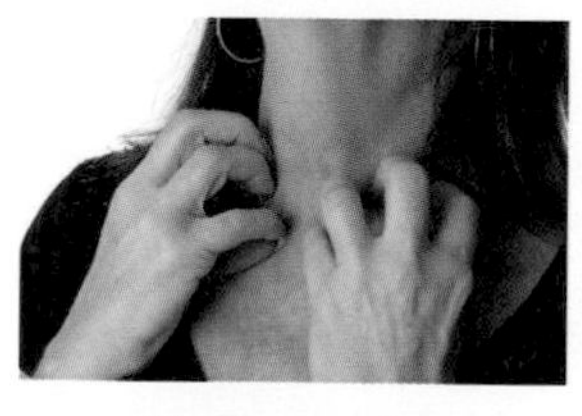

l'allergie
[lalɛrʒi]
n. 過敏

le rhume
[lə rym]
n. 感冒

la toux
[la tu]
n. 咳嗽

avoir mal à la tête
[avwar mala tɛt]
ph. 頭痛

avoir mal au dos
[avwar malo do]
ph. 背痛

éternuer
[etɛrnɥe]
v. 打噴嚏

其他不舒服的症狀又要怎麼用法文說呢？

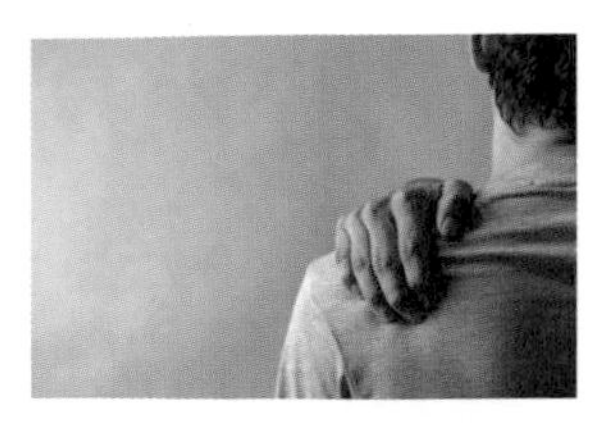

les courbatures
[le kurbatyr]
n. 肌肉痠痛

avoir mal à l'épaule
[avwar mala lepol]
ph. 肩膀痛

avoir mal au genou
[avwar malo ʒ(ə)nu]
ph. 膝蓋痛

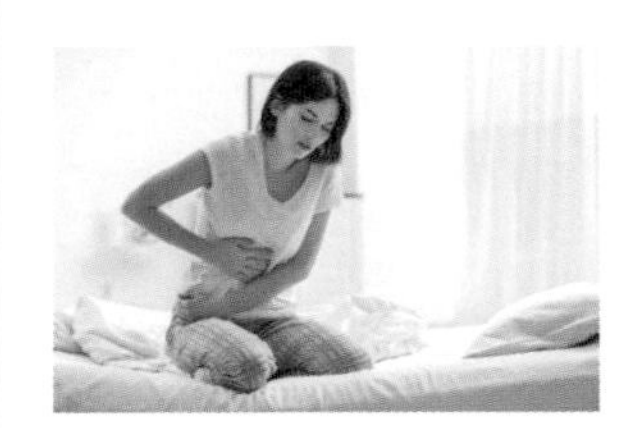

avoir mal au ventre
[avwar malo vɑ̃tr]
ph. 肚子痛

la colique
[la kɔlik]
n. 絞痛

avoir la nausée
[avwar la noze]
ph. 想吐

la mauvaise digestion
[la mɔvɛz diʒɛstjɔ̃]
n. 消化不良

le vertige
[lə vɛrtiʒ]
n. 暈眩

l'insomnie
[lɛ̃sɔmni]
n. 失眠

avoir mal à l'oreille
[avwar mala lɔrɛj]
ph. 耳朵痛

avoir mal aux yeux
[avwar malozjø]
ph. 眼睛痛

avoir une douleur à la poitrine
[avwar yn dulœr la pwatrin]
ph. 胸口痛

看診時的相關單字與片語

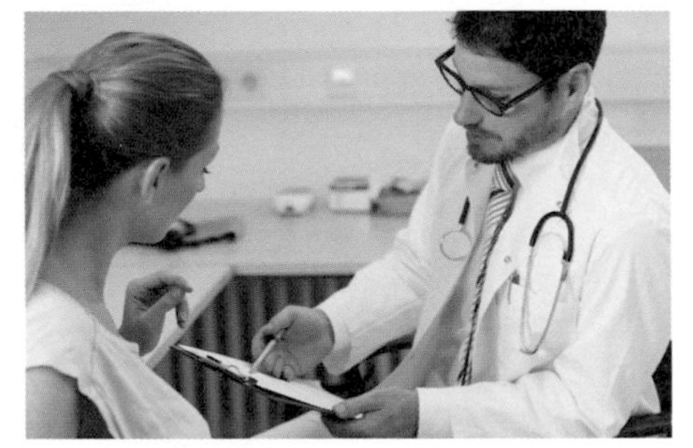

1. **les symptômes** [le sɛ̃ptom] n. 症狀
2. **le traitement** [lə trɛtmɑ̃] n. 治療
3. **l'inflammation** [lɛ̃flamasjɔ̃] n. 發炎
4. **l'antibiotique** [lɑ̃tibjɔtik] n. 抗生素
5. **les effets indésirables/ secondaires** [lezefɛ ɛ̃dezirabl/ səgɔ̃dɛr] n. 副作用
6. **le dossier médical** [lə dosje medikal] n. 病歷
7. **les antécédents médicaux** [lezɑ̃tesedɑ̃ mediko] n. 病史
8. **être allergique à** [ɛtr alɛrʒik a] ph. 對～過敏
9. **prendre des médicaments** [prɑ̃dr de medikamɑ̃] ph. 服藥
10. **prescrire** [prɛskrir] v. 開處方箋

看診時常用的基本對話

Le docteur: Quel est le but de votre visite?
醫生：「您為何來看診？」

Le patient: J'ai mal à la gorge et j'ai de la fièvre.
病患：「我喉嚨痛，而且有點發燒。」

Le docteur: Depuis quand?
醫生：「什麼時候開始的？」

Le patient: Depuis hier.
病患：「昨天開始的。」

Le docteur: Je vais vous examiner.
醫生：「我來為您檢查一下。」

le docteur: Effectivement, vous avez une pharyngite, l'inflamation du pharynx est très importante. Je vais vous préscrire un antibiotique, vous aurez parfois des effets indésirables, mais il faudra continuer le traitement jusqu'au bout.
醫生：「的確，您的喉嚨發炎了，發炎的情況已經有點嚴重。我給您開抗生素，可能會引起一些副作用，但還是要繼續服藥。」

Le patient: Qu'est-ce que je pourrais avoir comme effets indésirables?
病患：「有可能是什麼樣的副作用呢？」

Le docteur : Souvent, c'est la diarrhée. Je vais vous donner aussi de l'ultra levure, cela vous aidera. Est-ce que vous avez d'autres questions?
醫生：「最常發生的情況是腹瀉，所以我也會開給您酵母膠囊劑，會對您有幫助的。您還有其他的問題嗎？」

Le patient: Non, docteur.
病患：「沒有了。」

Le docteur: Prenez soin de vous et respectez bien les doses de l'antibiotique.
醫生：「請保重，別忘了按時按劑量服藥。」

Le patient: Je vous remercie.
病患：「謝謝醫生。」

◆◆◆ Chapitre 2

L'hôpital 醫院

院內擺設

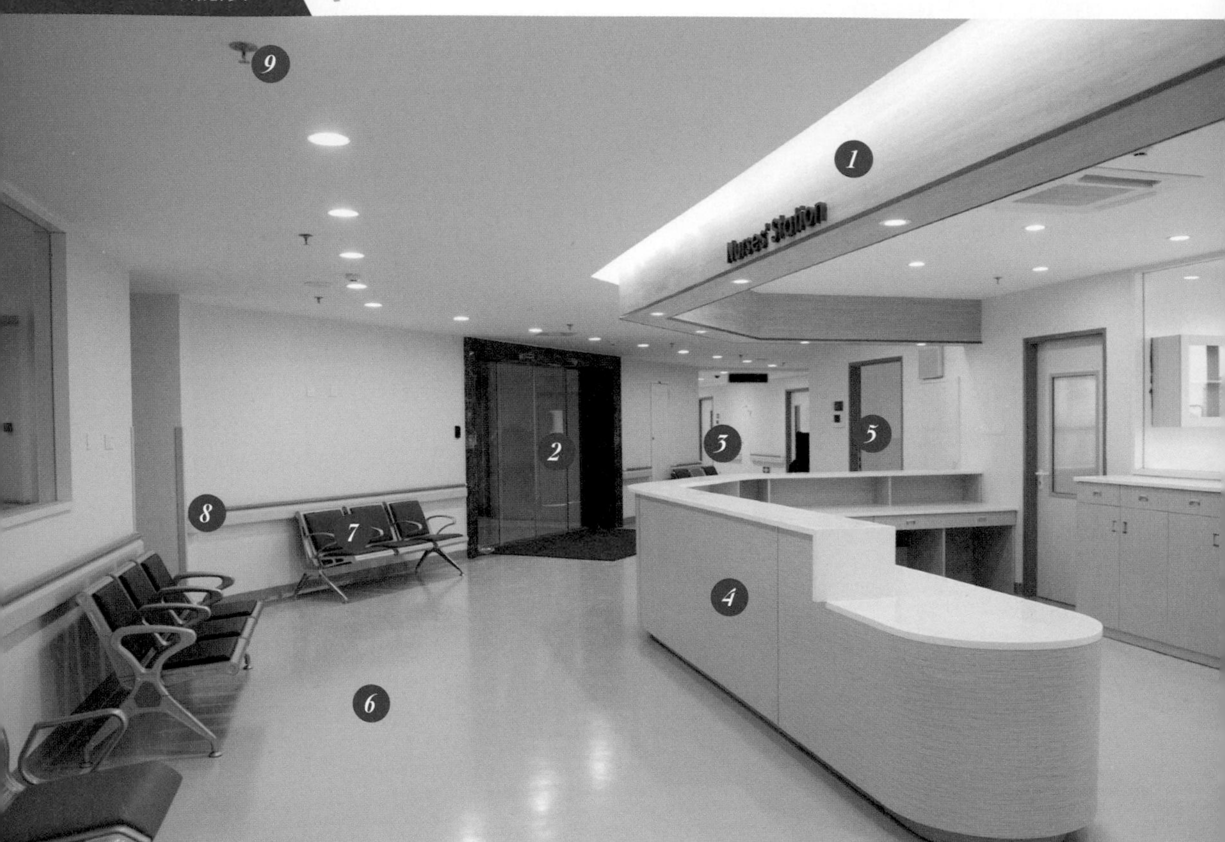

1. **le poste de soins** [lə pɔst də swɛ̃] n. 護理站
2. **la porte automatique** [la pɔrt otɔmatik] n. 自動門
3. **la chambre** [la ʃɑ̃br] n. 病房
4. **le bureau** [lə byro] n. 工作桌
5. **la salle de consultation** [la sal də kɔ̃syltasjɔ̃] n. 診間
6. **la salle d'attente** [la sal datɑ̃t] n. 等候區
7. **les chaises** [le ʃɛz] n.（等候）座位
8. **la barre** [la bar] n. 扶手

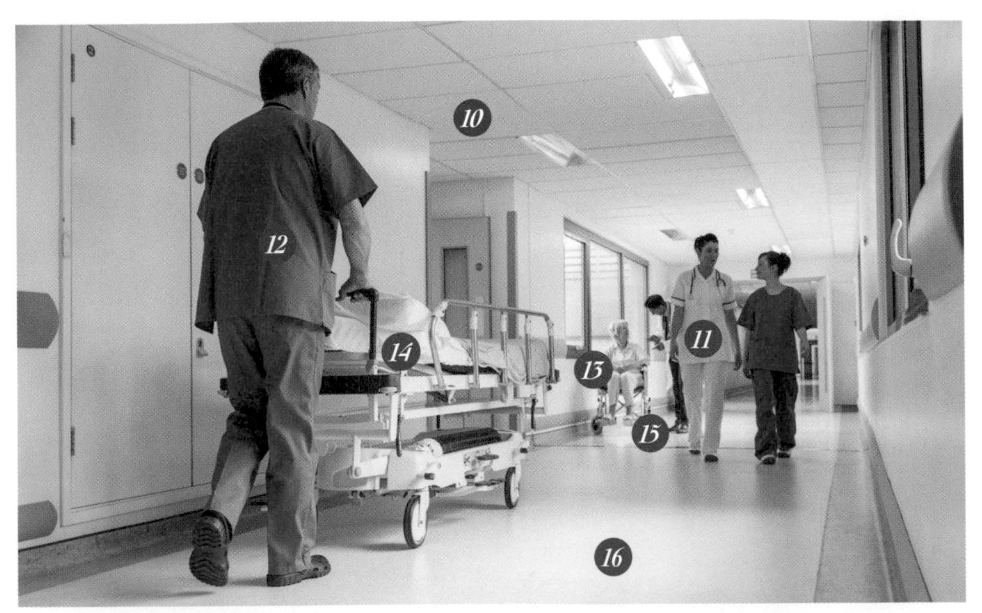

❾ **le système d'extincteur automatique à eau** [lə sistɛm dɛkstɛ̃ktœr otɔmatik a o] n. 自動灑水系統

❿ **l'hôpital** [lopital] n. 醫院

⓫ **le docteur** [lə dɔktœr] n. 醫生

⓬ **l'infirmier** [lɛ̃firmje] n. 護理師（男）
l'infirmière [lɛ̃firmjɛr] n. 護理師（女）

⓭ **le patient** [lə pasjɑ̃] n. 病患；病人（男）
la patiente [la pasjɑ̃t] n. 病患；病人（女）

⓮ **le lit** [lə li] n. 病床

⓯ **le fauteuil roulant** [lə fotœj rulɑ̃] n. 輪椅

⓰ **le couloir** [lə kulwar] n. 走道；通道

在醫院會做什麼呢？

在法國醫院中，除了看診之外，也能夠做例行的各式檢查，但每一項檢查必須先經由醫生的評估。

••• 01 做健康檢查 réaliser un bilan de santé

在健檢的時候會做什麼呢？

Part8_05

mesurer la taille
[məzyre la taj]
ph. 量身高

peser
[pəze]
v. 量體重

mesurer le tour de taille
[məzyre lə tur də taj]
ph. 量腰圍

prendre la tension
[prɑ̃dr la tɑ̃sjɔ̃]
ph. 量血壓

prendre la température
[prɑ̃dr la tɑ̃peratyr]
ph. 量體溫

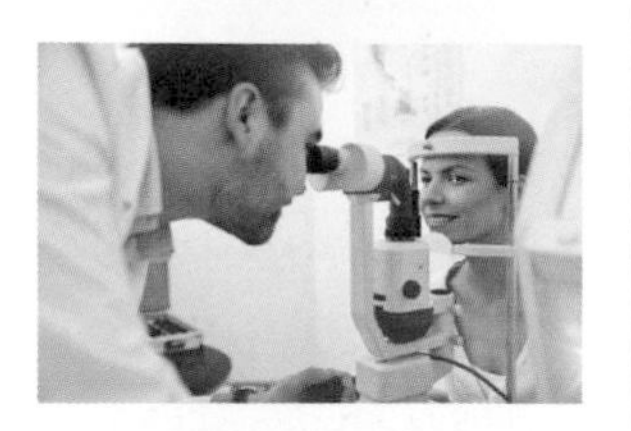

examiner la vue
[ɛgzamine la vy]
ph. 檢查視力

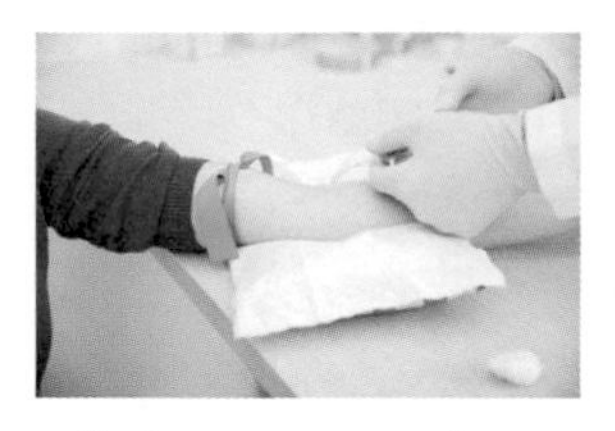

faire une prise de sang
[fɛr yn priz də sɑ̃]
ph. 抽血

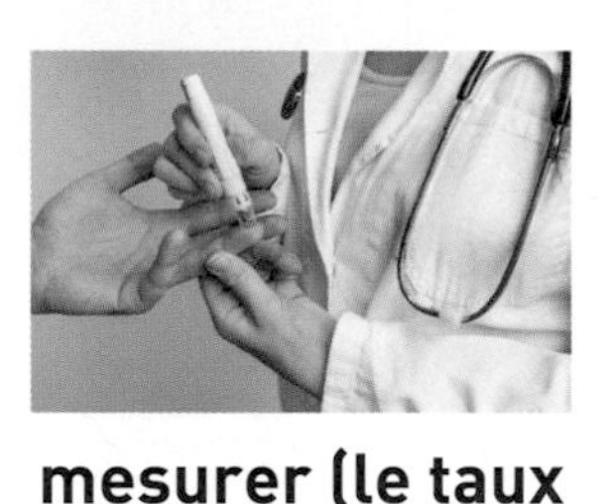

mesurer (le taux de) la glycémie
[məzyre (lə to də) la glisemi]
ph. 驗測血糖

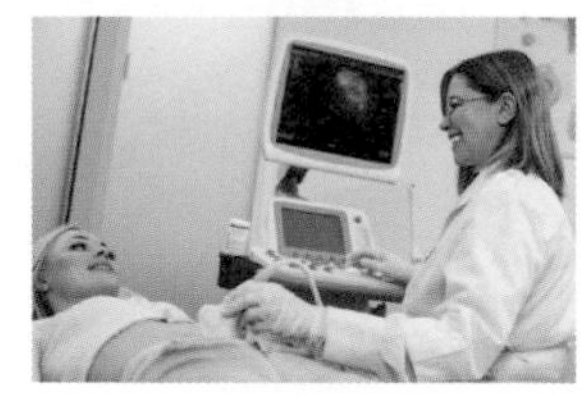

faire une échographie
[fɛr ynekogrɑfi]
ph. 超音波檢查

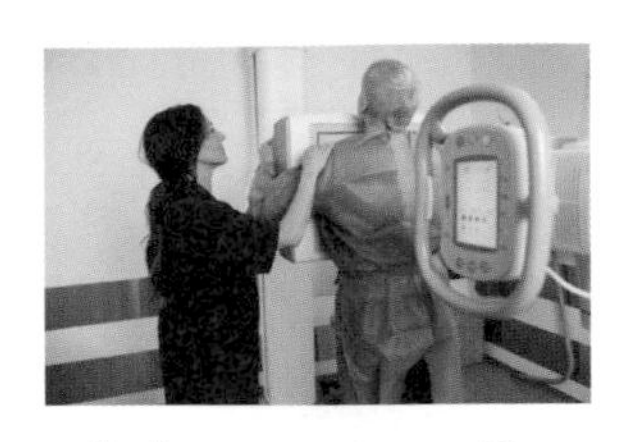

faire une radio
[fɛr yn radjo]
ph. 做 X 光檢查

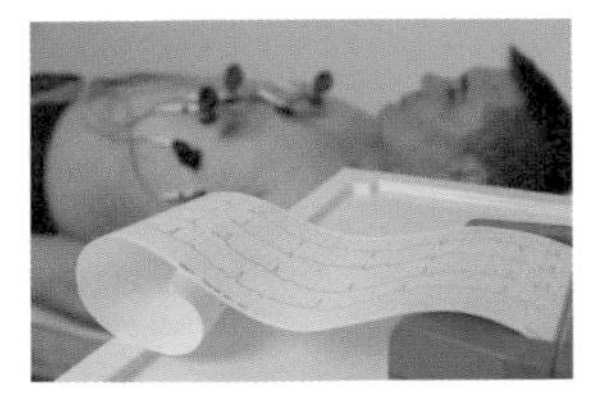

faire un ECG*
[fɛr œ̃nœseʒe]
ph. 測心電圖

collecter des prélèvements
[kɔlɛkte de prelɛvmɑ̃]
ph. 採集檢體

*ECG 是 électrocardiogramme 的縮寫，念作 [elɛkrokardjɔgram]。

做健康檢查時會用到的單字與句子

1. **un bilan de santé** [œ̃ bilɑ̃ də sɑ̃te] n. 全身健康檢查
2. **faire un examen médical** [fɛr œ̃ɛgzamɛ̃ medikal] ph. 做健康檢查
3. **le diagnostic** [lə djagnɔstik] n. 診斷
4. **la maladie chronique** [la maladi krɔnik] n. 慢性疾病
5. **l'hypertension** [lipɛrtɑ̃sjɔ̃] n. 高血壓
6. **la glycémie** [la glisemi] n. 血糖
7. **Respirez profondément, s'il vous plaît.** 請深呼吸。
8. **Retenez votre souffle, s'il vous plaît.** 請閉氣。
9. **Serrez vos poings, s'il vous plaît. Je vais y aller.**
   請緊握拳頭，我要開始（抽血）了。

02 醫院各科 Les différentes unités de l'hôpital

在醫院裡有哪些常見的科別？法文怎麼說？

Part8_06

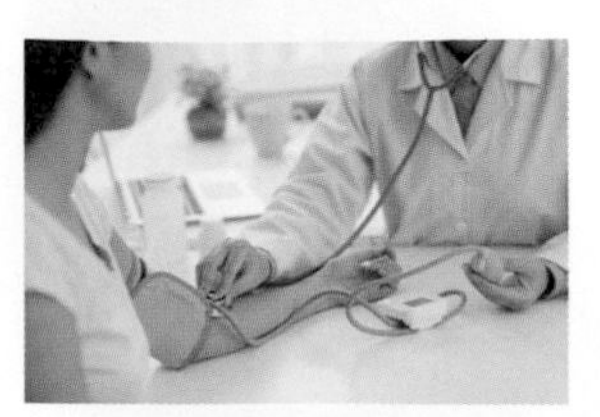

la médecine générale
[la medsin ʒeneral]
n. 普通一般內科

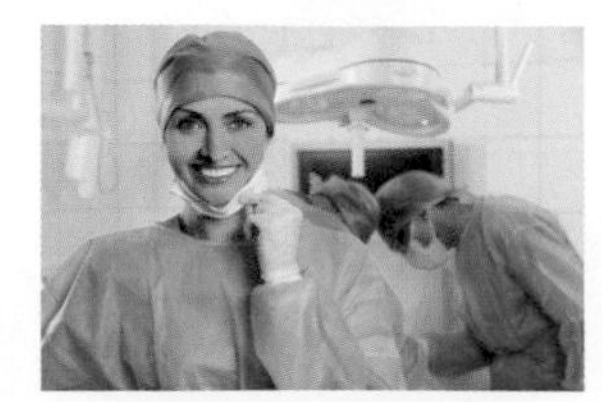

la chirurgie
[la ʃiryrʒi]
n. 外科

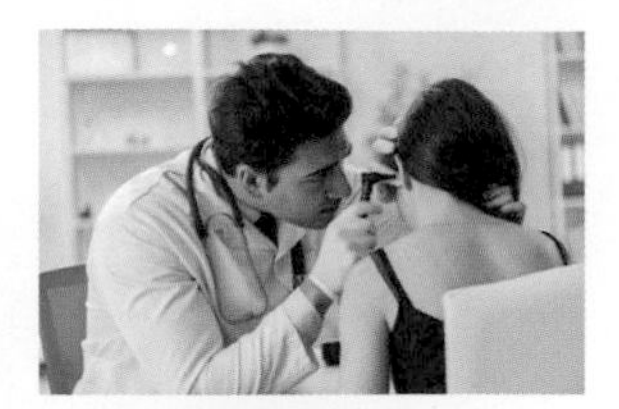

l'oto-rhino-laryngologie (O.R.L)
[lɔtorinolarɛ̃gɔlɔʒi]
n. 耳鼻喉科

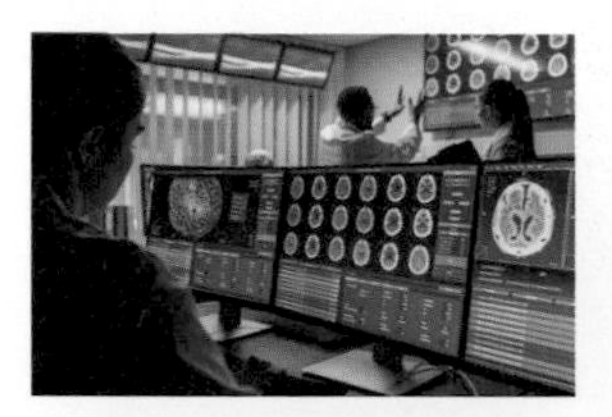

la neurologie
[la nørolɔʒi]
n. 腦科

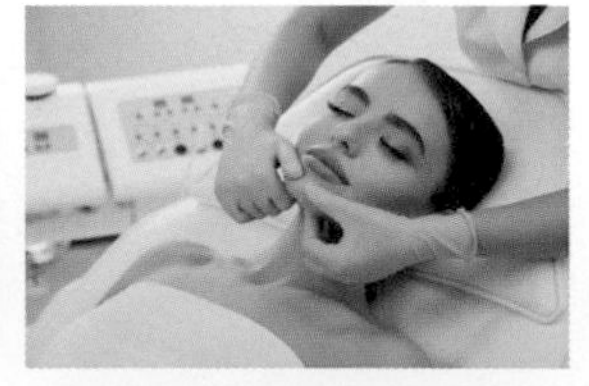

la dermatologie
[la dɛrmatɔlɔʒi]
n. 皮膚科

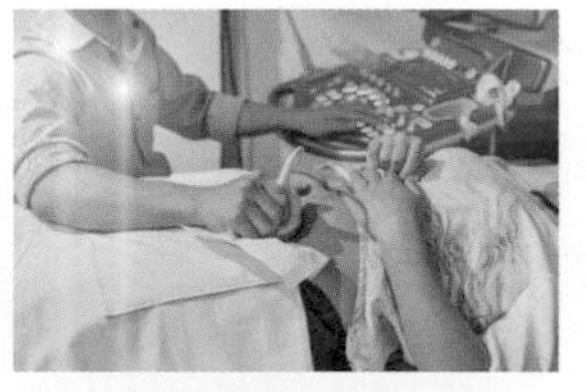

la gynécologie
[la ʒinekɔlɔʒi]
n. 婦產科

la pédiatrie
[la pedjatri]
n. 小兒科

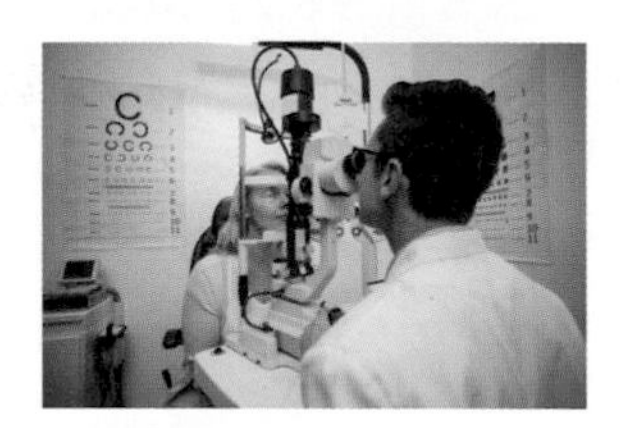

l'ophtalmologie
[lɔftalmɔlɔʒi]
n. 眼科

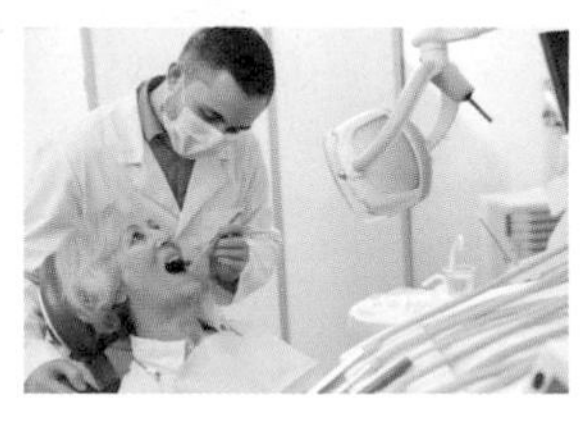

l'odontologie
[lɔdɔ̃tɔlɔʒi]
n. 牙科

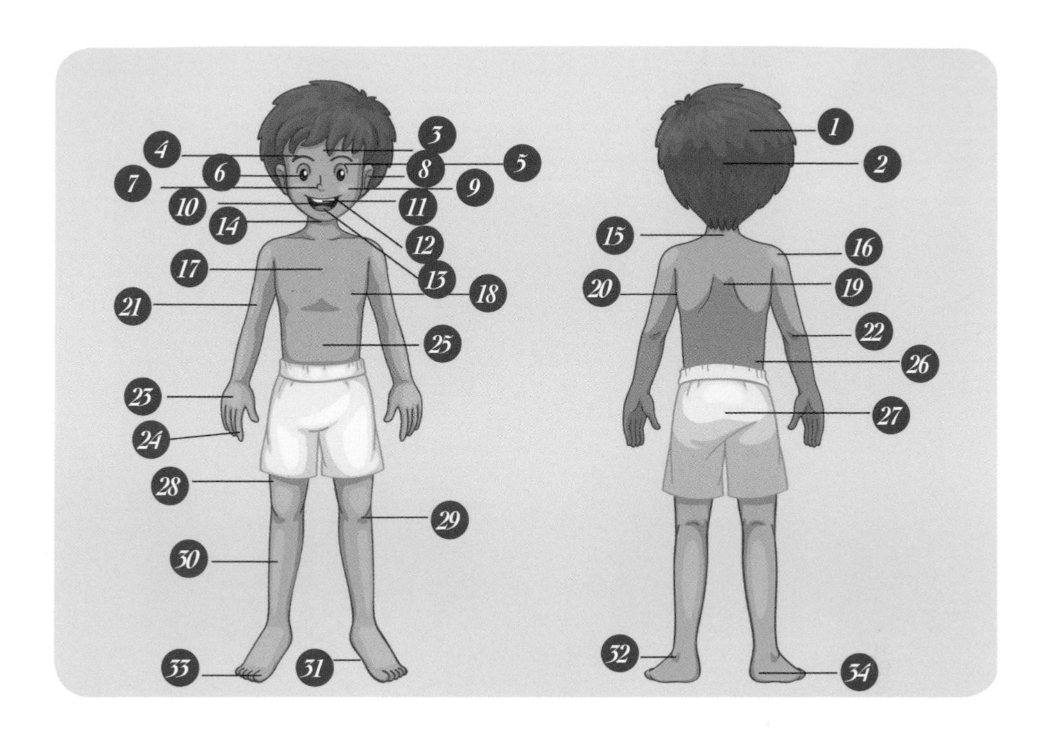

1 **la tête** 頭
2 **les cheveux** 頭髮
3 **le front** 額頭
→ **le visage** 臉
4 **le sourcil** 眉
5 **le cil** 睫毛
6 **l'œil** 眼睛（單眼）
複 **les yeux**
7 **le nez** 鼻子
8 **l'oreille** 耳朵
9 **la joue** 臉頰
10 **la bouche** 嘴巴
11 **la dent** 牙齒（單顆）
12 **la lèvre** 嘴唇
13 **la langue** 舌頭
14 **le menton** 下巴
15 **le cou** 脖子
→ **la gorge** 喉嚨
→ **la pomme d'adam** 喉結
16 **l'épaule** 肩膀
17 **la poitrine** 胸部
18 **le mamelon** 乳頭
19 **le dos** 背部
20 **l'aisselle** 腋窩
21 **le bras** 手臂
22 **le coude** 手肘
23 **la main** 手
24 **le doigt** 手指
→ **l'ongle** 指甲
→ **le pouce** 大拇指
25 **le ventre** 肚子
→ **le nombril** 肚臍
26 **la taille** 腰
27 **les fesses** 屁股
28 **la cuisse** 大腿
29 **le genou** 膝蓋
複 **les genoux**
30 **la jambe** 腿
31 **le pied** 腳
32 **la cheville** 腳踝
33 **l'orteil** 腳趾
34 **le talon** 腳跟

03 手術 l'opération

在手術房裡常見的東西有哪些？法文怎麼說？

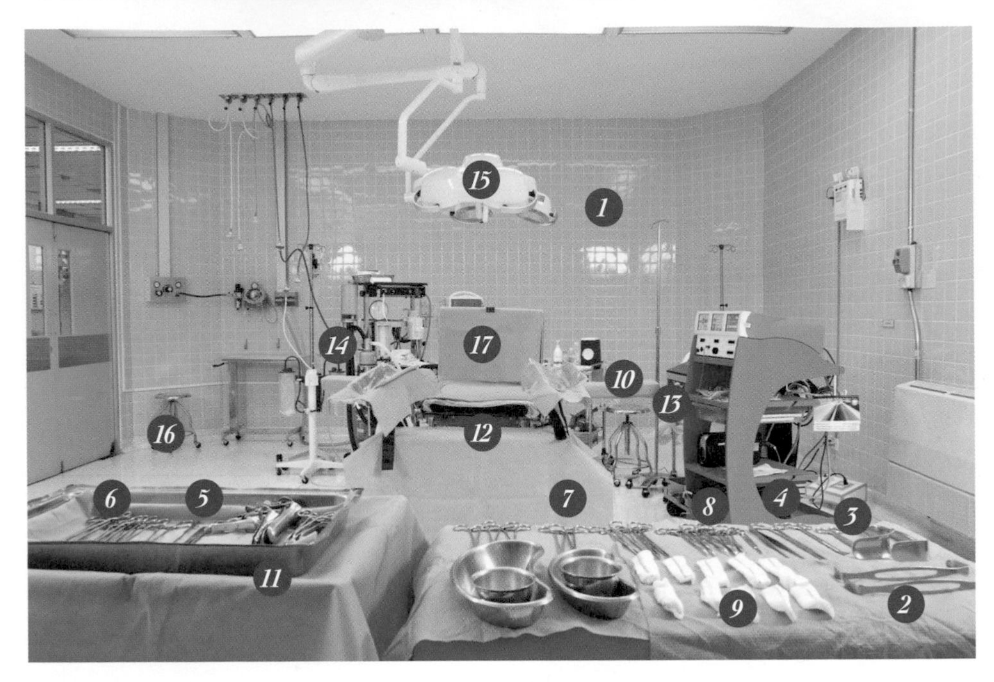

1 **la salle d'opération** [la sal dɔperasjɔ̃] n. 開刀房

2 **les instruments chirurgicaux** [lezɛ̃strymɑ̃ ʃiryrʒiko] n. 手術器械組

3 **la pince médicale** [la pɛ̃s medikal] n. 止血鉗

4 **les ciseaux à sutures** [le sizo a sytyr] n. 縫合剪刀

5 **le bistouri** [lə bisturi] n. 手術刀

6 **les ciseaux de chirurgien** [le sizo də ʃiryrʒjɛ̃] n. 手術剪

7 **les forceps** [le fɔrsɛps] n. 產鉗

8 **la pince fixe-compresses** [la pɛ̃s fikskɔ̃prɛs] n. 紗布鉗

9 **la gaze** [la gɑz] n. 紗布

10 **la table roulante** [la tabl rulɑ̃t] n. 器械架

11 **le plateau** [lə plato] n. 器械盤

12 **la table d'opération** [la tabl dɔperasjɔ̃] n. 手術台

13 **le défibrillateur** [lə defibrijatœ:r] n. 心臟電擊器

14 **l'appareil d'anesthésie** [laparɛj danɛstezi] n. 麻醉機

⑮ **l'éclairage opératoire** [leklɛraʒ ɔperatwar] n. 手術燈

⑯ **le tabouret** [lə taburɛ] n. 手術圓凳

⑰ **la serviette chirurgicale** [la sɛrvjɛt ʃiryrʒikal] n. 手術用消毒巾

進手術房前，醫護人員需換上哪些裝備，法文怎麼說？

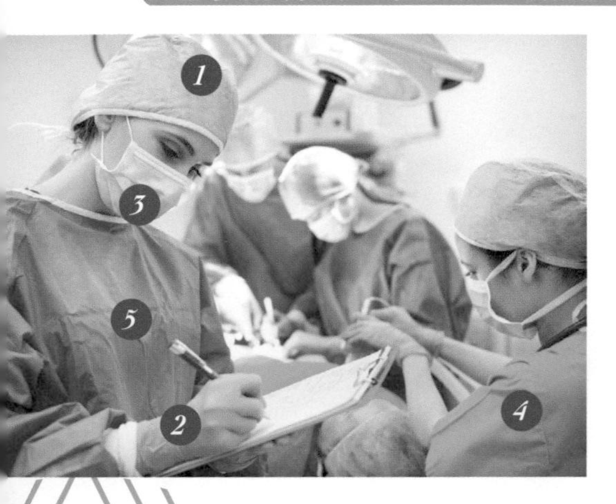

❶ **le bonnet de chirurgien** [lə bɔnɛ də ʃiryrʒjɛ̃] n. 手術帽

❷ **les gants médico-chirurgicaux** [le gɑ̃ medikoʃiryrʒikal] n. 手套

❸ **le masque** [lə mask] n. 口罩

❹ **la tenue chirurgicale** [la t(ə)ny ʃiryrʒikal] （綠色）手術衣

❺ **la blouse chirurgicale** [la bluz ʃiryrʒikal] n. （藍色）隔離衣

◆ **Tips** ◆

生活小常識：手術篇

平時穿白袍的醫生，在開刀時為何要換上綠色或藍色的手術衣呢？一直到1914年，醫生們或護理人員都穿著象徵純潔與整潔的白色長袍 la blouse blanche [la bluz blɑ̃ʃ]，直到第一次世界大戰爆發，有位在前線工作的美國醫生建議換掉白袍，因為紅色的血沾染到白袍上特別令人怵目驚心。但要等到1950年之後，醫生們才漸漸穿上綠色或藍色的手術衣，最有可能的原因是醫生在手術時，長時間盯著深色的血漬後，再將視線轉到白袍時，雙眼會暫時轉黑，而無法辨識任何顏色，而藍色和綠色是紅色的互補色，不會產生這樣的色差，甚至可以讓眼睛得到暫時的休息，因此在手術時，醫師們就會換上綠色或藍色的手術衣。

Le chirurgien, en blouse verte, est prêt pour l'opération.
外科醫生身著綠色手術衣，準備進入手術室。

◆◆◆ Chapitre3

La pharmacie 藥局

這些麼該怎麼說？

Part8_08

藥局（la pharmacie）

❶ **la pharmacie** [la farmasi] n. 藥局

❷ **le(la) pharmacien(-ne)** [lə(la) farmasjɛ̃(-jɛn)] n. 藥劑師

❸ **le comptoir** [lə kɔ̃twar] n. 櫃台

❹ **la prescription** [la prɛskripsjɔ̃] n. 處方籤

❺ **le rayon** [lə rɛjɔ̃] n. 貨物架

❻ **le médicament** [lə medikamɑ̃] n. 藥物

❼ **les compléments alimentaires** [le kɔ̃plemɑ̃ alimɑ̃tɛr] n. 營養補充品

❽ **demander** [dəmɑ̃de] v. 詢問

❾ **conseiller** [kɔ̃seje] v. 建議

❿ **les médicaments sans ordonnan** [le medikamɑ̃ sɑ̃ ɔrdɔnɑ̃s] n. 成藥

藥妝店（la parapharmacie）

⑪ **la parapharmacie** [la parafarmasi] n. 藥妝店
⑫ **les produits de beauté** [le prɔdɥi də bote] n. 保養品
⑬ **la lotion tonique** [la losjɔ̃ tɔnik] n. 化妝水
⑭ **le sérum** [lə serɔm] n. 精華液
⑮ **la crème pour le visage** [la krɛm pur lə vizaʒ] n. 面霜
⑯ **le déodorant** [lə deɔdɔrɑ̃] n. 爽身噴霧，除味劑
⑰ **l'exfoliant pour le visage** [lɛksfɔljɑ̃ pur lə vizaʒ] n. 去角質洗面乳
⑱ **le gel douche** [lə ʒɛl duʃ] n. 沐浴乳
⑲ **les vitamines** [le vitamin] n. 維他命
⑳ **le bain de bouche** [lə bɛ̃ də buʃ] n. 漱口水
㉑ **le baume** [lə bom] n . 藥膏
　㉖ **le masque** [lə mask] n. 口罩
　㉖ **le comprimé effervescent** [lə kɔ̃prime efɛrvɛsɑ̃] n. 發泡錠

◆Tips◆

慣用語小常識：藥物篇

aux grands maux les grands remèdes
「給最壞的病最好的藥」？

les maux [le mo] 是 le mal [lə mal] 的複數形態，意思為「生病」、「不好的事情」或「難以處理的情況」。le remède [lə r(ə)mɛd] 為「解藥」或「治癒的方法」，照字面的意思是指病情嚴重時，就應該用最有效的藥。換言之，也就是「重症需下猛藥」的意思，這句片語常用於表示當一件事情或情況已經無法控制時，不惜以更強硬的手段以達到目的。

Il promet《aux grands maux les grands remèdes》, menace et avertit qu'il ne plaisante pas.
他承諾「重症需下猛藥」，警告他並不是開玩笑、說說而已。

在藥局會做什麼呢？

01 領藥 acheter des médicaments avec/sans ordonnance

在法國，醫院及診所中並沒有設立藥局，因此病人必須拿著醫生開立的處方箋到藥局買藥，用經過醫生所開立的處方箋所購得的藥物才能申請健保或醫療保險的補助，反之，則必須全額自費。除了某些特別用藥必須遵守醫師所開的藥單之外，藥劑師可以根據存貨或病人的用藥習慣，而更改藥的廠牌，例如止痛藥、止咳糖漿等這類產品。

處方籤（l'ordonnance）上會有什麼？

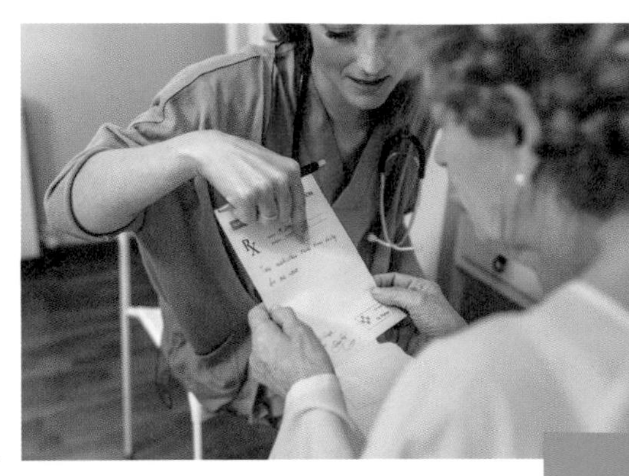

1. **l'ordonnance** [lɔrdɔnɑ̃s] n. 處方籤
2. **le praticien** [lə pratisjɛ̃] n. 執業醫生
3. **l'adresse du praticien** [ladrɛs dy pratisjɛ̃] n. 執業地址
4. **le nom du patient** [lə nɔ̃ dy pasjɑ̃] n. 病患姓名
5. **la date de naissance** [la dat də nɛsɑ̃s] n.（病患）出生日期
6. **les médicaments** [le medikamɑ̃] n. 藥名
7. **le dosage** [lə dozaʒ] n. 劑量；服用方式
8. **les voies d'administration** [le vwa dadministrasjɔ̃] n. 用法；服法
9. **la signature** [la siɲatyr] n.（處方醫師）簽名
10. **par voie orale** [par vwa ɔral] ph. 口服
11. **le médicament à usage externe** [lə medikamɑ̃ a yzaʒ ɛkstɛrn] ph. 外用藥
12. **le médicament à prendre avant le repas** [lə medikamɑ̃ a prɑ̃dr avɑ̃ lə rəpɑ] ph. 飯前服用
13. **le médicament à prendre après le repas** [lə medikamɑ̃ a prɑ̃dr aprɛ lə rəpɑ] ph. 飯後服用

領藥時的常見基本對話

Le patient: Bonjour Monsieur, voici mon ordonnance et ma carte vitale.
病患：「先生您好，這是我的藥單與健保卡。」

Le pharmacien: C'est parfait, je vous demande un instant, s'il vous plaît. Je vais chercher ces médicaments pour vous.
藥劑師：「好的，請等我一下，我去幫您拿藥。」

Le patient: Merci bien.
病患：「謝謝您。」

Le pharmacien: Voici vos médicaments. Est-ce que vous avez déjà pris ces médicaments?
藥劑師：「這些是您的藥。請問您之前服用過嗎？」

Chapitre3 La pharmacie 藥局

Le patient: Non, c'est la première fois.
病患：「沒有，這是第一次。」

Le pharmacien: Dans ce cas là, je vais marquer la posologie sur la boîte, et vous devrez bien respecter le dosage journalier. Si vous avez des problèmes, il faudra prevenir immédiatement votre médecin traitant.
藥劑師：「這樣的話，我把用藥方法寫在包裝上，您要按時按劑量服用。若有問題的話，一定要馬上聯絡您的主治醫生。」

Le patient: Bien entendu. Je vous remercie.
病患：「好的，謝謝您。」

常見的成藥有哪些？法文怎麼說？

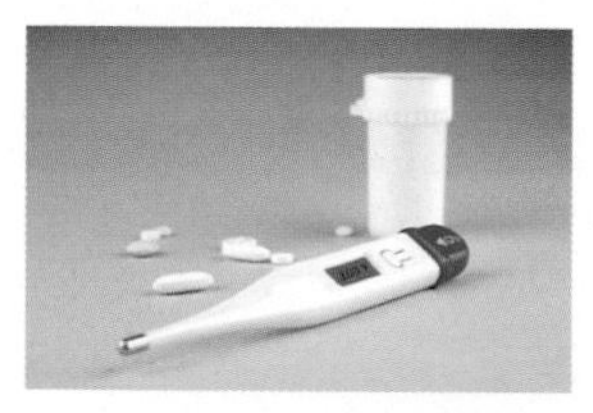

l'antipyrétique
[lɑ̃tipiretik]
n. 退燒藥

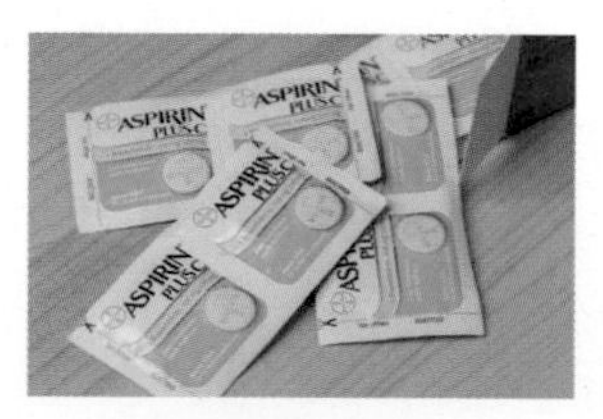

l'aspirine
[laspirin]
n. 阿斯匹靈

la pastille contre le mal de gorge
[la pastij kɔ̃tr lə mal də gɔrʒ]
n. 喉糖

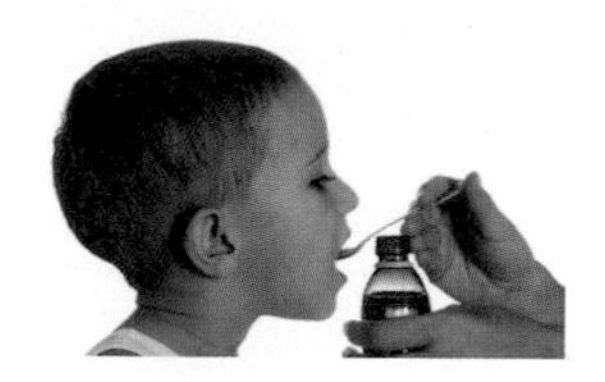

le sirop contre la toux
[lə siro kɔ̃tr la tu]
n. 咳嗽糖漿

l'antiacide
[lɑ̃tiasid]
n. 制胃酸劑

l'analgésique
[lanalʒezik]
n. 止痛藥

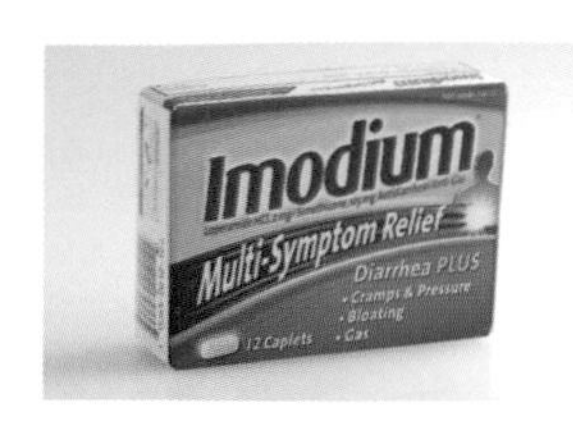

l'imodium
[limɔdjɔ̃]
n. 止瀉藥

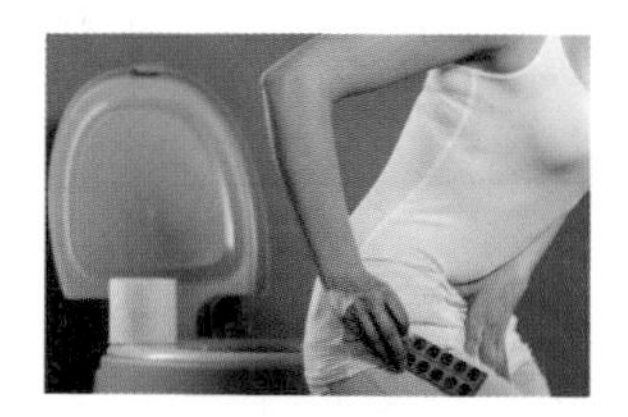

l'antidiarrhéique
[lɑ̃tidjareik]
n. 止瀉藥

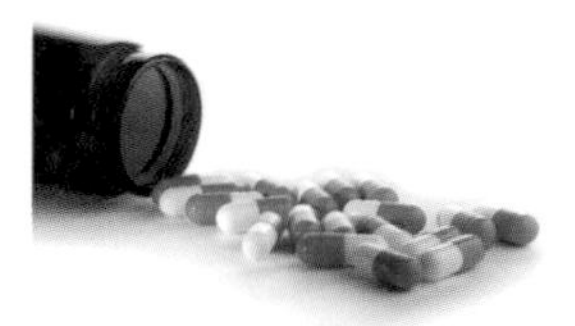

le médicament antigrippe
[lə medikamɑ̃ ɑ̃tigrip]
n. 流行性感冒藥

你知道嗎？

一樣都是「藥」，les médicaments、les remèdes、les drogues 有什麼不一樣？

用最廣義的說法來解釋，**藥物 les médicaments** [le medikamɑ̃] 是指所有可以減輕痛苦的物質，同義詞為 les remèdes [le r(ə)mɛd]，但若要細分兩者的差別，les remèdes 是單指可以治療病痛的物質，而藥物 les médicaments 不僅有治療病痛的功效，還可以預防疾病。比 les médicaments 更早具有「治療效果」的藥物為「藥用性的毒品」les drogues [le drɔg]。但這些物質其實並沒有治療的作用，主要功能是改變人的意識狀況，讓人在心理上產生依賴。如果長期使用此類藥物，需求量也會隨之增加，例如：大麻 le canabis、瑪啡 la morphine 等。因此「藥用性的毒品」的劑量需要醫護人員嚴格的控制，否則就淪為「毒品」了。

Vous ne pouvez pas acheter de la morphine à la pharmacie.
您不能在藥房買到嗎啡。

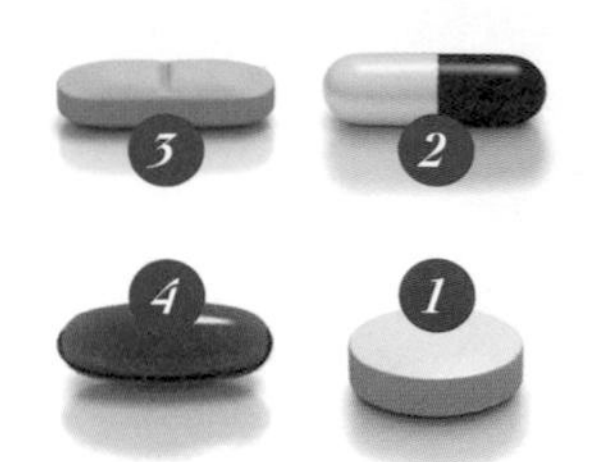

請參考左圖的「藥丸、藥片及膠囊」，la tablette [la tablɛt] 或 la pastille [la pastij]（見圖 ❶），是指一般常見的圓形實心固體藥片，外層沒有糖衣且非光滑狀，通常是用吞食或口含的方式服用；la gélule [la ʒelyl] 則是橢圓型的「**膠囊**」（見圖 ❷），如果把兩端打開，可以將 la poudre [la pudr]（藥粉）倒出來；le comprimé [lə kɔ̃prime]（**藥錠**）（見圖 ❸），是像 la tablette 一樣的實心固體，但體積較大，有圓形的或橢圓形的，可以吞食、咬碎或水溶的方式服用；la capsule à enveloppe molle [la kapsyl a ɑ̃vlɔp mɔl]（**軟膠囊**）裡的內容物為液態狀（見圖 ❹），摸起來軟軟的、有彈性的感覺，最常見的就是魚油。les pilules [le pilyl] 也是口服、固態類型的藥物劑片，但特點是體積非常小。此單字另一個更普遍的用法，是用來指「口服避孕藥」la pilule contraceptive [la pilyl kɔ̃trasɛptiv]。

Je vais acheter des pastilles à sucer pour calmer le mal de gorge.
我要去買口含藥錠來治我的喉嚨痛。

02 購買保健食品 acheter les compléments alimentaires

常見的醫療用品和保健食品有哪些？

Part8_10

		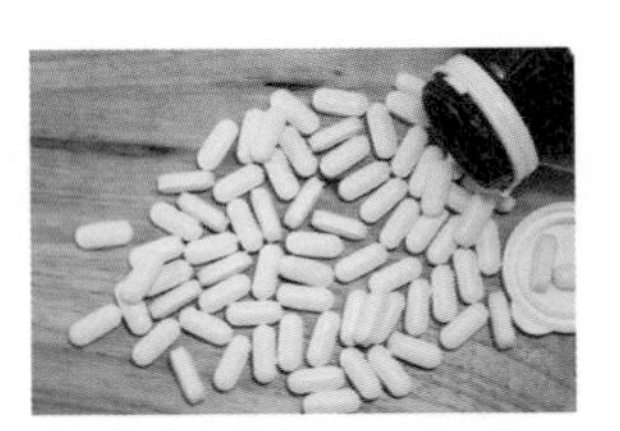
les vitamines [le vitamin] n. 維他命	**les capsules d'huile de poisson** [le kapsyl dɥil də pwasɔ̃] n. 魚油膠囊	**les tablettes de calcium** [le tablɛt də kalsjɔm] n. 鈣片

les cachets d'acide folique
[le kaʃɛ dasid fɔlik]
n. 葉酸錠

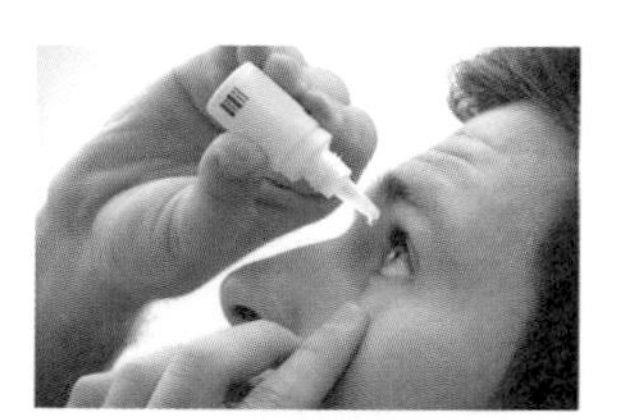

le collyre
[lə kɔlir]
n. 點眼液

la solution physiologique (le sérum physiologique)
[la sɔlysjɔ̃ fizjɔlɔʒik]
n. 生理食鹽水

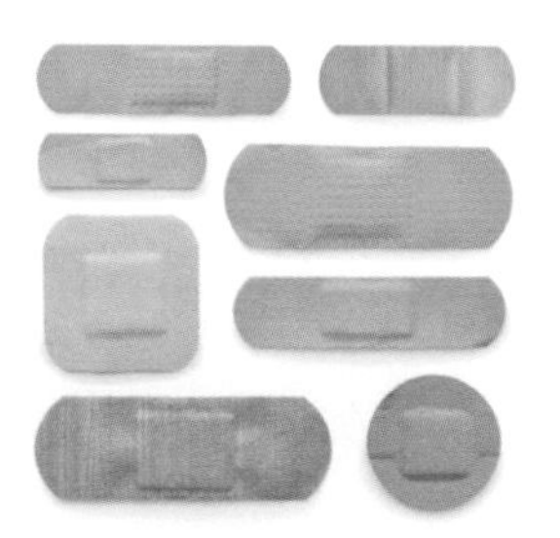

le pansement
[lə pɑ̃smɑ̃]
n. O K 蹦

la teinture d'iode
[la tɛ̃tyr djɔd]
n. 碘酒

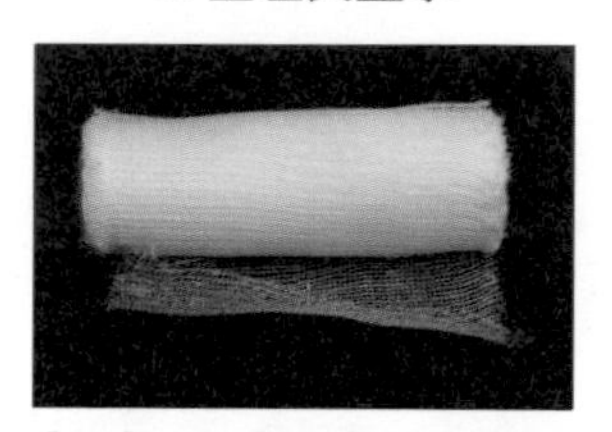

la bande de gaze
[la bɑ̃d də gɑz]
n. 繃帶

la gaze
[la gɑz]
n. 紗布

le coton-tige
[lə kɔtɔ̃tiʒ]
n. 棉花棒

la pommade
[la pɔmad]
n. 藥膏

les protections
[le prɔtɛksjɔ̃]
n. 護具

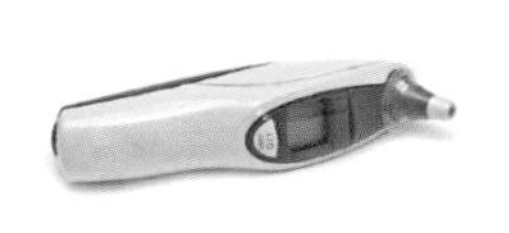

le thermomètre auriculaire
[lə tɛrmɔmɛtr ɔrikylɛr]
n. 耳溫計

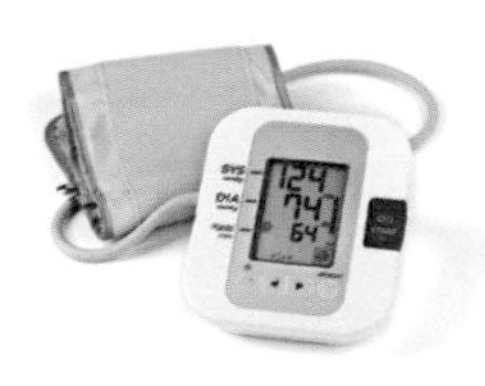

le tensiomètre
[lə tɑ̃sjɔmɛtr]
n. 血壓計

la bouillotte
[la bujɔt]
n. 熱水袋

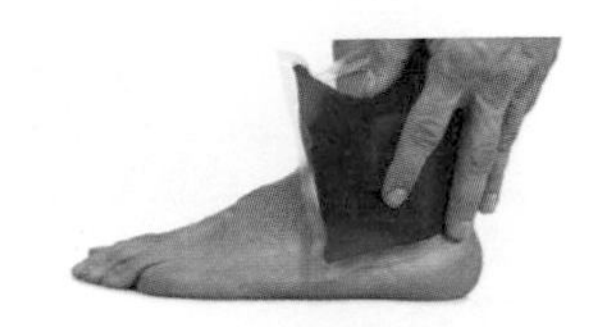

l'accumulateur de froid
[lakymylatœr də frwa]
n. 冰袋

la ceinture abdominale
[la sɛ̃tyr abdɔminal]
n. 護腰帶

◆ Tips ◆

慣用語小常識：藥物篇

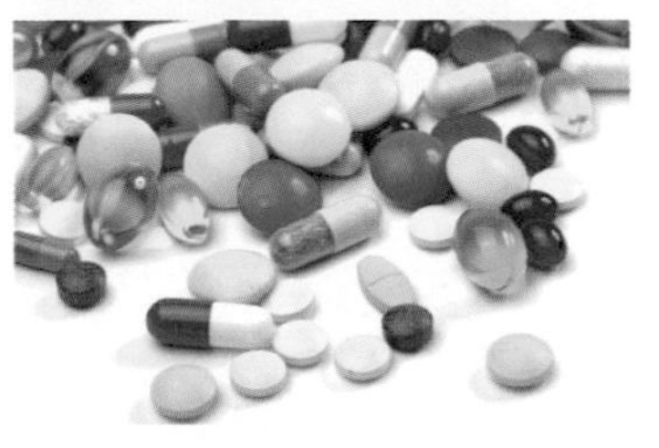

何謂 l'automédication ？

法國的醫療體系長久以來都是醫藥分家，醫生只負責**診斷 diagnostiquer** [djagnɔstike] 及**開處方 prescrire des médicaments** [prɛskrir de medikamɑ̃]（ 或 faire une ordonnance [fɛr ynɔrdɔnɑ̃s]），病人必須到**藥局 la pharmacie** [la farmasi] 買藥。

醫院或診所醫生所開出的藥物，可以跟**健保 la sécurité sociale** [la sekyrite sɔsjal] 申請補助，但依據藥品的不同有以下四種補助方案。可分**全額補助**、**百分之六十五**、**百分之三十**及**補助百分之十五**，未補助的部分可向**互助保險公司 la mutuelle** [la mytɥɛl] 申請。沒有醫生的處方箋，而在藥房自行購買的藥品則必須完全自費。然而「**自我治療**」**l'automédication** [lotomedikasjɔ̃] 的情況在法國越來越普遍，有越來越多的人根據藥劑師的建議買藥，但藥劑師若認為病患的情況較為嚴重，會建議病人去看醫生。某些藥品例如抗癌藥、抗炎藥、精神疾病等等的藥物，一定要經過醫師的同意才買得到。

Il faut avoir la prescription de votre médecin pour acheter des médicaments antibiotiques.
您需要有醫生的處方箋才能購買抗生素。

◆◆◆ 03 挑選保養品 choisir les produits de soins

在藥妝店中常見的保養品有哪些？

Part8_11

la crème corporelle
[la krɛm kɔrpɔrɛl]
n. 身體乳液

la crème de jour
[la krɛm də ʒur]
n. 日霜

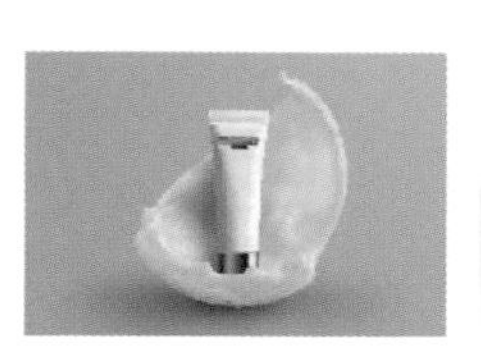

l'exfoliant de visage
[lɛksfɔljɑ̃ də vizaʒ]
n. 去角質洗面乳

la crème de nuit
[la krɛm də nɥi]
n. 晚霜

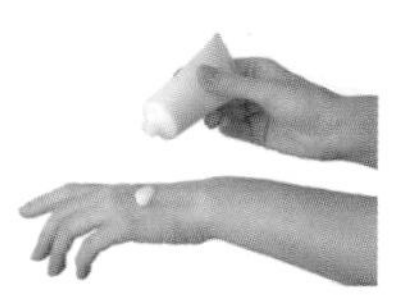

la crème pour les mains
[la krɛm pur le mɛ̃]
n. 護手霜

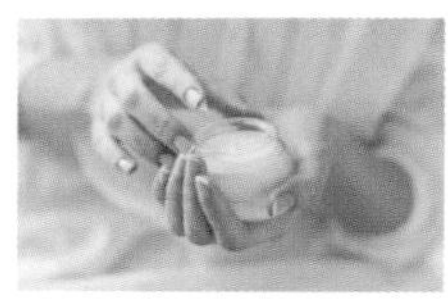

la crème hydratante
[la krɛm idratɑ̃t]
n. 保濕乳液

la crème pour le visage
[la krɛm pur lə vizaʒ]
n. 面霜

le dissolvant
[lə disɔlvɑ̃]
n. 去光水

le sérum
[lə serɔm]
n. 精華液

l'huile essentielle
[lɥil esɑ̃sjɛl]
n. 精油

le sérum anti-âge
[lə serɔm ɑ̃tiɑʒ]
n. 抗老精華液

la crème solaire
[la krɛm sɔlɛr]
n. 防曬乳

la crème autobronzante
[la krɛm otobrɔ̃zɑ̃:t]
n. 助曬乳

la lotion
[la losjɔ̃]
n. 化妝水

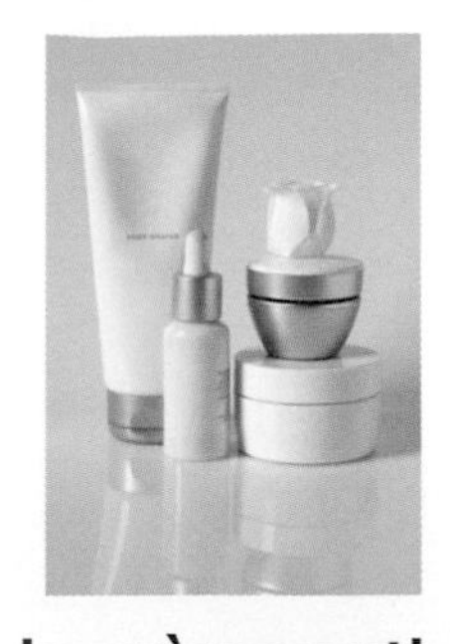

la crème anti-pollution
[la krɛm ɑ̃tipɔlysjɔ̃]
n. 隔離乳 / 霜

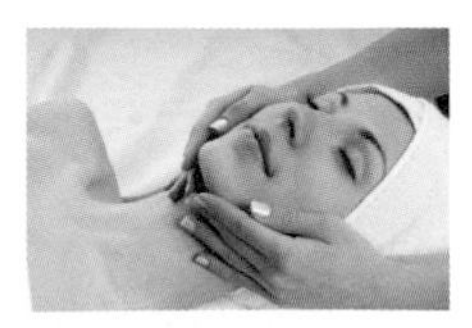

le gommage
[lə gɔmaʒ]
n. 敷臉凝膠；去角質

保養品上的文字

● 保養品上常出現的法文有哪些？其意思是什麼？

1. **hydratant** [idratɑ̃] adj. 保濕的
2. **anti-uv** [ɑ̃ti yve] adj. 防曬的
3. **anti-âge** [ɑ̃tiɑʒ] adj. 抗老化的
4. **autobronzant** [otobrɔ̃zɑ̃] adj. 助曬的
5. **pour le visage** [pur lə vizaʒ] ph. 適用於臉的
6. **pour le corps** [pur lə kɔr] ph. 適用於身體的
7. **restaurer** [rɛstɔre] v. 修護
8. **pour la peau grasse** [pur la po grɑs] ph. 適用於油性皮膚
9. **ne pas convenir à la peau sensible** [n(ə) pa kɔ̃vnir a la po sɑ̃sibl] ph. 不適用於敏感性皮膚
10. **pour la peau sensible** [pur la po sɑ̃sibl] ph. 適用於敏感性皮膚
11. **de jour** [də ʒur] ph. 適用於白天的
12. **de nuit** [də nɥi] ph. 適用於晚上的

常見的皮膚症狀

● 以下是各類皮膚症狀（le problème de peau）的法文。

le grain de beauté
[lə grɛ̃ də bote]
n. 痣

le bouton d'acné
[lə butɔ̃ dakne]
n. 青春痘

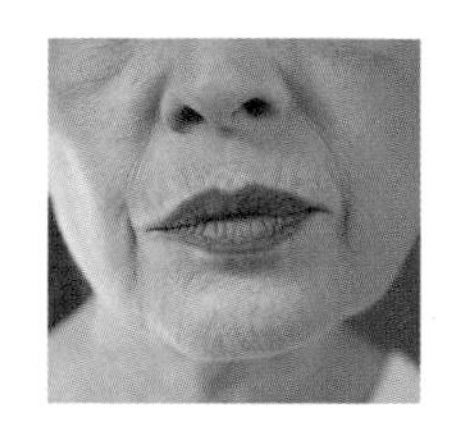

la ride
[la rid]
皺紋
㉧ **les pattes d'oie**
魚尾紋

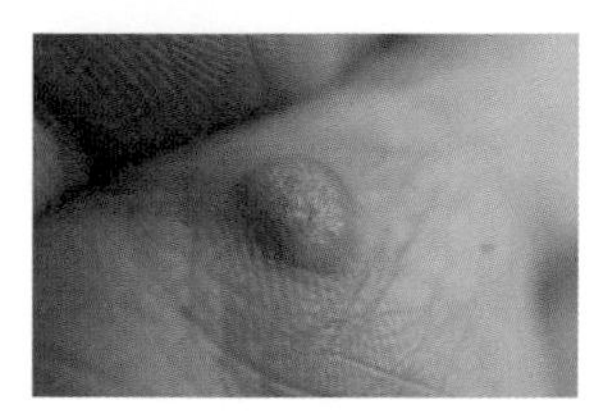

la verrue
[la vɛry]
n. 疣

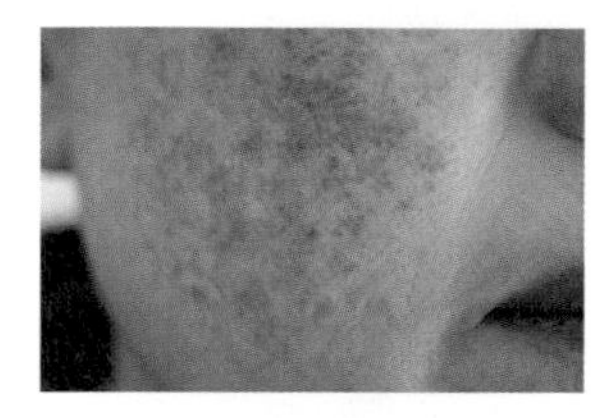

les taches de rousseur
[le taʃ də rusœr]
n. 雀斑

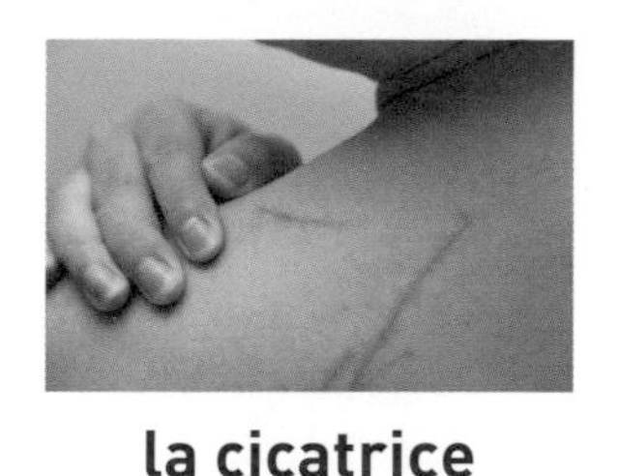

la cicatrice
[la sikatris]
n. 疤痕
㉧ **la blessure cicatrisée**
結痂

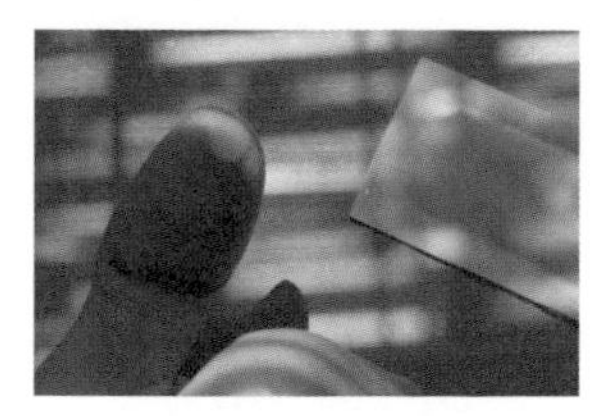

les ampoules
[lezɑ̃pul]
n. 水泡

la piqûre d'insectes
[la pikyr dɛ̃sɛkt]
n. 蚊蟲咬傷
㉧ **l'égratignure**
抓破的傷口

la cerne
[la sɛrn]
n. 黑眼圈

◆◆◆ Chapitre4

La clinique vétérinaire 獸醫診所

獸醫院配置

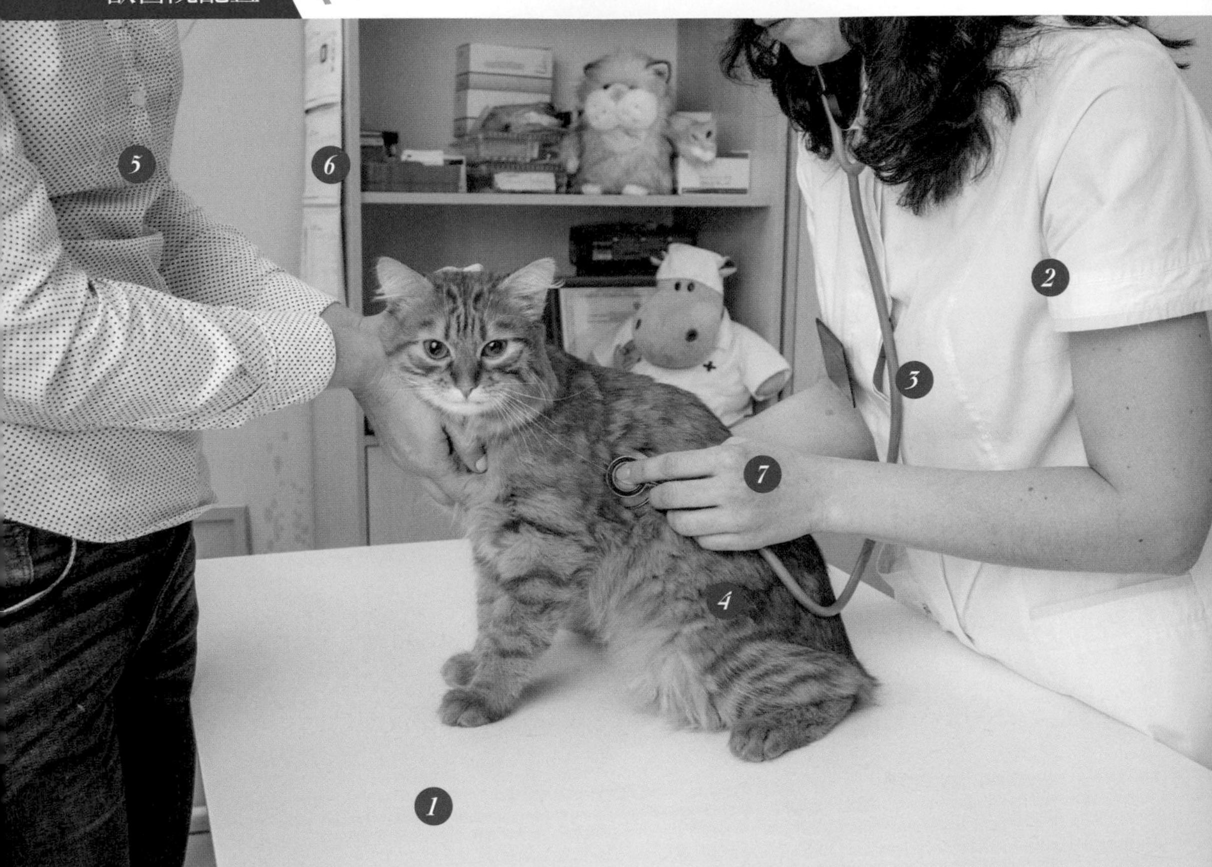

1. **la table d'examen** [la tabl dɛgzamɛ̃] n. 診療台
2. **l'assistant** [lasistɑ̃] n. 獸醫助理（男）
   l'assistante [lasistɑ̃t] n. 獸醫助理（女）
3. **le stéthoscope** [lə stetɔskɔp] n. 聽診器
4. **l'animal domestique** [lanimal dɔmɛstik] n. 寵物
5. **le propriétaire** [lə prɔprijetɛr] n.（寵物）主人
6. **le diplôme de vétérinaire** [lə diplom də veterinɛr] n. 獸醫執照
7. **l'examen médical de base** [lɛgzamɛ̃ medikal də bɑz] n. 健康檢查

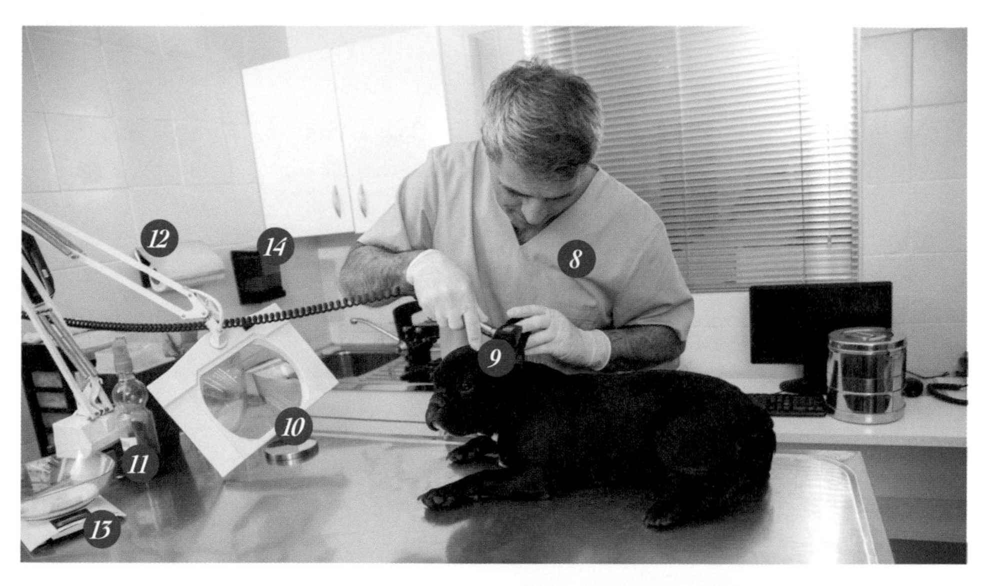

❽ **le vétérinaire** [lə veterinɛr] n. 獸醫

❾ **l'otoscope** [lɔtɔskɔp] n. 耳鏡

❿ **la loupe** [la lup] n. 放大鏡

⓫ **la solution hydro-alcoolique** [la sɔlysjɔ̃ idrɔalkɔlik] n. 酒精消毒劑

⓬ **le papier essuie-tout** [lə papje ɛsɥitu] n. 擦手紙巾

⓭ **la balance** [la balɑ̃s] n. 電子磅秤

⓮ **le gel pour les mains** [lə ʒɛl pur le mɛ̃] n. 洗手乳

◆ Tips ◆

慣用語小常識：寵物篇

être malade comme un chien
「病的跟狗一樣」？

這句通俗的法文慣用語起源於十七世紀，在那個時代，狗還沒有像現在「寵物」的地位，而只是被視為一般的動物，必須看家、守著牛羊群、甚至做些粗重的工作。那時的人們對於狗並沒有像現在這樣，把它們當成寵物的感情，所以當狗生病時，主人並不會特別關心或特別照顧，反而任由它們痛苦哀嚎，甚至自生自滅。

因此 être malade comme un chien，是指一個人病得很重。在現代法語的用法，這句慣用語用於尤指因為消化不良、酗酒或暈車、暈船所引起的不適。

J'ai mangé un gratin de poissons au restaurant la semaine dernière, il ne devait pas être très frais, car ensuite, j'ai été malade comme un chien pendant deux jours.
上個星期我在餐廳吃了焗烤魚肉，魚肉應該是不太新鮮，因為我大病了兩天。

Mon petit frère ne supporte pas du tout les voyages en bateau, pendant toute la traversée, il a été malade comme un chien et ne faisait que vomir.
我弟不喜歡搭船。整個旅程中，他都感到不舒服，一直在吐。

在獸醫那裡會做些什麼呢？

01 做檢查 faire un examen médical de base

常見的檢查有哪些？

Part8_13

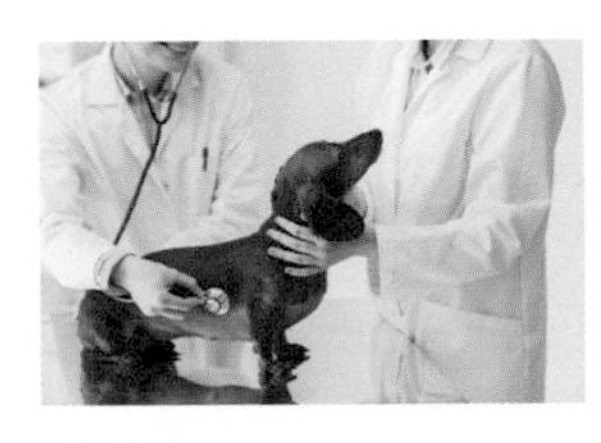

faire un examen
[fɛr œ̃nɛgzamɛ̃]
ph. 做健康檢查

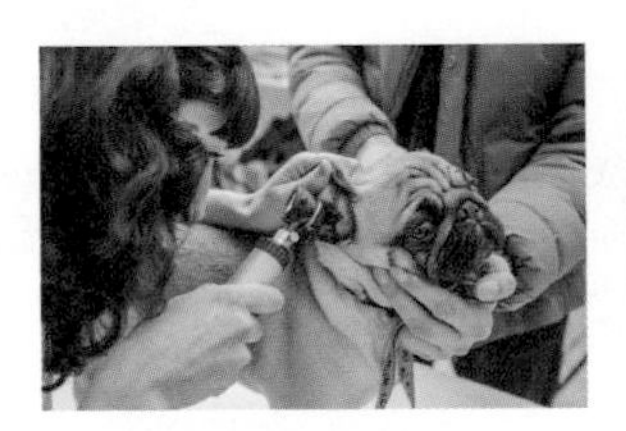

examiner les oreilles (de l'animal domestique)
[ɛgzamine lezɔrɛj dəlanimal dɔmɛstik]
ph. 檢查耳朵

examiner les dents (de l'animal domestique)
[ɛgzamine le dɑ̃ dəlanimal dɔmɛstik]
ph. 檢查牙齒

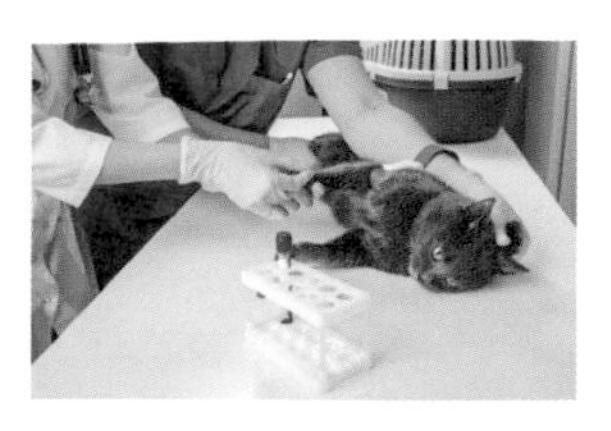

faire une analyse de sang
[fɛr ynanaliz də sɑ̃]
ph. 做血液檢驗

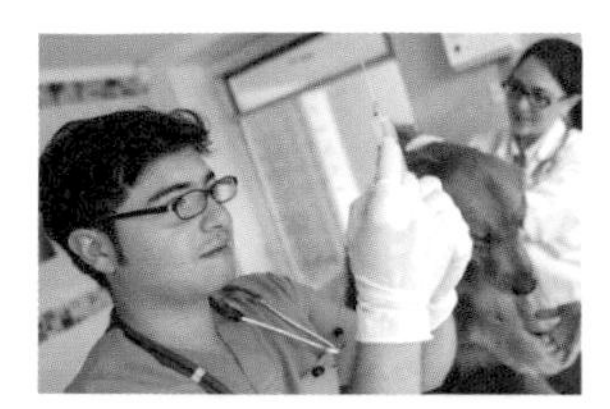

faire un vaccin
[fɛr œ̃ vaksɛ̃]
ph. 接種疫苗

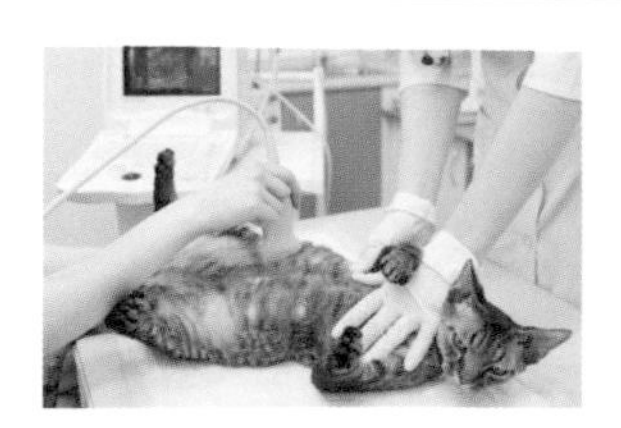

faire une échographie
[fɛr ynekografi]
ph. 做超音波檢查

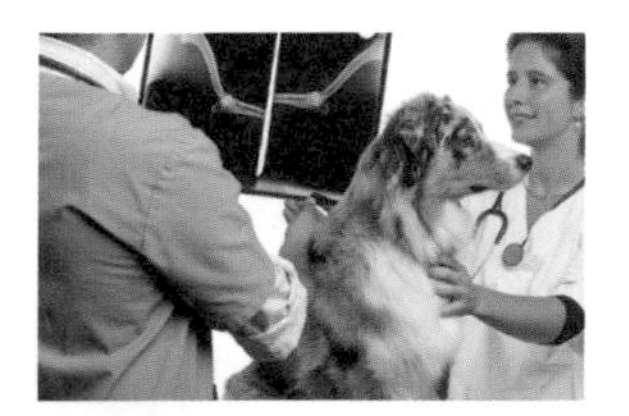

faire une radio
[fɛr yn radjo]
ph. 做 X 光檢查

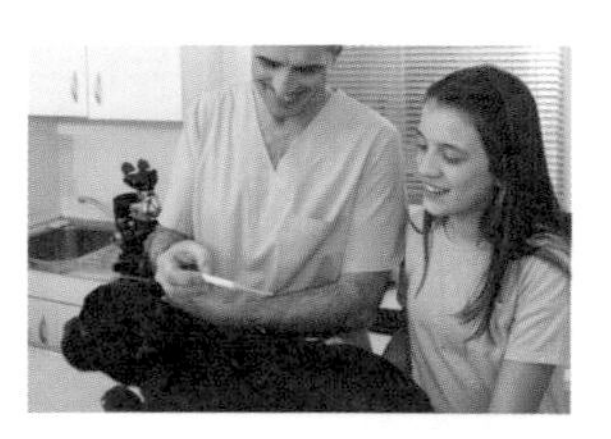

prendre la température
[prɑ̃dr la tɑ̃peratyr]
ph. 量體溫

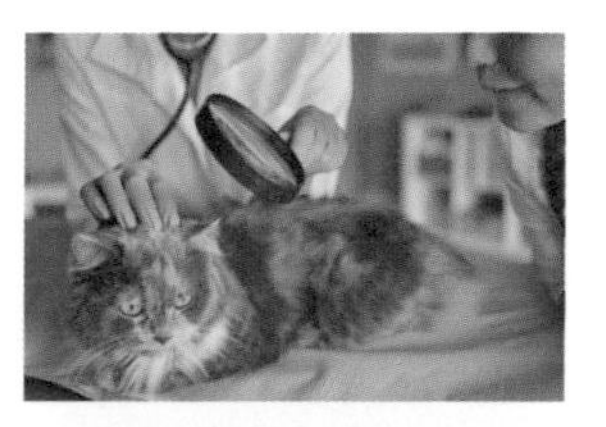

examiner le poil et la peau (de l'animal domestique)
[ɛgzamine lə pwal e la po dəlanimal domɛstik]
ph. 檢查毛和皮膚

◆ Tips ◆

生活小常識：寵物美容篇

在法國，獸醫可以為寵物看診、治療、手術或打預防針，但若需要寵物美容 le toilettage [lə twalɛtaʒ] 的服務，像是洗澡 l'hygiène et l'entretien du poil [liʒjɛn e lɑ̃trətjɛ̃ dy pwal]、剪毛 la tonte du poil [la tɔ̃t dy pwal] 和指甲修剪 la coupe des griffes [la kup de grif] 等，就必須到寵物美容院 le salon de toilettage [lə salɔ̃ də twalɛtaʒ]，讓寵物美容師 le toiletteur animalier 為寵物服務。

Le toiletteur animalier doit avoir une bonne connaissance des animaux mais il ne peut pas exercer une activité de médecine vétérinaire.
寵物美容師必須對動物有深切的了解，但不能從事獸醫的工作。

02 帶寵物去治療 soigner des animaux

常見的治療有哪些？

Part8_14

le traitement antiparasitaire
[lə trɛtmɑ̃ ɑtiparazitɛ:r]
n. 治療寄生蟲感染

mettre du collyre antibiotique
[mɛtr dy kɔlir ɑ̃tibjɔtik]
ph. 使用抗生素眼藥水

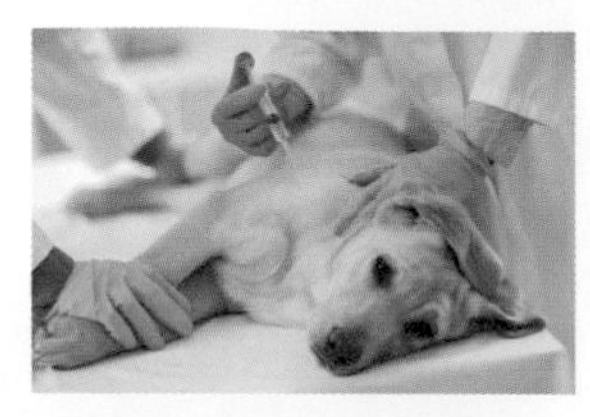

faire une piqûre
[fɛr yn pikyr]
ph. 打針

faire une thérapie d'acupuncture
[fɛr yn terapi dakypɔ̃ktyr]
ph. 針灸

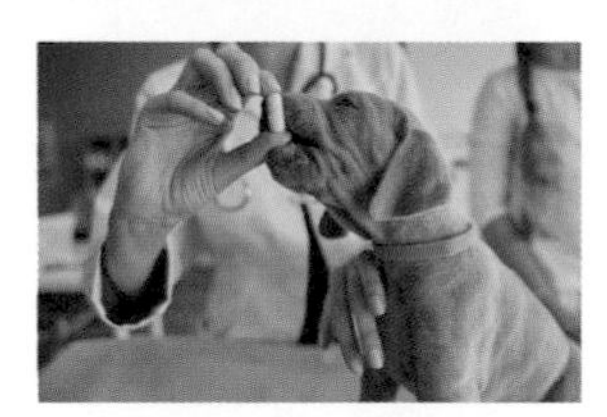

prendre les compléments alimentaires
[prɑ̃dr le kɔ̃plemɑ̃ alimɑ̃tɛr]
ph. 服用營養品

faire un brossage de dents
[fɛr œ̃ brɔsaʒ də dɑ̃]
ph. 洗牙

常見的治療用品有哪些？

la collerette (vétérinaire)
[la kɔlrɛt (veterinɛr)]
n. 頸護罩

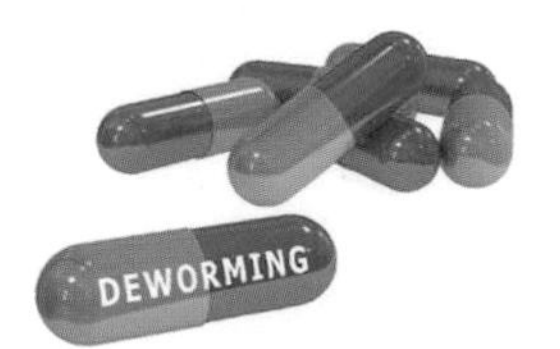

le vermifuge
[lə vɛrmifyʒ]
n. 除蟲藥

l'herbe à chat
[lɛrb a ʃa]
n. 貓草

le traitement de la gale auriculaire
[lə trɛtmɑ̃ də la gal ɔrikylɛr]
n. 以藥水清除耳蟎

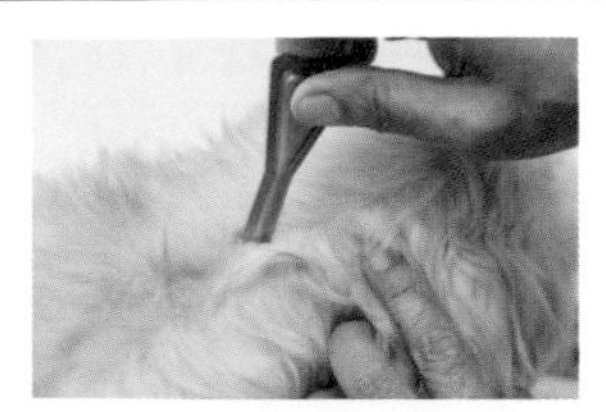

le comprimé anti-puce
[lə kɔ̃prime ɑ̃tipys]
n. 跳蚤藥

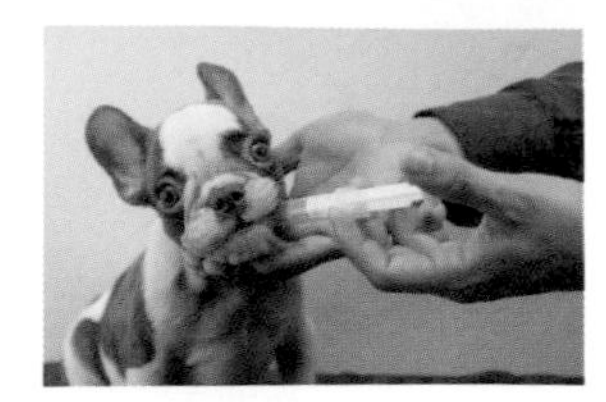

le médicament contre le rhume
[lə medikamɑ̃ kɔ̃tr lə rym]
n. 口服感冒藥

會用到的句子

1. **Je dois emmener mon chat chez le vétérinaire.**
   我必須帶我的貓去看醫生。
2. **Mon chien a besoin d'être examiné.**
   我的狗需要健康檢查。
3. **Mon chat n'a pas d'appétit.**
   我的貓沒有食慾。
4. **C'est une bonne chose pour votre chien, si vous le promenez tous les jours.**
   如果您每天帶您的狗散步，這會對他的健康很好。
5. **Votre chat a besoin de porter une collerette (vétérinaire) pour l'empêcher de se gratter.**
   您的貓需要戴頸護罩，才能防止牠去抓傷口。
6. **Mon petit chien n'arrête pas de vomir et d'avoir la diarrhée.**
   我的小狗一直嘔吐又拉肚子。

03 寵物 les animaux domestiques

le chien
[lə ʃjɛ̃]
n. 狗

le chat
[lə ʃa]
n. 貓

le lapin
[lə lapɛ̃]
n. 兔子

la gerbille
[la ʒɛrbij]
n. 沙鼠

le hamster
[lə amstɛr]
n. 倉鼠

le cochon d'Inde
[lə kɔʃɔ̃ dɛ̃:d]
n. 天竺鼠

l'écureuil
[lekyrœj]
n. 松鼠

le hérisson
[lə erisɔ̃]
n. 刺蝟

le phalanger volant
[lə falɑ̃ʒe vɔlɑ̃]
n. 蜜袋鼯

la vache laitière
[la vaʃ lɛtjɛr]
n. 乳牛

le cochon
[lə kɔʃɔ̃]
n. 豬

le mouton
[lə mutɔ̃]
n. 羊

le cheval
[lə ʃ(ə)val]
n. 馬

l'oiseau
[lwazo]
n. 鳥

le poisson rouge
[lə pwasɔ̃ruʒ]
n. 金魚

常見的寵物配件

❶ **le collier de chien**
[lə kɔlje də ʃjɛ̃]
n.（狗用）項圈

❷ **la laisse**
[la lɛs]
n. 狗鍊

les croquettes pour chien/chat
[le krɔkɛt pur ʃjɛ̃/ʃa]
n. 狗／貓飼料

le plumeau pour chat
[lə plymo pur ʃa]
n. 逗貓棒

le griffoir
[lə grfwar]
n. 貓抓板

la litière pour chat
[la litjɛr pur ʃa]
n. 貓砂

la brosse à dent pour chien
[la brɔsa dɑ̃ pur ʃjɛ̃]
n. （狗用）潔牙棒

la caisse
[la kɛs]
n. 籠子

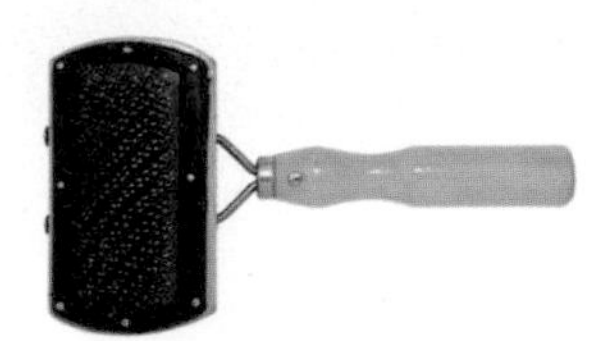

la brosse pour chien
[la brɔsa pur ʃjɛ̃]
n. 狗毛刷

PARTIE IX

Les loisirs 休閒娛樂

♦♦♦ Chapitre 1

Le cinéma & le théâtre 電影院、劇院

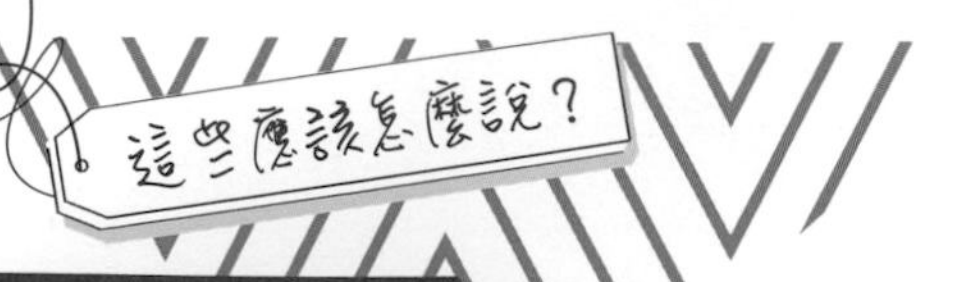

Part9_01

電影院配置

1. **le cinéma** [lə sinema] n. 電影院
2. **l'écran** [lekrɑ̃] n. 螢幕
3. **la place côté couloir** [la plas kote kulwar] n. 走道座位
4. **la place dans les premiers rangs** [la plas dɑ̃ le prəmje rɑ̃] n. 前排座位
5. **la place dans les derniers rangs** [la plas dɑ̃ le dɛrnje rɑ̃] n. 後排座位
6. **la place au milieu** [la plaso miljø] n. 中間座位
7. **la sortie de secours** [la sɔrti də səkur] n. 緊急出口

❽ **le panneau d'indication de sortie de secours** [lə pano dɛ̃dikasjɔ̃ də sɔrti də səkur] n. 緊急出口標示

❾ **le numéro de place** [lə nymero də plas] n. 座位號碼

❿ **le porte-gobelet** [lə pɔrtgɔblɛ] n. 杯架

⓫ **le couloir** [lə kulwar] n. 走道

⓬ **l'éclairage du couloir** [leklɛraʒ dy kulwar] n. 走道燈

⓭ **l'indicateur de rangée de sièges** [lɛ̃dikatœr də rɑ̃ʒe də sjɛʒ] n. 座位排指示燈

⓮ **les haut-parleurs stéréo** [le oparlœr stereo] n. 立體聲音箱

劇院配置

❶ **la scène** [la sɛn] n. 舞台

❷ **le rideau** [lə rido] n. 布幕

❸ **l'éclairage de scène** [leklɛraʒ də sɛn] n. 燈光器材

❹ **la sonorisation** [la sɔnɔrizasjɔ̃] n. 音效器材

❺ **le parterre** [lə partɛr] n. 正廳

　㊍ **le premier balcon** [lə prəmje balkɔ̃] n. 樓廳前座

　㊍ **le deuxième balcon** [lə døzjɛm balkɔ̃] n. 樓廳後座

01 購票 acheter des places de cinéma

門票的種類有哪些？法文怎麼說？

Part9_02

le guichet
[lə giʃɛ]
n. 售票處

1. **le plein tarif** [lə plɛ̃ tarif] n. 全票
2. **le tarif réduit** [lə tarif redɥi] n. 優待票
3. **le tarif étudiant** [lə tarif etydjɑ̃] n. 學生優待票
4. **le demi-tarif** [lə d(ə)mitarif] n. 半票
5. **le tarif préférentiel pour les seniors** [lə tarif preferɑ̃sjɛl pur le senjɔr] n. 敬老優待票
6. **la place réservée en ligne** [la plas rezɛrve ɑ̃ liɲ] n. 網路預購票

㊗ **la séance** [la seɑ̃s] n. 場次

◆ **Tips** ◆

慣用語小常識：門票篇

avoir un ticket
「擁有一張票」？

le ticket [lə tikɛ] 指「票券；門票；入場券」，動詞 avoir 是「持有，擁有」的意思，那「擁有一張入場券」的意思是什麼呢？

這句俗語從 20 世紀中期之後就被廣泛使用，指的是「對某人來說有吸引力」，尤其是在外貌上。un ticket 在法文通俗行話（l'argot）裡，其意思指的就是 ㊗ 外表上的吸引力。

Tu as un ticket avec cette fille. Elle veut sortir avec toi.
這個女孩對你很有意思喔，她想跟你交往。

看電影時可能會吃的東西有哪些

● 食物 la nourriture

le bretzel
[lə brɛdzɛl]
n. 鹹脆捲餅

les nuggets de poulet
[le nøgɛt də pulɛ]
n. 雞塊

le hamburger
[lə ɑ̃bœrgœr]
n. 漢堡

le poulet frit
[lə pulɛ fri]
n. 炸雞

le pop-corn
[lə pɔpkɔrn]
n. 爆米花

les frites
[le frit]
n. 薯條

la viennoiserie
[la vjɛnwazri]
n. 可頌類麵包

la barre de chocolat
[la bar də ʃɔkɔla]
n. 巧克力棒

les churros
[le ʃurɔs]
n. 吉拿棒

● 飲料 les boissons

02 看電影 aller au cinéma

常見的電影類型有哪些？法文怎麼說？

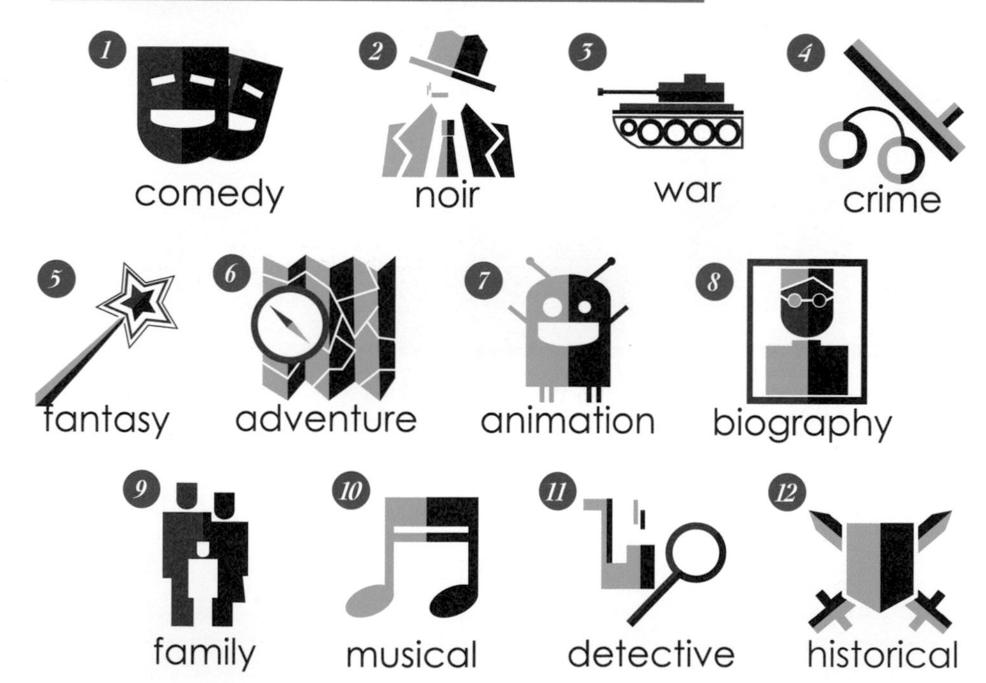

1. **la comédie** [la kɔmedi] n. 喜劇片
2. **le film noir** [lə film nwar] n. 犯罪片（偵探片）
3. **le film de guerre** [lə film də gɛ:r] n. 戰爭片
4. **le film policier** [lə film pɔlisje] n. 警匪片
5. **le film fantastique** [lə film fɑ̃tastik] n. 奇幻片
6. **le film d’aventure** [lə film davɑ̃tyr] n. 冒險片
7. **le film d’animation** [lə film danimasjɔ̃] n. 動畫片
8. **le film biographique** [lə film bjɔgrafik] n. 傳記片
9. **le film pour enfants** [lə film pur ɑ̃fɑ̃] n. 家庭親子片
10. **la comédie musicale** [la kɔmedi myzikal] n. 音樂劇
11. **le film à suspense** [lə film a syspɛns] n. 懸疑片
12. **le film historique** [lə film istɔrik] n. 歷史片
13. **le documentaire** [lə dɔkymɑ̃tɛr] n. 紀錄片

13 documentary

14. **le film d’action** [lə film daksjɔ̃] n. 動作片
15. **le film d’horreur** [lə film dɔrœr] n. 恐怖片
16. **le film d'amour** [lə film damur] n. 愛情片
17. **le film thriller** [lə film srilœr] n. 驚悚片
18. **le film de science-fiction** [lə film də sjɑ̃sfiksjɔ̃] n. 科幻片
19. **le film muet** [lə film mɥɛ] n. 默劇
20. **le western** [lə wɛstɛrn] n. 西部片
21. **le drame** [lə dram] n. 悲情片

電影的級別 la classification cinématographique

Tout public [tu pyblik] n. 普遍級

Accompagnement parental conseillé
[akɔ̃paɲmɑ̃ parɑ̃tal kɔ̃sɛje] n. 保護級

Accompagnement parental obligatoire
[akɔ̃paɲmɑ̃ parɑ̃tal ɔbligatwar] n. 輔導級

Interdit aux moins de 18 ans
[ɛ̃tɛrdi o mwɛ̃ də dizɥitɑ̃] n. 限制級

電影影像呈現有哪些種類？

隨著科技快速地發展，電影院螢幕的影像呈現也愈來愈科技多元，除了一般的 2D 電影 le cinéma en deux dimensions [lə sinema ɑ̃ dø dimɑ̃sjɔ̃] 以外，還有 3D 電影 le cinéma en trois dimensions [lə sinema ɑ̃ trwa dimɑ̃sjɔ̃]（亦可稱為 le cinéma en relief [le film ɑ̃ rəljɛf]（立體電影））和 le cinéma en quatre dimensions [lə sinema ɑ̃ katr dimɑ̃sjɔ̃]（4D 電影）。

3D 電影播放的是立體影片，所以觀眾需要配戴 **3D 立體眼鏡** les lunettes stéréoscopiques [le lynɛt stereɔskɔpik] 才能體驗立體電影的效果，有些電影院為了讓觀眾享有最佳的 3D 電影品質，還特別引進了 **IMAX 大影像**（為英文 image maximum 的縮寫），以超大螢幕的方式，更清晰地將整部電影呈現給所有觀眾。4D 跟 3D 電影最大的不同就是，4D 電影特別為觀眾增設了**動感座椅** les fauteuils D-box [le fotœj de bɔks] 的體驗，它可以配合電影的劇情做出一些特效，讓觀眾坐在座椅上，同時也能擁有身歷其境的感受。

••• 03 看舞台劇 aller au théâtre

Part9_04

在舞台劇上會有什麼樣的人事物呢？法文怎麼說？

1. **l'acteur** [laktœr] n. 演員
2. **le rôle principal masculin** [lə rol prɛ̃sipal maskylɛ̃] n. 男主角
3. **le rôle principal féminin** [lə rol prɛ̃sipal feminɛ̃] n. 女主角
4. **le second rôle** [lə s(ə)gɔ̃ rol] n. 配角
5. **les accessoires** [lezaksɛswar] n. 道具
6. **la décoration** [la dekɔrasjɔ̃] n. 布景
7. **les costumes** [le kɔstym] n. 服裝
8. **le script** [lə skript] n. 劇本
9. **la sonorisation** [la sɔnɔrizasjɔ̃] n. 音樂效果
10. **l'éclairage** [leklɛraʒ] n. 燈光效果
11. **la comédie musicale** [la kɔmedi myzikal] n. 音樂劇
12. **le concert** [lə kɔ̃sɛr] n. 音樂演奏會
13. **le film muet** [lə film mɥɛ] n. 默劇
14. **l'opéra** [lɔpera] n. 歌劇

在舞台劇演出前、演出期間與結束時，可能會聽到什麼呢？

1. **Veuillez éteindre votre portable.** 請將手機關機。
2. **Veuillez mettre votre portable en mode de silence.** 請將手機設成靜音。
3. **Veuillez mettre votre portable en mode de vibreur.** 請將手機設成震動。
4. **Il est interdit de filmer, d'enregistrer ou de photographier durant la représentation.** 演出期間請勿攝影、錄音或拍照。
5. **Aucune nourriture, ni boisson ne devra être consommée dans la salle.** 請勿攜帶外食。
6. **Il est interdit de manger du chewing-gum.** 請勿嚼食口香糖。
7. **Avec un entracte de 15 minutes.** 中場休息 15 分鐘。
8. **La représentation va commencer.** 表演即將演出。
9. **Veuillez ne pas applaudir durant la représentation.** 表演期間請勿鼓掌。
10. **Nous vous remercions pour votre présence.** 感謝各位的觀賞。

◆◆◆ Chapitre 2

Chez le fleuriste 花店

店外

❶ **le(la) fleuriste** [lə(la) flœrist] n. 花店老闆

❷ **l'auvent** [lovɑ̃] n. 涼篷；雨篷

❸ **la vitrine** [la vitrin] n. 展示櫥窗

❹ **la décoration** [la dekɔrasjɔ̃] n. 裝飾品

❺ **l'étagère à plante** [letaʒɛr a plɑ̃t] n. 盆栽架

❻ **l'étiquette pour plante** [letikɛt pur plɑ̃t] n. 盆栽插牌

❼ **la plante** [la plɑ̃t] n. 植物

❽ **le bac à fleur** [lə baka flœr] n. 花器

❾ **la plante en pot** [la plɑ̃tɑ̃ po] n. 盆栽

❿ **la plante à feuilles** [la plɑ̃ta fœj] n. 多葉植物

⓫ **la plante à fleurs** [la plɑ̃ta flœr] n. 開花植物

⓬ **la plante fruitière** [la plɑ̃t frɥitjɛr] n. 果類植物

店內

⓭ **l'arrangement floral** [larɑ̃ʒmɑ̃ flɔral] n. 插花藝術

⓮ **le sécateur** [lə sekatœr] n. 花剪

⓯ **le vase** [lə vɑz] n. 花瓶

⓰ **la corbeille à fleur** [la kɔrbɛj a flœr] n. 花籃

⓱ **le pot à fleur** [lə po a flœr] n. 花盆

⓲ **le seau à fleur** [lə so a flœr] n. 花桶

⓳ **le ruban** [lə rybɑ̃] n. 緞帶

⓴ **le papier cadeau** [lə papje kado] n. 包裝紙

◆ Tips ◆

慣用語小常識：花朵篇

se jeter des fleurs、se lancer des fleurs、s'envoyer des fleurs「把花灑在自己身上」？

se jeter [sə ʒ(ə)te]、se lancer [sə lɑ̃se]、s'envoyer [sɑ̃vwaje] 這三個反身動詞都是指「往自己身上灑或丟的意思，那「往自己的身上灑花」代表什麼意思呢？這個慣用語的意思是「自誇」，而 jeter/lancer/envoyer des fleurs à quelqu'un 則表示「誇獎別人」。

Marie ne recherche pas les compliments ! Elle se lance des fleurs toute seule.
瑪莉從不需要別人的誇獎，因為她自己常自誇！

Notre professeur principal n'arrête pas d'envoyer des fleurs à cet élève.
我們的班導一直誇獎這個學生。

在花店會做什麼呢？

01 挑選花的種類 choisir les fleurs

在花店可以看到哪些花呢？法文怎麼說？

la rose [la roz] n. 玫瑰	**la jonquille** [la ʒɔ̃kij] n. 黃水仙花	**la tulipe** [la tylip] n. 鬱金香	**l'orchidée** [lɔrkide] n. 蘭花

le lotus
[lə lɔtys]
n. 蓮花

la camomille
[la kamɔmij]
n. 洋甘菊

le perce-neige
[lə pɛrsənɛʒ]
n. 雪花蓮

la pâquerette
[la pɑkrɛt]
n. 雛菊

le tournesol
[lə turnəsɔl]
n. 向日葵

la pensée
[la pɑ̃se]
n. 三色紫羅蘭

l'hibiscus
[libiskys]
n. 朱槿（扶桑花）

le souci
[lə susi]
n. 金盞花

le jasmin
[lə ʒasmɛ̃]
n. 茉莉花

l'oiseau de paradis
[lwazo də paradi]
n. 天堂鳥

l'arum
[larɔm]
n. 海芋

le lilas
[lə lila]
n. 百合花

l'iris
[liris]
n. 鳶尾花

le glaïeul
[lə glajœl]
n. 劍蘭

la gypsophile
[la ʒipsɔfil]
n. 滿天星

l'anthurium
[lɑ̃tyrjɔm]
n. 火鶴花

le muguet
[lə mygɛ]
鈴蘭花

l'étoile de Noël
[letwal də nɔɛl]
聖誕紅

le pissenlit
[lə pisɑ̃li]
蒲公英

le trèfle
[lə trɛfl]
幸運草

la lavande
[la lavɑ̃d]
薰衣草

les œillets
[lezœjɛ]
康乃馨

la violette
[la vjɔlɛt]
紫羅蘭

le narcisse
[lə narsis]
水仙

花的構造有哪些？法文怎麼說？

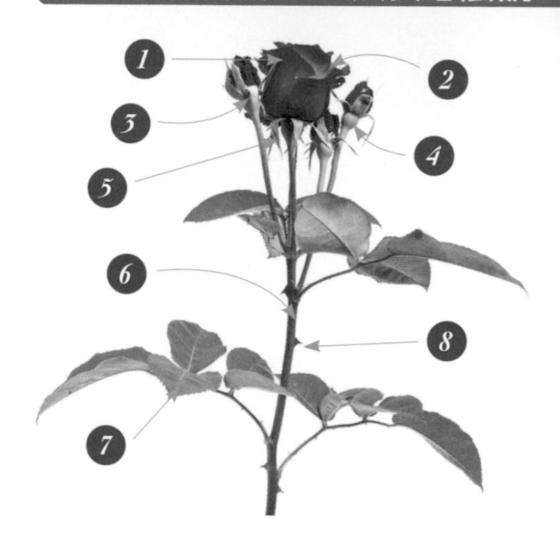

1. **la fleur** [la flœr] n. 花
2. **le pétale** [lə petal] n. 花瓣
3. **le bouton** [lə butɔ̃] n. 花苞
4. **le réceptacle** [lə resɛptakl] n. 花托；囊托
5. **le sépale** [lə sepal] n. 萼片
6. **le pédicelle** [lə pedisɛl] n. 花莖；梗
7. **la feuille** [la fœj] n. 葉子
8. **l'épine** [lepin] n. 刺；荊棘

衍 **le pollen** [lə pɔlɛn] n. 花粉

衍 **le fruit** [lə frɥi] n. 果實

◆◆◆ 02 購買花束 acheter un bouquet

花束的包裝方式有哪些？法文怎麼說？

le bouquet parallèle
[lə bukɛ paralɛl]
n. 平行花束

le bouquet long
[lə bukɛ lɔ̃]
n. 長形花束

le bouquet de mariée
[lə bukɛ də marje]
n. 新娘捧花

le bouquet rond
[lə bukɛ rɔ̃]
n. 花球

la couronne de fleurs
[la kurɔn də flœr]
n. 花圈

le corsage de poignet
[lə kɔrsaʒ də pwaɲɛ]
n. 手腕花

其他與花相關的法文還有哪些？

● 種花

1. **fleurir** [flœrir] v. 開花
2. **arroser** [aroze] v. 澆水
3. **faner** [fane] v. 凋謝
4. **flétrir** [fletrir] v. 枯萎
5. **cueillir** [kœjir] v. 採、摘

● 花藝

1. **l'arrangement floral**
   [larɑ̃ʒmɑ̃ flɔral] n. 插花藝術
2. **le bouquet de fleur**
   [lə bukɛ də flœr] n. 花束
3. **un bouquet de fleur**
   [œ̃ bukɛ də flœr] n . 一束花
4. **faire un bouquet**
   [fɛr œ̃ bukɛ] ph. 為花做包裝

● 看到花時會有的表達

1. **La fleur sent bon.** 花很香。
2. **Combien de temps cette fleur peut-elle durer?** 這花能開多久？
3. **Je suis allergique aux fleurs.** 我對花過敏。
4. **Enyoyez des fleurs chez~** 請把花寄送到～。
5. **Les fleurs sont en pleine floraison.** 花季到來了

在花店時，在不同情境下可能會遇到什麼樣的對話呢？

● 情人節 la Saint Valentin

La fleuriste: Bonjour Monsieur, est-ce que je pourrais vous aider?
花店老闆：先生您好，我能為您服務嗎？

Le client: Demain c'est la Saint Valentin . Je voudrais acheter un bouquet de fleur pour ma femme.
顧客：明天是情人節。我想買束花給我老婆。

La fleuriste: Qu'est-ce que votre femme préfère comme fleur?
花店老闆：您知道她喜歡什麼花嗎？

Le client: Hmmm... Je ne sais pas trop. Qu'est-ce que vous me conseillez
顧客：嗯～我不太知道耶。您有什麼建議嗎？

La fleuriste: Aujourd'hui, nous avons de jolies roses, qu'en pensez-vous?
花店老闆：今天的玫瑰很漂亮，您要不要參考一下？

La fleuriste: Si vous voulez, je pourrais composer un joli bouquet pour vous. Des roses rouges accompagnées de gypsophiles, cela vous convient?
花店老闆：我可以幫您設計一束花，紅色的玫瑰花加上滿天星，您覺得如何？

Le client: C'est parfait.
顧客：太好了。

La fleuriste: Je suis sûre que votre femme va l'apprécier.
花店老闆：我相信您老婆一定會很喜歡這束花的。

Le client: Je vous remercie de votre aide.
顧客：謝謝您的幫忙。

La fleuriste: Je vous souhaite une excellente fête de Saint Valentin.
花店老闆：我祝福你們情人節快樂。

● 探病 se rendre à l'hôpital

（法國部分醫院禁止鮮花入內）

La fleuriste: Bonjour Madame, qu'est-ce qui vous ferait plaisir?

花店老闆：小姐您好，您想要買什麼呢？

La cliente: J'aurais besoin d'un bouquet ou une plante en pot .

顧客：我想買束花或盆栽。

La fleuriste: Est-ce que c'est pour une occasion spéciale?

花店老闆：請問是給特別的場合嗎？

La cliente: En effet, je voudrais rendre visite à une amie en convalescence à l'hôpital.

顧客：是的。我要去醫院看朋友

La fleuriste: Il faudrait donc éviter les fleurs qui dégagent des parfums trop fort. Une plante serait mieux.

花店老闆：那最好要避免味道太濃的花，盆栽會比較適合。

La cliente: Vous avez raison, je prendrai alors des bégonias.

顧客：您說的對，我要一盆秋海棠。

La fleuriste: C'est un très bon choix, je vais vous les emballer avec du papier cadeau.

花店老闆：這是個好主意，我幫您包裝一下。

La cliente: C'est très gentil, merci bien.

顧客：真謝謝您。

La fleuriste: Voilà votre plante, je vous souhaite une bonne journée.

花店老闆：這是您的花，祝您有美好的一天。

La cliente: Merci bien, pareillement.

顧客：謝謝您，也祝您有美好的一天。

● 五一勞動節 La fête du travail

La fleuriste: Bonjour Monsieur .

花店老闆：先生您好。

Le client: Bonjour Madame. Vos muguets sont magnifiques.

顧客：小姐您好。你們的鈴蘭花好漂亮。

La fleuriste: Je les ai reçus ce matin, en plus ils sentent très bon. Les muguets symbolisent le bonheur et l'arrivée du printemps. Chaque année, j'en vends beaucoup pour la fête du travail.

花店老闆：這些花是今天早上到的，而且非常清香，鈴蘭花象徵幸福與春天的到來，每年五一勞動節都賣得很好。

Le client: Oui, un joli bouquet de muguet ferait très plaisir .

顧客：鈴蘭花讓人感到很愉快。

La fleuriste : Voilà votre bouquet. Je vous souhaite une excellente fête du travail.

花店老闆：您的花包好了。我祝您有個愉快的勞動節。

♦♦♦ Chapitre 3

L'exposition 展覽館

展場擺設

❶ **le hall d'exposition** [lə ol dɛkspozisjɔ̃] n. 展覽館

❷ **le stand** [lə stɑ̃d] n. 展覽攤位

❸ **le kiosque portatif** [lə kjɔsk pɔrtatif] n. 攤位框架

❹ **le panneau d'exposition** [lə pano dɛkspozisjɔ̃] n. 展覽面板

5. **le logo** [lə logo] n. 標誌（廠商名稱）
6. **la plate-forme de chargement** [la platfɔrm də ʃarʒəmɑ̃] n. 展品裝載區
7. **l'exposant** [lɛkspozɑ̃] n. 參展廠商
8. **le visiteur** [lə vizitœr] n. 參觀者
9. **le couloir** [lə kulwar] n. 走道
10. **le stand alimentaire** [lə stɑ̃d alimɑ̃tɛr] n. 飲食攤
11. **le ballon publicitaire géant** [lə balɔ̃ pyblisitɛr ʒeɑ̃] n. 廣告氣球
12. **le représentant** [lə r(ə) prezɑ̃tɑ̃] n. 業務代表

◆ Tips ◆

慣用語小常識：展覽篇

la pièce maîtresse d'une expostion
這句話代表什麼意思呢？

la pièce [la pjɛs] 這個單字本身的意思非常多元，可以解釋為「片」、「塊」、「段」、「證件」、「房間」、「錢幣」、「劇作」、「詩篇」、「樂曲」等等，而在這裡以最廣義的解釋，指的是「一件物品」。maîtresse [mɛtrɛs] 為 maître [mɛtr] 的陰性，當名詞時主要的意思為「主人」、「大師」、「巨匠」，但也可以當形容詞用，表示「最重要的」或「最主要的」之意。l'exposition [lɛkspozisjɔ̃] 是「展覽」的意思，因此 la pièce maîtresse d'une expostion 這句話的意思就是指「展覽中最值得看的物品」。

La pièce maîtresse de cette expostion est〈la liberté guidant le peuple〉de Delacroix
這次展覽中絕對不能錯過的是畫家德拉克羅瓦的〈自由引導人民〉。

你知道嗎？

中文一樣都是「展覽」，le salon、l'exposition、la foire 和 la galerie 有什麼不同？

le salon [lə salɔ̃] 所指的展覽類型是指比較商業性質的展覽，目的在於集中參展的廠商，藉由展覽的機會介紹新產品，並接觸到對展出產品感興趣的大眾或是相關的企業。

Nous pouvons découvrir de nouvelles technologies au salon de l'automobile.
在汽車展覽會中，我們可以發現新科技技術。

l'exposition [lɛkspozisjɔ̃] 則泛指各種形式的展覽，包括商業性質、農產品或是藝術品。exposer [ɛkspoze] 這個動詞的意思為「展示、展現」，因此名詞 l'exposition 是指展示物品（或商品）的行為或場所，當要用於表示規模或場地較大的展示會時，此單字可譯成「博覽會」。比起 le salon，l'exposition 舉行的時間比較不定期，吸引的對象也比較大眾；而比起 la foire，l'exposition 所展示的產品則較為多元。

Les exposants cherchent à tout prix à promouvoir leurs produits lors de l'exposition.
參展的廠商在展覽會場上盡全力推銷自己的商品。

la foire [la fwar] 是指比較定期但展期短的「地區性」展覽，參展者不限於大型企業，亦有許多當地的傳統產業。這類展覽通常會給大眾比較親切輕鬆的感覺，藉由這類展覽，參觀的人可以進一步了解並購買某個特定地區的手工商業產品或工業產品。

Chaque année, la foire de Lyon attire beaucoup de visiteurs.
每年里昂的展覽吸引非常多的參觀者。

la galerie [la galri] 的原意是 ㊊ 一個建築內部或外部的走道，以利於通行。在現代法語中，la galerie 有「商店」或「展示會場」的意思，指「展示會場」時尤其是指**藝術品的展覽會**，用意在於讓大眾認識藝術家及其作品。

J'étais invité au vernissage d'une galerie d'art d'un peintre coréen hier soir.
昨天晚上，我被邀請去參加一個韓國畫家的畫廊的開幕儀式。

在展覽館會做什麼呢？

01 看展覽 visiter une exposition

常見的展覽有哪些？法文怎麼說？

l'exposition commerciale
[lɛkspozisjɔ̃ kɔmɛrsjal]
n. 貿易展

le salon de la beauté
[lə salɔ̃ də la bote]
n. 美容展

l'exposition culinaire
[lɛkspozisjɔ̃ kylinɛr]
n. 美食展

la galerie d'art
[la galri dar]
n. 藝術展

l'exposition d'art floral
[lɛkspozisjɔ̃ dar flɔral]
n. 花卉博覽會

le salon de l'automobile
[lə salɔ̃ də lotɔmɔbil]
n. 車展

le salon des nouvelles technologies
[lə salɔ̃ de nuvɛl tɛknɔlɔʒi]
n. 創新科技展

le salon du livre
[lə salɔ̃ dy livr]
n. 書展

le salon de l'éducation
[lə salɔ̃ də ledykasjɔ̃]
n. 教育展

le salon du vin
[lə salɔ̃ dy vɛ̃]
n. 酒展

le salon emploi/formation
[lə salɔ̃ ɑ̃plwa fɔrmasjɔ̃]
n. 就業博覽會

le salon créations/savoir-faire
[lə salɔ̃ kreasjɔ̃ savwarfɛr]
n. 創意博覽會

在看展覽時，有哪些常見的東西？

la brochure
[la brɔʃyr]
n. 小冊子

les objets exposés
[lezɔbʒɛ ɛkspoze]
n. 展示品

le prospectus
[lə prɔspektys]
n. 宣傳單

les échantillons gratuits
[lezeʃɑ̃tijɔ̃ gratɥi]
n. 贈品

la boîte d'exposition à LED
[la bwat dɛkspozisjɔ̃ a led]
n. 燈箱

la bannière à roulette
[la banjɛr a rulɛt]
n. 易拉寶展示架

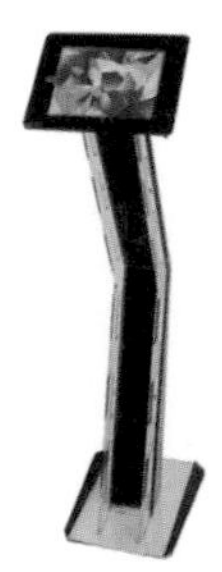

le support de tablette
[lə sypɔr də tablɛt]
n. 平板電腦立架

le casque audio
[lə kask odjo]
n. 語音導覽

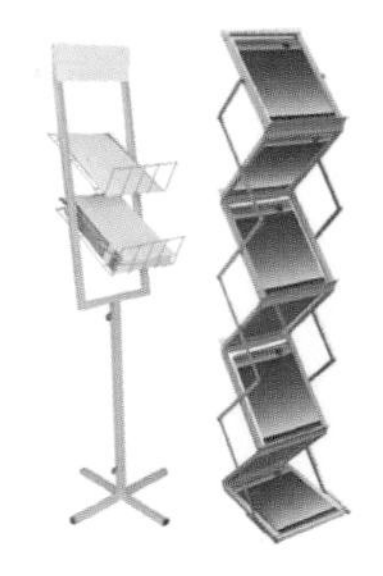

le présentoir des brochures
[lə prezɑ̃twar de brɔʃyr]
n. 資料展示架

在藝術展上常會看到什麼展示品？

1. **le collage** [lə kɔlaʒ] n. 拼貼畫
2. **la peinture paysagiste**
   [la pɛ̃tyr peizaʒist] n. 風景畫
3. **la peinture à l'huile**
   [la pɛ̃tyr a lɥil] n. 油畫
4. **le portrait** [lə pɔrtrɛ] n. 肖像畫
5. **la poterie** [la pɔtri] n. 陶器
6. **la réplique** [la replik] n. 複製畫
7. **la sculpture** [la skyltyr] n. 雕刻品
8. **la statue** [la staty] n. 雕像
9. **la sculpture en pierre** [la skyltyr ɑ̃ pjɛr] n. 石雕
10. **la sculpture en bois** [la skyltyr ɑ̃ bwa] n. 木雕
11. **la gravure sur bois** [la gravyr syr bwa] n. 木刻版畫
12. **l'aquarelle** [lakwarɛl] n. 水彩畫

在展覽會場購買商品時，可能會用到的基本對話：

Le vendeur: Bonjour Monsieur, voulez-vous goûter notre fromage ?
商家：先生您好，您想試試我們的起司嗎？

Le client: Avec plaisir.
顧客：我非常樂意。

Le vendeur: Quelle sorte de fromage préférez-vous? De vache ? De brebis ou de chèvre ?"
商家：您喜歡什麼樣的起司？牛的？綿羊的還是山羊的？

Le client: J'ai une préférence pour les fromages de chèvre.
顧客：我特別喜歡山羊奶的起司。

Le vendeur: Parfait, je vais vous faire déguster notre spécialité. Nous sommes producteurs de la région de la Haute-Savoie. Le fromage que je vais vous présenter est un fromage très crémeux et doux.

商家：太好了，我讓您嚐一下我們的特產，我們是來自上薩瓦省地區的起司生產商，我現在要介紹給您的羊奶起司特別香濃且味道不重。

Le client: C'est vraiment bon.

顧客：真的很不錯。

Le vendeur: Ce fromage se marie bien avec un verre de vin rouge fruité.

商家：這個起司搭配紅酒特別合適。

Le client: Je voudrais en prendre plusieurs pour faire goûter à ma famille .

顧客：我想買幾個回去讓我的家人試試。

Le vendeur: Je suis sûr qu'ils vont apprécier. Ce sera tout ce que vous voudrez ?

商家：我相信您的家人一定會喜歡的。您還需要其他的產品嗎？（這些就是全部了嗎？）

Le client: Oui.

顧客：這些就夠了。

Le vendeur: Cela vous fait quinze euros. Merci beaucoup pour votre visite.

商家：一共是 15 歐元，謝謝您的蒞臨。

◆◆◆ Chapitre 4

Le salon de beauté 美容沙龍

Part9_10

這些應該怎麼說？

美髮沙龍擺設

1. **le salon de coiffure** [lə salɔ̃ də kwafyr] n. 美髮沙龍
2. **le fauteuil de coiffure** [lə fotœj də kwafyr] n. 理髮椅
3. **le spray coiffant** [lə sprɛ kwafɑ̃] n. 噴霧定型液
4. **le gel coiffant** [lə ʒɛl kwafɑ̃] n. 髮膠
5. **la cire** [la sir] n. 髮臘
6. **les cosmétiques** [le kɔsmetik] n. 化妝品，彩妝
7. **le miroir** [lə mirwar] n. 鏡子
8. **le salon de manucure** [lə salɔ̃ də manykyr] n. 美甲沙龍
9. **le dissolvant** [lə disɔlvɑ̃] n. 去光水

⑩ **le vernis à ongle** [lə vɛrni a ɔ̃gl]
n. 指甲油

⑪ **le coussin repose-main**
[lə kusɛ̃ rəpozmɛ̃] n. 手枕

⑫ **le lavabo** [lə lavabo] n. 水槽

⑬ **le bac à shampooing**
[lə baka ʃɑ̃pwɛ̃] n. 洗髮椅

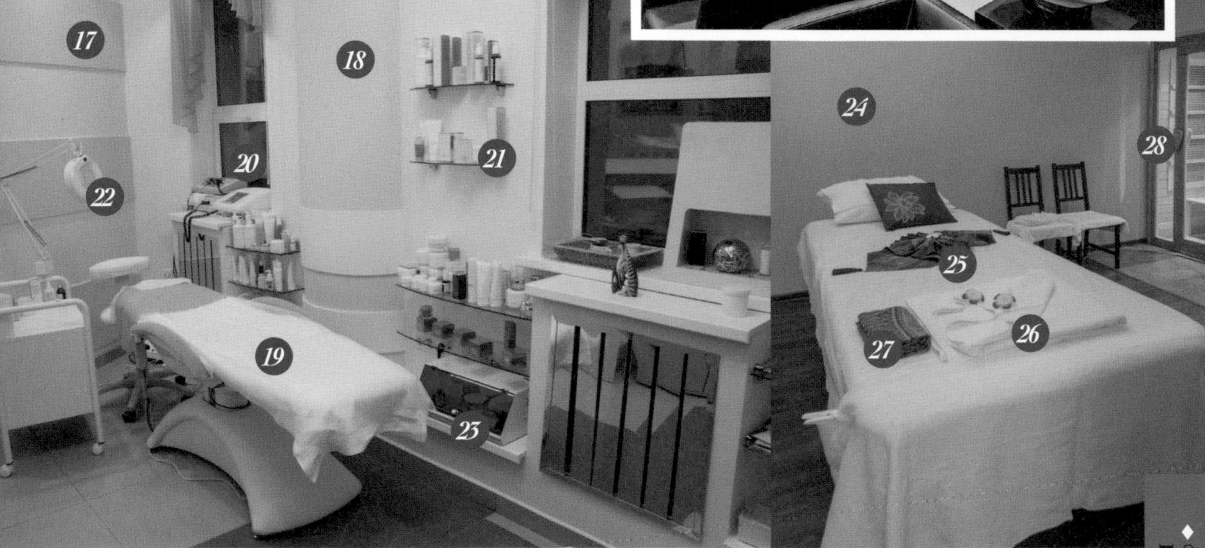

⑭ **le shampooing** [lə ʃɑ̃pwɛ̃] n. 洗髮精

⑮ **l'après-shampooing** [laprɛʃɑ̃pwɛ̃] n. 潤髮乳

⑯ **les produits de soins capillaires** [le prɔdɥi də swɛ̃ kapilɛr] n. 護髮用品

⑰ **l'institut de beauté** [lɛ̃stity də bote] n. 美容沙龍

⑱ **la chambre de soin** [la ʃɑ̃br də swɛ̃] n. 治療室

⑲ **le lit** [lə li] n.（美容）床

⑳ **les appareils électriques pour le soin** [le aparɛj elɛktrik pur lə swɛ̃]
n. 美容用具

㉑ **les produits de soins pour la peau** [le prɔdɥi də swɛ̃ pur la po]
n. 皮膚保養品

22 **la lampe à loupe** [la lɑ̃p a lup] n. 放大鏡檯燈
23 **l'appareil de désinfection** [laparɛj də dezɛ̃fɛksjɔ̃] n. 消毒箱
24 **la salle de massage** [la sal də masaʒ] n. 按摩室
25 **le lit de massage** [lə li də masaʒ] n. 按摩床
26 **le peignoir** [lə pɛɲwar] n. 浴袍
27 **la serviette** [la sɛrvjɛt] n. 毛巾
28 **le sauna** [lə sona] n. 三溫暖

◆ **Tips** ◆

慣用語小常識：美麗篇

la beauté du diable
「惡魔的美貌」？

la beauté [la bote] 是「**美貌、美麗**」的意思，le diable [lə djabl] 則是指「**惡魔、魔鬼**」的意思，那惡魔與美貌為何會有所連結呢？這句源自法文的慣用語，用惡魔的美貌來形容一個女人的年輕貌美是具有危險性的，暗指這樣的美是欺騙人的，且也是短暫的。所引申出來的意思，主要在形容一位年輕女性所散發出來瞬間的美貌可遮掩她險惡的內心。

Les hommes vils sont souvent attirés par la beauté du diable.
邪惡的男人只注重女人年輕的外表。

••• 01 造型設計 se faire coiffer

Part9_11

在美容沙龍裡常看到哪些人呢？要怎麼用法文說？

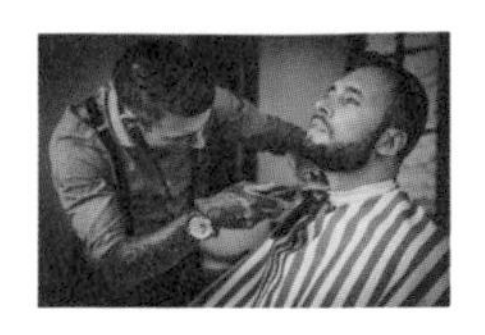

le barbier
[lə barbje]
n. 理髮師

le coiffeur, la coiffeuse
[lə kwafœr, la -œz]
n. 髮型設計師

le/la styliste
[lə/la stilist]
n. 造型師

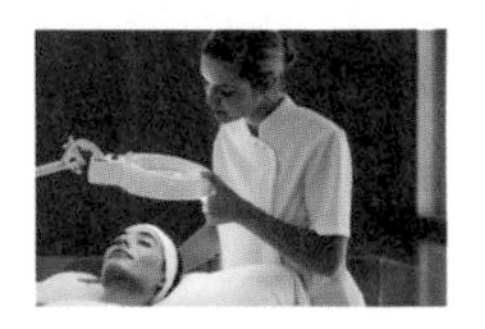

l'esthéticien, l'esthéticienne
[lɛstetisjɛ̃, -jɛn]
n. 美容師

la manucure
[la manykyr]
n. 美甲師

le maquilleur, la maquilleuse
[lə makijœr, la -œz]
n. 彩妝師

l'aroma-thérapeute
[laromaterapœt]
n. 芳療師

le/la coloriste
[lə/la kɔlɔrist]
n. 染髮師

在美容沙龍裡常用的基本對話

Le coiffeur: Bonjour Madame, est-ce que je pourrais vous être utile?
設計師：小姐您好。有什麼是我能為您服務的嗎？

La cliente: Je voudrais me faire couper les cheveux.
顧客：我想要剪頭髮。

Le coiffeur: Comment voulez-vous que je vous coiffe?
設計師：請問您想怎麼剪？

La cliente: J'aimerais avoir une coupe au carré?
顧客：我想剪短髮。

Le coiffeur: Est-ce que vous souhaitez faire un shampooing également ?
設計師：請問您要順便洗頭嗎？

La cliente: Pourquoi pas.
顧客：好啊！

Le coiffeur: Vos cheveux sont ternes et secs, je vous conseille de faire un soin capillaire après le shampooing.
設計師：您的頭髮沒有色澤而且有點乾，我建議您洗完頭後順便護髮。

La clente: Est-ce que je peux au préalable connaître vos tarifs pour les soins capillaires ?
顧客：我可以先知道護髮的價格嗎？

Le coiffeur: Je pourrais vous proposer un soin basique à cinquante euros.
設計師：我可幫您做個 50 歐元的基本護髮。

La cliente: Cela me convient.
顧客：我覺得可以。

Le coiffeur: Allons y alors!
設計師：那我們開始吧！

髮型設計師常用的工具有哪些？

1. **la teinture** [la tɛ̃tyr] n. 染髮劑
2. **le sèche-cheveux** [lə sɛʃʃəvø] n. 吹風機
3. **le peigne** [lə pɛɲ] n. 扁梳
4. **le diffuseur** [lə difyzœr] n. 烘髮罩
5. **le rasoir électrique** [lə razwar elɛktrik] n. 電動推剪
6. **les ciseaux** [le sizo] n. 剪刀
7. **la brosse** [la brɔs] n. 梳子
8. **le vaporisateur** [lə vapɔrizatœr] n. 清水噴瓶
9. **le fer à lisser** [lə fɛr a lise] n. 直髮器
10. **la brosse ronde** [la brɔs rɔ̃d] n. 圓梳
11. **la laque** [la lak] n. 噴霧定型液
12. **la palette** [la palɛt] n. 髮色盤
13. **le bigoudi** [lə bigudi] n. 髮捲
14. **la pince plate à cheveux** [la pɛ̃s plat a ʃəvø] n. 髮夾
15. **les barrettes alligator** [le barɛt aligatɔr] n. 條狀髮夾
16. **la pince à cheveux crabe** [la pɛ̃s a ʃəvø krab] n. 鯊魚夾

造型師常做的事有什麼呢？

couper les cheveux
[kupe le ʃəvø]
ph. 剪髮

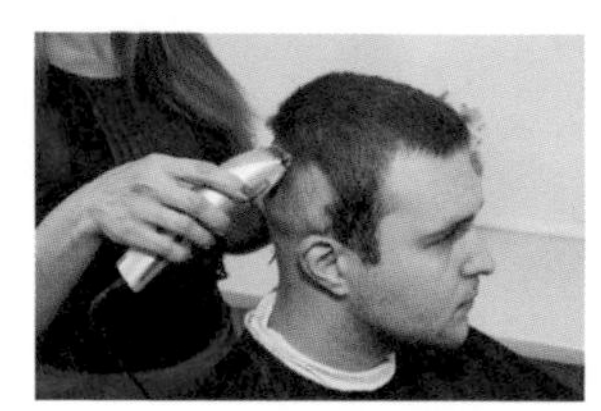

raser la tête
[rɑze la tɛt]
ph. 剃髮

couper légèrement
[kupe leʒɛrmɑ̃]
ph. 修剪

couper la frange
[kupe la frɑ̃ʒ]
ph. 修瀏海

tailler les pattes
[taje le pat]
ph. 修鬢角

faire une permanente
[fɛr yn pɛrmanɑ̃t]
ph. 燙髮

faire une teinture
[fɛr yn tɛ̃tyr]
ph. 染髮

faire un balayage
[fɛr œ̃ balɛjaʒ]
ph. 挑染

effiler les cheveux
[efile le ʃəvø]
ph. 打薄

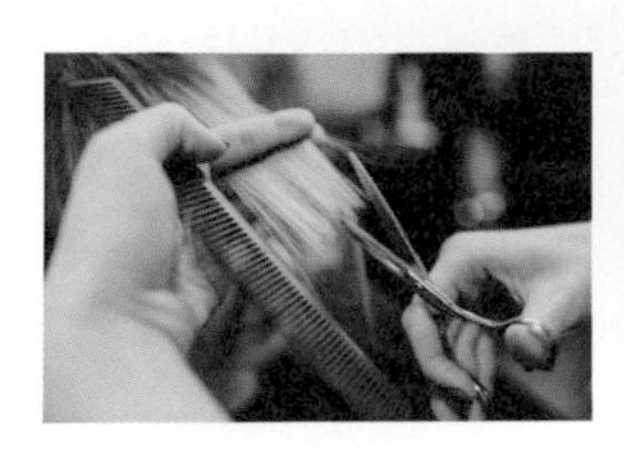

dégrader les cheveux
[degrade le ʃəvø]
ph. 打層次

faire une pose d'extensions de cheveux
[fɛr yn poz dɛkstɑ̃sjɔ̃ də ʃəvø]
ph. 接髮

porter la raie à gauche / au milieu / à droite
[pɔrte la rɛ a goʃ / o miljø / a drwat]
ph. 把頭髮右旁分／中分／左旁分

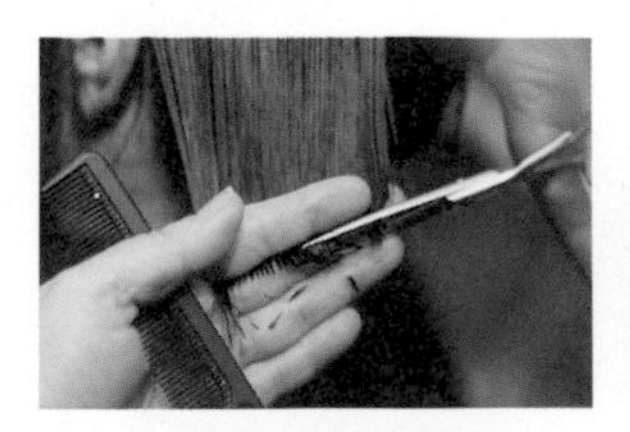

couper les cheveux au carré
[kupe le ʃəvø o kare]
ph. 剪鮑伯頭短髮

faire un lissage
[fɛr œ̃ lisaʒ]
ph. 燙直

faire onduler les cheveux
[fɛr ɔ̃dyle le ʃəvø]
ph. 燙捲

faire rincer les cheveux
[rɛ̃se le ʃəvø]
沖洗頭髮

brosser / peigner les cheveux
[brɔse/pɛɲe le ʃəvø]
梳頭髮

faire un brushing
[fɛr œ̃ brœʃiŋ]
ph. 吹整頭髮

各類頭髮長度與髮型的法文說法

long
[lɔ̃]
adj. 長的

court
[kur]
adj. 短的

mi-long
[milɔ̃]
adj. 中長髮的，不長不短的

jusqu'à la taille
[ʒyska la taj]
ph. 到腰的

jusqu'à l'épaule
[ʒyska lepol]
ph. 到肩膀的

raide
[rɛd]
adj. 直髮的

bouclé
[bukle]
adj. 捲的

crépu
[krepy]
adj. 爆炸頭的

la raie au milieu
[la rɛ o miljø]
ph. 中分的

la raie à droite/gauche
[la rɛ a drwat goʃ]
ph. 旁分的（往右／左邊分）

les cheveux ras
[le ʃəvø ra]
n. 平頭

la natte (la tresse)
[la nat, la trɛs]
n. 辮子

la queue de cheval
[la kø də ʃ(ə)val]
n. 馬尾

le chignon
[lə ʃiɲɔ̃]
n. 髮髻，包頭

la coupe au carré
[la kupo kare]
n. 鮑伯頭短髮

teint
[tɛ̃]
adj. 有染髮的

blanc
[blɑ̃]
adj. 白髮的

noir
[nwar]
adj. 黑髮的

❶ **les pointes**
[le pwɛ̃t]
n. 髮尾

❷ **la frange**
[la frɑ̃ʒ]
n. 瀏海

les pattes
[le pat]
n. 鬢毛

◆◆◆ 02 美甲 la manucure

做美甲的時候常見的工具有哪些？

1. **les outils de manucure** [lezuti də manykyr] n. 修指甲器具
2. **le coupe-ongle** [lə kupɔ̃gl] n. 指甲剪
3. **la pince à ongle** [la pɛ̃sa ɔ̃gl] n. 甲皮剪／鉗
4. **le pousse-cuticules** [lə pus kytikyl] n. 推甲皮棒
5. **l'émollient (cuticules)** [lemɔljɑ̃ kytikyl] n. 甲皮軟化劑
6. **la lime jetable** [la lim ʒətabl] n. 一次性雙面指甲銼
7. **la lime éponge** [la lim epɔ̃ʒ] n. 海綿指甲銼
8. **la lime métallique à ongles** [la lim metalika ɔ̃gl] n. 不鏽鋼指甲銼
9. **le coupe cuticules** [lə kup kytikyl] n. 甲皮剪
10. **la brosse à ongles** [la brɔsa ɔ̃gl] n. （清潔用）指甲刷
11. **le vernis à ongles** [lə vɛrni a ɔ̃gl] n. 指甲油
12. **le séparateur d'orteils** [lə separatœr dɔrtɛj] n. 腳趾分離器
13. **la râpe à pieds** [la rɑpa pje] n. 足部磨砂板
14. **le polissoir à ongles** [lə pɔliswar a ɔ̃gl] n. 指甲拋光條
15. **la palette** [la palɛt] n. （指甲油）色盤

做美甲時常用的基本對話

La manucure: Bonjour Madame. Comment allez-vous?
美甲師：小姐您好，您好嗎？

La cliente: Je vais bien, je vous remercie.
顧客：非常好，謝謝您。

La manucure: Quel soin voulez-vous faire aujourd'hui?
美甲師：您今天想做什麼療程呢？

La cliente: Je voudrais faire un soin des ongles, ensuite une pose de vernis.
顧客：您先幫我修護指甲，然後塗指甲油。

La manucure: Bien entendu. Si vous le souhaitez, vous pourrez essayer la prochaine fois nos autres prestations.
美甲師：沒問題。如果您願意的話，下次可以試試我們其他的療程。

La cliente: Quelle prestation me conseillerez-vous?
顧客：您建議什麼療程？

La manucure: Je vous conseillerais d'essayer un spa relaxant pour vos pieds.
美甲師：您可以試試腳部的 spa。

La cliente: C'est une bonne idée. Est-ce que je pourrais connaître le tarif ?
顧客：是個不錯的提議，請問療程的費用是？

La manucure: Ce sera une séance de 60 minutes à soixante-dix euros.
美甲師：一次六十分鐘，七十歐元。

La cliente: Cela me paraît bien, je vous téléphonerai pour prendre le rendez-vous.
顧客：聽起來不錯，我再打電話跟您約時間。

各類美甲服務

faire un soin des ongles
[fɛr œ̃ swɛ̃ dezɔ̃gl]
ph. 修護指甲

mettre du vernis à ongles
[mɛtr dy vɛrni a ɔ̃gl]
ph. 擦指甲油

faire un nail art
[fɛr œ̃ nɛlar]
ph. 指甲彩繪

faire un massage du visage
[fɛr œ̃ masaʒ dy vizaʒ]
ph. 臉部按摩

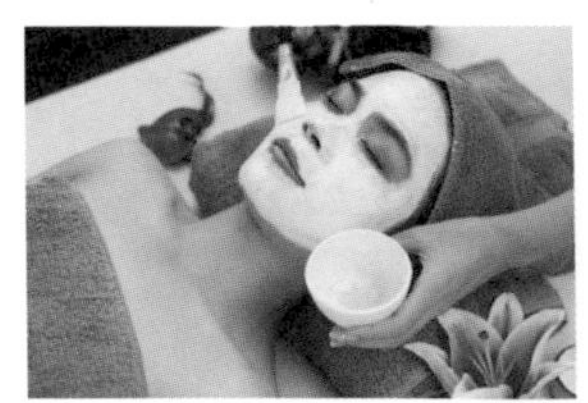

appliquer le masque
[aplike lə mask]
ph. 敷面膜

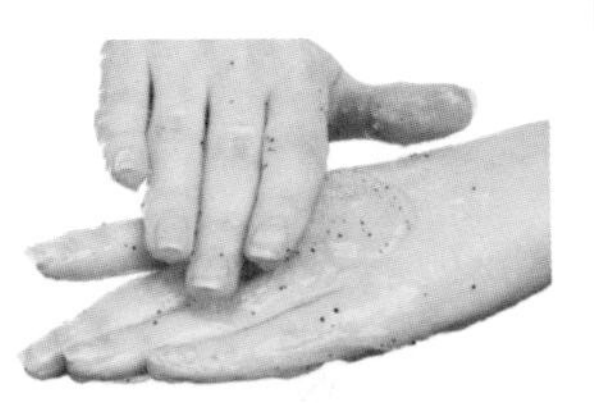

exfolier
[ɛksfɔlje]
ph. 去角質

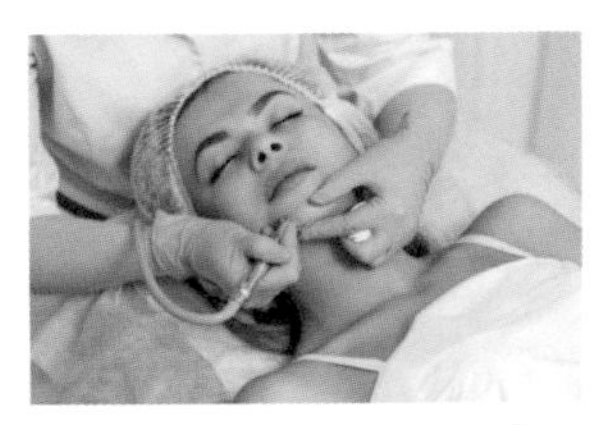

enlever l'acné
[ɑ̃lve lakne]
ph. 擠粉刺

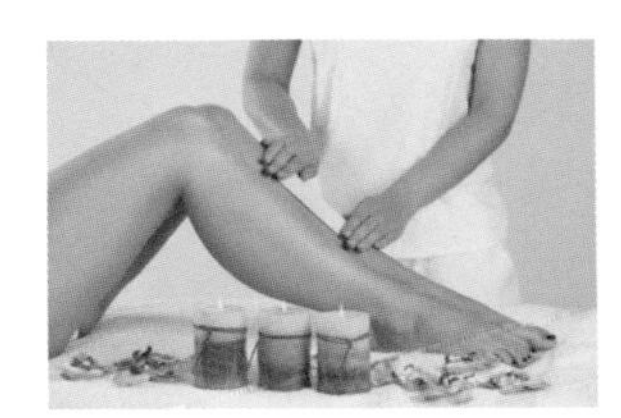

épiler
[epile]
ph. 除毛

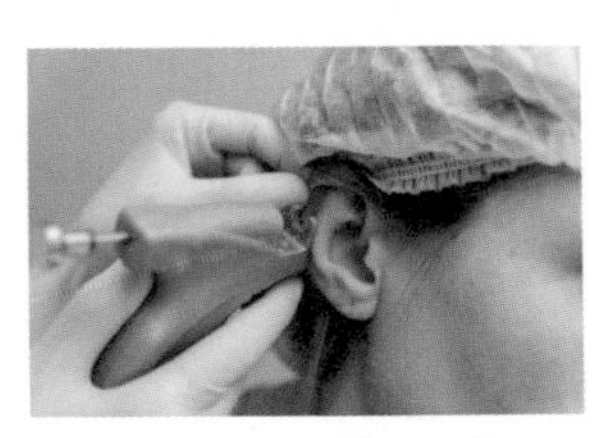

faire un piercing d'oreille
[fɛr œ̃ pirsiŋ dɔrɛj]
ph. 打耳洞

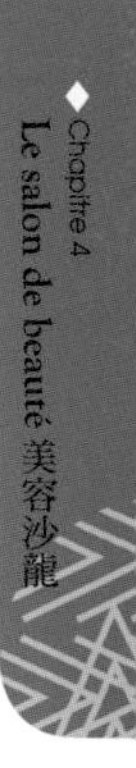

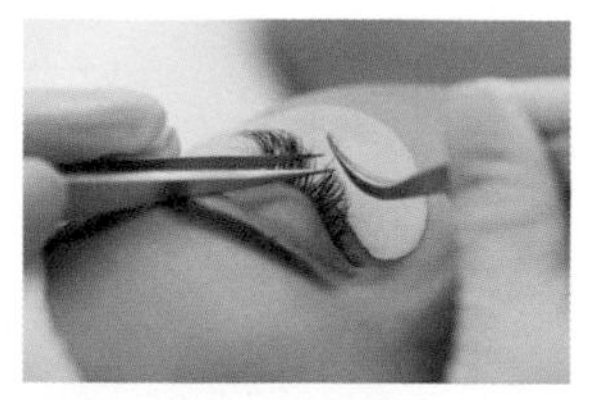

poser l'extension de cils
[poze lɛkstɑ̃sjɔ̃ də sil]
ph. 接睫毛

faire un spa relaxant pour vos pieds
[fɛr œ̃ spa rəlaksɑ̃ pur vɔ pje]
ph. 做腳部 spa

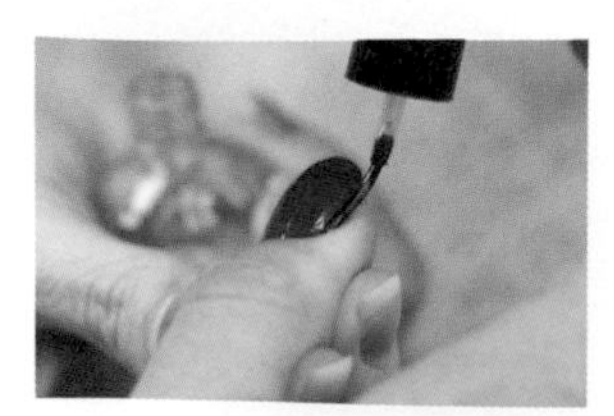

faire une pose de vernis
[fɛr yn poz də vɛrni]
ph. 塗指甲油

法國美髮、美容的文化介紹

法國的髮廊可分成好幾種類型，有一般比較傳統平價、專為男性服務的理髮院，主要的客源是稍微有一點年紀的男性，會提供剪髮與簡單的洗髮、吹乾等服務，收費約在 30 歐元上下。近年來，發展出來的現代化的髮廊，不分男女老少，還可指定髮型設計師。一般來說，為了避免長時間的等候，建議大家先提前預約。髮廊的收費是以服務項目為收費的標準，剪髮、洗髮、吹造型都是個別收費，若要染髮與燙髮，價格會因頭髮的長短而有不同。知名連鎖店的費用會比其他美髮院來得昂貴，各個城市的訂價也不一致，總之，剪加洗加吹的費用約在 40 歐元到 60 歐元，28 歲以下的學生可享有 8 折的優惠。

另外，因現在生活的壓力以及人人開始比較注重身體的保養，美容沙龍有越來越蓬勃發展的趨勢，不只是臉部皮膚的保養，各式的按摩也非常受歡迎，這類的服務索價不低，例如臉部皮膚保養約 70 歐元；半身或全身的精油按摩，半小時約 40 歐元，一小時約 70 歐元。儘管如此，美容院提供的服務受到越來越多的女性喜愛。

PARTIE X

Les activités et les compétitions sportives
體育活動和競賽

◆◆◆ Chapitre 1

Le terrain de football 足球場

足球場配置

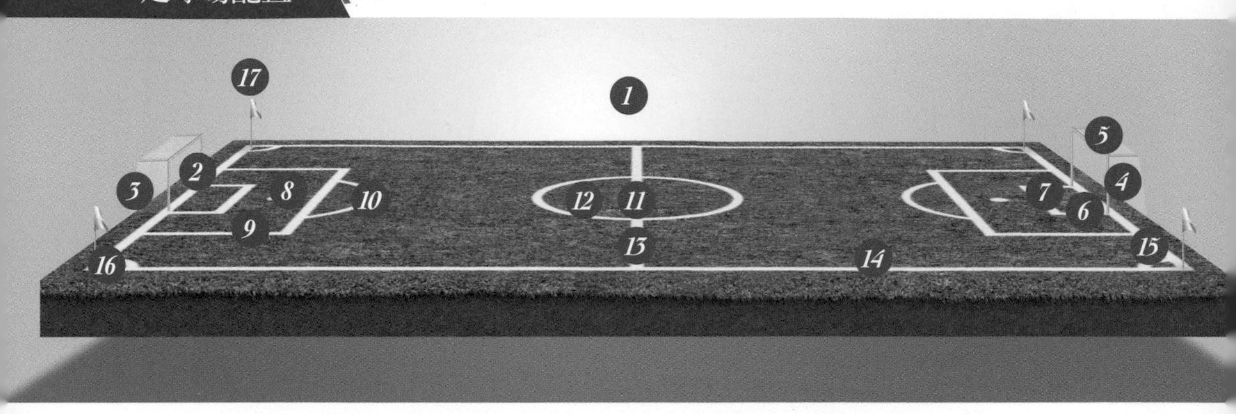

1. **le terrain de football** [lə tɛrɛ̃ də futbol] n. 足球場
2. **la cage** [la kaʒ] n. 球門
3. **le filet** [lə filɛ] n. 球門網
4. **le poteau** [lə pɔto] n. 球門柱
5. **la barre transversale** [la bar trɑ̃zvɛrsal] n. 橫桿（門楣）
6. **la surface de but** [la syrfas də by(t)] n. 球門區
7. **la surface de pénalty** [la syrfas də penalti] n. 球門禁區
8. **le point de pénalty** [lə pwɛ̃ də penalti] n.（點球）罰球點
9. **la surface de réparation** [la syrfas də reparasjɔ̃] n. 點球罰球區
10. **l'arc-de-cercle** [larkdəsɛrkl] n. 禁區弧線
11. **le point central** [lə pwɛ̃ sɑ̃tral] n. 中點
12. **le rond central** [lə rɔ̃ sɑ̃tral] n. 中圈
13. **la ligne médiane** [la liɲ medjan] n. 中線
14. **la ligne de touche** [la liɲ də tuʃ] n. 邊線
15. **la ligne de but** [la liɲ də by(t)] n. 端線
16. **le corner / l'arc-de-cercle de coin** [lə kɔrnɛr / larkdəsɛrkl də kwɛ̃] n. 角球區弧線
17. **le piquet de coin** [lə pikɛ də kwɛ̃] n. 角球旗

Tips

慣用語小常識：球類篇

La balle est dans votre camp !
「球在您這邊」？

la balle [la bal] 指的是體積比較小的「球」，在修辭學上隱喻的用法則表示「發言」、「作為」或「機會」的意思。早在十七世紀時，就用 à vous la balle [a vu la bal] 這句慣用語來表示 à vous de parler（輪到您發言）。在一般的球類比賽中，對方把球打到我們這邊，我們就應該把球打回去給對方，用此來表示雙方之間的一來一往。因此這句慣用語的意思是表示 à vous de parler（輪到您發言）或 à vous d'agir（輪到您來表現）。

La population a montré son mécontentement par des manifestations successives, la balle est à présent dans le camp du gouvernement.
人民用接連不斷的示威遊行來表達他們的不滿，現在輪到政府來做決策。

01 幫球隊加油 encourager les équipes

Part10_02

在球場上常做的事有哪些？法文怎麼說？

chanter l'hymne national
[ʃɑ̃te limn nasjɔnal]
ph. 唱國歌

chanter le chant de stade
[ʃɑ̃te lə ʃɑ̃ də stad]
ph. （觀眾）唱賽前歌

encourager
[ɑ̃kuraʒe]
v. 為～加油

agiter un drapeau
[aʒite œ̃ drapo]
ph. 揮舞旗幟

se battre contre
[sə batr kɔ̃tr]
ph. 與～對戰

remercier les supporteurs
[rəmɛrsje le sypɔrtœr]
ph. 感謝球迷

關於法國的足球

▲圖為 Olympique Lyonnais 及 Paris Saint-Germain 兩球隊於 Ligue 1 的交鋒

法國甲級足球聯賽 le championnat de France de football [lə ʃɑ̃pjɔna də frɑ̃s də futbol]，法語中常簡稱為 Ligue 1 [lig œ̃]，成立於 1932 年，成立初期稱為 Division nationale [divizjɔ̃ nasjɔnal]，1972 年改名為 Division 1 [divizjɔ̃ œ̃]（簡稱 D1）。一直到 2002 年，才使用 Ligue 1 的名稱，每年的球季（從八月到隔年的五月）有二十個職業足球隊伍以聯賽的方式爭取最高榮譽。

Ligue 1 的隊伍素質平均，並沒有所謂的「明星隊伍」，里昂隊 Olympique Lyonnais 曾在 2002 到 2008 年，連續七年拿下 Ligue 1 的冠軍，目前還沒有一個隊伍打破這個紀錄。不過近幾年，則是由巴黎隊 Paris Saint-Germain 稱霸 L1。

● Ligue 1 的規則

Ligue 1 的規則為每一支球隊在一個球季中必須對戰兩次，一次**主場 match à domicile** [matʃ a dɔmisil]，一次**客場 match à l'extérieur** [matʃ a lɛksterjœr]，因此一支球隊在一個球季中必須踢 38 場球賽，贏的隊伍可拿到積分三分，踢和時可拿到一分。球季結束時，積分最高的隊伍奪冠；若積分相同，則以進球數來決定勝負。

● 法國與歐洲國家間的比賽

拿到 Ligue 1 的冠軍不是法國甲組球員唯一的美夢。得到冠軍及亞軍的隊伍可以直接晉級**歐洲冠軍聯賽 Ligue de Champion** [lig də ʃɑ̃pjɔ̃]（又稱歐冠盃），季軍則可參加歐冠盃的資格賽。此外，Ligue 1 的殿軍、**法國盃 Coupe de France** [kup də frɑ̃s]（法國各個等級的球隊皆可參加）以及**法國聯賽盃 Coupe de la Ligue** [kup də la lig]（法國甲乙組的職業球隊參加）的冠軍隊伍，則可參加**歐足總歐洲聯賽 Ligue Europa de l'UEFA** [lig ørɔpa də yœɛfa]（簡稱歐聯）。

身為一位職業足球員，必須在球季開打後，保持體力顛峰的狀態，並且避免受到運動傷害。一旦受傷而成為板凳球員時，會無法表現出自己的實力，也就會錯失被換到較強球隊的機會。跟英國、義大利、西班牙及德國的職業足球聯盟比較起來，法國 Ligue1 的水準還有很大的進步空間，多數的法國球員都效力於歐洲其他國家的球隊，即使如此，以法國在歷屆**世界盃 la coupe du monde** [la kup dy mɔ̃d] 的表現來看，法國的足球運動仍舊是法國人最熱中的運動。

球迷常用的加油用具有哪些？法文怎麼說？

la trompette
[la trɔ̃pɛt]
n. 喇叭；號角

le sifflet sans gêne
[lə siflɛ sɑ̃ ʒɛn]
n. 派對吹笛

la claquette main
[la klakɛt mɛ̃]
n. 拍手器

le porte-voix
[lə pɔrt vwa]
n. 大聲公

le serre-tête drapeau
[lə sɛrtɛt drapo]
n. 隊旗髮飾

le pompon
[lə pɔ̃pɔ̃]
n. 彩球

le maillot
[lə majo]
n. 球員球衣

le drapeau
[lə drapo]
n. 大國旗

le tatouage temporaire
[lə tatwaʒ tɑ̃pɔrɛr]
n. 紋身貼紙

02 比賽 le match

要怎麼用法文說足球員的位置？

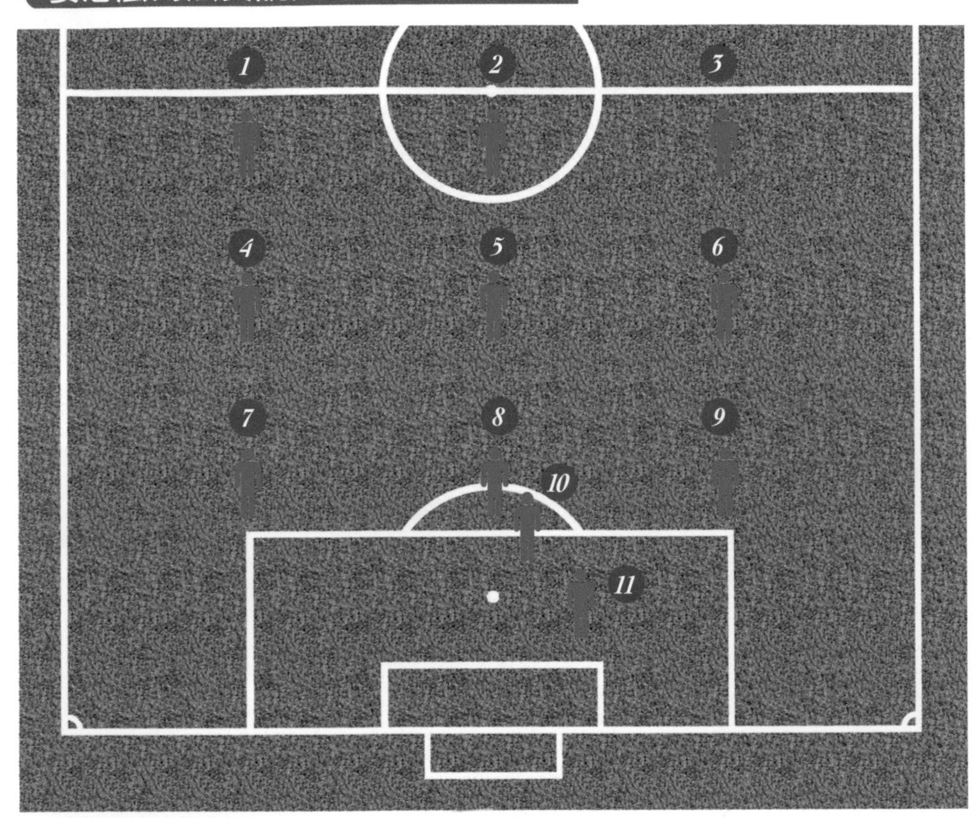

l'entraîneur [lɑ̃trɛnœr] n. 教練

le capitaine [kapitɛn] n. 隊長

les attaquants 前鋒

❶ **l'ailier gauche** [lɛlje goʃ] n. 左邊鋒／左前鋒

❷ **l'avant-centre** [lavɑ̃sɑ̃tr] n. 主前鋒／中前鋒

❸ **l'ailier droit** [lɛlje drwa] n. 右邊鋒／右前鋒

les milieux de terrain 中場

❹ **le milieu gauche** [lə miljø goʃ] n. 左中場

❺ **le milieu défensif** [lə miljø defɑ̃sif] n. 中中場

❻ **le milieu droit** [lə miljø drwa] n. 右中場

les défenseurs 後衛

❼ **l'arrière gauche / le défenseur gauche** [larjɛr goʃ / lə defɑ̃sœr goʃ] n. 左後衛

❽ **l'arrière central / le défenseur central** [larjɛr sɑ̃tral / lə defɑ̃sœr sɑ̃tral] n. 中後衛

❾ **l'arrière droit / le défenseur droit** [larjɛr drwa / lə defɑ̃sœr drwa] n. 右後衛

❿ **le libero / le stoppeur** [lə libero / lə stɔpœr] n. 中後衛防守員

⓫ **le gardien de but** [lə gardjɛ̃ də by(t)] n. 守門員

足球積分表上會出現什麼？

❶ **le tableau de classement** [lə tablo də klasmɑ̃] n. 積分表

❷ **le groupe~** [lə grup] n. 第～組

❸ **la position** [la pozisjɔ̃] n. 排名

❹ **le club** [lə klœb] n. 隊名

❺ **les matchs joués** [le matʃ ʒwe] phr. 已完成的比賽數

❻ **victoire** [viktwar] n. 贏

❼ **nul** [nyl] n. 和局

❽ **perdu** [pɛrdy] n. 輸

❾ **les buts marqués** [le by(t) marke] n. 進球數

❿ **les buts concédés** [le by(t) kɔ̃sede] n. 失球數

⓫ **la différence de buts** [la diferɑ̃s də by(t)] n. 淨勝球

⓬ **les points** [le pwɛ̃] n. 積分

足球的基本動作有哪些？

le dribble / dribbler
[lə dribl / drible]
n./v. 盤球

la passe / faire la passe
[la pɑs / fɛr la pɑs]
n./v. 傳球

le tacle glissé
[lə takl glise]
n. 鏟球

le lancer de touche
[lə lɑ̃se də tuʃ]
n. 丟邊線球

la frappe / tirer au but
[la frap / tire o by(t)]
n./v. 射門

une tête / faire une tête
[yn tɛt / fɛr yn tɛt]
n./v. 頭槌

la bicyclette / le retourné
[la bisiklɛt / lə rəturne]
n. 倒掛金鉤

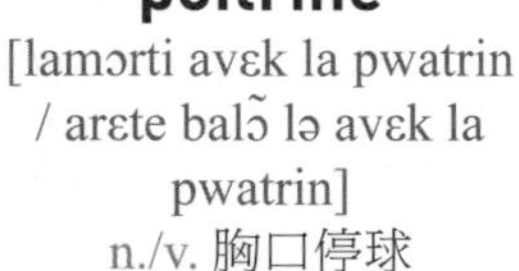

l'amorti avec la poitrine / arrêter le ballon avec la poitrine
[lamɔrti avɛk la pwatrin / arɛte balɔ̃ lə avɛk la pwatrin]
n./v. 胸口停球

le tir au but
[lə tir o by(t)]
n. PK 戰

裁判的手勢（規則）有哪些？

Football Referee Signals

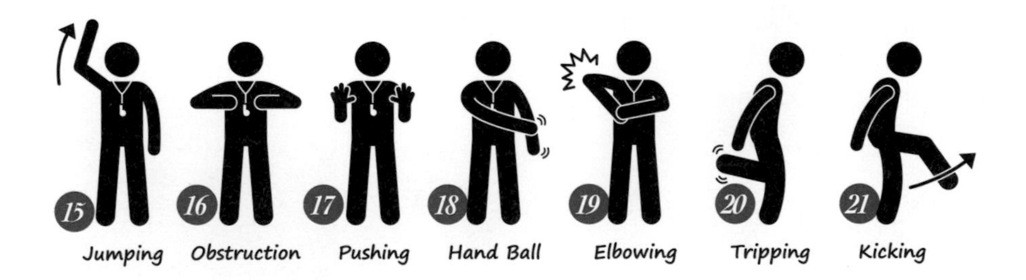

❶ **l'arbitre** [larbitr] n. 裁判

❷ **le coup franc indirect** [lə ku frɑ̃ ɛ̃dirɛkt] n. 間接自由球

❸ **le coup franc direct** [lə ku frɑ̃ dirɛkt] n. 直接自由球

❹ **le carton jaune** [lə kartɔ̃ ʒœn] n. 黃牌

❺ **le carton rouge** [lə kartɔ̃ ruʒ] n. 紅牌

❻ **continuer** [kɔ̃tinɥe] v. 繼續比賽

7 **un pénalty** [œ̃ penalti] n. 罰 12 碼球

8 **hors-jeu** [ɔrʒœ] n. 越位

9 **en position de hors-jeu** [ɑ̃ pozisjɔ̃ də ɔrʒœ] ph. 越位位置

10 **le changement** [lə ʃɑ̃ʒmɑ̃] n. 更換球員

11 **le but** [lə by(t)] n. 進球

12 **le but non valide** [lə by(t) nɔ̃ valid] n. 進球無效

13 **les arrêts de jeu** [lezarɛ də ʒœ] n.（比賽）暫停

14 **le corner** [lə kɔrnɛr] n. 角球

15 **sauter sur un adversaire** [sote syr œ̃nadvɛrsɛr] ph. 跳撞對方

16 **tenir un adversaire** [t(ə)nir œ̃nadvɛrsɛr] ph. 阻擋（拉球衣）

17 **bousculer un adversaire** [buskyle œ̃nadvɛrsɛr] ph. 推人

18 **une faute de main** [yn fot də mɛ̃] n. 手球

19 **donner un coup de coude** [dɔne œ̃ ku də kud] ph. 肘擊

20 **faire un croche-pied** [fɛr œ̃ krɔʃ pje] ph. 絆人

21 **donner un coup de pied** [dɔne œ̃ ku də pje] ph. 踢人

◆◆◆ Chapitre 2

Le terrain de basketball 籃球場

籃球場

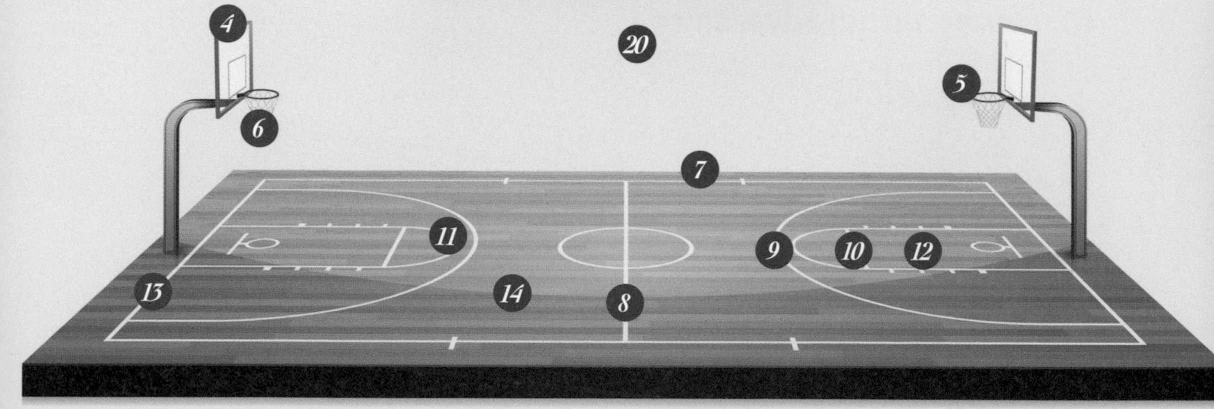

❶ **le panneau d'affichage** [lə pano dafiʃaʒ] n. 計分板

❷ **l'équipe locale** [lekip lɔkal] n. 主隊

❸ **l'équipe visiteur** [lekip vizitœr] n. 客隊

❹ **le panneau** [lə pano] n. 籃板

❺ **le cercle** [lə sɛrkl] n. 籃框

❻ **le filet** [lə filɛ] n. 籃網

❼ **la ligne de touche** [la liɲ də tuʃ] n. 邊線

❽ **la ligne médiane** [la liɲ medjan] n. 中線

❾ **la ligne à trois points** [la liɲ a trwa pwɛ̃] n. 三分線

⑩ **la ligne des lancers francs** [la liɲ de lɑ̃se frɑ̃] n. 罰球線

⑪ **le cercle du panier à trois points** [lə sɛrkl dy panje a trwa pwɛ̃] n. 罰球圈

⑫ **la raquette** [la rakɛt] n. 禁區

⑬ **la ligne de fond** [la liɲ də fɔ̃] n. 底線

⑭ **le parquet de basketball** [lə parkɛ də baskɛtbol] n. 籃球場地板

⑮ **la possession** [la pɔsɛsjɔ̃] n. 球權

⑯ **le score** [lə skɔr] n. 得分

⑰ **le bonus** [lə bɔnys] n. 加罰狀態

⑱ **la faute** [la fot] n. 犯規（次數）

⑲ **la période** [la perjɔd] n.（比賽）節次

⑳ **le terrain de basketball** [lə tɛrɛ̃ də baskɛtbol] n. 籃球場

籃球場人員

㉑ **l'entraîneur** [lɑ̃trɛnœr] n. 教練

㉒ **les joueurs de basketball** [le ʒwœr də baskɛtbol] n. 籃球員

㉓ **les joueurs remplaçants** [le ʒwœr rɑ̃plasɑ̃] n. 替補球員

㉔ **l'attaquant** [latakɑ̃] n. 攻方

㉕ **le défenseur** [lə defɑ̃sœr] n. 守方

㉖ **l'arbitre** [larbitr] n. 裁判

㉗ **le spectateur** [lə spɛktatœr] n. 觀眾

㉘ **le ballon** [lə balɔ̃] n. 籃球

◆ Tips ◆

慣用語小常識：

lâcher les baskets
「放掉（某人的）球鞋」？

les baskets [le baskɛt] 在法文中指的是高筒的球鞋，也就是「籃球鞋」，而 lâcher [laʃe] 則是「放掉」的意思。那「放掉（某人的）球鞋」代表什麼意思呢？

十八世紀時，我們常用 coller aux basques [kɔle o bask] 來形容一個人跟上跟下、黏的很緊。coller 是指「黏、貼」的意思，les basques 是指衣服的下襬，因此一個人一直黏著我們衣服的下襬，表示這個人「很黏人或很煩人」。但隨著時代演變，這類衣服已經過時，因此我們就用發音類似，同樣也是衣物的 les baskets 來取代。這句慣用語出現在籃球運動及籃球鞋在法國非常流行的時期，而 lâcher les baskets 就是叫一個人不要一直煩的意思，同義詞為 laisser ~ tranquille。

◆◆◆ 01 打全場比賽 Le jeu en tout terrain

籃球球員位置有哪些？

❶ **les positions des joueurs de basketball** [le pozisjɔ̃ de ʒwœr də baskɛtbol] n. 籃球員位置

❷ **le meneur** [lə mənœr] n. 控球後衛

❸ **l'arrière** [larjɛr] n. 得分後衛

❹ **l'ailier** [lɛlje] n. 小前鋒

❺ **l'ailier fort** [lɛlje fɔ:r] n. 大前鋒

❻ **le pivot** [lə pivo] n. 中鋒

裁判的手勢有哪些？

1. **l'arbitre** [larbitr] n. 裁判
2. **le début du match** [lə deby dy matʃ] n. 比賽開始
3. **la fin du match** [la fɛ̃ dy matʃ] n. 比賽結束
4. **le temps mort** [lə tɑ̃ mɔr] n.（比賽）暫停
5. **l'entre-deux** [lɑ̃trədø] n. 爭球
6. **le changement de joueurs** [lə ʃɑ̃ʒmɑ̃ də ʒwœr] n. 換人
7. **le signe d'appel** [lə siɲ dapɛl] n. 招呼示意
8. **un point** [œ̃ pwɛ̃] n. 一分
9. **deux points** [dø pwɛ̃] n. 兩分
10. **trois points** [trwa pwɛ̃] n. 三分起跳
11. **marquer le panier à trois points** [marke lə panje a trwa pwɛ̃] ph. 三分投籃成功
12. **les points non valides** [le pwɛ̃ nɔ̃ valid] n. 得分不算
13. **remettre les 24 secondes** [r(ə)mɛtr le vɛ̃tkatr səgɔ̃d] ph. 重新計算進攻時間
14. **la faute personnelle** [la fot pɛrsɔnɛl] n.（球員）犯規
15. **marcher** [marʃe] v. 走步
16. **la faute technique** [la fot tɛknik] n. 技術犯規
17. **pousser** [puse] v. 推人
18. **l'obstruction** [lɔpstryksjɔ̃] n.（進攻、防守時）阻擋犯規
19. **trois secondes** [trwa səgɔ̃d] n. 三秒違例
20. **la faute antisportive** [la fot ɑ̃tispɔrtiv] n. 惡意犯規
21. **l'usage illégal des mains** [lyzaʒ ilegal de mɛ̃] n. 出手犯規

◆◆◆ Chapitre 3

La piscine 游泳池

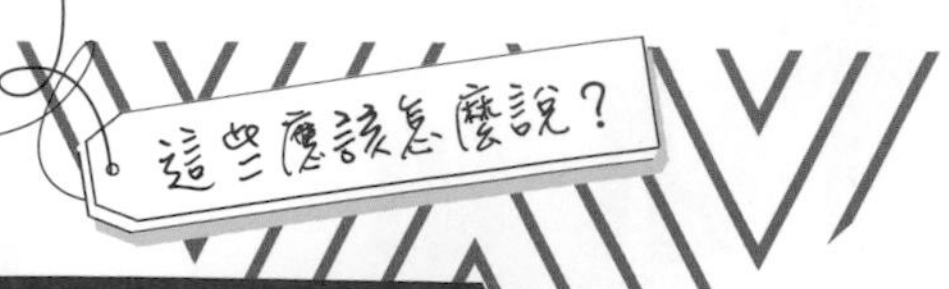

游泳池配置

1. **la chaise du maître nageur** [la ʃɛz dy mɛtr naʒœr] n. 救生員椅
2. **la chaise longue** [la ʃɛz lɔ̃g] n. 躺椅
3. **la piscine** [la pisin] n. 游泳池
4. **l'échelle** [leʃɛl] n. 梯子
5. **la ligne d'eau** [la liɲ do] n. 水道繩

6 **la serviette** [la sɛrvjɛt] n. 毛巾
7 **le sol** [lə sɔl] n. 地板
8 **le panneau sol glissant** [lə pano sɔl glisɑ̃] n. 地板濕滑標示
9 **la rampe de la piscine** [la rɑ̃p də la pisin] n. 游泳池扶手
10 **la piscine chauffée** [la pisin ʃofe] n. 溫水池
11 **le casier** [lə kazje] n. 置物櫃
12 **le vestiaire** [lə vɛstjɛr] n. 更衣室

◆ **Tips** ◆

慣用語小常識：游泳篇

nager entre deux eaux
「在兩個水域中游泳」？

這個慣用語始用於十四世紀，當時 nager [naʒe] 還不是「游泳」的意思，而是㊥「掌舵」（conduire un bateau [kɔ̃dɥir œ̃ bato]）的意思，所以 nager entre deux eaux 是指一個人好好掌握船的方向，不受水流的影響。

在現代法語中，這個慣用語用來表示一個人知道如何在水中任何深度游泳，不受水表面的水流或深海中的水流所影響，暗喻一個人在兩方對立的情況下，不願做出決定或是不願表明自己的態度。

Les candidats indépendants, faces aux propositions de la droite et de la gauche, nagent entre deux eaux dans cette élection.
一些無黨籍的候選人在這次的選舉中，面對右派及左派的提議，遲遲未表態。

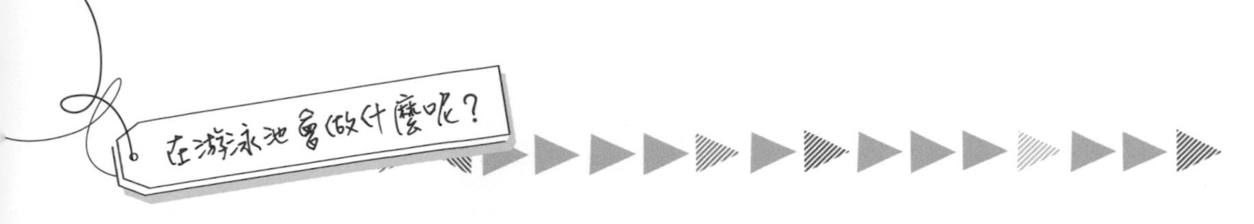

01 換上泳具 se mettre en maillot de bain

常見的泳具有哪些？法文怎麼說？

❶ **les affaires de piscine**
[lezafɛr də pisin] n. 泳具

❷ **le maillot de bain**
[lə majo də bɛ̃] n. 泳衣

❸ **la serviette** [la sɛrvjɛt] n. 毛巾

❹ **la gourde** [la gurd] n. 水壺

❺ **le chronomètre** [lə krɔnɔmɛtr] n. 碼表

❻ **les lunettes de piscine**
[le lynɛt də pisin] n. 泳鏡

❼ **le slip de bain**
[lə slip də bɛ̃] n. 游泳褲

❽ **le sifflet** [lə siflɛ] n. 哨子

❾ **les claquettes de piscine**
[le klakɛt də pisin] n. 拖鞋

❿ **le bonnet de piscine**
[lə bɔnɛ də pisin] n. 泳帽

⓫ **le protège-oreilles / le protège-tympans**
[lə prɔtɛʒ ɔrɛj / lə prɔtɛʒtɛ̃pɑ̃] n. 耳塞

⓬ **le pince-nez**
[lə pɛ̃s ne] n. 鼻夾

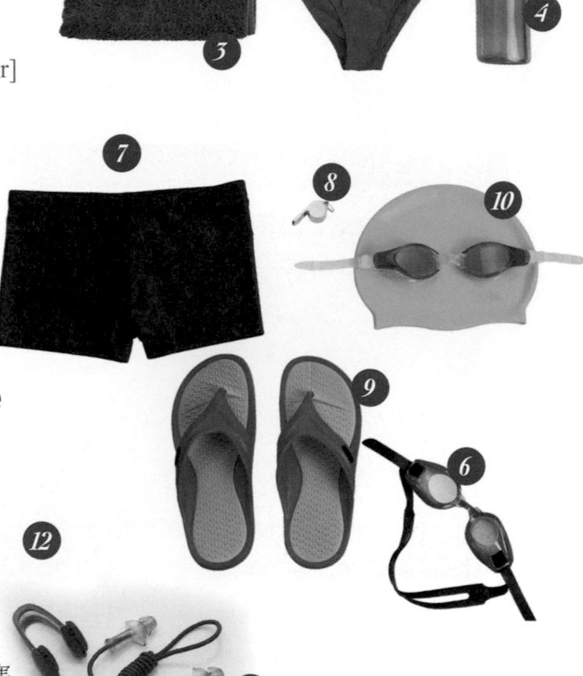

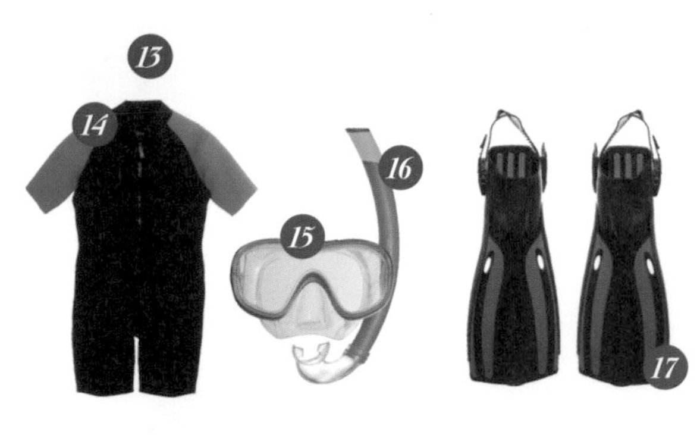

13 l'équipement de plongée
[lekipmɑ̃ də plɔ̃ʒe] n. 潛水設備

14 la combinaison de plongée
[la kɔ̃binɛzɔ̃ də plɔ̃ʒe] n. 潛水衣

15 le masque de plongée
[lə mask də plɔ̃ʒe] n. 潛水目鏡

16 le tuba [lə tyba] n. 潛水呼吸管

17 les palmes [le palm] n. 蛙鞋

常見的游泳輔具有哪些？法文怎麼說？

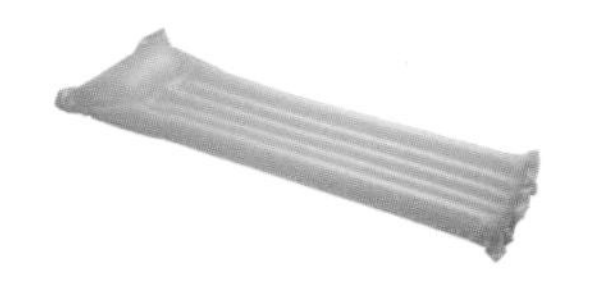

le matelas flottant
[lə matla flɔtɑ̃]
n. 氣墊筏

le brassard gonflable
[lə brasar gɔ̃flabl]
n. 充氣臂圈

la bouée
[la bwe]
n. 游泳圈

la chaise gonflable
[la ʃɛz gɔ̃flabl]
n. 充氣椅

le gilet de sauvetage
[lə ʒilɛ də sovtaʒ]
n. 救生衣

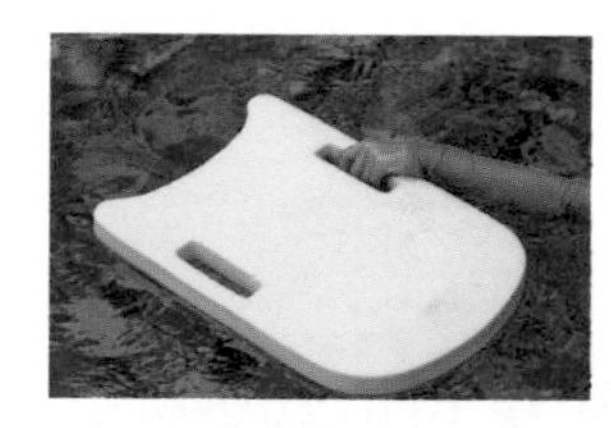

la planche kickboard
[la plɑ̃ʃ kikbɔrd]
n. 浮板

••• 02 游泳 faire la natation

Part10_08

常見的泳姿有哪些？法文怎麼說？

le crawl
[lə krol]
n. 捷泳

le dos crawlé
[lə do krole]
n. 仰式

la nage du chien
[la naʒ dy ʃjɛ̃]
n. 狗爬式

le papillon
[lə papijɔ̃]
n. 蝶式

la brasse
[la bras]
n. 蛙式

la brasse indienne
[la bras ɛ̃djɛn]
n. 側泳

生活小常識：游泳競賽篇

奧運的 la natation sportive（游泳競賽），有哪些比賽項目呢？

除了常見的 la nage libre（自由式）、le dos crawlé（仰式）、la brasse（蛙式）、le papillon（蝶式）以外，還有 les épreuves de quatre nages（混合泳）和 le relais（接力）。

l’épreuve individuelle de quatre nages 個人混合四式

l’épreuve individuelle de quatre nages（個人混合四式）是指運動員需以四種不同的泳姿完成 200 公尺或 400 公尺的個人全能項目，順序為 le papillon（蝶式）、le dos crawlé （仰式）、la brasse（蛙式）、la nage libre（自由式）等四種，最後一個泳式是除了前三種之外的姿勢都符合規定，絕大部分的選手選擇 le crawl（捷泳）。以總距離計算，每種泳姿皆需泳完四分之一的距離。

le relais 接力泳

le relais（接力泳）又可分成 le relais en nage libre（自由泳接力）和 le relais en quatre nages（混合泳接力），每項比賽需以 4 位選手以相同的游泳距離接力完成。由於仰式必須在水中出發，因此與個人四式泳姿順序不同。在接力比賽中，游仰式的選手為第一棒，接著依序為蛙式、蝶式及自由式。

la natation synchronisée 水上芭蕾

la natation synchronisée（水上芭蕾），包含游泳、體操和芭蕾等的各種技巧，是需要足夠的身體素質、力量和舞蹈技巧的一種運動項目。裁判會根據動作的難度、正確性和舞蹈編排等評量標準來評定得分。

le water-polo 水球

水球比賽是一項結合了游泳、手球、籃球和橄欖球的水上團體競賽，比賽的全長時間為 32 分鐘，每個球隊需以 13 位球員組成。比賽開始時，水中上場人數 7 人（包含一名守門員），另外 6 位則需在場外待命，以便隨時替補水中的球員。

PARTIE XI

Les occasions spéciales

特殊場合

◆◆◆ Chapter1

Les jours fériés 節日

聖誕夜 Le réveillon

1. **le repas de Noël** [lə rəpɑ də nɔɛl] n. 聖誕大餐
2. **le vin rouge** [lə vɛ̃ ruʒ] n. 紅酒
3. **le champagne** [lə ʃɑ̃paɲ] n. 香檳
4. **la bougie / la chandelle** [la buʒi / la ʃɑ̃dɛl] n. 蠟燭
5. **le serre-tête de fête** [lə sɛrtɛt də fɛt] n. 聖誕頭飾
6. **le bonnet de Noël** [lə bɔnɛ də nɔɛl] n. 聖誕帽
7. **la chaussette de Noël** [la ʃosɛt də nɔɛl] n. 聖誕襪
8. **le sapin de Noël** [lə sapɛ̃ də nɔɛl] n. 聖誕樹
9. **les décorations de Noël** [le dekɔrasjɔ̃ də nɔɛl] 聖誕吊飾

法國除了聖誕節之外，還有哪些節日？

Part11_01-B

la Toussaint
[la tusɛ̃]
n. 諸聖節

l'Epiphanie
[lepifani]
n. 主顯節

Halloween
[alɔwin]
n. 萬聖節

le Nouvel An
[lə nuvɛlɑ̃]
n. 元旦

la Saint Valentin
[lə sɛ̃ valɑ̃tɛ̃]
n. 情人節

la fête de Pâques
[la fɛt də pɑk]
n. 復活節

la fête du Travail
[la fɛt dy travaj]
n. 勞動節

l'Assomption
[lasɔ̃psjɔ̃]
n. 聖母升天日

la fête nationale
[la fɛt nasjɔnal]
n. 國慶日

l'Ascension
[lasɑ̃sjɔ̃]
n. 耶穌升天日

la fête des Mères
[la fɛt de mɛr]
n. 母親節

la fête des Pères
[la fɛt de pɛr]
n. 父親節

法國會放哪些假期？

名稱	中文	日期
Noël	聖誕節	12 月 25 日
le Nouvel An	元旦	1 月 1 日
la fête de Pâques	復活節	時間不固定，通常在每年的三月底或四月的某一個星期日。
la fête du travail	勞動節	5 月 1 日

名稱	中文	日期
la fête des Mères	母親節	5 月的最後一個禮拜天
la Victoire 1945	二戰停戰日	5 月 8 日
l'Ascension	耶穌升天日	每年復活節後第五週的週四，也就是復活節後四十天。
la fête des Pères	父親節	6 月的第三個禮拜天
la fête nationale	國慶日	7 月 14 日
l'Assomption	聖母升天日	8 月 15 日
la Toussaint	諸聖節	11 月 1 日
l'Armistice	一戰停戰日	11 月 11 日

Tips

文化小常識：關於法國的聖誕市集

▲聖誕市集 Le marché de Noël

le marché de Noël [lə marʃe də nɔɛl] 是個為了慶祝**聖誕節**，在 l'Avent [lavɑ̃]（降臨期，聖誕節前的四個星期）的期間，所舉辦的露天市集。我們可以在這樣的市集中找到所有與**聖誕節**和**聖尼古拉節** la Saint-Nicolas [la sɛ̃ nikɔla]（在西方基督教國家：荷蘭、比利時、盧森堡、德國及法國北部城市，時間為每年的 12 月 6 號）有關的商品。聖誕市集源於中歐及東歐國家，例如奧地利、瑞士、德國及法國與德國邊境的城市，但現在這個傳統漸漸普及於世界各地。

聖誕市集一般都是由各地的市政府來組織舉辦的，我們可以在市集中找到聖誕節的裝飾品、傳統食品以及各式手工製品或具有地區特色的商品。由於天氣寒冷，**熱紅酒 le vin chaud** [lə vɛ̃ ʃo] 的味道瀰漫於整個市集，靠著熱紅酒溫暖身體後，又可以繼續穿梭在市集中。

聖誕市集的另一個重點則是**聖誕節的燈飾 les illuminations de Noël** [lezilyminasjɔ̃ də nɔɛl]，整個市集燈火通明，讓人猶如進入夢幻國度的感覺。法國最有名的市集集中於法國東部的城市，尤以**史特拉斯堡聖誕市集 le marché de Noël de Strasbourg** 最為有名，每年有超過 300 個展示攤位，吸引兩百多萬的遊客。

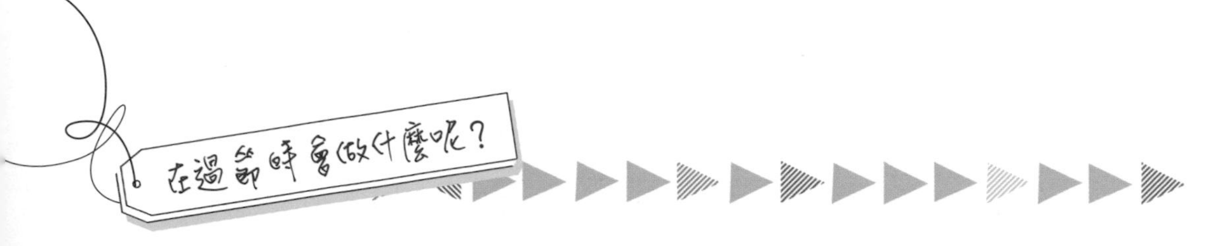

01 慶祝 fêter

Part11_02

常見的慶祝方式有哪些？法文怎麼說？

être en vacances
[ɛtr ɑ̃ vakɑ̃s]
ph. 放假

se réunir
[sə reynir]
ph. 聚在一起

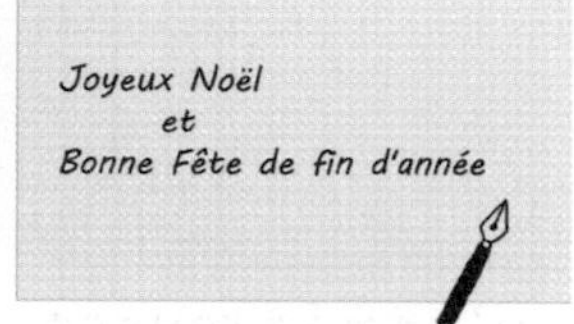

souhaiter
[swete]
v. 祝福

offrir des cadeaux
[ɔfrir de kado]
ph. 送禮

faire la prière
[fɛr la prijɛr]
ph. 禱告

faire un festin
[fɛr œ̃ fɛstɛ̃]
ph. 吃大餐

faire un tour au marché de Noël
[fɛr œ̃ tur o marʃe də nɔɛl]
ph. 逛聖誕市集

tirer un feu d'artifice
[tire œ̃ fø dartifis]
ph. 放煙火

assister aux spectacles
[asiste o spɛktakl]
ph. 看表演

aller à la messe
[ale a la mɛs]
ph. 上教堂

aller à une boum / faire une soirée dansante
[ale a yn bum]/ [fɛr yn sware dɑ̃sɑ̃t]
ph. 辦舞會

chanter un hymne
[ʃɑ̃te œ̃nimn]
ph. 唱聖歌

◆ Tips ◆

文化小常識：法國的「諸聖節」la Toussaint

「諸聖節」la Toussaint [la tusɛ̃] 是一個天主教節日，日期為每年的 11 月 1 日，照字面的意思為：為所有的聖人祈禱（la célébration de tous les saints）。那這一天為何會成為法國的「清明節」呢？

法國祭祀亡者的日子 la fête des morts 原本為 11 月 2 號，這一天法國人會帶著鮮花到墓園緬懷過世的親朋好友，然而因為 11 月 2 號並不是國定假日，於是漸漸地在法國「諸聖節」la Toussaint 便取代了 la fête des morts，讓法國人可以安排時間去掃墓。

掃墓的時候，法國人會為逝者準備鮮花，最具代表的花為**菊花 les chrysanthèmes** [le krizɑ̃tɛm]，無疑是因為菊花為秋天當季的花且不畏寒，可以持續開放一段時間。

藉此機會，法國人會順便整理墓地，也與平時較少見面的家族親人聚聚，談談與已逝者的過往。雖然這一天並不像聖誕節或復活節那麼地「熱鬧」，但對於法國人來說，la Toussaint 是一個特別有意義的日子。

◆◆◆ 02 傳統特定美食 Les mets associés à des fêtes religieuses

特定節日會吃的東西有什麼？法文怎麼說？

Part11_03

la galette des rois
[la galɛt de rwa]
n. 國王派
＊節日：l'Épiphanie 主顯節

la crêpe
[la krɛp]
n. 可麗餅
＊節日：la Chandeleur 聖燭節

la dinde farcie aux marrons

[la dɛ̃d farsi o marɔ̃]

n. 烤火雞鑲栗子

* 節日：Noël 耶誕節

le gigot d'agneau de Pâques

[lə ʒigo daɲo də pɑk]

n. 復活節羊腿

* 節日：la fête de Pâques 復活節

les oreillettes

[lezɔrɛjɛt]

n. 法式油炸餅

* 節日是：le Mardi Gras 懺悔節

la bûche de Noël

[la byʃ də nɔɛl]

n. 聖誕樹幹蛋糕

* 節日：Noël 耶誕節

某些節日會做的其他活動還有什麼？法文怎麼說？

offrir un bouquet de muguet

[ɔfrir œ̃ bukɛ də mygɛ]

ph. 送鈴蘭花

* 節日：la fête du travail 勞動節

s'offrir des cadeaux de Noël

[sɔfrir de kado də nɔɛl]

ph. 互相送聖誕禮物

* 節日：Noël 耶誕節

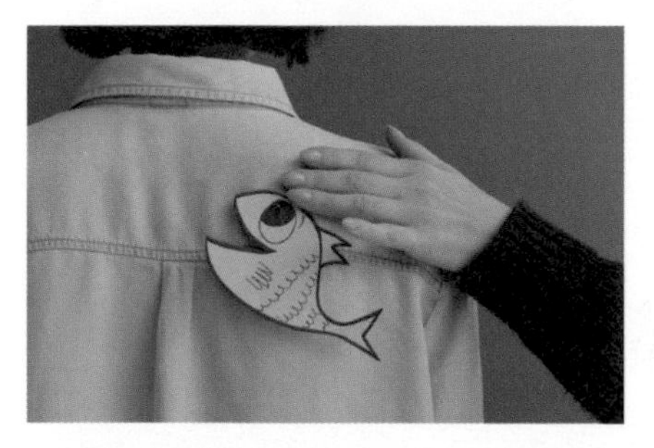

accrocher un poisson en papier dans le dos des gens

[akrɔʃe œ̃ pwasɔ̃ ɑ̃ papje dɑ̃ lə do de ʒɑ̃]

ph. 做魚卡貼人背後

* 節日：le poisson d'avril 愚人節

la chasse aux œufs de Pâques

[la ʃaso œ də pɑk]

n. 找彩蛋

* 節日：le Pâques 復活節

特定節日會說的祝福話有什麼？法文怎麼說？

1. **Bonne année !** 新年快樂！
2. **Bonne année ! Bonne santé !** 祝你新年快樂、身體健康！
3. **Que de bonnes choses pour vous pour cette nouvelle année !** 祝您新年新希望！
4. **Tous mes meilleurs vœux pour cette nouvelle année !** 祝你新的一年心想事成！
5. **Joyeux Noël !** 耶誕快樂！
6. **Bonne fête de la Saint Valentin !** 情人節快樂！
7. **Joyeuses Pâques !** 復活節快樂！
8. **Poisson d'avril !** 愚人節快樂！
9. **Bonne fête du Travail !** 勞動節快樂！
10. **Bonne fête nationale !** 國慶日快樂！

Tips

慣用語小常識：派對篇

Ne pas avoir le cœur à la fête
「沒有將心帶到派對中」？

慣用語 Ne pas avoir le cœur à la fête 裡的 cœur [kœr] 除了是「心臟」的意思之外，還有幾個引申的意思，例如「勇氣」、「心愛的人」等等，而在這句慣用語中則是指「心情」。因此「沒有將心帶到派對中」是指一個人雖然參加派對或社交活動卻沒有心情玩樂的意思。

Marie semble ne pas avoir le cœur à la fête ce soir, parce qu’elle a raté son partiel et devra passer l’examen de rattrapage dans trois semaines.
瑪莉今晚看起來沒心情玩樂，因為她期末考沒有考好，必須在三個星期後補考。

♦♦♦ Chapitre 2

Le mariage 婚禮

Part11_04

婚禮現場

❶ **la cérémonie de mariage** [la seremɔni də marjaʒ] n. 婚禮

❷ **dans l'église** [dɑ̃ legliz] ph. 在教堂內

❸ **l'estrade** [lɛstrad] n. 講台

❹ **la croix** [la krwa] n. 十字架

❺ **l'arrangement floral** [larɑ̃ʒmɑ̃ flɔral] n. 花藝佈置

❻ **à l'extérieur de l'église** [a lɛksterjœr də legliz] ph. 在教堂外

❼ **le bouquet de la mariée** [lə bukɛ də la marje] n. 新娘捧花

❽ **les pétales de roses** [le petal də roz] n. 灑花（玫瑰花瓣）

❾ **le banquet de mariage** [lə bɑ̃kɛ də marjaʒ] n. 婚宴

❿ **la flûte** [la flyt] n. 高腳杯

◆ Tips ◆

慣用語小常識：婚禮篇

mariage pluvieux, mariage heureux
「雨天的婚禮，幸福的婚禮」？

pluvieux [plyvjø] 這個形容詞是指「多雨的天氣」，而 mariage pluvieux 的意思是「陰雨綿綿的婚禮」，heureux [ørø] 則是「幸福」的意思。一般來說，準備舉行婚禮的新人最擔心的，就是下雨天所帶來的不便，因此這句慣用語 mariage pluvieux, mariage heureux 就被法國人用來安慰辦婚禮當天碰到下雨的新人，祝福新人「遇到雨天的婚禮會更幸福」。

Mariage pluvieux, mariage heureux ! Même si la météo ne s'annonce pas sous son meilleur jour, nous vous souhaitons tout le bonheur et toutes nos félicitations pour votre union.
雨天的婚禮，幸福的婚禮！雖然天氣不佳，但請不要在意，我們祝福你們婚姻幸福快樂。

在法國的婚禮型式

浪漫的婚禮是大家夢寐以求的，在許多人公認最浪漫的國家「法國」，婚禮是以何種方式進行呢？

在法國，合法的婚姻關係必須經由**法國地區首長公證**之後始能生效。首先新人必須先到住處所在地的 ❶ **區政府**或**市政府 la mairie** [la mɛ(e)ri] **決定結婚日期及時間**（必須是 la mairie 的開放時間），婚禮即在 la mairie 中的**結婚廳 la salle des mariages** 中舉行。

婚禮中除了有新人，還有雙方的證婚人，想參加的親朋好友都能進入結婚廳中。儀式一開始，❷ 先由**市（區）政府單位的首長**告知民法中婚姻的職責及權利、徵求雙方對婚姻的同意，最後會以「**以法律之名結合為夫妻**」**au nom de la loi unis par le mariage** 這句話，宣布婚禮生效。

婚禮結束後，首長會將 ❸ **戶口名冊 le livret de famille** [lə livrɛ də famij] 交給新人，附有**結婚證書 l'acte de marriage** [lakt də marjaʒ]。如果新人們希望到教堂舉行婚禮，必須先申請市（區）政府發的結婚證明。

法國人在結婚典禮結束後，會請所有賓客到最近的酒吧喝香檳慶祝，或到預定的餐廳用餐。有些人會擇期租個場地宴請親朋好友，但也有人選擇一切從簡，省略婚宴。

在市（區）政府舉行的公證結婚，新人們不一定要穿新郎新娘禮服，但在 ❹ **教堂**舉行的婚禮，因為儀式莊重神聖，新人及賓客都會盛裝出席。

01 證婚 faire valider le mariage

婚禮上常見的人有哪些？法文怎麼說？

1. **le marié** [lə marje] n. 新郎
2. **la mariée** [la marje] n. 新娘
3. **le témoin** [lə temwɛ̃] n. 證婚人
4. **la demoiselle d'honneur** [la d(ə)mwazɛl dɔnœr] n. 伴娘
5. **l'enfant d'honneur** [lɑ̃fɑ̃ dɔnœr] n. 花童
6. **le célébrant** [lə selebrɑ̃] n. 主婚人
7. **le photographe** [lə fɔtɔgraf] n. 婚禮攝影師
8. **les invités** [lezɛ̃vite] n. 賓客

常做的事有哪些？法文怎麼說？

faire un discours
[fɛr œ̃ diskur]
ph. 婚禮致詞

échanger les alliances / l'anneau et la bague
[eʃɑ̃ʒe lezaljɑ̃s / lano e la bag]
ph. 交換婚戒

embrasser la mariée
[ɑ̃brase la marje]
ph. 親吻新娘

s'enlacer
[sɑ̃lase]
v. 擁抱

donner le livret de famille
[dɔne lə livrɛ də famij]
ph. 發戶口名冊

faire valider le mariage
[fɛr valide lə marjaʒ]
ph. 宣布婚禮生效

02 參加婚禮 assister à un mariage

在婚禮中有哪些常見的東西？法文怎麼說？

Part11_06

le voile
[lə vwal]
n. 頭紗

la robe de mariée
[la rɔb də marje]
n. 婚紗

les dragées
[le draʒe]
n. 糖衣杏仁

le livret de famille
[lə livrɛ də famij]
n. 戶口名冊

l'acte de mariage
[lakt də marjaʒ]
n. 結婚證書

la carte d'invitation
[la kart dɛ̃vitasjɔ̃]
n. 喜帖

le costume
[lə kɔstym]
n.（男子穿的）整套西裝

le corsage de poignet
[lə kɔrsaʒ də pwaɲɛ]
n.（女性的）腕花

la boutonnière
[la butɔnjɛr]
n.（男性的）胸花

婚禮祝福用語

1. **Nous vous souhaitons tous nos vœux de bonheur. Félicitations !**
   祝你們幸福，恭喜。
2. **Nous vous souhaitons d'être heureux dans votre nouvelle vie de couple marriés. Nous sommes heureux de pouvoir faire la fête avec vous pour cette officialisation.**
   祝你們婚姻生活幸福快樂，我們很高興能參加你們的婚禮。
3. **Meilleurs souhaits pour une vie toute en couleur. Toutes nos félicitations et nos vœux de bonheur.**
   祝福你們的生活多采多姿，恭喜也祝福你們幸福。
4. **Que ce grand jour soit le début d'une aventure remplie de joie, de bonheur et d'amour. Toutes nos félicitations pour votre mariage.**
   希望這個重要的日子是你們充滿喜悅、幸福與愛的生活的開始，祝新婚愉快。
5. **Que les années à venir soient les plus belles de votre vie. Toutes nos félicitations.**
   希望即將開始的未來是你們生命中最美好的日子，恭喜你們。
6. **Sincères félicitations à l'heureux couple. Que toutes les joies que l'amour apporte durent toute votre vie.**
   誠摯地祝福兩位。希望你們的人生充滿愛所帶來的喜悅。

7. **Votre amour se lit dans vos yeux et votre bonheur dans vos sourires. Félicitations à vous deux et recevez tous nos vœux de bonheur éternel.**
從你們的表情就能感受到愛與幸福，恭喜並祝福兩位永浴愛河。

8. **Quelle joie de partager votre bonheur, et d'être témoin de votre complicité dans cette grande et merveilleuse aventure qu'est la vie à deux.**
很高興分享你們的幸福，並看到你們對未來的兩人生活所有的默契。

9. **Le mariage est l'accomplissement d'un rêve et le commencement de nombreux autres.**
婚姻是一個夢想的完成，及無數夢想的開始。

10. **Que ce grand jour marque le début d'une suite ininterrompue de moments heureux dont vous ferez partager tous les deux.**
希望這個重要的日子開啟你們人生永不中斷的幸福時刻。

03 參加喜宴 assister au banquet de mariage

常做的事有哪些？法文怎麼說？

Part11_07

lancer le bouquet de la mariée
[lɑ̃se lə bukɛ də la marje]
ph. 丟捧花

lever son verre en l'honneur des invités
[ləve sɔ̃ vɛr ɑ̃ lɔnœr dezɛ̃vite]
ph. 向賓客敬酒

verser le champagne
[vɛrse lə ʃɑ̃paɲ]
ph. 倒香檳

couper le gâteau de mariage
[kupe lə gɑto də marjaʒ]
ph. 切結婚蛋糕

transmettre ses amitiés
[trɑ̃smɛtr sezamitje]
ph. 互相祝福

boire du vin
[bwar dy vɛ̃]
ph. 喝酒

◆ Tips ◆

慣用語小常識：捧花篇

le lancer du bouquet de la mariée

為什麼新娘在婚禮上要丟捧花呢？丟捧花的起源又是從何而來呢？

丟捧花的傳統源自法國中古世紀時期，由參加中古世紀聖戰的士兵們所帶回來的習俗。在那個時候，新娘捧花由代表純潔的橙花 les fleurs d'oranger [le flœr dɔrɑ̃ʒe] 所組成。

新娘捧花原本象徵的是代表好運的幸運物 le porte-bonheur [lə pɔrt(ə)bɔnœr]，在婚禮結束後獻給神。經過時代的演變，新娘的捧花依舊是幸福與幸運的象徵，但卻又代表了另一層意義：新娘於婚禮結束後，選擇一個適當的時機及地點，背對著來參加婚禮的未婚女性們，然後往後丟出捧花，拿到新娘所拋出的捧花的人，會在當年完成終身大事。但也有些新娘會選擇親手將捧花交給自己想要祝福的女性親友，或留給自己當作紀念。

一直到第一次世界大戰之前，新娘捧花在傳統上都是由新郎準備，但在現今，大部分的新娘喜歡自己準備捧花，而且還必須搭配新娘的身高、新娘禮服的款式等等，因此一束高雅的新娘捧花已經不只是個幸運物而已，更能襯托出新娘的美麗氣質。

Le lancer du bouquet de la mariée est une des traditions dans la cérémonie de mariage en France.
丟新娘捧花是法國婚禮中的其中一個傳統習俗。

◆◆◆ Chapitre3

La fête 派對

生日派對 la fête d'anniversaire

❶ **le chapeau de fête** [lə ʃapo də fɛt] n. 派對帽

❷ **le ballon** [lə balɔ̃] n. 氣球

❸ **la bannière** [la banjɛr] n. 橫幅

❹ **les jeux d'anniversaire** [le ʒø danivɛrsɛr] n. 派對笛

❺ **la décoration de fête** [la dekɔrasjɔ̃ də fɛt] n. 派對裝飾

❻ **le gâteau d'anniversaire** [lə gɑto danivɛrsɛr] n. 生日蛋糕

❼ **les boissons** [le bwasɔ̃] n. 飲料

❽ **les snacks** [lə snak] n. 點心

⑨ **le gobelet jetable** [lə gɔblɛ ʒətabl] n. 免洗杯

⑩ **l'assiette jetable** [lasjɛt ʒətabl] n. 免洗盤

⑪ **le gobelet en plastique** [lə gɔblɛ ɑ̃ plastik] n. 塑膠杯

⑫ **le verre** [lə vɛr] n. 玻璃杯

在慶生時常做的事有哪些呢？

Part11_08-B

chanter la chanson d'anniversaire
[ʃɑ̃te la ʃɑ̃sɔ̃ danivɛrsɛr]
ph. 唱生日歌

faire un vœu
[fɛr œ̃ vø]
ph. 許願

souffler les bougies
[sufle le buʒi]
ph. 吹蠟燭

couper le gâteau
[kupe lə gɑto]
ph. 切蛋糕

déballer le cadeau
[debale lə kado]
ph. 拆禮物

lire la carte d'anniversaire
[lir la kart danivɛrsɛr]
ph. 讀生日卡片

01 玩遊戲 jouer aux jeux

常在派對中玩的遊戲有哪些？法文怎麼說？

le scrabble
[lə skrabl]
n. 拼字比賽

le monopoly
[lə mɔnɔpɔli]
n. 大富翁

la chasse aux trésors
[la ʃaso trezɔr]
n. 尋寶遊戲

le jeu de société
[lə ʒø də sɔsjete]
n. 桌遊

le jeu d'échecs
[lə ʒø deʃɛk]
n. 西洋棋

la chaise musicale
[la ʃɛz myzikal]
n. 大風吹

除了生日派對之外，還有哪些派對？

la fête de bienvenue
[la fɛt də bjɛ̃vny]
n. 歡迎派對

la soirée pyjama
[la sware piʒama]
n. 睡衣派對

la soirée déguisée
[la sware degize]
n. 變裝派對

le pot de départ / la fête de départ
[lə po də depar / la fɛt də depar]
n. 歡送派對；歡送會

l'enterrement de vie de garçon
[lɑ̃tɛrmɑ̃ də vi də garsɔ̃]
n. 告別單身漢派對

l'enterrement de vie de jeune fille
[lɑ̃tɛrmɑ̃ də vi də ʒœn fij]
n. 告別單身女派對

la pendaison de crémaillère
[la pɑ̃dɛzɔ̃ də kremajɛr]
n. 喬遷派對

la soirée cocktail
[la sware kɔktɛl]
n. 雞尾酒派對

la fête de Noël
[la fɛt də nɔɛl]
n. 聖誕派對

◆ Tips ◆

慣用語小常識：派對篇

ne pas être à la fête
「沒有參加派對？」

à la fête 原是指 ㊊「參加派對」的意思，在參加派對時，心情上一定是愉悅的、高興的，但這裡的 ne pas être à la fête 除了是「沒有參加派對」的意思之外，還引申出「一個人在艱難、不順的情況之中」的意思。

Paul a perdu sa mère le mois dernier, en plus de cela, il vient d'être licencié, le pauvre n'est pas à la fête en ce moment.
保羅的母親上個月去世，他又剛被炒魷魚，可憐的保羅最近諸事不順。

◆◆◆ 02 跳舞 danser

常見的舞蹈有哪些？法文怎麼說？

1. **le ballet** [lə balɛ] n. 芭蕾舞
2. **le jazz** [lə dʒaz] n. 爵士舞
3. **les claquettes** [le klakɛt] n. 踢踏舞
4. **la danse du ventre** [la dɑ̃s dy vɑ̃tr] n. 肚皮舞
5. **la danse de salon** [la dɑ̃s də salɔ̃] n. 國標舞；交際舞
6. **le swing** [lə swiŋ] n. 搖擺舞
7. **le breakdance** [lə brɛkdɑ̃s] n.（地板）霹靂舞
8. **la danse moderne** [la dɑ̃s mɔdɛrn] n. 現代舞
9. **les danses latines** [le dɑ̃s latin] n. 拉丁舞

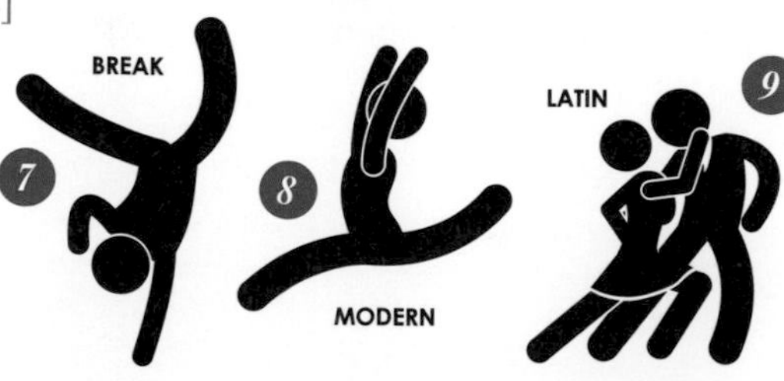

⑩ **le tango** [lə tɑ̃go] n. 探戈舞

⑪ **le flamenco** [lə flamɛnko] n. 佛朗明哥舞

⑫ **la danse en ligne** [la dɑ̃sɑ̃ liɲ] n. 排舞

Tips

生活小常識：la soirée

法國人常用 la soirée [la sware] 來表示「派對」，指的是一群人受舉辦人的邀請或自行參加在餐廳、酒吧、海灘或家中的聚會。la soirée 源自 ㊊ le soir [lə swar]「晚上」，常在傍晚或晚上舉行。在 la soirée 中，除了提供餐點與飲料之外，還常會有音樂與舞蹈，是個提供社交及消遣的場合。

除了 la soirée 之外，㊐ la soirée-dîner、la soirée dansante、la réception 都是「派對」的同義詞。la soirée-dîner [la sware dine] 這類聚會的重點在於舉辦人邀請親朋好友一起用餐、聊天，共度一段愉快的晚餐時間；在 la soirée dansante [la sware dɑ̃sɑ̃t] 中，即使有提供餐點及飲料，但派對的重點在於跳舞，在比較正式的聚會中，常看到 la valse [la vals]（華爾滋）或 la danse de salon [la dɑ̃s də salɔ̃]（社交舞）；la reception [la resɛpsjɔ̃] 則是指非常正式的聚會，主人及參加的賓客都必須身著禮服，並且遵守某些禮儀，例如主人必須站在門口迎接賓客。

台灣廣廈國際出版集團
Taiwan Mansion International Group

國家圖書館出版品預行編目（CIP）資料

實境式照單全收！圖解法語單字不用背 / Sarah Auda 著.-- 初版. -- 新北市：國際學村, 2019.09
面；　公分
ISBN 978-986-454-112-6
1. 法語學習 2. 詞彙

804.52　　108010215

國際學村

實境式照單全收！圖解法語單字不用背

照片單字全部收錄！全場景 1500 張實境圖解，讓生活中的人事時地物成為你的法文老師！

作　　者／Sarah Auda（張婉琳）
審 定 者／蔡倩玟
法文校對（部分內容）／卓若蘭、張杰琳、高瑜、Antoine Bonhert
編輯中心／第七編輯室
編 輯 長／伍峻宏・**編輯**／古竣元
封面設計／張家綺・**內頁排版**／菩薩蠻數位文化有限公司
製版・印刷・裝訂／皇甫・明和

行企研發中心總監／陳冠蒨
媒體公關組／陳柔彣
整合行銷組／陳宜鈴
綜合業務組／何欣穎

發 行 人／江媛珍
法 律 顧 問／第一國際法律事務所 余淑杏律師・北辰著作權事務所 蕭雄淋律師
出　　版／國際學村
發　　行／台灣廣廈有聲圖書有限公司
地址：新北市235中和區中山路二段359巷7號2樓
電話：（886）2-2225-5777・傳真：（886）2-2225-8052

代理印務・全球總經銷／知遠文化事業有限公司
地址：新北市222深坑區北深路三段155巷25號5樓
電話：（886）2-2664-8800・傳真：（886）2-2664-8801
網址：www.booknews.com.tw（博訊書網）
郵 政 劃 撥／劃撥帳號：18836722
劃撥戶名：知遠文化事業有限公司（※單次購書金額未達500元，請另付60元郵資。）

■出版日期：2019年10月
ISBN：978-986-454-112-6